文 史 合 璧

两 汉 卷

金振华　陈桂声　**主编**

张　珊　**编著**

苏州大学出版社

图书在版编目(CIP)数据

文史合璧.两汉卷/金振华,陈桂声主编;张珊编著.—苏州:苏州大学出版社,2016.1
ISBN 978-7-5672-1575-7

Ⅰ.①文… Ⅱ.①金…②陈…③张… Ⅲ.①古典散文—散文集—中国—汉代 Ⅳ.①I262

中国版本图书馆 CIP 数据核字(2015)第 294006 号

文 史 合 璧

两汉卷

金振华　陈桂声　主编

张　珊　编著

责任编辑　唐明珠

苏州大学出版社出版发行
(地址:苏州市十梓街1号　邮编:215006)
常州市武进第三印刷有限公司印装
(地址:常州市武进区湟里镇村前街　邮编:213154)

开本 787 mm×960 mm　1/16　印张 16　字数 285 千
2016 年 1 月第 1 版　2016 年 1 月第 1 次印刷
ISBN 978-7-5672-1575-7　定价:40.00 元

苏州大学版图书若有印装错误,本社负责调换
苏州大学出版社营销部　电话:0512—65225020
苏州大学出版社网址　http://www.sudapress.com

序

金振华　陈桂声

中国是有着悠久历史的伟大而文明的国家。在数千年的历史长河中,历代史学家和散文家留下了难以计数的史著和历史散文。从先秦至近代,中国有着完整的历史记载,一部二十四史,就足以证明中华民族绵延不绝的五千年文明史是何等的辉煌。

浩如烟海的历史典籍,是我们的先哲留给后人的宝贵文化遗产。中国人尊重历史,敬畏历史,须臾不敢忘记历史的经验和教训。因此,中国人从来就爱读史著,喜谈历史,这也是我们民族的优良传统。历史学家研究历史,主要是把历史典籍作为宝贵史料来阅读和剖析,从中寻绎历史的真相和发展轨迹。但是,更多的中国人却把史著当作文学作品来欣赏,在品味历史的同时,沉浸在文学的滋养之中。历史和文学完美地结合在一起,水乳交融,这是中国史著的一大特色。

中国的优秀史学家,不仅有着杰出的史德、史识和史才,是撰写信史的良史,同时还是颇具文学造诣的作家。而不少掉鞅文坛的大作家,往往也是秉笔直书的史家。这样,在他们的笔下,历史就不是枯涩乏味的陈年旧事流水账,而是波澜壮阔的鲜活画卷。《尚书》记载的"盘庚",《左传》铺叙的"曹刿论战"、"晋公子重耳之亡",《史记》描述的"完璧归赵"、"鸿门宴",《汉书》歌颂的"苏武牧羊"等,无一不在忠实记录历史的同时,运用文学艺术的手段,将史实描写得栩栩如生,既使人走进历史,洞察往事,又令人领略到文学的艺术魅力,一举两得,堪称文史珠联璧合,众美毕集,相得益彰。

写到这里,我们想起了一个发生在五代南唐的历史小故事。在欧阳修主持撰写的《新五代史·南唐世家》中有这样一段记载:

> 煜尝以熙载尽忠,能直言,欲用为相,而熙载后房妓妾数十人,多出外舍私侍宾客,煜以此难之,左授熙载右庶子,分司南都。熙

载尽斥诸妓,单车上道,煜喜留之,复其位。已而诸妓稍稍复还,煜曰:"吾无如之何矣!"是岁,熙载卒,煜叹曰:"吾终不得熙载为相也。"欲以平章事赠之,问前世有此比否,群臣对曰:"昔刘穆之赠开府仪同三司。"遂赠熙载平章事。

马令《南唐书》、陆游《南唐书》及《宋史》分别有《李煜传》、《韩熙载传》,记录此事详略不一。韩熙载是南唐大臣,许多人通过欣赏著名的《韩熙载夜游图》得知其人其事。其实,韩熙载是个有才干和有抱负的人,而李煜也不是一个只知填词听经、吟风弄月的昏君。李煜很想任用韩熙载为相,但因为韩熙载在生活上放纵不羁,有毁坏礼仪法度之嫌,故而迟迟不予重用,将其贬职。但韩熙载在外放南都赴任前,竟"尽斥诸妓,单车上道",颇有痛改前非、脱胎换骨而戮力王室的气概。这令皇上喜出望外,立马"复其位",并打算给予升迁。但是,韩熙载在官复原职后,渐渐故态复萌,使得李煜始料未及,"吾无如之何矣"、"吾终不得熙载为相也"二语,似乎令读者看到了李煜的极度失望之情。因此,直至韩熙载离世,李煜也未能授予他相位,只是追赠了一个"平章事"的虚衔而已。

这个描述当是史实,给我们展现了李煜和韩熙载生平思想的另一面,还原了历史人物的真实全貌。同时,我们在阅读和鉴赏这段文字时,又不能不感受到其中生动的文学性,无论是情节安排的波折、语言运用的生动,还是人物性格的多样变化和形象的鲜活传神,都令人赞叹不已。可见,历史的真实和文学的敷演,在中国古代史著中,结合得是如此的和谐完美。

中华民族走过了五千年的光辉历史,并将继续前行。在面向未来的时候,我们更要铭记历史,从历史中学习和汲取知识与营养,这有助于我们更好地继承优秀文化传统,在未来的征途上创造更加辉煌的文明。我们组织编写的这套"文史合璧"丛书,选择中国古代优秀历史著作和历史散文中富有文学色彩和艺术魅力的篇章,精心注释,加以精辟赏析,为读者品鉴和欣赏古代历史和文学提供了一个别样的选择。相信广大读者通过阅读,能更好地体味到"文史合璧"、"文史一家"的魅力和内涵,更加倾心和热爱祖国优秀的文学、史学文化。

2015 年 12 月于苏州

目录

前　言 …………………………………………………………… 1

贾　谊
　过秦论 ……………………………………………………… 1

贾　山
　至言 ………………………………………………………… 9

严　安
　上书言世务 ………………………………………………… 14

邹　阳
　狱中上梁王书 ……………………………………………… 18

司马迁
　秦始皇本纪 ………………………………………………… 24
　项羽本纪 …………………………………………………… 31
　高祖本纪 …………………………………………………… 39
　吴太伯世家 ………………………………………………… 47
　齐太公世家 ………………………………………………… 51
　赵世家 ……………………………………………………… 57
　孔子世家 …………………………………………………… 64
　陈涉世家 …………………………………………………… 69
　萧相国世家 ………………………………………………… 73

留侯世家 …… 77
　　绛侯周勃世家 …… 85
　　管晏列传 …… 90
　　伍子胥列传 …… 93
　　孟尝君列传 …… 99
　　平原君列传 …… 103
　　魏公子列传 …… 107
　　春申君列传 …… 113
　　廉颇蔺相如列传 …… 117
　　屈原列传 …… 121
　　刺客列传 …… 125
　　李将军列传 …… 133
　　司马相如列传 …… 139
　　游侠列传 …… 144
　　太史公自序 …… 149

班　彪
　　王命论 …… 157

班　固
　　晁错传 …… 161
　　景十三王传 …… 165
　　董仲舒传 …… 169
　　苏武传 …… 172
　　严助传 …… 179
　　朱买臣传 …… 182
　　东方朔传 …… 184
　　霍光传 …… 189
　　扬雄传 …… 195
　　卫皇后传 …… 201
　　李夫人传 …… 202
　　班婕妤传 …… 205

刘 向
- 《战国策》序 …… 208
- 邹孟轲母 …… 212
- 赵将括母 …… 214
- 息君夫人 …… 215
- 齐杞梁妻 …… 217
- 鲁秋洁妇 …… 218
- 齐钟离春 …… 220

赵 晔
- 干将莫邪 …… 223
- 勾践入吴 …… 225
- 范蠡 …… 228
- 陈音 …… 231

袁 康 吴 平
- 范伯 …… 234
- 宝剑 …… 236

荀 悦
- 论封建诸侯 …… 239
- 论三游 …… 241

前言

史书是记述祖先历史,让后人了解前代的最重要典籍,正如东汉荀悦在《汉纪·高祖纪》中所言:"夫立典有五志焉:一曰达道义,二曰章法式,三曰通古今,四曰着功勋,五曰表贤能。"史书中的传记,便承载着这些重要功能。而除此以外,历代的史学家在修史的同时,也倾注了自己的情感,史家的文笔与才华也在史书中得以尽情展现。孔子曰:"言之无文,行之不远。"文采是决定作品能否传世的最重要因素之一。而兼有文采的史书,流传亦将更为久远,这些兼有文采的史传作品,就是史传中的美文。这套"文史合璧"丛书,便是汲取史书之精华,选择古代史传文学中的美文篇目,取文采、史识兼备者,按照时段分篇目而编排,本书便是"文史合璧"丛书的汉代分册。

历史学家认为,商周春秋是我国古代史学的形成时期,战国秦汉是古代史学形成和发展的第二个时期,魏晋隋唐是古代史学形成和发展的第三个时期,宋元明清则是古代史学形成和发展的第四个时期。在这些时期中,又有两个高峰,那便是战国秦汉为古代史学的第一个高峰,两宋为古代史学的第二个高峰。也就是说,经过先秦史学的起步阶段,到战国两汉之时,古代史学出现了繁荣的局面。从史学的角度是如此发展,从文学的角度,汉代也取得了更为长足的进步,汉代是我国史传文学发展的最重要时期之一,也是史传文学取得最辉煌成就的阶段之一,汉代的史传作品,很多在文学史上也占有一席。众多史官秉承中国古代史学的优良传统,既学兼天人,又会通古今;既以古为镜,又经世致用;既求实直书,又书法不隐,既德识为先,又才学并茂。故而在两汉的四百年余间,史传文学佳作迭出,作为史学与文学的双重经典而流传不朽。

汉代的史学著作较多,汉成帝时,刘向等人整理皇家图书,对图书进行了分类编排,到班固作《汉书》,依傍刘向、刘歆父子的《别录》、《七略》而成《艺文志》,在其"六艺略"的《春秋》类下著录的汉代史书有《楚汉春秋》九篇、《太史公》百三十篇、冯商所续《太史公》七篇、《太古以来年纪》二篇、《汉著记》百九十卷、《汉大年纪》五篇等。其后,随着魏晋南北朝目录分类学的不断完善,经史子集四部分类法逐步确立,史学成为独立的门类。到唐代初年,魏征等编《隋书·经籍志》时,史部作为专门的一部,其下又析为十三类,即正史、古史、杂史、霸史、起居注、旧事、职官、仪注、刑法、杂传、地理、谱系、簿录,而每一类目下著录的史书也更多,虽然这些大部分是魏晋南北朝时期的著作,但每一门类的开头一种或几种常为先秦两汉的著述。其中,比较明显的由汉代人创作或经由汉代人编成或注释的史部典籍,《隋志》中著录有司马迁撰《史记》一百三十卷、班固撰《汉书》一百一十五卷、应劭撰《汉书集解音义》二十四卷、服虔撰《汉书音训》一卷、刘珍等撰《东观汉记》一百四十三卷、荀悦撰《汉纪》三十卷、刘向录《战国策》三十二卷、延笃撰《战国策论》一卷、陆贾撰《楚汉春秋》九卷、赵晔撰《吴越春秋》十二卷、汉侍中刘芳撰《汉灵献二帝纪》三卷、汉新汲令王隆撰胡广注《汉官解诂》三篇、应劭注《汉官》五卷、应劭撰《汉官仪》十卷、汉卫尉蔡质撰《汉官典职仪式选用》二卷、汉太仆赵岐撰《三辅决录》七卷、刘向撰《世本》二卷、宋衷撰《世本》四卷、刘向撰《七略别录》二十卷、刘歆撰《七略》七卷等。除了这些比较明显的出自汉人之手的史部著作,还有一些佚名之作也可能出自汉人,此处不再一一列举。这些史书,分散在十三个门类下,数量较多,昭示了汉代以来史学的巨大发展。

　　而由汉代人所创作的史书,其实主要还是《楚汉春秋》、《史记》、《汉书》、《东观汉记》、《汉纪》、《吴越春秋》这几部。这其中,汉初陆贾所作的《楚汉春秋》,在唐以后就散佚了,今存辑佚本。东汉刘珍等所著的《东观汉记》,是研究东汉历史的重要资料,曾经与《史记》、《汉书》并称为"三史",人多诵习,为世所重,晚出的记载东汉历史的纪传体史作无不取材于它。然而,随着南朝宋时范晔《后汉书》的出现,且集诸家之大成,加之屡有学者注音释义,范书遂大行于世,《东观汉记》随之逐渐浸微。唐代以后,《东观汉记》在传承的过程中又不断散佚,今天同样只有辑本。所以,流传至今的汉代人所创作的史书,主要是《史记》、《汉书》、《吴越春秋》、《越绝书》、《汉纪》这几部了。故本书在编选汉代史传美文时,主要从这几部书中选取篇章。

　　具体而言,这几部书的情况如下:

　　《史记》是我国第一部纪传体通史,它记述了从传说中的五帝到汉武帝时代三千多年的历史。它是由司马迁在其父司马谈整理资料的基础上最终创作完成的。《隋书·经籍志》称:"武帝置太史公,命天下计书,先上太史,副上丞相,开献书之路,置写书之官,外有太常、太史、博士之藏,内有延阁、广内、秘室之府。司马谈父子世居太史,探采前代,断自轩皇,逮于孝武,作《史记》一百三十篇。"《史记》在体例上开创了以人物为中心的纪传体的结构,全书分十二本纪、十表、八书、三十世家、七十列传,在这种宏大的结构中,完成了"究天人之际,通古今之变,成一家之言"的创作宗旨。《史记》在传记文学史上,取得了无与伦比的最高成就,被鲁迅先生誉为"史家之绝唱,无韵之离骚"。

《汉书》是我国第一部纪传体断代史,它记述了汉初到王莽时期二百三十余年的历史,它是东汉初年由班彪、班固、班昭、马续等人共通修订完成的,有十二本纪、八表、十志和七十列传,共一百篇,由于有些篇目过长,后人又分为一百二十卷。《汉书》不仅以断代为史是一个创例,在表、志方面也有创造性,并在叙事写人方面取得很大的成就,其叙事谨严而有法度,对西汉盛世时期的各类人物进行了生动记叙,是继《史记》之后的又一部史传文学的典范之作。因此,《史记》《汉书》作为二十四史之首,也是二十四史中写作水平最高的前四史的最重要两部。唐代历史学家刘知几称其"究西都之首末,穷刘氏之废兴,包举一代,撰成一书,言皆精练,事甚该密,故学者寻讨,易为其功,自古迄今,无改斯道"。《汉书》遂成为断代史的鼻祖。

《吴越春秋》成书于东汉,作者是赵晔。其书今存十卷,主要叙述吴越争霸的故事,前五卷以吴为主,后五卷以越为主。该书在体例上兼有编年体和纪传体史书的特点,是历史演义小说的雏形。

《越绝书》据学者考证,其成书时间也为东汉,作者相传是子贡,但更有可能是东汉人袁康、吴平所作。与《吴越春秋》一样,它也是讲述吴越争霸的故事,但各篇之间不是连贯的故事,而是独立成篇,较为松散。即便如此,其中也有精彩篇目,元代陈绎曾《文章欧冶》称:"《越绝》善序事议论,序事古拙却好,议论精到,文采殊可观。"

《汉纪》是东汉荀悦奉汉献帝之命而作,史载"汉献帝雅好典籍,以班固《汉书》文繁难省,命颍川荀悦作《春秋左传》之体,为《汉纪》三十篇。言约而事详,辩论多美,大行于世"。可见,此书是撮班固《汉书》为编年体,以便阅读之需。《后汉书·荀悦传》称《汉纪》"辞约事详,论辨多美"。其中荀悦论的部分,精辟剖析,富有识见,值得推许。

此外,本书除了选取上述史学名著中的析出篇目,还选取了另外一些文史兼美的单篇作品,如贾谊《过秦论》、贾山《至言》、邹阳《狱中上梁王书》、刘向《上战国策序》、班彪《王命论》等。另外,隶属于子部的刘向的《列女传》,虽然不是信史,但其中的很多故事在后世流传甚广,也具备传记性质,故本书也从中选取了数篇。

总之,本书通过精选篇目,希望读者从中了解汉代史传文学的概况,从而满足欣赏之需。本书在录入、校对、注释过程中,苏州大学文学院学生史爽爽、沈根花、宋俊秀、杨珂、丁一凡、李子皿、周雨馨等都曾参与并鼎力相助,在此并致谢忱。限于学力与时间,本书的编写难免有不足之处,尚祈读者不吝批评指正。

2015年10月张珊识于苏州大学

贾 谊

作者简介

贾谊(前200—前168),洛阳人,西汉著名文学家、思想家、政治家。少年时即崭露头角,汉文帝时任博士,提出了一系列改革主张,后为太中大夫。受到朝中大臣排斥,被贬为长沙王太傅,后被征召回京,拜为文帝爱子梁怀王太傅。汉文帝十一年(前169),梁怀王坠马死,贾谊自伤未能尽到太傅的责任,抑郁哭泣,不久去世。《汉书·艺文志》著录其辞赋七篇,其代表作是《吊屈原赋》和《鵩鸟赋》。《贾子新书》流布于世,其政论散文不乏名篇,如《过秦论》《治安策》《论积贮疏》等。《史记》卷八十四、《汉书》卷四十八有传。

过 秦 论

【题解】 过秦,是剖析秦国错误过失的意思。过,过失,错误,此处作动词用,含有分析批判之意。《过秦论》一般分为上、中、下三篇,这里合而为一。全文首先分析秦国强盛的原因,以及不施仁义而导致陈涉起义的爆发(上篇);接着指出秦王一统天下,诈力暴虐,秦二世变本加厉,直斥二世之过(中篇);最后,指出子婴不仅是个庸主,而且孤立无亲,终至灭亡(下篇)。本文选自《贾子新书》卷一。

【原文】

秦孝公①据崤、函②之固,拥雍州③之地,君臣固守以窥④周室,有席卷天下,包举宇内,囊括四海之意,并吞八荒之心⑤。当是时也,商君佐之,内立法度⑥,务耕织,修守战之具;外连衡⑦而斗诸侯。于是秦人拱手而取西河⑧之外。

孝公既没,惠文、武、昭襄蒙故业,因遗策⑨,南取汉中⑩,西举巴、蜀,东割膏腴之地,北收要害之郡⑪。诸侯恐惧,会盟而谋弱秦,不爱珍器重宝肥饶之地,以致天下之士⑫,合从缔交⑬,相与为一。当此之时,齐有孟尝,赵有平原,楚有春申,魏有信陵。此四君者⑭,皆明智而忠信,宽厚而爱人,尊贤而重士,约从离衡⑮,兼韩、魏、燕、楚、齐、赵、宋、卫、中山之众。于是六国之士，有宁越、徐尚、苏秦、杜赫之属⑯为之谋，齐明、周最、陈轸、召滑、楼缓、翟景、苏厉、乐毅之徒⑰通其意，吴起、孙膑、带佗、倪良、王廖、田忌、廉颇、赵奢之伦⑱制其兵。尝以十倍之地，百万之众，叩关而攻秦⑲。秦人开关延敌⑳，九国之师㉑，逡巡而不敢进。秦无亡矢遗镞之费，而天下诸侯已困矣。于是从散约败，争割地而赂秦。秦有馀力而制其弊，追亡逐北，伏尸百万，流血漂橹㉒。因利乘便㉓，宰割天下，分裂山河。强国请服，弱国入朝。

延及孝文王、庄襄王，享国之日浅，国家无事。及至始皇，奋六世之馀烈㉔，振长策而御宇内㉕，吞二周而亡诸侯㉖，履至尊而制六合㉗，执敲扑而鞭笞天下㉘，威振四海。南取百越之地㉙，以为桂林、象郡㉚；百越之君，俯首系颈㉛，委命下吏㉜。乃使蒙恬北筑长城而守藩篱，却匈奴七百馀里。胡人不敢南下而牧马，士不敢弯弓而报怨。于是废先王之道㉝，焚百家之言㉞，以愚黔首㉟；隳名城，杀豪杰，收天下之兵，聚之咸阳，销锋镝，铸以为金人十二㊱，以弱天下之民。然后践华为城㊲，因河为池㊳，据亿丈之城，临不测之渊，以为固。良将劲弩守要害之处，信臣精卒陈利兵而谁何㊴。天下已定，始皇之心，自以为关中之固，金城千里㊵，子孙帝王万世之业㊶也。

始皇既没，馀威震于殊俗㊷。然陈涉瓮牖绳枢之子㊸，氓隶㊹之人，而迁徙之徒㊺也；才能不及中人㊻，非有仲尼、墨翟之贤，陶朱、猗顿㊼之富；蹑足行伍之间，而倔起阡陌之中㊽，率疲弊之卒，将数百之众，转而攻秦，斩木为兵，揭竿为旗，天下云集响应，赢粮而景从㊾。山东㊿豪俊遂并起而亡秦族矣。

且夫天下非小弱也，雍州之地，崤、函之固，自若也。陈涉之位，非尊于齐、楚、燕、赵、韩、魏、宋、卫、中山之君也；锄櫌棘矜(51)，非铦(52)于钩戟长铩也；谪戍之众，非抗于九国之师也；深谋远虑，行军用兵之道，非及向时之士也。然而成败异变，功业相反，何也？试使山东之国与陈涉度长絜大(53)，比权量力，则不可同年而语(54)矣。然秦以区区之地，致万乘之势，序八州(55)而朝同列，百有余年矣；然后以六合为家，崤、函为宫；一夫作难而七庙隳(56)，身死人手，为天下笑者，何也？仁义不施而攻守之势异也(57)。（以上上篇）

秦灭周祀㊳,并海内,兼诸侯,南面称帝,以养四海。天下之士,斐然向风㊴。若是,何也?曰:近古之无王者久矣。周室卑微,五霸既灭,令不行于天下。是以诸侯力政㊵,强凌弱,众暴寡,兵革不休,士民罢弊。今秦南面而王天下,是上有天子也。既元元之民冀得安其性命,莫不虚心而仰上㊶。当此之时,专威定功,安危之本,在于此矣。

秦王怀贪鄙之心,行自奋㊷之智,不信功臣,不亲士民,废王道而立私爱㊸,焚文书而酷刑法,先诈力㊹而后仁义,以暴虐为天下始。夫兼并者高诈力,安危者贵顺权,此言取与守不同术也。秦离战国而王天下,其道不易,其政不改,是其所以取之守之者无异也。孤独而有之,故其亡可立而待也。借使㊺秦王论上世之事,并殷、周之迹,以制御其政,后虽有淫骄之主,犹未有倾危之患也。故三王之建天下,名号显美,功业长久。

今秦二世立,天下莫不引领而观其政㊻。夫寒者利裋褐,而饥者甘糟糠㊼。天下嚣嚣㊽,新主之资也。此言劳民之易为仁也。向使二世有庸主之行而任忠贤,臣主一心而忧海内之患,缟素而正先帝之过㊾;裂地分民以封功臣之后,建国立君以礼天下;虚囹圄㊿而免刑戮,去收帑(51)污秽之罪,使各反其乡里;发仓廪,散财币,以振孤独穷困之士;轻赋少事,以佐百姓之急;约法省刑,以持其后,使天下之人皆得自新,更节修行,各慎其身;塞万民之望,而以盛德与天下,天下息矣(52)。即四海之内皆欢然各自安乐其处,惟恐有变。虽有狡害之民,无离上之心,则不轨之臣无以饰其智,而暴乱之奸弭矣。

二世不行此术,而重以无道:坏宗庙与民(53),更始作阿房之宫;繁刑严诛,吏治刻深;赏罚不当,赋敛无度。天下多事,吏不能纪;百姓困穷,而主不收恤。然后奸伪并起,而上下相遁(54);蒙罪者众,刑戮相望于道,而天下苦之。自群卿以下至于众庶,人怀自危之心,亲处穷苦之实,咸不安其位,故易动也。是以陈涉不用汤、武之贤,不借公侯之尊,奋臂于大泽,而天下响应者,其民危也。

故先王者,见终始不变,知存亡之由。是以牧民之道(55),务在安之而已矣。下虽有逆行之臣,必无响应之助。故曰:"安民可与为义,而危民易与为非。"此之谓也。贵为天子,富有四海,身在于戮

者,正之非也⁷⁶。是二世之过也。(以上中篇)

秦兼诸侯山东三十馀郡⁷⁷,修津关,据险塞,缮甲兵而守之⁷⁸。然陈涉率散乱之众数百,奋臂大呼,不用弓戟之兵,鉏櫌白梃⁷⁹,望屋而食⁸⁰,横行天下。秦人阻险不守,关梁不闭,长戟不刺,强弩不射⁸¹。楚师深入,战于鸿门,曾无藩篱之难⁸²。于是山东诸侯并起,豪俊相立⁸³。秦使章邯⁸⁴将而东征,章邯因其三军之众,要市于外,以谋其上⁸⁵。群臣之不相信⁸⁶,可见于此矣。子婴立,遂不悟⁸⁷。借使子婴有庸主之材而仅得中佐⁸⁸,山东虽乱,三秦⁸⁹之地可全而有,宗庙之祀⁹⁰宜未绝也。

秦地被山带河以为固,四塞之国也。自缪公⁹¹以来至于秦王二十余君,常为诸侯雄。此岂世贤哉? 其势居然也⁹²。且天下尝⁹³同心并力攻秦矣,然困于险阻而不能进者,岂勇力智慧不足哉? 形不利、势不便⁹⁴也。秦虽小邑,伐并大城,得阨⁹⁵塞而守之。诸侯起于匹夫,以利会⁹⁶,非有素王⁹⁷之行也。其交未亲,其民未附,名曰亡秦,其实利之⁹⁸也。彼见秦阻之难犯⁹⁹,必退师。案土息民以待其弊¹⁰⁰,收弱扶罢以令大国之君¹⁰¹,不患不得意于海内。贵为天子,富有四海,而身为禽者,救败非也¹⁰²。

秦王足己而不问¹⁰³,遂过¹⁰⁴而不变。二世受之,因¹⁰⁵而不改,暴虐以重¹⁰⁶祸。子婴孤立无亲,危弱无辅¹⁰⁷。三主之惑¹⁰⁸,终身不悟,亡不亦宜乎? 当此时也,非无深谋远虑知化之士¹⁰⁹也,然所以不敢尽忠指过者,秦俗多忌讳之禁也¹¹⁰——忠言未卒于口而身糜没矣¹¹¹。故使天下之士倾耳而听,重足而立,阖口而不言¹¹²。是以三主失道,而忠臣不谏、智士不谋也。天下已乱,奸不上闻¹¹³,岂不悲哉! 先王知雍蔽之伤国也,故置公卿、大夫、士,以饰法¹¹⁴设刑¹¹⁵而天下治。其强也,禁暴诛乱而天下服;其弱也,王霸征而诸侯从;其削¹¹⁶也,内守¹¹⁷外附¹¹⁸而社稷存。故秦之盛也,繁法严刑而天下震¹¹⁹;及其衰也,百姓怨而海内叛矣。故周王序¹²⁰得其道,千馀载不绝;秦本末并失,故不能长。由是观之,安危之统¹²¹相去远矣。

鄙谚¹²²曰:"前事之不忘,后事之师也。"是以君子为国¹²³,观之上古,验之当世,参之人事,察盛衰之理,审权势¹²⁴之宜,去就有序,变化因时¹²⁵,故旷日¹²⁶长久而社稷安矣。(以上下篇)

【注释】 ① 秦孝公：秦国第三十代国君，秦穆公之十六世孙，秦献公之子。公元前361年至公元前338年在位。在位期间，重用商鞅，变法强国。 ② 崤、函：崤山和函谷关的简称。 ③ 雍州：今包括陕西、甘肃及青海三省地，秦处关中，据有雍州。 ④ 窥：偷看、图谋之意。 ⑤ "有席卷天下"四句：司马贞《史记·索隐》曰："春秋纬曰：诸侯冰散席卷也。"席卷，包举，囊括，并吞，均为同义词，即全部占有。天下，宇内，四海，八荒，均指全国。 ⑥ 内立法度：在国内改变制度，史称商鞅变法。商君，卫公孙鞅，孝公致霸，封之于商，号商君。 ⑦ 连衡：同"连横"。《战国策》："苏秦亦为秦连衡。"高诱曰："合关东从通之秦，故曰连衡也。"联合六国抗秦，称"合纵"。 ⑧ 西河：包括黄河以西、华山以东，有今陕西之大荔、宜川等地，方七百里。本属秦，后归魏国所有。商鞅变法后，秦国强大，魏人不敌，割地与秦。 ⑨ 蒙故业，因遗策：这两句是指秦惠王、秦武王继续执行秦孝公的内外政策。蒙，因，此处同义，指承受、继承、沿袭之意。 ⑩ 汉中：秦置郡名，原属楚地，公元前312年秦昭王时秦败楚，属秦置郡。地当汉水上游，今陕西秦岭以南及湖北西北部一带。 ⑪ 要害之郡：于其国家民族生存发展关系最重之部分。 ⑫ 致天下之士：招致天下的能人志士。 ⑬ 合从缔交：合纵结交。指苏秦游说六国诸侯实行纵向联合与秦国对抗的政策。"从"，通"纵"。缔，结。 ⑭ 此四君者：上文提及的孟尝君、平原君、春申君、信陵君，即战国四公子。 ⑮ 约从离衡：司马贞《史记索隐》："孟尝等四君皆为其国共相约结为从，以离散秦之横。" ⑯ 宁越、徐尚、苏秦、杜赫之属：这些人都是战国的策士。宁越，赵人。徐尚，未详。苏秦，东周洛阳人。杜赫，曾说周昭文君。 ⑰ 齐明、周最、陈轸、召滑、楼缓、翟景、苏厉、乐毅之徒：齐明，东周之臣，后仕秦、楚及韩。周最，周之公子，仕秦。陈轸，夏人，仕秦。召滑，楚人。楼缓，魏文侯弟。翟景，未详。苏厉，苏秦之弟，仕齐。乐毅，本齐臣，入燕，燕昭王以客礼待之，以为亚卿。 ⑱ 吴起、孙膑、带佗、倪良、王廖、田忌、廉颇、赵奢之伦：这些都是战国时各国的将领。吴起，卫人，事魏文侯为将。孙膑，孙武之后，曾为齐国打败魏国。倪良、王廖，皆当时豪杰。田忌，齐将。廉颇，赵将。赵奢，赵将。 ⑲ 叩关而攻秦：进攻函谷关，打击秦国。 ⑳ 延敌：引敌，即迎战敌人。 ㉑ 九国之师：除齐、楚、燕、赵、魏、韩六国外，还有中山、宋、卫三国，故称九国之师。战国中期中山入赵，宋为齐所并，卫附于魏。 ㉒ 流血漂橹：形容战争规模之大，死人很多，血流成河，把兵器都漂浮起来。橹，大楯。 ㉓ 因利乘便：凭借压倒性的优势，趁着顺便的机会。 ㉔ 奋六世之馀烈：继承发扬六代的基业。六世，指秦始皇之前的秦孝公、惠文王、武王、昭王、孝文王、庄襄王六代秦国君主。馀烈，遗业，基业。 ㉕ 振长策而御宇内：振，挥动。长策，长长的鞭子。御，驾御。 ㉖ 吞二周而亡诸侯：指秦始皇吞灭二周后又统一六国。二周，西周、东周。庄襄王灭二周，置三川郡。 ㉗ 履至尊而制六合：登上帝位而统治天下。履，登上，登基。至尊，至高无上的地位，指天子。六合，上下四方，代指天下。 ㉘ 执敲扑而鞭笞天下：举起刑杖拍击天下。此喻执掌政柄。敲扑，棍棒，短的曰敲，长的曰扑。鞭笞，鞭打。 ㉙ 百越之地：亦称百粤，包括今浙江、福建、广东、广西、越南等地，因其种族复杂，故称百越。 ㉚ 桂林、象郡：桂林，包括今广西北部之地。象郡，包括今广东西南部及广西南部与越南之地。 ㉛ 俯首系颈：此处指低头屈服。系颈，以绳拴着脖颈。 ㉜ 委命下吏：把性命交给了微不足道的官吏。指百越之君原为一方之主，如今为秦始皇所制，听命于狱吏。 ㉝ 废先王之道：指秦始皇不遵循古代贤王禹、汤、文、武之道。 ㉞ 焚百家之言：焚毁诸子百家的言论著作。　㉟黔首：老百姓。　㊱"收天下之兵"四句：收集天下的金属兵器，集中于咸阳，都加以锻造而改造成金人十二。　㊲践华为城：登上华山以为城墙。践，登。㊳因河为池：凭借黄河以为护城河。因，凭借，依靠。　㊴信臣精卒陈利兵而谁何：此处言排列锐利的兵器盘诘行人，比喻秦始皇专恃暴力统治天下。谁何，盘诘查问，巡更喝问之声。　㊵金城千里：喻关中形胜，秦都关中咸阳，东函谷关、南武关、西散关、北萧关，地势险要，好像有一条钢铁长城环守在千里之外。　㊶万世之业：秦始皇自称始皇帝，子孙以数计，二世、三世以至万世，传之无穷。　㊷殊俗：风俗习惯与中国不相同的民族或地区，指匈奴、百越等。　㊸瓮牖绳枢之子：指贫贱的匹夫。瓮牖绳枢，用破瓮作窗户，用绳拴门轴，形容困。瓮，一种盛水或酒等的陶器。牖，门户的转轴。　㊹氓隶：贱民，平民。㊺迁徙之徒：因罪而充军之人。　㊻中人：中等才能的人，一般的人。　㊼陶朱、猗顿：春秋时越国大夫范蠡，帮助越王勾践灭吴，后弃官从商，称陶朱公，事见《史记·越王勾践世家》和《史记·货殖列传》。猗顿，鲁人，亦经商致富，事见《史记·货殖列传》。　㊽"蹑足"二句：指陈胜插足在军队之间，从平凡的戍卒中崛起。　㊾赢粮而景(yǐng)从：此处指起义军自己带着粮食，如影随形地跟着陈胜。赢粮，担负粮食以供军用。景，影的古字。㊿山东：战国秦汉时泛称崤山或华山以东之地。　○51锄櫌棘矜：指锄柄戟杆。这里指陈胜起兵没有武器，只拿起一些可做锄柄戟杆的木头棍为兵器。与上文"斩木为兵"相应。棘，借作戟。矜，戟柄。　○52铦(xiān)：锋利。　○53度长絜大：比长论短，较量大小。絜，义同"度"，比较之意，泛指衡量。　○54同年而语：相提并论。　○55序八州：压迫八州。古代中国有九州，除秦国外还有八州。　○56一夫作难而七庙隳：此处言一人作难而国家破亡。一夫，指陈涉。七庙，国家宗庙，三昭三穆加始祖是为七庙。　○57仁义不施而攻守之势异也：指秦始皇不施及仁义，暴力统治，屠戮百姓，最终引发人民的反抗。　○58秦火周祀：指秦灭六国，周被秦所灭。周祀，周的祭祀。　○59向风：服从向化。　○60诸侯力政：诸侯以武力相征，指战国之世。政，通"征"。　○61"既元元之民"二句：指秦始皇一统六国，使百姓脱离战国之苦，心悦诚服。元元之民，百姓，平民。冀，希望。　○62自奋：自以为是，妄自尊大。　○63私爱：指私自宠爱的人。　○64诈力：欺诈与暴力。　○65借使：假使。○66"天下莫不"句：指人民厌恶秦始皇暴政，都伸着脖子盼望秦二世改弦更张，改善政治。○67"寒者利裋(shù)褐(hè)"二句：受冻的人有一件粗短衣也很高兴，挨饿的人有一碗糟糠也很甜美。"利"和"甘"，此处作使动词用。裋褐，粗陋布衣。古代多为贫贱者所服。○68嚣嚣：一作"嗷嗷"，小鸟唤食的叫声，引申为人民发出的愁苦之声。　○69"缟素"句：意思是说纠正秦始皇的过错刻不容缓，在服孝期间就要进行。缟，白色生绢，用它做的丧服叫缟素。　○70囹圄：监狱。　○71收孥：古时一人犯法，妻子连坐，没为官奴婢。谓之收孥。亦作"收帑"。　○72天下息矣：天下安定，即政权巩固。　○73坏宗庙与民：指二世的暴政既败坏了宗庙（指破家亡民），又使人民遭殃。　○74上下相遁：大大小小的官吏互相推避责任。　○75牧民之道：统治方法。牧民，蓄养人民。　○76正之非也：指二世用暴政来巩固政治，恰好把安定天下与倾危社稷的关系弄颠倒了。　○77山东三十余郡：山东，指函谷关以东。三十余郡，秦统一六国后，把原来六国的土地分为三十余郡。　○78"修津关"三句：修，依靠。险塞，要塞。缮，修理。　○79鉏(chú)櫌(yōu)白梃：泛指各种兵器。鉏，同"锄"。櫌，木棒。白梃，无漆饰的大棒。　○80望屋而食：指起义的队伍缺乏给养，需要到有人家的地方就食。 ⑧"秦人"四句：阻险，即上文所说的"险塞"。闭，关闭。弩，用机括发射的强弓。 ⑧"楚师深入"三句：楚师，指秦二世二年陈涉所派的将军周文（一名周章）率领的军队。鸿门，古地名，在今山西省临潼县东北。曾无藩篱之难，指秦虽有一些险要关塞，竟然连篱笆都不如。 ⑧"于是"二句：指武臣自立为赵王，魏咎为魏王，田儋为齐王。相立，互相推为主帅或领导者。 ⑧章邯：秦二世所任命的大将。 ⑧"要（yāo）市于外"二句：要市，即约市，彼此间互定契约来作买卖之意。章邯在巨鹿被项羽击败后，接受了陈余的劝告，投降项羽。谋，图谋。上，指秦王。 ⑧不相信：指秦朝君臣之间互不信任。 ⑧遂不悟：遂，终。不悟，不觉醒。 ⑧"借使"句：借使，假使。庸，平常。中佐，中等的辅佐人才。 ⑧三秦：指秦国原来的国土。据《史记》，项羽破秦入关后，三分秦关中之地，以章邯为雍王，领咸阳以西地；司马欣为塞王，领咸阳以东至黄河之地；董翳为翟王，领上郡之地。合称三秦。 ⑩宗庙之祀：古代以国君能否继续祭祀祖先来比喻国家的存亡。 ⑪缪公：指秦穆公。缪，通"穆"。 ⑫其势居然也：居，处。势居，地理形势所处。 ⑬尝：曾经。 ⑭形不利、势不便：指秦国的形式对进攻者不利。 ⑮阨（è）：隘道。引申为险要之处。 ⑯"诸侯起于匹夫"二句：匹夫，平民。会，回合。 ⑰素王：专指有帝王之德而未居其位的人。 ⑱利之：指各自为了本身的利益。 ⑲"彼见"句：彼，他们，指起义的诸侯。阻，险阻。 ⑳"案土息民"句：安定他们的士卒和百姓，以等待他们士气疲惫后自己退兵。案土，安定本土。案，通"安"。息民，谓使人民得到休养生息。 ㉑"收弱扶罢"句：收弱扶罢，收容扶持疲弱的百姓。罢，通"疲"。令大国之君，用实力使得东方新建的各诸侯国屈服。 ㉒"而身为禽者"二句：为禽，被擒。禽，同"擒"。救败非也，指子婴挽救秦朝败亡的策略不对。 ㉓足己而不问：足己，自己认为满足，骄傲自满。不问，不征求别人的意见。 ㉔遂过，一直错下去，即坚持错误之意。 ㉕因：因袭，承受。 ㉖重，加重。 ㉗危弱无辅：危，危急。弱，指年幼。无辅，指没有得力的辅佐大臣。 ㉘惑：迷惑。 ㉙知化之士：对形势变化认识得比较透彻的谋士。 ㉚"秦俗"句：即《史记·秦始皇本纪》中所说的，秦始皇时人皆"畏忌讳谀，不敢端言其过"，秦二世时"群臣谏者，以为诽谤"。 ㉛"忠言"句：未卒于口，话还没有说完。糜没，喻被杀害。糜，同"靡"，倒下。 ㉜"故使天下之士"三句：倾耳而听，小心地处世，唯恐触犯刑律。重足，两只脚重叠起来，不敢行走，怕踏上不测之祸。阖口，合口。 ㉝奸不上闻：奸臣不让皇帝知道。 ㉞饰法：整顿法度。 ㉟设刑，使用刑罚。 ㊱削：削弱，喻国势衰微。 ㊲内守：在内部保住王室的名义。 ㊳外附，对外依附各诸侯国的力量。 ㊴震：震动，慑服。 ㊵王序：指治国之道。序，次序。 ㊶统：本。此处指施政方针纲领。 ㊷鄙谚：即今所谓"俗语"之类。 ㊸为国，治国。 ㊹权势：指不断变化的形势。 ㊺"去就有序"二句：去就，指采取什么方法和抛弃什么方法。有序，有一定的规律。变化因时，指时代变了，政策也要相应地改变。因，根据。 ㊻旷日：经历较长的时间。

【赏析】 作为古文名篇，有上、中、下三篇主题不一样的《过秦论》。上篇"过"的对象是秦始皇，中篇"过"的对象是秦二世，下篇"过"的对象是子婴。上篇先从秦国兴起的历史讲起，认为秦始皇之所以能统一全国，完成大业,是因为前面数代秦王的共同努力,诸侯的人才集中在秦国,秦国战斗力又很强,即所谓"奋六世之馀烈",而最终成于秦始皇。然而,秦统一后,却大兴土木,发动战争,巡游天下,劳民伤财,故本篇认为秦亡的原因是"仁义不施,而攻守之势异也"。

中篇指摘秦二世之过。秦始皇死后,秦二世理应接受教训,改弦更张,以孚天下人之望。但是,二世不仅没有这样做,反而进一步加重秦始皇的酷政,致使民不聊生,变故迭起,天下大乱,国家倾危。

下篇分析在陈涉等起义大军横行天下,而朝廷其实仍然实力强大,只是子婴是庸主,而章邯等将臣又各怀异心,子婴"孤立无亲,危弱无辅",其覆灭也是必然之势了。

文章最后说明了撰写此文的宗旨:"前事之不忘,后事之师也。"以求国家能够长治久安。全文一气贯成,尤以上篇最称白眉。

贾 山

作者简介

贾山,颍川人。涉猎书记,不能为醇儒。事文帝,言治乱之道,借秦为喻,名曰《至言》。其后,帝下铸钱令,贾山上书谏阻,遂禁铸钱。又讼淮南王无大罪,宜亟令返国,言多激切,然终不加罚。传见《汉书》卷五十一《贾邹枚路传》。

至 言

【题解】 贾山的《至言》,收于《汉书》卷五十一《贾邹枚路传》中,是讨论秦为什么灭亡和汉为什么兴起的名篇。本书选录《汉书》卷五十一《贾邹枚路传》所收《至言》全文。

【原文】

臣闻为人臣者,尽忠竭愚,以直谏主,不避死亡之诛者,臣山是也。臣不敢以久远谕,愿借秦以为谕,惟陛下少加意焉。

夫布衣韦带①之士,修身于内,成名于外,而使后世不绝息。至秦则不然。贵为天子,富有天下,赋敛重数②,百姓任疲③,赭衣半道④,群盗满山。使天下之人,戴目而视⑤,倾耳而听⑥,一夫大呼,天下响应者,陈胜是也。秦非徒如此也。起咸阳而西至雍,离宫⑦三百,钟鼓帷帐,不移而具。又为阿房之殿⑧,殿高数十仞,东西五里,南北千步,从车罗骑,四马骛驰,旌旗不桡⑨。为宫室之丽至于此,使其后世曾不得聚庐而托处⑩焉。为驰道于天下,东穷燕、齐,南极吴、楚,江湖之上,濒海⑪之观毕至,道广五十步,三丈而树⑫,厚筑其外,隐以金椎⑬,树以青松。为驰道之丽至于此,使其后世曾不得邪径而托足焉。死葬乎骊山⑭,吏徒⑮数十万人,旷日⑯十年,下彻三泉⑰,合采金石,冶铜锢其内,涂其外,被以珠玉,饰以翡翠,中成观游⑱,上成山林。为葬之侈至于此,使其后世曾不得蓬颗蔽冢⑲而托葬焉。秦以熊罴之力,虎狼之心,蚕食诸侯,并吞海内,而不笃礼义,故天殃已加矣。臣昧死以闻,愿陛下少留意,而详择其中。

臣闻忠臣之事君也:言切直,则不用而身危;不切直,则不可以明道。故切直之言,明主所欲急闻,忠臣之所以蒙⑳死而竭知也。地之硗者,虽有善种,不能生焉;江皋㉑河濒,虽有恶种,无不猥大㉒。昔者夏、商之季世,虽关龙逢、箕子、比干之贤㉓,身死亡而道不用。文王㉔之时,豪俊之士,皆得竭其智;刍荛采薪之人㉕,皆得尽其力。此周之所以兴也。故地之美者善养禾,君之仁者善养士。雷霆之所击,无不摧折者;万钧之所压,无不糜灭者。今人主之威,非特雷霆也;势重,非特万钧也。开道而求谏,和颜色而受之,用其言而显其身,士犹恐惧而不敢自尽,又乃况于纵欲,恣行暴虐,恶闻其过乎?震之以威,压之以重,则虽有尧、舜之智,孟贲㉖之勇,岂有不摧折者哉?如此则人主不得闻其过失矣。弗闻,则社稷危矣!古者圣王之制:史在前书过失,工诵箴谏,瞽诵诗谏,公卿比谏㉗,士传言谏过,庶人谤于道,商旅㉘议于市,然后君得闻其过失也。闻其过失而改之,见义而从之,所以永有天下也。天子之尊,四海之内,其义莫不为臣,然而养三老于太学,亲执酱㉙而馈㉚,执爵㉛而酳㉜,祝噎㉝在前,祝鲠在后,公卿奉杖,大夫进履,举贤以自辅弼,求修正之士㉞使直谏。故以天子之尊,尊养三老㉟,视孝也;立辅弼之臣者,恐骄也;置直谏之士者,恐不得闻其过失也;学问至于刍荛者㊱,求善无餍也;商人、庶人诽谤己而改之,从善无不听也。

昔者秦政㊲力并万国,富有天下,破六国以为郡县,筑长城以为关塞。秦地之固,大小之势,轻重之权,其与一家之富,一夫之强,胡可胜计也!然而兵破于陈涉,地夺于刘氏者,何也?秦王贪狼暴虐,残贼天下,穷困万民,以适㊳其欲也。昔者周盖千八百国,以九州之民,养千八百国之君,用民之力,不过岁三日㊴。什一㊵而籍㊶,君有余财,民有余力,而颂声作。秦皇帝以千八百国之民自养,力罢㊷不能胜其役,财尽不能胜其求。一君之身耳,所以自养者,驰骋弋猎之娱,天下弗能供也。劳罢者不得休息,饥寒者不得衣食,亡罪而死刑者无所告诉,人与之为怨,家与之为仇,故天下坏也。秦皇帝身在之时,天下已坏矣,而弗自知也。秦皇帝东巡狩,至会稽、琅邪,刻石著其功,自以为过尧、舜;统县石㊸,铸钟虡㊹,筛土筑阿房之宫,自以为万世有天下也。古者圣王作谥,三四十世耳,虽尧、舜、禹、汤、文、武,累世广德,以为子孙基业,无过二三十世者也㊺。秦皇帝曰死而以谥法,是父子名号有时相袭也,以一至万,则世世不相复㊻也,故死而号曰始皇帝,其次曰二世皇帝者,欲以一至万也。秦皇帝计其功德,度其后嗣,世世无穷,然身死才数月耳,天下四面而攻之,宗庙灭绝矣。

秦皇帝居灭绝之中而不自知者,何也?天下莫敢告。其所以莫敢告者,何也?亡养老之义,亡辅弼之臣,亡进谏之士,纵恣行诛,退诽谤之人,杀直谏之士。是以道谀偷合苟容:比其德,则贤于尧、舜;课其功,则贤于汤、武;天下已溃而莫之告也。《诗》曰:"匪言不能,胡此畏忌。听言则怼,谮言则退㊼。"此之谓也。又曰:"济济多士,文王以宁㊽。"天下未尝亡士也,然而文王独言以宁者,何也?文王好仁,则仁兴;得士而敬之,则士用;用之有礼义。

故不致其爱敬,则不能尽其心;不能尽其心,则不能尽其力;不能尽其力,则不能成其功。故古之贤君于其臣也,尊其爵禄而亲之;疾则临视之亡数,死则往吊哭之,临㊾其小殓㊿大殓,已棺[51]涂[52]而后为之服锡衰[53]麻绖[54],而三临其丧;未敛不饮酒食肉,未葬不举乐,当宗庙之祭而死,为之废乐。故古之君人者于其臣也,可谓尽礼矣;服法服[55],端容貌,正颜色,然后见之。故臣下莫敢不竭力尽死以报其上,功德立于后世,而令闻[56]不忘也。

今陛下念思祖考,术追厥功,图[57]所以昭光洪业休[58]德,使天下举贤良方正之士,天下皆䜣䜣[59]焉,曰将兴尧舜之道,三王之功矣。天下之士莫不精白[60]以承休德。今方正之士皆在朝廷矣,又选其贤者使为常侍、诸吏[61],与之驰驱射猎,一日再三出。臣恐朝廷之解弛,百官之堕于事也,诸侯闻之,又必怠于政矣。

陛下即位,亲自勉以厚天下,损食膳,不听乐,减外繇[62]卫卒[63],止岁贡;省厩马以赋[64]县传[65],去诸苑以赋农夫,出帛十万馀匹以振贫民;礼高年,九十者一子不事[66],八十者二算不事[67];赐天下男子爵,大臣皆至公卿;发御府金赐大臣宗族,亡不被泽者;赦罪人,怜其亡发,赐之巾,怜其衣赭书其背,父子兄弟相见也而赐之衣[68]。平狱缓刑,天下莫不说喜。是以元年膏雨降,五谷登,此天之所以相[69]陛下也。刑轻于它(他)时而犯法者寡,衣食多于前年而盗贼少,此天下之所以顺陛下也。臣闻山东吏布诏令,民虽老羸癃疾⁷⁰,扶杖而往听之,愿少须臾毋死,思见德化之成也。今功业方就,名闻方昭,四方乡风,今从豪俊之臣,方正之士,直与之日日猎射,击兔伐狐,以伤大业,绝天下之望,臣窃悼之。《诗》曰:"靡不有初,鲜克有终⁷¹。"臣不胜大愿,愿少衰射猎,以夏岁⁷²二月,定明堂,造太学,修先王之道。风行俗成,万世之基定,然后唯陛下所幸耳。古者大臣不媟⁷³,故君子不常见其齐严之色,肃敬之容。大臣不得与宴游,方正修洁之士不得从射猎,使皆务其方以高其节,则群臣莫敢不正身修行,尽心以称大礼⁷⁴。如此,则陛下之道尊敬,功业施于四海,垂于万世子孙矣。诚不如此,则行日坏而荣日灭矣。夫士修之于家,而坏之于天子之廷,臣窃愍之。陛下与众臣宴游,与大臣方正朝廷论议。夫游不失乐⁷⁵,朝不失礼,议不失计⁷⁶,轨事之⁷⁷大者也。

【注释】　① 布衣韦带:布做的衣服,韦皮做的带子,古代未仕或隐居在野者的粗陋服装,借指贫贱之士。韦,熟牛皮。　② 数:既重且繁。　③ 任疲:疲于役使。　④ 赭衣半道:道路行人的半数是罪犯,言被罪之众。赭衣,指罪犯,身穿赭色之衣。　⑤ 戴目而视:举目仰视,怒目而视。　⑥ 倾耳而听:形容集中注意地听。倾,侧向一边。此处言时有戒心,不安寝处。　⑦ 离宫:皇帝在正宫外临时居住的宫殿。　⑧ 阿房之殿:秦朝所筑阿房宫。　⑨ 桡:屈。　⑩ 托处:安身,栖止。　⑪ 濒海:缘海之边,处在沿海地带。　⑫ 三丈而树:谓道之两旁每隔三丈植一树。　⑬ 隐以金椎:以金椎筑路使坚稳。金椎,铁铸的捶击具。　⑭ 骊山:秦始皇葬处,在今陕西临潼县东。　⑮ 吏徒:吏为督领之人,徒为服劳役之人。　⑯ 旷日:历时,耗费时日。　⑰ 三泉:三重之泉,言其极深。　⑱ 中成观游:中层有宫观及各种宝物,可以观游。中成,中层。　⑲ 蓬颗蔽冢:土块遮蔽而成坟墓。蓬颗,长有蓬草的土块,一般指坟上长草的土块,亦借指坟头。　⑳ 蒙:冒犯。　㉑ 皋:水边游池。　㉒ 猥大:粗大,壮大。　㉓ "虽关龙逢"句:关龙逢,夏桀之臣,因直谏而被杀。箕子、比干,皆殷之旧臣,箕子因直谏被纣囚禁,比干因屡次直谏被纣剖心而死。　㉔ 文王:周文王。　㉕ 刍尧采薪之人:割草打柴的人。　㉖ 孟贲:古之勇士。　㉗ 比谏:以事类为比,进行规劝。　㉘ 商旅:行商,流动的商人。　㉙ 酱:古代的一种食品。　㉚ 馈:进献,进食于人。　㉛ 爵:古代饮酒的器皿,三足,以不同的形状显示使用者的身份。　㉜ 酳(yìn):食毕用酒漱口。　㉝ 噎:食物阻梗食道。　㉞ 修正之士:修身正行之人。　㉟ 三老:古代掌教化之官。乡、县、郡均曾先后设置。　㊱ 刍荛(ráo)者:割草打柴的人,意谓低贱者。　㊲ 秦政:秦始皇嬴政。　㊳ 适:快。　㊴ 不过岁三日:言不过每岁三日。　㊵ 什一:谓十分取一。　㊶ 籍:税,一说为借,谓借人力。　㊷ 罢:通"疲",疲惫。　㊸ 统县石:指秦始皇二十六年统一度量衡之事。统:统一。县石,泛指称重量的器物。县通“悬”,即衡、秤,古代衡以悬为用,故以悬为名。石,古代重量单位,一百二十斤为一石。 ㊹ 铸钟虡(jù):指秦始皇收天下兵器,销以为钟虡事。虡,古代悬挂钟或磬的架子两旁的柱子。 ㊺“无过”句:相传夏传十七世,殷传三十一世,周传三十六世。㊻ 复:重复。 ㊼“匪言不能”四句:见《诗经·大雅·桑柔》及《小雅·雨无正》。匪言不能,即非不能言。匪,非。胡此畏忌,言何为如此畏惧顾忌。听言,指规谏之言。怼(duì),怨恨。谮,谗言。退,采纳。 ㊽“济济多士”二句:见《诗经·大雅·文王》。济济,多而整齐的样子。多士,指百官。 ㊾ 临:吊丧。 ㊿ 敛,同“殓”,给尸体穿衣下棺。(51) 已棺:谓已大殓。 (52) 涂:指涂殡,埋葬。 (53) 锡衰:以细麻所制的丧服。锡,通“緆”。(54) 麻绖(dié):服丧期间结在头上或腰间的麻带。 (55) 法服:古代礼法规定的服饰。(56) 令闻:美好的名声。 (57) 图:谋。 (58) 休:美。 (59) 䜣䜣:即欣欣,喜乐的样子。(60) 精白:即洁白。 (61) 常侍、诸吏:皆加官。 (62) 外徭:指征发戍边的徭役。 (63) 卫卒:宫禁之卫士。 (64) 赋:给予。 (65) 传:译传。 (66) 一子不事:指蠲其一子的赋役。(67) 二算不事:免二口之算赋。 (68)“赦罪人”五句:意谓罪人初赦时,因头上无发、身穿书背(书罪于衣背)赭衣而愧对家人,文帝怜而赐其衣巾。 (69) 相:助。 (70) 老羸(léi)癃(lóng)疾:年老瘦弱多病。 (71)“靡不有初”二句:见《诗经·大雅·荡》。言人起初想走正道,而少有能始终如一的。 (72) 夏岁:夏正,夏历。 (73) 媟(xiè):同“亵”。 (74) 称:副,符合。 (75) 游不失乐:游与乐同节。 (76) 议不失计:非当计之事不下其事。 (77) 轨:谓法变。

【赏析】 贾山的《至言》是跟贾谊《过秦论》一样的汉初与“过秦”有关的议论文,讨论秦之所以灭亡和汉为什么兴起。此篇作于汉文帝时,宋代真德秀《文章正宗》曰:“汉自高帝以来,未有以书疏言事者,山实始之。岂非文帝开广言路之故欤?”至于此篇的结构,曾国藩《经史百家杂钞》分析为第一二段“言秦亡之惨以悚听”,第三段“言古人能养直士、置谏臣,故兴也”,第四五段“言秦不养老,无辅臣谏士,故亡”,第六七八九段“言宜以礼待大臣,不宜从射猎宴游”。本文最为人所称道的是文气的纵横,前人的评论之语多围绕此而言,如明代唐顺之曰:“此文去战国未远,有奇气,而不用绳墨。”清代张英曰:“极言竭论中,独有温醇绵密之气,西汉文继《战国策》后一变,所以开一代之风气。”姚鼐曰:“雄肆之气,喷薄横出,汉初之文如此。”浦起龙曰:“云合澜迴,每于目眩后眼豁。”吴汝纶曰:“此特谏与方正射猎耳,恐其言不入,乃引秦为喻。多作危语,未甚切中也,而文乃句句腾跃而出,语语有崩云坠石之势。”李兆洛《骈体文钞》评此篇“如高山大川”。可见,通过这篇《至言》,读者可以更深入地体会到战国秦汉之际文章的纵横捭阖与波澜起伏之美。

严 安

作者简介

严安,原姓庄,临淄(今山东淄博)人,与徐乐一起上书言世务,得汉武帝召见,曾为丞相史、骑马令,其传见《史记·平津主父列传》与《汉书·严朱吾丘主父徐严终王贾传》。严安是武帝朝著名文士,江淹《别赋》言古之能文者曰:"虽渊、云之墨妙,严、乐之笔精,金门之诸彦,兰台之群英",将王褒、扬雄与严安、徐乐并列。任昉《奉答敕示七夕诗启》亦云:"早奉龙潜,与贾马而入室;晚属天飞,比严徐而待诏。"亦称道贾谊、司马相如与严安、徐乐。可见,作为武帝朝著名文士,严安与徐乐常为后人所称道。

上书言世务

【题解】 汉武帝是一位具有雄才大略的君主,他即位后,不拘一格录用人才,臣民纷纷谒阙上书,武帝亲自阅览,凡有见地者即召见并委任官职。主父偃、东方朔等人都经由此途径而进入朝廷,严安亦然。此篇《言世务书》见于《史记》与《汉书》。《汉书》所录更为详细,故本文选录《汉书·严朱吾丘主父徐严终王贾传》所载严安之文。

【原文】

臣闻《邹子》①曰:"政教文质者,所以云救也,当时则用,过②则舍之,有易③则易之,故守一而不变者,未睹治之至也。"今天下人民用财侈靡,车马衣裘宫室皆竞修饰,调五声使有节族④,杂五色使有文章,重五味方丈于前,以观欲⑤天下。彼民之情,见美则愿之,是教民以侈也。侈而无节,则不可赡⑥,民离本而徼⑦末矣。末不可徒⑧得,故搢绅⑨者不惮为诈,带剑者夸⑩杀人以矫夺⑪,而世不知愧,故奸宄⑫浸长⑬。夫佳丽珍怪固顺于耳目,故养失而泰⑭,乐失而淫,礼失而采⑮,教失而伪。伪、采、淫、泰,非所以范民⑯之道也。是以天下人民逐利无已,犯法者众。臣愿为民制度以防其淫,使贫富不相耀以和其心。心既和平,其性恬安。恬安不荥⑰,则盗贼销;盗贼销,则刑罚少;刑罚少,则阴阳和,四时正,风雨时,草木畅茂,五谷蕃孰⑱,六畜遂字⑲,民不夭厉⑳,和之至也。

臣闻周有天下,其治三百馀岁,成康㉑其隆也,刑措㉒四十馀年而不用。及其衰,亦三百馀年,故五伯㉓更起。伯者,常佐天子兴利除害,诛暴禁邪,匡正海内,以尊天子。五伯既没,圣贤莫续,天子孤弱,号令不行。诸侯恣行,强陵弱,众暴寡。田常篡齐㉔,六卿分晋㉕,并为战国,此民之始苦也。于是强国务攻,弱国修守,合纵连衡,驰车击毂㉖,介胄㉗生虮虱㉘,民无所告诉。

及至秦王,蚕食天下,并吞战国,称号皇帝,一海内之政,坏诸侯之城。销其兵㉙,铸以为锺簴㉚,示不复用。元元黎民㉛得免于战国,逢明天子,人人自以为更生。向使秦缓刑罚,薄赋敛,省繇役㉜,贵仁义,贱权利,上㉝笃厚㉞,下伎巧,变风易俗,化于海内,则世世必安矣。秦不行是风,循其故俗,为知㉟巧权利者进,笃厚忠正者退,法严令苛,谄谀者众,日闻其美,意广心逸。欲威海外,使蒙恬将兵以北攻强胡,辟地进境,戍于北河,飞刍挽粟㊱以随其后,又使尉屠睢将楼船之士攻越,使监禄凿渠运粮,深入越地,越人遁逃。旷日持久,粮食乏绝,越人击之,秦兵大败。秦乃使尉忙将卒以戍越。当是时,秦祸北构于胡,南挂于越㊲,宿㊳兵于无用之地,进而不得退。行十馀年,丁男被甲,丁女转输,苦不聊生,自经㊴于道树,死者相望。及秦皇帝崩,天下大叛。陈胜、吴广举㊵陈,武臣、张耳举赵,项梁举吴,田儋举齐,景驹举郢,周市举魏,韩广举燕,穷山通谷,豪士并起,不可胜载也。然本皆非公侯之后,非长官㊶之吏,无尺寸之势,起闾巷,杖棘矜㊷,应时而动,不谋而俱起,不约而同会,壤长地进㊸,至乎伯王,时教使然也。秦贵为天子,富有天下,灭世绝祀,穷兵之祸也。故周失之弱,秦失之强,不变之患也。

今徇南夷㊹,朝夜郎,降羌僰㊺,略薉州㊻,建城邑,深入匈奴,燔其龙城㊼,议者美之。此人臣之利,非天下之长策也。今中国无狗吠之警,而外累于远方之备,靡敝国家,非所以子民㊽也。行无穷之欲,甘心快意,结怨于匈奴,非所以安边也。祸挐㊾而不解,兵休而复起,近者愁苦,远者惊骇,非所以持久也。今天下锻甲摩剑,矫㊿箭控[51]弦,转输军粮,未见休时,此天下所共忧也。夫兵久而变起,事烦而虑生。今外郡之地或几千里，列城数十，形束壤制㊾，带胁㊿诸侯，非宗室之利也。上观齐晋所以亡，公室卑削，六卿大盛也；下览秦之所以灭，刑严文刻，欲大无穷也。今郡守之权非特六卿之重也，地几千里非特闾巷之资也，甲兵器械非特棘矜之用也，以逢万世之变，则不可胜讳㊾也。

【注释】 ① 邹子：邹衍，战国时期齐国人，诸子中阴阳家的代表人物。 ② 过：谓过时。 ③ 易：变易。 ④ 节族：犹节奏。 ⑤ 观欲：显示之使其慕欲。观，显。 ⑥ 赡：足。 ⑦ 徼(jiǎo)：要求。 ⑧ 徒：空。 ⑨ 搢绅：即缙绅，代指官宦。搢绅意为插笏于绅。绅，古代仕宦者和儒者围于腰际的大带。 ⑩ 夸：大，竟。 ⑪ 矫夺：强行夺取。 ⑫ 奸宄(guǐ)：犯法作乱的坏人，亦作"奸轨"。 ⑬ 浸：渐。 ⑭ 泰：过甚。 ⑮ 采：饰，谓文过其实。 ⑯ 范民：使民合乎法度。 ⑰ 荧：迷惑。 ⑱ 蕃孰：丰稔，谓庄稼成熟而得丰收。蕃，繁殖。孰，通"熟"。 ⑲ 字：生。 ⑳ 夭厉：亦作"夭疠"，因遭疾疫而早死。厉，病。 ㉑ 成康：周成王和其后的周康王。相传成康在位时，是周朝的盛世和平期。 ㉒ 刑措：谓刑法搁置不用。 ㉓ 五伯：即五霸，说法不一，一般认为是齐桓公、晋文公、秦穆公、宋襄公、楚庄王。伯，通"霸"。 ㉔ 田常：即陈成子，又称田成子，春秋时齐国大臣。齐简公四年（公元前481），田常杀死齐简公，立齐平公，任相国，从此陈氏在齐专权。 ㉕ 六卿分晋：六卿指春秋时晋国的范、中行、知、赵、韩、魏六家，世代为晋卿，故称"六卿"。后来范、中行、知三家败亡，赵、韩、魏三家分晋，成为新的诸侯，史称"三家分晋"。 ㉖ 驰车击毂：谓飞驰的交往之车；车毂相击，言车众多。 ㉗ 介胄：铠甲和头盔。 ㉘ 虮(jǐ)虱(shī)：虱及其卵。 ㉙ 销其兵：熔化武器。 ㉚ 簴(jù)：古代挂钟磬的架子上的立柱。 ㉛ 元元黎民：平民百姓。 ㉜ 繇役：徭役，繇，通"徭"。 ㉝ 上：通"尚"，崇尚。 ㉞ 笃厚：忠实厚道。 ㉟ 知：通"智"。 ㊱ 飞刍挽粟：谓迅速运送粮草。挽，通"輓"，谓引车船。 ㊲ 挂于越：言祸结于越。挂，通"絓(guà)"，结。 ㊳ 宿：留。 ㊴ 自经：上吊自杀。 ㊵ 举：谓起兵。 ㊶ 长官：谓一官之长。 ㊷ 杖棘矜：拿着戟柄。棘，通"戟"。矜，戟柄。 ㊸ 壤长地进：谓扩大地盘。 ㊹ 今徇南夷：《史记》作"今欲招南夷"。 ㊺ 僰(bó)：古代西南地区的少数民族名。 ㊻ 薉州：在今朝鲜半岛。薉，同"秽"，古代少数民族名。 ㊼ 龙城：汉时匈奴地名，为匈奴祭天之处。 ㊽ 子民：谓养民如子。 ㊾ 挐(ná)：连引。 ㊿ 矫：正曲使直。 ㊼ 控：引。 ㊽ 形束壤制：言其土地形势足以束制其民。 ㊾ 带胁：包围、威胁之意。 ㊿ 不可胜讳：意谓必然灭亡。

【赏析】 严安《上书言世务》是针对汉武帝用兵而发，其文气跌宕，富有纵横家气息。明代王慎中曰："汉武用兵，独严安一疏论事有本末，讥刺当世有味。"邓以赞曰："纵笔写去，不事绳削，而奇气自跃如。"此篇虽然没有成为文学史上的一流名篇，但在后世也有一定影响。魏征《群书治要》、真德秀《文章正宗》、贺复征《文章辨体汇选》、玄烨《古文渊鉴》、姚鼐《古文辞类纂》、曾国藩《经史百家杂钞》等,皆收录此篇。严安上书的名言与精神,尤其是上书中对战争有利臣下而不利君主之论,影响了后世的多次合议。比如北宋富弼出使契丹主持庆历合议时,应对言辞中曾将此点作了点铁成金的化用,挫败了辽主举兵的意图。苏轼父子在观语录时最早发现这是出自严安之语,并点出严安之意即"今徇南夷,朝夜郎,降羌僰,略薉州,建城邑,深入匈奴,燔其龙城,议者美之。此人臣之利,非天下之长策也"数句。其后,学者们又寻绎出宋代以前的合议中运用此观点的地方,如三国时吴国的顾雍、陆抗曾以此点谏孙权,北魏崔伯深曾谏太武帝勿击刘宋,唐高祖遣郑元璹游说突厥颉利可汗,皇甫惟明对唐玄宗力言与吐蕃和亲之利,等等。这些贤臣的进谏都被君主采纳而避免了战事,可见,严安上书所反映战争的本质与利弊,已成为后人的共识。

邹 阳

作者简介

邹阳,齐人,西汉著名文学家。汉文帝时,为吴王刘濞门客,以文辩著称于世。吴王阴谋叛乱,邹阳上书谏止,吴王不听,邹阳与枚乘、严忌等离吴之梁,为景帝少弟梁孝王门客。邹阳"为人有智略,慷慨不苟合",后被人诬陷入狱,面临处死。他在狱中上书梁孝王,表明心迹,为己辩诬。梁孝王见书大悦,立命释放,尊为上客。邹阳有文七篇,现存两篇,即《上书吴王》、《狱中上梁王书》。《史记》有传。

狱中上梁王书

【题解】 《狱中上梁王书》(亦作《于狱中上书自明》)是邹阳被人诬陷,下于大狱,面临处死危局时给梁孝王的一封书信。邹阳在信中引征史实,为自己反复辩解,力图使梁孝王明晓自己的忠信。最终获得梁孝王信任,不仅免于一死,而且得就高位。本文选自《史记·鲁仲连邹阳列传》。

【原文】

臣闻忠无不报,信不见疑,臣常以为然,徒虚语耳。昔者荆轲慕燕丹之义①,白虹贯日②,太子畏之③;卫先生为秦画长平之事④,太白蚀昴⑤,而昭王疑之⑥。夫精变天地而信不喻两主,岂不哀哉!今臣尽忠竭诚,毕议原知⑦,左右不明,卒从吏讯⑧,为世所疑,是使荆轲、卫先生复起,而燕、秦不悟也。愿大王孰察之。

昔卞和献宝,楚王刖之⑨;李斯竭忠,胡亥极刑⑩。是以箕子详狂,接舆辟世⑪,恐遭此患也。愿大王孰察卞和、李斯之意,而后楚王、胡亥之听⑫,无使臣为箕子、接舆所笑。臣闻比干剖心,子胥鸱夷⑬,臣始不信,乃今知之。愿大王孰察,少加怜焉⑭。

谚曰:"有白头如新,倾盖如故⑮。"何则?知与不知也⑯。故昔樊于期逃秦之燕,藉荆轲首以奉丹之事⑰;王奢去齐之魏,临城自刭以却齐而存魏⑱。夫王奢、樊于期非新于齐、秦而故于燕、魏也,所以去二国死两君者,行合于志而慕义无穷也。是以苏秦不信于天下,而为燕尾生⑲;白圭战亡六城,为魏取中山⑳。何则? 诚有以相知也。苏秦相燕,燕人恶之于王,王按剑㉑而怒,食以駃騠㉒;白圭显于中山㉓,中山人恶之魏文侯,文侯投之以夜光之璧。何则? 两主二臣㉔,剖心坼肝相信㉕,岂移于浮辞哉!

故女无美恶,入宫见妒;士无贤不肖,入朝见嫉。昔者司马喜髌脚于宋,卒相中山㉖;范雎摺胁折齿于魏,卒为应侯㉗。此二人者,皆信必然之画㉘,捐朋党之私,挟孤独之位,故不能自免于嫉妒之人也。是以申徒狄自沈于河㉙,徐衍负石入海㉚。不容于世,义不苟取,比周于朝㉛,以移主上之心。故百里奚乞食于路,缪公委之以政㉜;宁戚饭牛车下,而桓公任之以国㉝。此二人者,岂借宦于朝,假誉于左右,然后二主用之哉? 感于心,合于行,亲于胶漆,昆弟不能离,岂惑于众口哉? 故偏听生奸,独任成乱。昔者鲁听季孙之说而逐孔子㉞,宋信子罕之计而囚墨翟㉟。夫以孔、墨之辩,不能自免于谗谀,而二国以危。何则? 众口铄金,积毁销骨㊱也。是以秦用戎人由余㊲而霸中国,齐用越人蒙㊳而强威、宣㊴。此二国,岂拘于俗,牵于世,系阿偏之辞㊵哉? 公听并观㊶,垂名当世。故意合则胡越为昆弟,由余、越人蒙是矣;不合,则骨肉出逐不收,朱、象、管、蔡㊷是矣。今人主诚能用齐、秦之义,后宋、鲁之听,则五伯不足称,三王易为也。

是以圣王觉寤,捐子之之心㊸,而能不说于田常㊹之贤;封比干之后,修孕妇之墓㊺,故功业复就于天下。何则? 欲善无厌也。夫晋文公亲其仇,强霸诸侯㊻;齐桓公用其仇,而一匡天下㊼。何则,慈仁殷勤,诚加于心,不可以虚辞借也。

至夫秦用商鞅之法,东弱韩、魏,兵强天下,而卒车裂之;越用大夫种之谋,禽劲吴,霸中国,而卒诛其身。是以孙叔敖三去相而不悔㊽,於陵子仲辞三公为人灌园㊾。今人主诚能去骄泆之心,怀可报之意㊿,披心腹,见情素㉛,堕肝胆,施德厚,终与之穷达,无爱于士㊼,则桀之狗可使吠尧,而蹠之客可使刺由㊽;况因万乘之权,假圣王之资乎? 然则荆轲之湛七族㊾,要离之烧妻子㊿,岂足道哉!

臣闻明月之珠,夜光之璧,以暗投人于道路,人无不按剑相眄㊶者。何则? 无因而至前也。蟠木根柢,轮囷离诡㊷,而为万乘器者。

何则？以左右先为之容也㊿。故无因至前，虽出随侯之珠㊿，夜光之璧，犹结怨而不见德。故有人先谈，则以枯木朽株树功而不忘。今夫天下布衣穷居之士，身在贫贱，虽蒙㊿尧、舜之术，挟伊、管㊿之辩，怀龙逢㊿、比干之意，欲尽忠当世之君，而素无根柢之容；虽竭精思，欲开忠信，辅人主之治，则人主必有按剑相眄㊿之迹。是使布衣不得为枯木朽株之资也㊿。

是以圣王制世御俗，独化于陶钧之上㊿，而不牵于卑乱之语，不夺于众多之口。故秦皇帝任中庶子蒙嘉之言，以信荆轲之说，而匕首窃发；周文王猎泾、渭，载吕尚而归，以王天下。故秦信左右而杀㊿，周用乌集而王㊿。何则？以其能越挛拘㊿之语，驰域外之议，独观于昭旷之道也。

今人主沈于谄谀之辞，牵于帷裳之制㊿，使不羁之士与牛骥同皁㊿，此鲍焦所以忿于世而不留富贵之乐也㊿。

臣闻盛饰入朝者不以利污义，砥厉名号㊿者不以欲伤行，故县名胜母而曾子不入㊿，邑号朝歌而墨子回车㊿。今欲使天下寥廓之士㊿，摄于威重之权，主于位势之贵，故回面污行以事谄谀之人而求亲近于左右㊿，则士伏死堀穴岩薮之中㊿耳，安肯有尽忠信而趋阙下者哉！

【注释】　①昔者荆轲慕燕丹之义：燕太子丹求客刺秦王，荆轲为太子丹义举感动而愿刺秦王。见《史记·刺客列传》。　②白虹贯日：白色的长虹穿日而过。古人认为人间有非常之事发生，就会出现这种天象变化。荆轲的精诚感动了天地，出现了白虹穿日的异常现象。　③太子畏之：荆轲将离开燕国之时，太子丹等人送之。荆轲有所等待而迟迟不行，太子丹曾因此疑心荆轲不入秦而催逼之。　④卫先生为秦画长平之事：长平之战后，白起欲趁机灭赵，派卫先生说秦昭王增兵，被秦相应侯范雎所害，事用不成，其精诚上达于天。　⑤太白蚀昴：古人认为太白蚀昴是赵地有大的战争。太白，即金星。昴，星名，赵之分野。　⑥昭王疑之：太白蚀昴，本是主破赵之象，而昭王怀疑这件事。　⑦毕议原知：说尽我心中的计议奉献给大王。　⑧左右不明，卒从吏讯：大王身边的人不明我尽忠竭诚之议，反而把我交给狱吏审问。　⑨昔卞和献宝，楚王刖之：楚人卞和得璞，献给楚武王，玉人不识货，认为是石头，卞和被处以欺君之罪断了右足。楚武王死后，文王即位，卞和再次献宝，被断左足。到成王时，卞和抱宝泣于郊，成王让玉人治璞，果得宝璧，即和氏璧。刖，断足之刑。　⑩李斯竭忠，胡亥极刑：李斯上书秦二世，遭赵高之谗受诛。极刑，死刑。　⑪箕子详狂，接舆辟世：商纣王时，贤臣箕子装疯，避免灾祸。接舆，春秋时楚狂人，因避世而佯狂。　⑫后楚王、胡亥之听：司马贞《史记索隐》曰："以楚王、胡亥之听为谬,故后之而不用。后犹下也。" ⑬ 子胥鸱夷:伍子胥谏夫差灭越,夫差不听,赐伍子胥死,置尸于鸱夷革囊中沉入于江。鸱夷,革囊。 ⑭ 少加怜焉:稍加怜爱,不可置我于死地受冤。 ⑮ 白头如新,倾盖如故:人生相交,有的相交了一辈子,还如同新交一样不了解;有的只是邂逅相遇,就如同故交一样相谈甚欢。倾盖,车上的伞盖靠在一起,比喻一见倾心。 ⑯ 知与不知也:白头如新,乃不相知;倾盖如故,乃相知恨晚。 ⑰ 樊于期逃秦之燕,藉荆轲首以奉丹之事:樊于期,秦将,得罪秦王逃至燕,秦王重金购求。他自刎把头送给荆轲去献秦王,以便使荆轲有刺秦的机会。 ⑱ 王奢去齐之魏,临城自刭以却齐而存魏:王奢,齐人,逃亡至魏国。其后齐伐魏,王奢登城谓齐将曰:"今君之来,不过以奢之故也。夫义不苟生以为魏累。"遂自刎。 ⑲ 苏秦不信于天下,而为燕尾生:苏秦游说秦、赵不见信用,后游说燕文侯,文侯出车马金帛以为资,使得苏秦成功游说诸侯,佩六国相印。苏秦对各诸侯都不守信,但对燕却守尾生之信。尾生,传说中的守信之人,与女子相约,女子未来,洪水淹至,尾生守信不离,抱桥柱而死。 ⑳ 白圭战亡六城,为魏取中山:白圭,本中山国之将,因失六城,王欲杀之,他逃到魏国,魏文侯厚遇之,白圭攻打中山。 ㉑ 按剑:以手抚剑,预示击剑之势。 ㉒ 食以骏駬:此句指燕王不信谗言,以千里马肉赐苏秦。駃騠,良马之名。司马贞《史记索隐》曰:"北狄之良马也。" ㉓ 白圭显于中山:白圭因攻打中山而尊显于魏国。 ㉔ 两主二臣:指苏秦之与燕文侯,白圭之与魏文侯。 ㉕ 剖心坼肝相信:肝胆相照,谗言不足以动摇他们的心志。 ㉖ 昔者司马喜髌脚于宋,卒相中山:司马喜在宋国,曾受到膑刑,而三次在中山国为相。 ㉗ 范雎摺胁折齿于魏,卒为应侯:范雎在魏国,曾遭到魏相魏齐的毒打,断了肋骨,折了牙齿,到秦国却做了丞相,封为应侯。 ㉘ 皆信必然之画:都深信自己的计划必然能实现。 ㉙ 申徒狄自沉于河:申屠狄,或曰殷商时人,或曰六国时人,谏而不用,负石自投于河。 ㉚ 徐衍负石入海:徐衍,相传周末时人,因恶周末之乱,投海而死。 ㉛ 义不苟取,比周于朝:遵守道义,不肯结党营私来讨好主上。比周,结党。 ㉜ 百里奚乞食于路,缪公委之以政:百里奚,秦穆公时的贤臣,春秋时虞国人。虞国为晋国所灭,百里奚成了俘虏。秦穆公听说他贤能,派人用五张羊皮将百里奚换回,拜为上大夫。 ㉝ 宁戚饭牛车下,而桓公任之以国:宁戚,春秋时卫国人,到齐国经商,夜里边喂牛边敲着牛角唱"生不遭尧与舜禅"的歌,桓公听了,知是贤者,举为大夫。 ㉞ 鲁听季孙之说而逐孔子:季孙,指鲁执政季孙氏之季桓子,他接受齐人女乐,孔子去鲁。 ㉟ 宋信子罕之计而囚墨翟:子罕,一作子冉,宋国大臣。他反对墨子宣传非攻、兼爱的思想,设计囚禁了墨翟。 ㊱ 众口铄金,积毁销骨:比喻谗言可畏。司马贞《史记索隐》曰:"谗人积久潜毁,则父兄伯叔自相诛戮,骨肉为之消灭也。" ㊲ 戎人由余:春秋时戎人,助秦穆公伐西戎,灭国十二,开地千里,称霸一时。 ㊳ 越人蒙:越人名蒙,《汉书》作"子臧"。 ㊴ 威、宣:齐威王、齐宣王。 ㊵ 阿偏之辞:阿党之言及偏辞。 ㊶ 公听并观:公正地听取不同意见和一视同仁地看待人与事。 ㊷ 朱、象、管、蔡:朱,尧子丹朱。象,舜后母弟象。管、蔡,周武王弟管叔、蔡叔。这四人皆不肖,导致被放逐,管叔被诛死。 ㊸ 捐子之之心:放弃听信子之那样的话,即不信坏话。捐,放弃。子之,战国时燕人。燕王哙崇信儒家的禅让学说,将王位禅让给燕相子之。子之当国三年,政治大乱,百姓恐惧,燕太子平和燕将市商议攻杀之,被子之打败,太子平、市被杀。趁燕国内乱之机,齐国和中山国向燕进攻。在内忧外患下,燕国变得衰弱。 ㊹ 田常:春秋时齐简公之臣,弑简公而立平公,专齐政,田氏取代姜姓而为齐国国君。　㊺封比干之后,修孕妇之墓:武王伐纣,曾封比干之子,为被剖腹的孕妇修墓。　㊻晋文公亲其仇,强霸诸侯:晋寺人勃鞮曾奉命追杀公子重耳,断重耳之袖。后重耳归国,为晋文公,寺人勃鞮主动认罪并告诉了即将发生的内乱,使晋文公避免了灾难。　㊼齐桓公用其仇,而一匡天下:管仲辅佐公子纠,在争夺王位时曾射公子小白,后小白即位为齐桓公,不计前嫌,任用管仲而称霸。　㊽孙叔敖三去相而不悔:此句言孙叔敖三次得相而不喜,知其才自得之;三去相而不悔,知非己之罪。孙叔敖,春秋时楚国令尹,辅佐楚庄王。　㊾於陵子仲辞三公为人灌园:於陵子仲,即齐陈仲子,兄为齐卿。仲子认为食禄不义,逃到楚国。楚王欲聘为相,子仲逃避,为人灌园。灌园,浇灌园圃。　㊿怀可报之意:此句指梁王应该推诚待士,使人怀有报答之心。　㉛见情素:流露真情。　㉜无爱于士:对士毫不吝啬。爱,吝啬。　㉝蹠之客可使刺由:蹠,即盗蹠,春秋时大盗。由,许由,尧时贤人。尧让天下于许由,许由辞而不受。　㉞荆轲之湛七族:荆轲的亲属都被诛杀。七族,上至曾祖,下至曾孙,是亲族的统称。湛,同"沉",沉没,指被杀。　㉟要离之烧妻子:要离,春秋时吴人,曾帮助公子光(即后来的吴王阖闾)刺杀吴王僚之子庆忌。为接近庆忌,要离让公子光烧杀了自己的妻子儿女,逃到庆忌那里,伺机行刺。　㊱眄:怒目斜视。　㊲蟠木根柢,轮囷离诡:蟠木,弯曲的树。柢,树根。轮囷、离诡,均连绵字,盘绕弯曲的样子。　㊳以左右先为之容也:司马贞《史记索隐》:"左右先加雕刻,是为之容饰也。"容,雕饰。　㊴随侯之珠:指宝珠。随,春秋时国名。随侯曾救过一条受伤的大蛇,后来大蛇衔来一颗明珠报答。　㊵蒙:拥有、持有,与下句的"挟"意同。　㊶伊、管:伊尹、管仲。　㊷龙逄:夏桀时贤臣,强谏而死。　㊸按剑相眄:用手抚着剑,斜着眼睛看。　㊹是使布衣不得为枯木朽株之资也:谓人主若有"按剑相眄"之行,则布衣贤士起不了枯木朽株的作用,不能效力于人主。布衣,平民百姓。枯木朽株,喻指衰朽的力量或衰老无用的人。资,作用。　㊺独化于陶钧之上:此句言圣王用人治世,如陶工之陶钧,自主权衡,自如运用。陶钧,制造陶器时用的转轮。　㊻杀:秦王未被荆轲刺杀,此处夸张之语。　㊼周用乌集而王:指周文王因事得姜尚而王天下。用,因。乌集,乌指赤乌,相传周兴有赤乌之瑞。此处象征周文王得到姜尚之助。　㊽牵拘:拘泥、拘束。　㊾帷裳之制:为近侍臣妾所见牵制。帷,床帐,喻指妃妾。制,制约。　㊿使不羁之士与牛骥同皂:使才士身陷囹圄。不羁之士,司马贞《史记索隐》曰:"言骏足不可羁绊,以比逸才之人。"牛骥,牲口槽。皂,或释为枥,马槽,为养马之器,或释为养马之官。　㉛鲍焦所以忿于世而不留富贵之乐也:指鲍焦忿怨世俗,抱木而死,毫不留恋富贵。鲍焦,春秋时隐士,饰行非世,抱木而死。留,留恋。　㉜砥厉名号:比喻修身立名。厉,通"砺"。　㉝县名胜母而曾子不入:曾子孝,传说他走到一个名叫"胜母"的地方,认为名字不顺。　㉞邑号朝歌而墨子回车:墨子非乐,到了朝歌转车而回。　㉟寥廓之士:恢弘之士。寥廓,宽宏豁达。　㊱回面污行以事谄谀之人而求亲近于左右:此句指人君想凭借威权使寥廓之士成为迎逢之徒。回面,掉换面孔,改变态度。　㊲士伏死堀穴岩薮之中:士人宁肯老死在深山穷谷之中。伏死,退隐而死。堀穴岩薮,营窟于山泽。

【赏析】　《狱中上梁王书》是邹阳的一篇名作,历代为人所激赏。邹阳活动于西汉皇朝有名的"文景之治"年代,思想文化方面比较活跃。作为一个有才力的文人,邹阳游走于当时的刘氏诸侯王之间。在梁孝王处,邹阳颇受优遇。但是,梁孝王在谋求帝嗣时,受羊胜、公孙诡等人怂恿,派人刺杀反对梁孝王继承皇位的大臣袁盎等十余人。邹阳对此不予支持,故而为羊胜等诬陷,下于狱中论死。邹阳上书辩诬,使梁孝王大为感动,将邹阳尊为上客。后梁孝王为朝廷追责,邹阳赴京为梁孝王说项,终于使梁孝王免遭问罪。

《狱中上梁王书》从"忠无不报,信不见疑"入手,用大量的史实,以古喻吟,反复辩白,同时还对梁孝王提出忠告。文中对历史上忠信之士遭遇的征引,所发表的议论,富于警戒意义,"辞虽不逊,然其比物连类,有足悲者,亦可谓抗直不桡矣"(《史记》)。

文章滔滔雄辩,气势广远,极具说服力,犹见战国时纵横家之余风。

司马迁

作者简介

司马迁(前145或前135—?),字子长,夏阳(今陕西韩城)人,西汉著名史学家、文学家。其父司马谈曾任太史令。司马迁幼年在家乡耕读,十岁随父赴长安,二十岁开始在全国境内漫游,又奉使西南,随从武帝封禅,足迹遍布全国。汉武帝元封三年(前108),司马迁为太史令,收集史料,于太初元年(前104)开始撰写《史记》。天汉二年(前99),司马迁遭遇李陵之祸,被处以宫刑,出狱后忍辱负重,继续完成了《史记》的创作。其传见《史记·太史公自序》和《汉书·司马迁传》。《史记》是中国古代第一部纪传体通史,记述了从传说中的黄帝到汉武帝时的历史,以"究天人之际,通古今之变,成一家之言"为宗旨,结构宏伟,将三千年的历史囊括进本纪、世家、表、书、列传之中。《汉书·艺文志》著录其辞赋八篇,《隋书·经籍志》著录《司马迁集》一卷。

秦始皇本纪

【题解】 《史记》对秦国与秦始皇是分成两篇本纪来写的。《秦本纪》主要记述秦的始祖及被分封为诸侯之后的历代秦伯的事迹,《秦始皇本纪》则记述秦始皇的来历及其成为秦王后的一系列大事,包括早年受制于吕不韦,亲政后统一六国、建立秦朝、改革制度、巡行天下等。本文节选秦始皇统一六国称皇帝后的最重要的事情。

【原文】

秦始皇帝①者,秦庄襄王②子也。庄襄王为秦质子③于赵,见吕不韦④姬,悦而取之,生始皇。以秦昭王四十八年正月生于邯郸⑤。及生,名为政,姓赵氏⑥。年十三岁,庄襄王死,政代立为秦王。

秦初并天下,令丞相、御史⑦议帝号,丞相绾、御史大夫劫、廷尉斯⑧等皆曰:"昔者五帝地方千里,其外侯服夷服⑨诸侯或朝或否,天子不能制。今陛下兴义兵,诛残贼,平定天下,海内为郡县,法令由一统,自上古以来未尝有,五帝所不及。臣等谨与博士⑩议曰:'古有天皇,有地皇,有泰皇⑪,泰皇最贵。'臣等昧死⑫上尊号,王为'泰皇'。命⑬为'制',令⑭为'诏',天子自称曰'朕'⑮。"王曰:"去'泰',著'皇',采上古'帝'位号,号曰'皇帝'。他如议。"制曰:"可。"追尊庄襄王为太上皇。制曰:"朕闻太古⑯有号毋谥⑰,中古⑱有号,死而以行为谥。如此,则子议父,臣议君也,甚无谓,朕弗取焉。自今已来,除谥法。朕为始皇帝。后世以计数,二世三世至于万世,传之无穷。"

分天下以为三十六郡⑲,郡置守、尉、监⑳。更名民曰"黔首"㉑。大酺㉒。收天下兵㉓,聚之咸阳,销以为钟鐻㉔,金人十二,重各千石,置廷宫中。一法度衡石丈尺。车同轨。书同文字。地东至海暨朝鲜,西至临洮㉕、羌中㉖,南至北向户㉗,北据河为塞,并㉘阴山至辽东。徙天下豪富于咸阳十二万户。诸庙及章台、上林皆在渭南㉙。秦每破诸侯,写放㉚其宫室,作之咸阳北阪㉛上,南临渭,自雍门㉜以东至泾㉝、渭,殿屋复道周阁㉞相属。所得诸侯美人钟鼓,以充入之。

二十八年,始皇东行郡县,上邹峄山㉟。立石㊱,与鲁诸儒生议,刻石颂秦德,议封禅望祭㊲山川之事。乃遂上泰山,立石,封,祠祀。下,风雨暴㊳至,休于树下,因封其树为五大夫㊴。禅梁父。刻所立石,于是乃并勃海以东,过黄㊵、腄㊶,穷成山㊷,登之罘㊸,立石颂秦德焉而去。南登琅邪㊹,大乐之,留三月。乃徙黔首三万户琅邪台下,复十二岁。作琅邪台㊺,立石刻,颂秦德,明得意。

既已,齐人徐市㊻等上书,言海中有三神山,名曰蓬莱、方丈、瀛洲㊼,仙人居之。请得斋戒,与童男女求之。于是遣徐市发童男女数千人,入海求仙人。

始皇还,过彭城㊽,斋戒祷祠,欲出周鼎泗水㊾。使千人没水求之,弗得。乃西南渡淮水,之衡山㊿、南郡。浮江,至湘山祠㉛。逢大风,几不得渡。上问博士曰:"湘君何神?"博士对曰:"闻之,尧女,舜之妻,而葬此。"于是始皇大怒,使刑徒三千人皆伐湘山树,赭其山㉜。上自南郡由武关㉝归。

二十九年,始皇东游。至阳武博狼沙㉞中,为盗所惊㉟。求弗得,乃令天下大索十日。登之罘,刻石。

三十二年,始皇之碣石㊱,使燕人卢生求羡门、高誓㊲。刻碣石门。坏城郭,决通堤防。因使韩终、侯公、石生○求仙人不死之药。始皇巡北边,从上郡入。燕人卢生使入海还,以鬼神事,因奏录图书,曰"亡秦者胡也"○。始皇乃使将军蒙恬发兵三十万人北击胡,略取河南地○。

始皇置酒咸阳宫,博士七十人前为寿。仆射○周青臣进颂曰:"他时秦地不过千里,赖陛下神灵明圣,平定海内,放逐蛮夷,日月所照,莫不宾服。以诸侯为郡县○,人人自安乐,无战争之患,传之万世。自上古不及陛下威德。"始皇悦。博士齐人淳于越○进曰:"臣闻殷周之王千余岁,封子弟功臣,自为枝辅。今陛下有海内,而子弟为匹夫,卒有田常○、六卿○之臣,无辅拂○,何以相救哉?事不师古而能长久者,非所闻也。今青臣又面谀以重陛下之过,非忠臣。"始皇下其议。丞相李斯曰:"五帝不相复,三代不相袭,各以治,非其相反,时变异也。今陛下创大业,建万世之功,固非愚儒所知。且越言乃三代之事,何足法也?异时诸侯并争,厚招游学。今天下已定,法令出一○,百姓当家则力农工,士则学习法令辟禁○。今诸生不师今而学古,以非当世,惑乱黔首。丞相臣斯昧死言:古者天下散乱,莫之能一,是以诸侯并作,语皆道古以害今,饰虚言以乱实,人善其所私学,以非上之所建立。今皇帝并有天下,别黑白而定一尊。私学而相与非法教,人闻令下,则各以其学议之,入则心非,出则巷议,夸主以为名,异取以为高○,率群下以造谤。如此弗禁,则主势降乎上,党与成乎下。禁之便。臣请史官非秦记皆烧之。非博士官所职,天下敢有藏《诗》、《书》、百家语者,悉诣守、尉杂烧之。有敢偶语《诗》《书》者弃市○。以古非今者族○。吏见知不举者与同罪。令下三十日不烧,黥○为城旦○。所不去者,医药卜筮种树之书。若欲有学法令,以吏为师。"制曰:"可。"

卢生说始皇曰:"臣等求芝奇药仙者常弗遇,类物有害之者。方中,人主时为微行以辟恶鬼,恶鬼辟,真人至。人主所居而人臣知之,则害于神。真人者,入水不濡○,入火不爇○,陵云气,与天地久长。今上治天下,未能恬惔○。原上所居宫毋令人知,然后不死之药殆可得也。"于是始皇曰:"吾慕真人,自谓'真人',不称'朕'。"乃令咸阳之旁二百里内宫观二百七十复道甬道相连,帷帐钟鼓美人充之，各案署不移徙。行所幸⑦，有言其处者，罪死。始皇帝幸梁山宫⑱，从山上见丞相车骑众，弗善也。中人⑲或告丞相，丞相后损车骑。始皇怒曰："此中人泄吾语。"案问⑳莫服。当是时，诏捕诸时在旁者，皆杀之。自是后莫知行之所在。听事㉑，群臣受决事，悉于咸阳宫。

侯生、卢生相与谋曰："始皇为人，天性刚戾自用，起诸侯，并天下，意得欲从㉒，以为自古莫及己。专任狱吏，狱吏得亲幸。博士虽七十人，特备员㉓弗用。丞相诸大臣皆受成事，倚辨于上。上乐以刑杀为威，天下畏罪持禄，莫敢尽忠。上不闻过而日骄，下慑伏谩欺以取容㉔。秦法，不得兼方㉕不验，辄死。然候星气㉖者至三百人，皆良士，畏忌讳谀，不敢端言其过。天下之事无小大皆决于上，上至以衡石量书㉗，日夜有呈㉘，不中呈不得休息。贪于权势至如此，未可为求仙药。"于是乃亡去。始皇闻亡，乃大怒曰："吾前收天下书，不中用者尽去之。悉召文学方术士甚众，欲以兴太平，方士欲练以求奇药。今闻韩众去不报，徐市等费以巨万㉙计，终不得药，徒奸利相告日闻。卢生等吾尊赐之甚厚，今乃诽谤我，以重吾不德也。诸生在咸阳者，吾使人廉问㉚，或为妖言以乱黔首。"于是使御史悉案问诸生，诸生传相告引㉛，乃自除犯禁者四百六十馀人，皆坑之咸阳，使天下知之，以惩后。益发谪徙边。始皇长子扶苏谏曰："天下初定，远方黔首未集，诸生皆诵法孔子，今上皆重法绳之，臣恐天下不安。唯上察之。"始皇怒，使扶苏北监蒙恬于上郡。

三十六年，荧惑守心㉜。有坠星下东郡，至地为石，黔首或刻其石曰"始皇帝死而地分"。始皇闻之，遣御史逐问，莫服，尽取石旁居人诛之，因燔销其石。始皇不乐，使博士为《仙真人诗》，及行所游天下，传令乐人歌弦之。秋，使者从关东夜过华阴平舒㉝道，有人持璧遮使者曰："为吾遗滈池君㉞。"因言曰："今年祖龙㉟死。"使者问其故，因忽不见，置其璧去。使者奉璧具以闻。始皇默然良久，曰："山鬼固不过知一岁事也。㊱"退言曰："祖龙者，人之先也。"使御府视璧，乃二十八年行渡江所沈璧也。于是始皇卜之，卦得游徙吉。

三十七年十月癸丑，始皇出游。左丞相斯从，右丞相去疾守。少子胡亥爱慕请从，上许之。十一月，行至云梦，望祀虞舜于九疑山⑨⑦。浮江下，观籍柯，渡海渚⑨⑧。过丹阳⑨⑨，至钱唐⑩⑩。临浙江⑩①，水波恶，乃西百二十里从狭中渡。上会稽⑩②，祭大禹⑩③，望于南海⑩④，而立石刻颂秦德。

还过吴⑩⑤，从江乘⑩⑥渡。并海上，北至琅邪。方士徐市等入海求神药，数岁不得，费多，恐谴，乃诈曰："蓬莱药可得，然常为大鲛鱼⑩⑦所苦，故不得至，愿请善射与俱，见则以连弩射之。"始皇梦与海神战，如人状。问占梦，博士曰："水神不可见，以大鱼蛟龙为候。今上祷祠备谨，而有此恶神，当除去，而善神可致。"乃令入海者赍⑩⑧捕巨鱼具，而自以连弩候大鱼出射之。自琅邪北至荣成山，弗见。至之罘，见巨鱼，射杀一鱼。遂并海西。

至平原津⑩⑨而病。始皇恶言死，群臣莫敢言死事。上病益甚，乃为玺书赐公子扶苏曰："与丧会咸阳而葬。"书已封，在中车府令赵高行符玺事所⑪⑩，未授使者。七月丙寅，始皇崩于沙丘平台⑪①。丞相斯为上崩在外，恐诸公子⑪②及天下有变，乃秘之，不发丧。棺载辒凉车⑪③中，故幸宦者参乘，所至上食。百官奏事如故，宦者辄从辒凉车中可其奏事。独子胡亥、赵高及所幸宦者五六人知上死。赵高故尝教胡亥书及狱律令法事，胡亥私幸之。高乃与公子胡亥、丞相斯阴谋破去始皇所封书赐公子扶苏者，而更诈为丞相斯受始皇遗诏沙丘，立子胡亥为太子。更为书赐公子扶苏、蒙恬，数以罪，赐死。行，遂从井陉抵九原。会暑，上辒车臭，乃诏从官令车载一石鲍鱼⑪④，以乱其臭。行从直道至咸阳，发丧。太子胡亥袭位，为二世皇帝。

【注释】　①秦始皇帝：即秦始皇，公元前221年秦国一统天下，议尊号，称始皇帝。　②秦庄襄王：原名异人，后为孝文王宠姬华阳夫人继嗣。华阳夫人为楚人，故改名子楚。公元前249年至公元前247年在位。　③质子：人质，派往别国作为抵押的人，多为王子或世子，故名。秦昭王十五年（前292）以前，子楚在赵为质子。　④吕不韦：战国末年卫国濮阳（今河南濮阳）人，为阳翟（今河南禹县）巨商，在赵国都城邯郸遇见子楚，以为"奇货可居"，游说华阳夫人立其为太子。子楚继位，以吕不韦为相国，封文信侯。秦王政继位后，仍任相国。秦王政十年（前237），免相国。后流放蜀，自杀。　⑤邯郸：赵国都城，今河北邯郸。　⑥姓赵氏：始皇为嬴姓，据《秦本纪》记载，秦的先人造父以善御幸于周缪王，"缪王以赵封造父，造父族由此为赵氏"。　⑦御史：即御史大夫。春秋战国时期列国皆有御史，为国君亲近之职，掌文书及记事。秦设御史大夫，主要掌管文书档案记录等事，并以御史监郡，有纠察弹劾之权，是秦代最高的监察官，地位仅次于左右丞相。

⑧ 丞相绾、御史大夫劫、廷尉斯:绾,王绾。劫,冯劫。都是秦始皇时大臣,秦二世时被迫自杀。廷尉,掌管国家刑狱之官。斯,李斯。 ⑨ 侯服夷服:《周礼·夏官·职方氏》记载,天子直接管辖的长宽各一千里的地区称王畿。其外为对天子称臣的小国,由近及远分为九服,即侯服、甸服、男服、采服、卫服、蛮服、夷服、镇服、藩服。每服相去五百里。这仅是一种理想的政治区划。这里说"侯服",表示距王畿较近的地区;说"夷服",表示距王畿较远的地区。 ⑩ 博士:秦代设置的学官,通晓古今,以待帝王咨询,又负责掌管文献典籍。 ⑪ "古有天皇"三句:天皇、地皇、泰皇,上古传说中的三位帝王。 ⑫ 昧死:冒犯死罪,表示敬畏。 ⑬ 命:君主颁布的有关制度性、法则性的命令。 ⑭ 令:君主就一具体事物颁布的一般性命令。 ⑮ 朕:本为古人自称之辞,从秦始皇始专用为皇帝自称。 ⑯ 太古:上古,远古时代。 ⑰ 谥:古代君主或有地位的人死后,根据生前事迹给予的一字或两字称号。 ⑱ 中古:秦时对西周时代的称呼。 ⑲ 三十六郡:裴骃《史记集解》:"三十六郡者,三川、河东、南阳、南郡、九江、鄣郡、会稽、颍川、砀郡、泗水、薛郡、东郡、琅邪、齐郡、上谷、渔阳、右北平、辽西、辽东、代郡、巨鹿、邯郸、上党、太原、云中、九原、雁门、上郡、陇西、北地、汉中、巴郡、蜀郡、黔中、长沙,凡三十五,与内史为三十六郡。" ⑳ 守、尉、监:守,郡守,掌管全郡政务和军事。尉,郡尉,辅助郡守掌管全郡军事。监,监御史,负责监察全郡。 ㉑ 黔首:战国时对于平民的称呼,秦始皇时正式法定为制度。黔,黑色。秦尊水德,尚黑色。 ㉒ 大酺:聚会饮酒。 ㉓ 兵:兵器。 ㉔ 鐻:同"虡",古代一种乐器,形似钟。 ㉕ 临洮:秦县,在陇西郡西部,今甘肃岷县,因地临洮水而得名。 ㉖ 羌中:指羌族居住地,在秦陇西郡、蜀郡以西。 ㉗ 北向户:也称北户,秦地名,在今越南顺化一带。 ㉘ 并:沿着,依傍。 ㉙ 章台、上林皆在渭南:章台为秦离宫台名,战国时秦王常于此接见诸侯王和使者,故址在今陕西西安市长安县故城西南。上林为秦苑名,始皇三十五年(前212)在苑中建造朝宫,阿房宫即为前殿。故址在今陕西西安市西及户县、周至县境内。渭,渭水,发源于今甘肃渭源县,东流经秦都咸阳之南,在今陕西潼关县注入黄河。 ㉚ 写放:写,摹画。放,通"仿",仿效。 ㉛ 阪:山坡。 ㉜ 雍门:城门名,旧址在今山西高陵县内。 ㉝ 泾:泾水,发源于宁夏南部六盘山,东南流经咸阳,在今陕西高陵县境注入渭水。 ㉞ 复道周阁:空中架设的通道和周匝回旋的楼阁。 ㉟ 邹峄山:山名,在今山东邹县东南。 ㊱ 立石:树立石碑。 ㊲ 封禅望祭:封禅,帝王为宣扬功绩而举行的祭祀天地的典礼,由战国时齐、鲁儒生所倡导。在儒生看来,五岳中泰山最高,所以帝王登泰山筑坛祭天为"封",又在泰山南梁父山上辟基祭地为"禅"。望祭,遥祭山川的一种典礼。 ㊳ 暴:突然。 ㊴ 五大夫:秦爵第九级。东汉时,相传封为五大夫的是松树,后世又讹传为五株松树。今泰山游览区有五大夫松,在云步桥北。 ㊵ 黄:秦县名,在今山东黄县东南。 ㊶ 腄:秦县名,在今山东福山县南。 ㊷ 成山:今山东成山角,在荣成县东北。 ㊸ 之罘:又作"芝罘",山名,在今山东烟台市西北海中芝罘半岛上。 ㊹ 琅邪:山名,在秦琅邪郡琅邪县境内,位于今山东胶南县东南。 ㊺ 琅邪台:越王勾践曾在琅邪山上筑台以望东海,台即以山命名。秦始皇又于山上另筑琅邪台。 ㊻ 徐市:即徐福,琅邪人,秦代方士,相传后远渡日本。 ㊼ 蓬莱、方丈、瀛洲:传说中的三座神山,皆在渤海中,上有仙人和长生不死之药,鸟兽尽白,以黄金白银为宫阙。战国齐威王、齐宣王、燕昭王都曾派人入海访求这三座山,企图得到不死之药。 ㊽ 彭城:秦县名,今江苏徐州。 ㊾ 欲出周鼎泗水:

鼎为立国重器,是最高统治权力的象征。传说周有九鼎,秦昭襄王时被秦索去,移置咸阳,有一鼎飞入泗水。所以始皇经过彭城时,想打捞出落入泗水的鼎。泗水,发源于今山东泗水县,流经彭城,注入淮水。 (50) 衡山:秦郡名,治邾,在今湖北黄冈西北。 (51) 湘山祠:在今湖南岳阳县西洞庭湖中。传说舜二妃为尧之女,名娥皇、女英。舜南巡,死于苍梧。二妃悲恸不已,死于江、湘之间,埋葬在湘山,山上有二妃庙。始皇所祠即舜二妃之神。 (52) 赭其山:使山光秃。赭,通"赤",使变光秃。 (53) 武关:关名,在今陕西丹凤县东南。 (54) 博狼沙:也作"博浪沙",在今河南原阳县。 (55) 为盗所惊:始皇东游至博狼沙,张良和他得到的力士伏袭始皇,误中随从车舆。 (56) 碣石:山名,在今河北昌黎县北。 (57) 卢生求羡门、高誓:卢生,方士名。羡门、高誓,古代的神仙。 (58) 韩终、侯公、石生:皆方士。 (59) 亡秦者胡也:"胡"暗指秦二世胡亥,谓亡秦的是胡亥,是隐语。始皇误认"胡"为北方胡人,所以发兵北击胡。 (60) 河南地:指今内蒙古自治区伊克昭盟河套一带。 (61) 仆射:官职名。古代尚武,一般官吏都要学射,而以善射的人为长官,称为"仆射"。 (62) 以诸侯为郡县:废除封建制,改为郡县制。 (63) 淳于越:战国时齐国博士,秦朝时曾任仆射,建议实行分封,曾极力谏阻焚书,招致杀身之祸。 (64) 田常:春秋末年齐相田乞之子。田乞死,田常为齐相,杀死齐简公,立齐平公,控制齐国政权。 (65) 六卿:指春秋末年晋国大夫韩、赵、魏、范、中行、智氏六家。六家势力强大,晋君逐渐不能控制。范、中行、智氏三家在相互征战中相继被灭。公元前453年,韩、赵、魏三家分晋,即战国的韩、赵、魏三国。 (66) 拂:通"弼",辅佐。 (67) 法令出一:法令由皇帝一人制定。 (68) 辟禁:刑法禁令。 (69) 夸主以为名,异取以为高:夸耀所信奉的学说来沽名钓誉,选择不同于现行法令的做法来抬高自己。 (70) 弃市:一种死刑,在闹市处斩首示众,暴尸街头。 (71) 族:灭族。 (72) 黥:一种刑罚,在面部刺字涂墨。 (73) 城旦:服役四年的一种刑罚。服此刑的罪犯,输送边地修筑长城,警戒敌人。 (74) 濡:沾湿。 (75) 爇:通"热"。 (76) 恬倓:即"恬淡",清静无为。 (77) 幸:帝王恩临。 (78) 梁山宫:秦始皇建造的行宫,故址在今陕西乾县。 (79) 中人:宦官。 (80) 案问:审问。 (81) 听事:皇帝听群臣报告。 (82) 从:通"纵",放纵。 (83) 备员:挂名充数。 (84) 慑伏谩欺以取容:因畏惧而屈服,说假话求得容身机会。 (85) 兼方:指方士提出两种以上的求仙方术。 (86) 候星气:观察星辰运行和云气变化形状来预言人事祸福。 (87) 上至以衡石量书:秦始皇用秤来称量批阅的公文。古代纸张普及之前主要用竹木简册作为书写材料,衡量书的多少大多以重量为标准。衡,秤杆。石,秤锤。 (88) 呈:通"程",限额。 (89) 巨万:非常多。 (90) 廉问:私下访问。 (91) 传相告引:互相揭发,彼此牵连。 (92) 荧惑守心:荧惑,即火星。火星荧荧像火,运行轨道多变,令人迷惑,故名"荧惑"。守,占据其他星宿的位置。心,二十八宿之一,青龙七宿的第五宿,有星三颗。古人错误地认为,荧惑靠近心宿时,地上便会出现灾异。 (93) 华阴舒平:华阴,秦县,在今陕西华阴县西北。平舒,城名,在今陕西华阴县西北,临渭水。 (94) 滈池君:滈池的水神。滈池在今陕西长安县界,久已湮废。 (95) 祖龙:祖是开始的意思,龙是人君的象征,祖龙暗指始皇。 (96) "山鬼"句:这是始皇的自我宽慰之辞。当时已是秋季,一年即将过去,持璧者所言未必准确。明年之事,山野之鬼是不知道的。 (97) "望祀"句:望祀是祭名,与上文的望祭相同,主要祭祀山川地祇,祭祀时有牺牲粢盛。虞舜,即舜,姚姓,有虞氏,继承尧之位,为传说中父系氏族社会晚期部落联盟首领。《史记·五帝本纪》载,虞舜在位第三十九年,南巡死于苍梧之野,葬在九疑山。九疑山,也作"九嶷山",又名苍梧山,在今湖南宁远县南。 ⑱海渚:疑当作"江渚",即牛渚山,在今安徽当涂县西北长江边,北部突入江中,名采石矶,为长江重要津渡。 ⑲丹阳:秦县,在今安徽当涂东北。 ⑳钱唐:秦县,在今浙江杭州市西灵隐山麓。 ㉑浙江:即钱塘江。 ㉒会稽:山名,在今浙江绍兴县、嵊县、诸暨县、东阳县之间,主峰在嵊县西北。 ㉓大禹:姒姓,原为夏后氏部落首领,被虞舜选为继承人。虞舜死后,禹任部落联盟首领。《史记·夏本纪》载,禹在位第十年,巡狩东方,死于会稽,所以始皇"上会稽,祭大禹"。 ㉔南海:即今东海。 ㉕吴:秦县名,为会稽郡治,今江苏省苏州市。 ㉖江乘:秦县名,在今江苏句容。 ㉗鲛鱼:即鲨鱼。 ㉘赍:携带。 ㉙平原津:黄河津渡名,在秦平原县境内。秦平原县在今山东平原西南。 ㉚"在中车府"句:中车府令,官名,掌管皇帝舆车,为太仆属官。行,代理,摄理。符玺事,符玺郎掌管的事务。当时中车府令赵高代理符玺郎掌管皇帝的符节印章。 ㉛沙丘平台:沙丘,地名,在今河北广宗县西北,其地有沙丘宫。平台,台名,在沙丘宫内。 ㉜诸公子:指胡亥以外的秦始皇的儿子们。 ㉝辒凉车:又作"辒辌车",一种封闭性较好且有通风设备的可以息卧的车。秦始皇棺载辒凉车中,后世代指丧车。 ㉞鲍鱼:盐渍的鱼,气味腥臭,用以掩盖尸体腐烂的气味。

【赏析】 秦始皇是结束战国纷争,实现全国统一,建立秦朝的一代君主。秦始皇的事迹主要集中在这篇本纪中。本文节选的秦始皇称帝后的大事,突出了秦始皇的文治武功。同时,他铺张浪费,大兴土木,兴建阿房宫、长城和陵墓,将广大民众变为囚徒,又兴师动众攻打匈奴,好大喜功,封禅祭天,巡游天下,劳民伤财,这些行径,将一个刚刚建立的庞大帝国带入了疲敝的边缘。所以他去世后,秦二世即位的第二年就爆发了陈胜、吴广起义,秦王朝很快分崩离析。本文一方面突出秦始皇的功业,另一方面也突出他对人民的残酷奴役,求仙耗财。本文的细节描写引人入胜,清代吴见思曰:"编年序事,固本纪体。而中间嫪毐反叛处,并天下后改制易服处、置酒咸阳宫处、作阿房宫处、卢生说始皇处、陈涉起兵后与赵高夹序处,俱极精神。"又本篇秦始皇的性情乃至语言并不多,但是他性情,读者却都能知晓,这源于很多侧面描写,故吴见思曰:"秦始皇为人性情,篇中不序,前借尉缭、后借卢生口中补出,尤为神妙。"(《史记论文》)总之,《秦始皇本纪》是后人了解秦始皇的最原始材料,读者可从中看到秦始皇多面的一生。

项 羽 本 纪

【题解】 项羽是楚汉战争中叱咤风云的英雄,古往今来,其故事家喻户晓,流传甚广。而记载项羽本事的现存最早文献就是《史记》中的《项羽本纪》了。《项羽本纪》记述了项羽起义的原委,在楚汉战争中的战功直至最后败亡的过程。本文节选《项羽本纪》中记述项羽来历及鸿门宴和垓下之战的部分，是《项羽本纪》中最传神与生动的部分。

【原文】

项籍者，下相人也①，字羽②。初起时，年二十四。其季父③项梁，梁父即楚将项燕，为秦将王翦所戮者也。项氏世世为楚将，封于项④，故姓项氏。

项籍少时，学书不成，去学剑，又不成。项梁怒之。籍曰："书足以记名姓而已。剑一人敌，不足学，学万人敌。"于是项梁乃教籍兵法，籍大喜，略知其意，又不肯竟学⑤。项梁尝有栎阳逮⑥，乃请蕲⑦。狱掾曹咎书抵栎阳狱掾司马欣⑧，以故事得已⑨。项梁杀人，与籍避仇于吴中。吴中贤士大夫皆出项梁下。每吴中有大徭役及丧，项梁常为主办，阴以兵法部勒宾客及子弟，以是知其能。秦始皇帝游会稽，渡浙江，梁与籍俱观。籍曰："彼可取而代也。"梁掩其口，曰："毋妄言，族⑩矣！"梁以此奇籍。籍长八尺馀，力能扛鼎⑪，才气过人，虽吴中子弟皆已惮⑫籍矣。

秦二世元年七月，陈涉等起大泽中。其九月，梁乃召故所知豪吏，谕⑬以所为起大事，遂举吴中兵。使人收下县，得精兵八千人。梁部署吴中豪杰为校尉、候、司马。有一人不得用，自言于梁。梁曰："前时某丧使公主某事，不能办，以此不任用公。"众乃皆伏。于是梁为会稽守，籍为裨将⑭，徇下县⑮。广陵人召平于是为陈王⑯徇广陵，未能下。闻陈王败走，秦兵又且至，乃渡江矫陈王命⑰，拜梁为楚王上柱国⑱。曰："江东已定，急引兵西击秦。"项梁乃以八千人渡江而西。

居鄛⑲人范增，年七十，素居家，好奇计，往说项梁曰："陈胜败固当。夫秦灭六国，楚最无罪。自怀王入秦不反，楚人怜之至今，故楚南公⑳曰'楚虽三户，亡秦必楚㉑'也。今陈胜首事，不立楚后而自立，其势不长。今君起江东，楚蜂午之将㉒皆争附君者，以君世世楚将，为能复立楚之后也。"于是项梁然其言㉓，乃求楚怀王孙心民间，为人牧羊，立以为楚怀王，从民所望也。陈婴为楚上柱国，封五县，与怀王都盱台㉔。项梁自号为武信君。

项梁起东阿，西，比至定陶，再破秦军，项羽等又斩李由，益轻秦，有骄色。宋义乃谏项梁曰："战胜而将骄卒惰㉕者败。今卒少惰矣，秦兵日益，臣为君畏之。"项梁弗听。乃使宋义使于齐。道遇齐使者高陵君显，曰："公将见武信君乎？"曰："然。"曰："臣论武信君军必败。公徐行即免死，疾行则及祸。"秦果悉起兵益㉖章邯，击楚军，大破之定陶，项梁死。

项羽已杀卿子冠军，威震楚国，名闻诸侯。乃遣当阳君、蒲将军将卒二万渡河，救钜鹿。战少利㉗，陈余复请兵。项羽乃悉引兵渡河，皆沉船，破釜甑㉘，烧庐舍，持三日粮，以示士卒必死，无一还心。于是至则围王离，与秦军遇，九战，绝其甬道，大破之，杀苏角，虏王离。涉间不降楚，自烧杀。当是时，楚兵冠诸侯。诸侯军救钜鹿下者十馀壁㉙，莫敢纵兵。及楚击秦，诸将皆从壁上观。楚战士无不一以当十，楚兵呼声动天，诸侯军无不人人惴恐。于是已破秦军，项羽召见诸侯将，入辕门，无不膝行而前，莫敢仰视。项羽由是始为诸侯上将军，诸侯皆属㉚焉。

楚军夜击坑秦卒二十馀万人新安城南。行㉛略定秦地。函谷关㉜有兵守关，不得入。又闻沛公已破咸阳，项羽大怒，使当阳君等击关。项羽遂入，至于戏西㉝。沛公军霸上，未得与项羽相见。沛公左司马曹无伤使人言于项羽，曰："沛公欲王关中，使子婴为相，珍宝尽有之。"项羽大怒，曰："旦日飨士卒㉞，为击破沛公军！"当是时，项羽兵四十万，在新丰鸿门。沛公兵十万，在霸上。范增说项羽曰："沛公居山东㉟时，贪于财货，好美姬。今入关，财物无所取，妇女无所幸，此其志不在小。吾令人望其气，皆为龙虎，成五采，此天子气也。急击勿失。"

楚左尹项伯者㊱，项羽季父也，素善留侯张良㊲。张良是时从沛公，项伯乃夜驰之沛公军，私见张良，具告以事㊳，欲呼张良与俱去。曰："毋从俱死也。"张良曰："臣为韩王㊴送沛公，沛公今事有急，亡去不义，不可不语。"良乃入，具告沛公。沛公大惊，曰："为之奈何？"张良曰："谁为大王为此计者？"曰："鲰生说我曰：'距关，毋内诸侯㊵，秦地可尽王也。'故听之。"良曰："料大王士卒足以当㊶项王乎？"沛公默然，曰："固不如也，且为之奈何？"张良曰："请往谓项伯，言沛公不敢背㊷项王也。"沛公曰："君安与项伯有故？"张良曰：

"秦时与臣游,项伯杀人,臣活之㊸。今事有急,故幸来告良。"沛公曰"孰与君少长㊹?"良曰:"长于臣。"沛公曰:"君为我呼入,吾得兄事之。"张良出,要㊺项伯。项伯即入见沛公。沛公奉卮酒为寿㊻,约为婚姻,曰:"吾入关,秋豪㊼不敢有所近,籍吏民㊽,封府库,而待将军。所以遣将守关者,备他盗之出入与非常㊾也。日夜望将军至,岂敢反乎!愿伯具言臣之不敢倍德㊿也。"项伯许诺。谓沛公曰:"旦日不可不蚤㉛自来谢项王。"沛公曰:"诺。"于是项伯复夜去,至军中,具以沛公言报项王。因言曰:"沛公不先破关中,公岂敢入乎?今人有大功而击之,不义也,不如因善遇之。"项王许诺。

沛公旦日从百馀骑来见项王,至鸿门,谢曰:"臣与将军戮力而攻秦,将军战河北,臣战河南,然不自意能先入关破秦,得复见将军于此。今者有小人之言,令将军与臣有卻㉜。"项王曰:"此沛公左司马曹无伤言之;不然,籍何以至此。"项王即日因留沛公与饮。项王、项伯东向坐。亚父㉝南向坐。亚父者,范增也。沛公北向坐,张良西向侍。范增数目项王,举所佩玉玦以示之者三,项王默然不应。范增起,出召项庄,谓曰:"君王为人不忍,若入前为寿,寿毕,请以剑舞,因击沛公于坐,杀之。不者,若属㉞皆且为所虏。"庄则入为寿,寿毕,曰:"君王与沛公饮,军中无以为乐,请以剑舞。"项王曰:"诺。"项庄拔剑起舞,项伯亦拔剑起舞,常以身翼蔽㉟沛公,庄不得击。于是张良至军门,见樊哙。樊哙曰:"今日之事何如?"良曰:"甚急。今者项庄拔剑舞,其意常在沛公也。"哙曰:"此迫矣,臣请入,与之同命。"哙即带剑拥盾入军门。交戟之卫士欲止不内㊱,樊哙侧其盾以撞,卫士仆地,哙遂入,披帷西向立,瞋目视项王,头发上指,目眦㊲尽裂。项王按剑而跽㊳曰:"客何为者?"张良曰:"沛公之参乘㊴樊哙者也。"项王曰:"壮士,赐之卮酒。"则与斗卮酒。哙拜谢,起,立而饮之。项王曰:"赐之彘肩㊵。"则与一生彘肩。樊哙覆其盾于地,加彘肩上,拔剑切而啖㊶之。项王曰:"壮士,能复饮乎?"樊哙曰:"臣死且不避,卮酒安足辞!夫秦王有虎狼之心,杀人如不能举,刑人如恐不胜,天下皆叛之。怀王与诸将约曰:'先破秦入咸阳者王之。'今沛公先破秦入咸阳,豪毛不敢有所近,封闭宫室,还军霸上,以待大王来。故遣将守关者,备他盗出入与非常也。劳苦而功高如此,未有封侯之赏,而听细说㉖,欲诛有功之人。此亡秦之续耳,窃为大王不取也。"项王未有以应,曰:"坐。"樊哙从良坐。坐须臾,沛公起如厕,因招樊哙出。

沛公已出,项王使都尉陈平㉖召沛公。沛公曰:"今者出,未辞也,为之奈何?"樊哙曰:"大行不顾细谨,大礼不辞小让㉔。如今人方为刀俎,我为鱼肉,何辞为?"于是遂去。乃令张良留谢。良问曰:"大王来何操?"曰:"我持白璧一双,欲献项王;玉斗一双,欲与亚父。会其怒,不敢献。公为我献之。"张良曰:"谨诺。"当是时,项王军在鸿门下,沛公军在霸上,相去四十里。沛公则置车骑㉕,脱身独骑,与樊哙、夏侯婴、靳强、纪信等四人持剑盾步走,从郦山下,道芷阳间行。沛公谓张良曰:"从此道至吾军,不过二十里耳。度㉖我至军中,公乃入。"沛公已去,间至军中,张良入谢,曰:"沛公不胜桮杓㉗,不能辞。谨使臣良奉白璧一双,再拜献大王足下;玉斗一双,再拜奉大将军足下。"项王曰:"沛公安在?"良曰:"闻大王有意督过㉘之,脱身独去,已至军矣。"项王则受璧,置之坐上。亚父受玉斗,置之地,拔剑撞而破之,曰:"唉!竖子㉙不足与谋。夺项王天下者,必沛公也,吾属今为之虏矣。"沛公至军,立诛杀曹无伤。

居数日,项羽引兵西屠咸阳,杀秦降王子婴,烧秦宫室,火三月不灭;收其货宝妇女而东。人或说项王曰:"关中阻山河四塞㉚,地肥饶,可都以霸。"项王见秦宫皆以烧残破,又心怀思欲东归,曰:"富贵不归故乡,如衣绣夜行,谁知之者!"说者曰:"人言楚人沐猴而冠㉛耳,果然。"项王闻之,烹说者㉜。

项王使人致命㉝怀王。怀王曰:"如约。"乃尊怀王为义帝。项王欲自王㉞,先王诸将相。谓曰:"天下初发难时,假立诸侯后以伐秦。然身被坚执锐首事,暴露于野三年,灭秦定天下者,皆将相诸君与籍之力也。义帝虽无功,故当分其地而王之。"诸将皆曰:"善。"乃分天下,立诸将为侯王。项王、范增疑沛公之有天下,业已讲解㉟,又恶负约㊱,恐诸侯叛之,乃阴谋曰:"巴、蜀道险,秦之迁人皆居蜀。"乃曰:"巴、蜀亦关中地也。"故立沛公为汉王,王巴、蜀、汉中,都南郑。而三分关中,王秦降将以距塞汉王。

春,汉王部五诸侯兵㊲,凡五十六万人,东伐楚。汉五年,汉王乃追项王至阳夏南,止军⑦⑧,与淮阴侯韩信、建成侯彭越期会而击楚军。至垓下⑦⑨。

项王军壁垓下,兵少食尽,汉军及诸侯兵围之数重。夜闻汉军四面皆楚歌⑧⓪,项王乃大惊曰:"汉皆已得楚乎?是何楚人之多也!"项王则夜起,饮帐中。有美人名虞,常幸从;骏马名骓⑧①,常骑之。于是项王乃悲歌慷慨,自为诗曰:"力拔山兮气盖世,时不利兮骓不逝。骓不逝兮可奈何,虞兮虞兮奈若⑧②何!"歌数阕,美人和⑧③之。项王泣数行下,左右皆泣,莫能仰视。

于是项王乃上马骑,麾下壮士骑从者八百余人,直夜⑧④溃围南出,驰走。平明,汉军乃觉之,令骑将灌婴⑧⑤以五千骑追之。项王渡淮,骑能属者百余人耳⑧⑥。项王至阴陵⑧⑦,迷失道,问一田父,田父绐⑧⑧曰"左"。左,乃陷大泽中。以故汉追及之。项王乃复引兵而东,至东城⑧⑨,乃有二十八骑。汉骑追者数千人。项王自度不得脱⑨⓪。谓其骑曰:"吾起兵至今八岁矣,身七十余战,所当者破,所击者服,未尝败北,遂霸有天下。然今卒困于此,此天之亡我,非战之罪也。今日固决死,愿为诸君快战⑨①,必三胜⑨②之,为诸君溃围,斩将,刈旗,令诸君知天亡我,非战之罪也。"乃分其骑以为四队,四向⑨③。汉军围之数重。项王谓其骑曰:"吾为公取彼一将。"令四面骑驰下,期山东为三处⑨④。于是项王大呼驰下,汉军皆披靡,遂斩汉一将。是时,赤泉侯⑨⑤为骑将,追项王,项王瞋目而叱之,赤泉侯人马俱惊,辟易数里⑨⑥。与其骑会为三处。汉军不知项王所在,乃分军为三,复围之。项王乃驰,复斩汉一都尉,杀数十百人,复聚其骑,亡其两骑耳。乃谓其骑曰:"何如?"骑皆伏⑨⑦曰:"如大王言⑨⑧。"

于是项王乃欲东渡乌江⑨⑨。乌江亭长⑩⓪檥⑩①船待,谓项王曰:"江东虽小,地方千里,众数十万人,亦足王也。愿大王急渡。今独臣有船,汉军至,无以渡。"项王笑曰:"天之亡我,我何渡为!且籍与江东子弟八千人渡江而西,今无一人还,纵江东父兄怜而王我⑩②,我何面目见之?纵彼不言,籍独不愧于心乎?"乃谓亭长曰:"吾知公长者。吾骑此马五岁,所当无敌,尝一日行千里,不忍杀之,以赐公。"乃令骑皆下马步行,持短兵接战。独籍所杀汉军数百人。项王身亦被十余创。顾见汉骑司马吕马童,曰:"若⑩③非吾故人乎?"马童面之⑩④,指王翳曰:"此项王也。"项王乃曰:"吾闻汉购我头千金,邑万户,吾为若德。"乃自刎而死。王翳取其头,馀骑相蹂践争项王,相杀者数十人。最其后,郎中骑杨喜,骑司马吕马童,郎中吕胜、杨武各得其一体。五人共会其体⑩⑤,皆是。故分其地为五:封吕马童为中水⑩⑥侯,封王翳为杜衍⑩⑦侯,封杨喜为赤泉⑩⑧侯,封杨武为吴防⑩⑨侯,封吕胜为涅阳⑩⑩侯。

项王已死,汉王为发哀,泣之而去。诸项氏枝属⑪⑪,汉王皆不诛。乃封项伯为射阳侯。桃侯、平皋侯、玄武侯皆项氏,赐姓刘。

太史公曰:吾闻之周生⑪⑫曰:"舜目盖重瞳子⑪⑬。"又闻项羽亦重瞳子。羽岂其苗裔⑪⑭邪?何兴之暴⑪⑮也!夫秦失其政,陈涉首难,豪杰蜂起,相与并争,不可胜数。然羽非有尺寸⑪⑯,乘埶⑪⑰起陇亩之中,三年,遂将五诸侯灭秦,分裂天下,而封王侯,政由羽出,号为"霸王",位虽不终,近古以来未尝有也。及羽背关怀楚⑪⑱,放逐义帝而自立,怨王侯叛己,难矣。自矜功伐⑪⑲,奋其私智而不师古⑫⑳,谓霸王之业,欲以力征经营天下⑫㉑,五年卒亡其国,身死东城,尚不觉寤而不自责,过⑫㉒矣。乃引"天亡我,非用兵之罪也",岂不谬哉!

【注释】 ① 下相:今江苏宿迁西南。 ② 字羽:按《史记·太史公自序》又作"字子羽"。 ③ 季父:古代兄弟次序按伯、仲、叔、季排列,故叔称叔父,季称季父。 ④ 项:本古国名,在今河南沈丘县与项城市之间,春秋时为鲁所灭,其后楚又灭鲁,乃以项封给项燕的先人。 ⑤ 竟学:完成学业。竟,完成。 ⑥ 有栎阳逮:在栎阳因罪受牵连。栎阳,在今陕西临潼东北。逮,及。 ⑦ 蕲:今安徽宿县南。 ⑧ "狱掾曹"句:项梁被追捕入狱,曾暗中托蕲县狱吏曹咎写信给司马欣,得以解脱。狱掾,主管监狱的官吏。抵,至。 ⑨ 以故事得已:过去被牵连的事,得以平息。已,停息。 ⑩ 族:族诛。 ⑪ 扛鼎:举鼎。 ⑫ 惮:惧怕。 ⑬ 谕:宣告。 ⑭ 裨将:仅次于主将的辅佐将军。裨,辅助。 ⑮ 徇:攻占,劫持。 ⑯ 陈王:指陈胜。 ⑰ 矫陈王命:假传陈王的命令。矫,诈称,谎称。 ⑱ 上柱国:上卿官,相当于后世的相国。 ⑲ 居鄛:今安徽巢县东北。 ⑳ 楚南公:六国时楚人,《汉书·艺文志》阴阳家类书著录《南公》十三篇,当即此人著作。 ㉑ "楚虽三户"二句:三户,按字面意义解指三户人家。《史记索隐》引韦昭说认为是指楚三大姓,即昭、屈、景族。《史记集解》引臣瓒曰:"楚人怨秦,虽三户犹足以亡秦也。"意谓即使楚只剩下三户人家,也必定灭亡秦国。另一说是地名,漳水之津。 ㉒ 楚蜂午之将:楚国很多人都追随其后。蜂午,纷然并起的样子。 ㉓ 然其言:赞同范增的说法。 ㉔ 都盱台:以盱台为都。盱台在今江苏盱眙东北。 ㉕ 将骄卒惰:将领骄傲,士兵怠惰。 ㉖ 益:增加,增援。 ㉗ 战少利:战事较少胜利,故下文有陈余请兵事。 ㉘ 釜甑:做饭的器皿。

㉙ 壁:营壁。 ㉚ 属:归属。 ㉛ 行:将要。 ㉜ 函谷关:秦时故关,山形如函,故称函关,在今河南灵宝东北。 ㉝ 戏西:戏水之西。戏水,在陕西临潼东,源出骊山,北流经古戏亭东,又北入渭。 ㉞ 旦日飨士卒:明日犒劳士卒。飨,犒劳。 ㉟ 山东:函谷关之东。㊱ 项伯:项羽族叔,汉建立后封射阳侯。 ㊲ 素善留侯张良:向来与张良关系很好。项伯曾杀人,得张良救护,事见《史记·留侯世家》。 ㊳ 具告以事:将项羽欲袭击沛公的事详细告诉张良。 ㊴ 韩王:韩诸公子名成,项梁立为韩王。张良先人为韩王之相,秦始皇灭韩国后,张良复仇不成,亡匿下邳,故反秦战争中,张良最初欲追随韩王,恢复韩国社稷。㊵ 毋内诸侯:不要让诸侯进来。内,通"纳"。 ㊶ 当:抵挡。 ㊷ 背:违背,背叛。㊸ 活之:使动用法,指张良曾救项伯,使之活下来。 ㊹ 孰与君少长:项伯与你的年龄谁大谁小。 ㊺ 要:邀请。 ㊻ 奉卮酒为寿:端酒杯致辞祝颂。 ㊼ 秋豪:兽类秋天更新的新毛,比喻细微。 ㊽ 籍吏民:登记官吏民众的户口。籍,指造籍。 ㊾ 非常:非常之事,这里指变故。 ㊿ 倍德:背信弃义。倍,通"背"。 (51) 蚤:通"早"。 (52) 有却:即有隙,有裂痕。 (53) 亚父:仅次于父亲的长辈。亚,次。 (54) 若属:你们这些人。 (55) 翼蔽:像鸟儿似的张开翅膀保护。 (56) 交戟之卫士欲止不内:持戟交叉着把守军门的卫士不让进入。内,同"纳"。 (57) 眦:眼眶。 (58) 跽:半跪。 (59) 参乘:骖乘,亦称陪乘。 (60) 彘肩:猪的肩胛。 (61) 啗:食。 (62) 听细说:听信小人的谗言。 (63) 陈平:时为项羽帐下都尉之官,明年即去楚归汉。 (64) 大行不顾细谨,大礼不辞小让:做大事不拘泥于小节,有大礼节不躲避小的责备。大行,大事。细谨,细微末节。大礼,大节。小让,琐碎的礼节。(65) 置车骑:将随行车马人员等留下来。置,抛弃。 (66) 度:估计。 (67) 不胜桮杓:不胜酒力。桮杓,酒器,这里指代酒。 (68) 督过:谴责。 (69) 竖子:犹言小子。 (70) 四塞:指东边的函谷关,南边的武关,西边的散关,北边的萧关。 (71) 沐猴而冠:指猴子戴上人的帽子,徒具人形而已。沐猴,猕猴。 (72) 烹说者:将说这话的人扔到热锅中煮死。 (73) 致命:报命,报告。 (74) 王:这里的"欲自王"和后句的"先王"的"王"均为动词。 (75) 业已讲解:已经和解。业,已经。讲解,和解。 (76) 恶负约:嫌忌负约之恶名。 (77) 五诸侯兵:《汉书》颜师古注指常山、河南、韩、魏、殷五国之兵。 (78) 止军:屯兵不动。 (79) 垓下:今安徽灵璧东南。 (80) 楚歌:楚人用方言土语所唱的歌。 (81) 骓:毛色青白相间的马。 (82) 若:你。 (83) 和:指应和着一同唱歌。 (84) 直夜:犹言当天夜里。 (85) 灌婴:刘邦大将。(86)"骑能属者"句:意谓能够随从项羽的骑士不过百余人而已。属,随从。 (87) 阴陵:今安徽定远西北。 (88) 绐:欺骗。 (89) 东城:今安徽定远东南。 (90) 自度不得脱:自我揣度不能脱身。 (91) 快战:速战速决。 (92) 三胜:即下文所说的溃围、斩将、刈旗。 (93) 四向:向着四面。 (94) 期山东为三处:张守节《史记正义》谓期遇山的东侧,分为三处集合。期,约定。 (95) 赤泉侯:即杨喜。按杨喜因斩项羽有功,封赤泉侯。此时尚未封侯,当是史家追述之辞。 (96) 辟易数里:意谓杨喜吓得连人带马倒退了好几里。 (97) 伏:通"服",心服。 (98) 如大王言:正如大王所说。 (99) 乌江:今安徽和县乌江浦。 (100) 亭长:汉代地方小官吏。 (101) 檥:附,附船着岸,整船向岸。 (102) 王我:推举我为王。 (103) 若:你。(104) 面之:《史记集解》引张晏曰:"以故人故,难视斫之,故背之。"如淳曰:"面,不正视也。"(105)"五人"句:言杨喜等五人把所夺到的尸体合并到一处,证明他们所得到的一部分确实是项羽的残骸。 (106) 中水:在今河北献县西北。 (107) 杜衍:在今河南南阳西南。 (108) 赤

泉：在今河南鲁山县。　⑩ 吴防：即吴房，今河南遂平。　⑩ 涅阳：在今河南邓县东北。　⑪ 枝属：宗族旁支。　⑫ 周生：汉时儒者，史失其名。　⑬ 重瞳子：两个瞳孔。古人认为这是神异非凡的品相。　⑭ 苗裔：后代。　⑮ 何兴之暴：为什么崛起如此之快呢。兴，兴起。暴，骤然。　⑯ 尺寸：微寸之意。　⑰ 乘埶：乘秦末大乱之势。埶，通"势"。　⑱ 背关怀楚：舍弃关中之地而都彭城。　⑲ 自矜功伐：居功自负的意思。　⑳ "奋其"句：逞其私欲而不以古代成功立业的帝王为师。　㉑ 力征经营天下：靠武力来控制天下。力征，凭借武力。经营，治理。　㉒ 过：过错。

【赏析】　本纪是《史记》开创的专门记述帝王和朝代的传记，但是，"本纪"有两个例外，那就是项羽和吕后。项羽是灭秦战争中涌现出的杰出将领，虽然陈胜、吴广最早吹响了起义的号角，虽然他在楚汉战争中最终失败，刘邦建立了新兴的汉代政权，但因其实际领导的地位，司马迁将其传记放在"本纪"中。

吴见思《史记论文》认为："项羽力拔山气盖世，何等英雄，何等力量！太史公亦以全神付之，成此英雄力量之文。如破秦军处、斩宋义处、谢鸿门处、分王诸侯处、会垓下处，精神笔力，直透纸背。静而听之，殷殷阗阗，如有百万之军，藏于豀麋汗青之中，令人神动。"

清代吴敏树指出："此纪世之喜文字者，无不读而赞之。究其所喜者，起事一段，救赵一段，鸿门一段，垓下一段，其他所知者盖仅矣。"（《史记别钞》）所以，本文节选的便是《项羽本纪》中最为人熟识的段落。其中，"鸿门宴"一段，人物刻画栩栩如生，通过对话、行动等描写，将人物的不同个性充分体现，比如刘邦的机智决断、张良的足智多谋、樊哙的英勇无畏、项羽的优柔寡断、范增的急切怨恨、项伯的暗中保护等等。"垓下之战"一段则展现了项羽在四面楚歌、穷途末路之时的英雄气概与侠骨柔情，千载之后读来，让人悲哀与感叹。

高 祖 本 纪

【题解】　汉高祖刘邦是汉代的建立者。《高祖本纪》从高祖出身谈起，记述了高祖在反秦战争中的崛起与最终的胜利以及称帝后的封赏与讨伐，从而对高祖的一生进行了描绘。本文节选《高祖本纪》中高祖始末、吕公嫁女、斩蛇起义、约法三章、鸿门宴、垓下之战，以及建立汉朝后的总结成败、分封功臣、衣锦还乡等重要事件。

【原文】

高祖①，沛②丰邑③中阳里人，姓刘氏，字季④。父曰太公⑤，母曰刘媪⑥。其先，刘媪尝息大泽之陂⑦，梦与神遇。是时雷电晦冥，太公往视，则见蛟龙于其上。已而有身⑧，遂产高祖。

高祖为人，隆准而龙颜⑨，美须髯⑩，左股有七十二黑子⑪。仁而爱人，喜施，意豁如⑫也。常有大度，不事家人生产作业⑬。及壮，试为吏，为泗水亭⑭长，廷中吏无所不狎侮⑮。好酒及色。常从王媪、武负贳酒⑯，醉卧，武负、王媪见其上常有龙，怪之。高祖每酤留饮⑰，酒雠数倍⑱。及见怪，岁竟⑲，此两家常折券弃责⑳。

高祖常繇咸阳㉑，纵观㉒，观秦皇帝，喟然太息曰："嗟乎，大丈夫当如此也！"

单父人吕公善沛令㉓，避仇从之客㉔，因家沛焉。沛中豪桀㉕吏闻令有重客，皆往贺。萧何为主吏㉖，主进㉗，令诸大夫㉘曰："进不满千钱，坐之堂下。"高祖为亭长，素易㉙诸吏，乃绐为谒㉚曰"贺钱万"，实不持一钱。谒入，吕公大惊，起，迎之门。吕公者，好相人，见高祖状貌，因重敬之，引入坐。萧何曰："刘季固多大言，少成事。"高祖因狎侮诸客，遂坐上坐，无所诎㉛。酒阑㉜，吕公因目固留高祖。高祖竟酒㉝，后。吕公曰："臣少好相人，相人多矣，无如季相，愿季自爱。臣有息女㉞，愿为季箕帚妾㉟。"酒罢，吕媪怒吕公曰："公始常欲奇此女，与贵人。沛令善公，求之不与，何自妄许与刘季？"吕公曰："此非儿女子所知也。"卒与刘季。吕公女乃吕后也，生孝惠帝㊱、鲁元公主㊲。

高祖为亭长时，常告归之田㊳。吕后与两子居田中耨㊴，有一老父过请饮，吕后因餔之㊵。老父相吕后曰："夫人天下贵人。"令相两子，见孝惠，曰："夫人所以贵者，乃此男也。"相鲁元，亦皆贵。老父已去，高祖适从旁舍来，吕后具言客有过，相我子母皆大贵。高祖问，曰："未远。"乃追及，问老父。老父曰："乡者㊶夫人婴儿皆似君，君相贵不可言。"高祖乃谢曰："诚如父㊷言，不敢忘德。"及高祖贵，遂不知老父处。

高祖为亭长，乃以竹皮为冠，令求盗㊸之薛㊹治之，时时冠之。及贵常冠，所谓"刘氏冠"乃是也。

高祖以亭长为县送徒郦山㊺，徒多道亡。自度㊻比至皆亡之，到丰西泽中㊼，止饮，夜乃解纵所送徒。曰："公等皆去，吾亦从此逝㊽

矣!"徒中壮士愿从者十馀人。高祖被酒[49]，夜径[50]泽中，令一人行前。行前者还报曰："前有大蛇当径，愿还。"高祖醉，曰："壮士行，何畏!"乃前，拔剑击斩蛇。蛇遂分为两，径开。行数里，醉，因卧。后人来至蛇所，有一老妪夜哭。人问何哭，妪曰："人杀吾子，故哭之。"人曰："妪子何为见杀[51]?"妪曰："吾子，白帝[52]子也，化为蛇，当道[53]，今为赤帝[54]子斩之，故哭。"人乃以妪为不诚[55]，欲告[56]之，妪因忽不见。后人至，高祖觉[57]。后人告高祖，高祖乃心独喜，自负[58]。诸从者日益畏之。

秦始皇帝常曰"东南有天子气[59]"，于是因东游以厌[60]之。高祖即自疑，亡匿，隐于芒、砀[61]山泽岩石之间。吕后与人俱求，常得之。高祖怪问之。吕后曰："季所居上常有云气，故从往常得季。"高祖心喜。沛中子弟或闻之，多欲附[62]者矣。

秦二世元年秋，陈胜等起蕲[63]，至陈而王[64]，号为"张楚"[65]。诸郡县皆多杀其长吏以应陈涉。沛令恐，欲以沛应涉。掾、主吏萧何、曹参[66]乃曰："君为秦吏，今欲背之，率沛子弟，恐不听。愿君召诸亡在外者，可得数百人，因劫众，众不敢不听。"乃令樊哙[67]召刘季。刘季之众已数十百人矣。

于是樊哙从刘季来。沛令后悔，恐其有变，乃闭城城守，欲诛萧、曹。萧、曹恐，逾城保刘季。刘季乃书帛射城上，谓沛父老曰："天下苦秦久矣。今父老虽为沛令守，诸侯并起，今屠沛。沛今共诛令，择子弟可立者立之，以应诸侯，则家室完。不然，父子俱屠，无为也[68]。"父老乃率子弟共杀沛令，开城门迎刘季，欲以为沛令。刘季曰："天下方扰，诸侯并起，今置将不善，一败涂地[69]。吾非敢自爱，恐能薄，不能完父兄子弟。此大事，愿更相推择可者。"萧、曹等皆文吏，自爱，恐事不就，后秦种族[70]其家，尽让刘季。诸父老皆曰："平生所闻刘季诸珍怪，当贵，且卜筮[71]之，莫如刘季最吉。"于是刘季数让。众莫敢为，乃立季为沛公[72]。祠黄帝[73]，祭蚩尤[74]于沛庭，而衅鼓旗[75]，帜皆赤。由所杀蛇白帝子，杀者赤帝子，故上[76]赤。于是少年豪吏如萧、曹、樊哙等皆为收沛子弟二三千人，攻胡陵[77]、方与[78]，还守丰。

汉元年十月[79]，沛公兵遂先诸侯至霸上[80]。秦王子婴素车白马⁸¹,系颈以组⁸²,封皇帝玺符节⁸³,降轵道⁸⁴旁。诸将或言诛秦王。沛公曰:"始怀王遣我,固以能宽容;且人已服降,又杀之,不祥。"乃以秦王属⁸⁵吏,遂西入咸阳⁸⁶。欲止宫休舍,樊哙、张良谏,乃封秦重宝财物府库,还军霸上。召诸县父老豪桀曰:"父老苦秦苛法久矣,诽谤者族,偶语者弃市⁸⁷。吾与诸侯约,先入关者王之,吾当王关中。与父老约,法三章耳:杀人者死,伤人及盗抵罪。馀悉除去秦法。诸吏人皆案堵⁸⁸如故。凡吾所以来,为父老除害,非有所侵暴,无恐!且吾所以还军霸上,待诸侯至而定约束耳。"乃使人与秦吏行县乡邑,告谕之。秦人大喜,争持牛羊酒食献飨⁸⁹军士。沛公又让不受,曰:"仓粟多,非乏,不欲费人。"人又益喜,唯恐沛公不为秦王。

或说沛公曰⁹⁰:"秦富十倍天下,地形强。今闻章邯降项羽,项羽乃号为雍王,王关中。今则来,沛公恐不得有此。可急使兵守函谷关⁹¹,无内⁹²诸侯军,稍征关中兵以自益,距之。"沛公然其计,从之。十一月中,项羽果率诸侯兵西,欲入关,关门闭。闻沛公已定关中,大怒,使黥布等攻破函谷关。十二月中,遂至戏。沛公左司马曹无伤闻项王怒,欲攻沛公,使人言项羽曰:"沛公欲王关中,令子婴为相,珍宝尽有之。"欲以求封。亚父⁹³劝项羽击沛公。方飨士,旦日合战。是时项羽兵四十万,号百万。沛公兵十万,号二十万,力不敌。会项伯欲活张良⁹⁴,夜往见良,因以文谕项羽⁹⁵,项羽乃止。沛公从百余骑,驱之鸿门⁹⁶,见谢项羽。项羽曰:"此沛公左司马曹无伤言之。不然,籍何以生此!"沛公以樊哙、张良故,得解归⁹⁷。归,立诛曹无伤。

项羽遂西,屠烧咸阳秦宫室,所过无不残破。秦人大失望,然恐,不敢不服耳。

五年,高祖与诸侯兵共击楚军,与项羽决胜垓下。淮阴侯将三十万自当之,孔将军⁹⁸居左,费将军⁹⁹居右,皇帝在后,绛侯¹⁰⁰、柴将军¹⁰¹在皇帝后。项羽之卒可十万。淮阴先合,不利,却。孔将军、费将军纵¹⁰²,楚兵不利,淮阴侯复乘之,大败垓下。项羽卒闻汉军之楚歌,以为汉尽得楚地,项羽乃败而走,是以兵大败。使骑将灌婴追杀项羽东城¹⁰³,斩首八万,遂略定楚地。鲁为楚坚守不下。汉王引诸侯兵北,示鲁父老项羽头,鲁乃降。遂以鲁公号葬项羽谷城¹⁰⁴。还至定陶,驰入齐王壁,夺其军。

正月,诸侯及将相相与共请尊汉王为皇帝。汉王曰:"吾闻帝贤者有也,空言虚语,非所守也,吾不敢当帝位。"群臣皆曰:"大王起微细,诛暴逆,平定四海,有功者辄裂地而封为王侯。大王不尊号,皆疑不信。臣等以死守之。"汉王三让,不得已,曰:"诸君必以为便,便国家⑯。"甲午⑯,乃即皇帝位汜水⑯之阳。

高祖置酒雒阳南宫。高祖曰:"列侯诸将无敢隐朕⑯,皆言其情。吾所以有天下者何?项氏之所以失天下者何?"高起⑯、王陵对曰:"陛下慢而侮人,项羽仁而爱人。然陛下使人攻城略地,所降下者因以予之,与天下同利也。项羽妒贤嫉能,有功者害之,贤者疑之,战胜而不予人功,得地而不予人利,此所以失天下也。"高祖曰:"公知其一,未知其二。夫运筹策⑪帷帐之中,决胜于千里之外,吾不如子房。镇国家,抚百姓,给馈饷⑪,不绝粮道,吾不如萧何。连百万之军,战必胜,攻必取,吾不如韩信。此三者,皆人杰也,吾能用之,此吾所以取天下也。项羽有一范增而不能用,此其所以为我擒也。"

萧丞相营作未央宫⑫,立东阙⑬、北阙、前殿⑭、武库⑮、太仓⑯。高祖还,见宫阙壮甚,怒,谓萧何曰:"天下匈匈⑰苦战数岁,成败未可知,是何治宫室过度⑱也?"萧何曰:"天下方未定,故可因遂⑲就⑳宫室。且夫天子四海为家,非壮丽无以重威,且无令后世有以加也。"高祖乃说㉑。未央宫成。高祖大朝诸侯群臣,置酒未央前殿。高祖奉玉卮㉒,起为太上皇寿,曰:"始大人常以臣无赖㉓,不能治产业,不如仲力㉔。今某之业所就孰与仲多?"殿上群臣皆呼万岁,大笑为乐。

十二年,高祖还归,过沛,留。置酒沛宫,悉召故人父老子弟纵酒,发沛中儿得百二十人,教之歌。酒酣,高祖击筑㉕,自为歌诗曰:"大风起兮云飞扬,威加海内兮归故乡,安得猛士兮守四方!"令儿皆和习之。高祖乃起舞,慷慨伤怀,泣数行下。谓沛父兄曰:"游子悲故乡。吾虽都关中,万岁后吾魂魄犹乐思沛。且朕自沛公以诛暴逆,遂有天下,其以沛为朕汤沐邑㉖,复其民㉗,世世无有所与㉘。"沛父兄诸母故人日乐饮极欢,道旧故为笑乐。十余日,高祖欲去,沛父兄固请留高祖。高祖曰："吾人众多，父兄不能给。"乃去。沛中空县皆之邑西献[122]。高祖复留止，张饮[123]三日。沛父兄皆顿首曰："沛幸得复，丰未复，唯陛下哀怜之。"高祖曰："丰吾所生长，极不忘耳，吾特为其以雍齿故反我为魏。"沛父兄固请，乃并复丰，比沛。

太史公曰：夏之政忠[131]。忠之敝，小人以野[132]，故殷人承之以敬。敬之敝，小人以鬼[133]，故周人承之以文[134]。文之敝，小人以僿[135]，故救僿莫若以忠。三王之道若循环，终而复始。周秦之间，可谓文敝矣。秦政不改，反酷刑法，岂不缪[136]乎？故汉兴，承敝易变[137]，使人不倦，得天统[138]矣。

【注释】　① 高祖：封建社会皇帝死后在祖庙立室奉祀，并专立名号，称为庙号。高祖即为刘邦的庙号，取意于功劳最高，为汉代帝王之祖。　② 沛：县名，今江苏沛县东。　③ 丰邑：秦时沛县的一个集镇，在今江苏丰县。　④ 字季：古人兄弟以伯、仲、叔、季排行，刘邦在兄弟中排行第三。　⑤ 太公：对男性老年人的尊称。　⑥ 媪：对老年妇人的通称。　⑦ 陂：岸。　⑧ 已而有身：不久就怀了孕。　⑨ 隆准而龙颜：高鼻梁而额头突起。隆，高。准，鼻梁。龙颜，额头像龙头一样突起。颜，额头。　⑩ 须髯：胡须。嘴巴下的称须，长在两颊上的称髯。　⑪ "左股"句：左边大腿有七十二个黑痣。股，大腿。黑子，黑痣。　⑫ 豁如：意气豁达的样子。　⑬ 生产作业：生产劳动。　⑭ 泗水亭：在今江苏沛县东。亭，秦代基层行政组织，十里设一亭，十亭为一乡，亭长负责徭役、租税和处理民间争讼事件。　⑮ 狎侮：亲昵戏耍。　⑯ 常从王媪、武负贳酒：经常从王媪、武负那里赊欠酒钱。武负，姓武的老妇，汉代常称老妇为负，如许负等。贳，赊欠。　⑰ 每酤留饮：每次来买酒或留下来喝酒。　⑱ 酒雠数倍：卖出去的酒是平时的几倍。雠，售。　⑲ 岁竟：年终。　⑳ 折券弃责：销毁刘邦的欠据，勾销他的酒债。责，通"债"。　㉑ 常繇咸阳：曾经去咸阳服徭役。常，通"尝"。繇，通"徭"，用作动词，服徭役。咸阳，秦的都城，在今陕西省咸阳市东北。　㉒ 纵观：允许百姓观瞻。　㉓ "单父人"句：单父人吕公与沛县令友善。单父，县名，在今山东省单县。令，县的最高行政长官。　㉔ 从之客：到沛令家客居。　㉕ 桀：通"杰"。　㉖ 主吏：即主史椽，又称主吏功曹，掌管人事，负责考核官吏的政绩，根据优劣对官吏进行升黜。　㉗ 进：本作"賮"，会见之礼所用的财物。　㉘ 大夫：泛指尊贵的客人，秦代的民爵和军功爵都有大夫的名称。　㉙ 易：看轻。　㉚ 绐为谒：假装为名帖。绐，欺骗。谒，名帖，名刺。　㉛ 诎：同"屈"，这里有谦让的意思。　㉜ 酒阑：喝酒殆尽，人渐稀少。阑，稀少。　㉝ 竟酒：一直留到席散。　㉞ 息女：亲生女儿。　㉟ 箕帚妾：管洒扫的女仆，此为把女儿嫁为人妻的谦虚之辞。　㊱ 孝惠帝：即刘盈。汉高祖死后，惠帝嗣立，公元前195年至公元前188年在位。在位期间，实权掌握在其母吕太后手中。　㊲ 鲁元公主：惠帝之姐。鲁为所食邑。元，长。　㊳ 常：通"尝"。　㊴ 居田中耨：在田中除草。　㊵ 铺：以食与人。　㊶ 乡者：刚才。乡，通"向"。　㊷ 父：对长者之尊称。　㊸ 求盗：亭长手下负责追捕盗贼的卒吏。　㊹ 薛：秦县名，在今山东省滕县东南。　㊺ 送徒郦山：送刑徒去郦山修陵墓。徒,刑徒。郦山,即骊山,在今陕西省临潼县东南。秦始皇征发百姓为自己在这里修建陵墓,死后即葬此。　㊻ 自度:暗自思考。度,揣测,估计。　㊼ 丰西泽中:丰邑西部的洼地中。　㊽ 逝:逃亡。　㊾ 被酒:带着醉意。　㊿ 径:小路。这里用作动词,意谓抄小路走。　○51 见杀:被杀。见,被。　○52 白帝:传说中的五天帝之一,位于西方,在五行中为金德。秦居西方,自以为是白帝的子孙,秦襄公作西畤祠白帝。白帝成为秦的象征。　○53 当道:挡住路。　○54 赤帝:古代传说中的五天帝之一,位于南方,刘邦自称是赤帝的子孙,在五行中为火德。按照五德循环的理论,火克金,火德要代替金德,即赤帝的子孙要代替白帝的子孙,也就是汉要灭秦。　○55 不诚:不真实。　○56 告:告发。《汉书·高帝纪》作"苦",谓欲困苦辱之,责难之。　○57 觉:睡醒。　○58 自负:自命不凡。　○59 天子气:帝王头上显现的瑞气。旧谓帝王出生或活动的地方有此气。　○60 厌:通"压",镇压。　○61 芒、砀:两山名。砀山在今安徽宿州一带,芒山在砀山北。　○62 附:追随。　○63 蕲:秦县名,在今安徽宿县南。　○64 至陈而王:到陈地而称王。陈,秦县名,在今河南淮阳县。王,称王。　○65 张楚:陈胜政权称号,意为张大楚国。　○66 掾、主吏萧何、曹参:掾,官府属员的通称。萧何为沛县主吏。曹参,秦时为沛县狱掾,是掌管刑狱的下级官吏。　○67 樊哙:沛人,以屠狗为业,吕后妹吕媭之夫,追随刘邦,勇猛善战,汉建立后,曾任左丞相,以功封舞阳侯。　○68 无为也:没有意思,不值得。　○69 一败涂地:一旦失败,就不可收拾。　○70 种族:灭族。秦有夷三族之法,一人犯罪,诛及三族。　○71 卜筮:占卜以定吉凶。用火灼龟甲,根据灼开的裂缝预测吉凶叫卜。用蓍草茎预测吉凶叫筮。　○72 沛公:楚国旧制,县令称公。众人推刘邦为沛令,所以称他为沛公。　○73 黄帝:传说时代姬姓部族的始祖。五帝说出现后,被尊为五帝之一。　○74 蚩尤:神话传说中的东方九黎族首领,发明金属兵器,威震天下。《史记·五帝本纪》记载,黄帝时,蚩尤作乱,被黄帝擒杀。蚩尤在传说中的地位类似战神,所以刘邦祭以求福。　○75 衅鼓旗:杀牲把血涂在鼓和旗子上。衅,杀牲血祭。　○76 上:通"尚",崇尚。　○77 胡陵:秦县名,在今山东鱼台县东南。　○78 方与:秦县名,在今山东鱼台县西北。　○79 汉元年十月:即公元前206年,此年项羽分封诸侯,刘邦为汉王。十月,汉初沿用秦历,以十月为岁首。至汉武帝太初元年改革历法,始以正月为岁首。　○80 霸上:亦作"灞上",因地处霸水西高原上而得名,在今陕西西安市东,接蓝田县界,为古代军事要地。　○81 素车白马:白车白马,指丧车,象征国亡。　○82 系颈以组:以组系颈,表示听命处死。组,丝带。　○83 封皇帝玺符节:把皇帝的玺印符节封好。玺,皇帝、皇后、诸侯王之印皆称玺。符,以竹、木、铜等制成,上刻有文字,分成两半,双方各执一半,上面传达命令或调兵遣将时,双方合符以检验真假。节,古代使者所持,以作凭证,用竹木或金属制成,上有旄饰。　○84 轵道:即轵道亭,在今陕西西安市东北。　○85 属:交给,托付。　○86 咸阳:秦朝都城,在今陕西咸阳市东北。　○87 偶语者弃市:诽谤议论者处死。偶语,相对而语。弃市,一种刑法,当众处死,暴尸于市,表示被众人所弃。　○88 案堵:即"安堵",安居,安定。　○89 飨:用酒食款待人。　○90 或说沛公曰:据《楚汉春秋》,劝说沛公者为解先生。　○91 函谷关:在今河南灵宝县东北,是通往关中的门户。　○92 内:通"纳"。　○93 亚父:即范增。项羽尊称范增为亚父,意谓对他的尊敬仅次于父,犹如管仲被齐桓公尊为仲父。　○94 项伯欲活张良:项伯想救张良。项伯,项羽的叔父,在项羽军中任左尹,入汉封为射阳侯,赐姓刘。活,使动用法,使张良活下来。《史记·留侯世家》载项伯与张良素有交谊,项伯秦时杀人,张良曾加营救,所以项伯要从刘邦宫中救出张良。 ⑨⑤以文谕项羽:《项羽本纪》记载,项伯劝项羽说:"沛公不先破关中,公岂敢入乎?今人有大功而击之,不义也,不如因善遇之。" ⑨⑥鸿门:在今陕西临潼县东北。 ⑨⑦解归:脱身回营。 ⑨⑧孔将军:蓼侯孔熙。 ⑨⑨费将军:费侯陈贺。 ⑩⑩绛侯:即周勃,沛人,早年从刘邦起兵,屡立军功,封为绛侯,食封绛县(今山西侯马市东北)八千余户。汉高祖、惠帝时曾为太尉,文帝时为丞相。详见《史记·绛侯周勃世家》。 ⑩①柴将军:即柴武,以功封棘蒲侯。 ⑩②纵:包围冲杀。 ⑩③东城:秦县名,在今安徽定远县东南。 ⑩④谷城:古邑名,在今山东平阴县西南。 ⑩⑤诸君必以为便,便国家:你们一定坚持我称帝有利,那我从有利于国家来考虑接受你们的意见。 ⑩⑥甲午:二月甲午,即二月初三日。 ⑩⑦汜水:故道在今山东曹县北,从古济水分流,东北经定陶县注入古菏泽。 ⑩⑧朕:秦以前上下都可以自称朕,从秦始皇始规定专用作天子自称。 ⑩⑨高起:《汉书·高帝纪》注引《汉帝年纪》有"都武侯臣起"。或疑"高起"二字是衍文。 ⑩⑩筹策:计数的筹码,引申为谋策。 ⑪⑪馈饷:粮饷。 ⑪⑫未央宫:在汉长安城内西南隅,即今西安市马家寨村。 ⑪⑬阙:又称象魏,宫殿、祠庙、陵墓前的建筑物,通常左右各一,筑成高台,台上建造楼观。因两阙之间有空缺作为通道,故名阙。 ⑪⑭前殿:据《三辅黄图》记载,殿东西五十丈,深十五丈,高三十五丈,为召见诸侯和群臣之处。 ⑪⑮武库:储藏兵器的仓库。 ⑪⑯太仓:储积粟谷的粮仓。 ⑪⑰匈匈:通"恟恟",扰攘不安的样子。 ⑪⑱度:法制,规定。 ⑪⑲因遂:犹今言就乘此机会。 ⑫⑳就:成。 ⑫㉑说:通"悦"。 ⑫㉒卮:盛酒的器具。 ⑫㉓无赖:没有持以谋生的手段。赖,依恃。 ⑫㉔不如仲力:不如老二勤恳。 ⑫㉕筑:乐器。形似筝,颈细肩圆,十二弦,用竹尺击打演奏。 ⑫㉖汤沐邑:据《礼记·王制》,周代诸侯朝见天子,天子在王畿内赐给供仕宿和斋戒沐浴的封邑叫汤沐邑。后来皇帝、皇后、公主等收取赋税的私邑也都叫汤沐邑,意谓所收赋税用于汤沐之资的封邑。 ⑫㉗复其民:免除人民的赋税徭役。 ⑫㉘世世无有所与:世世代代不再有缴纳赋税的事。与,通"预",参预,这里指参加服徭役。 ⑫㉙"沛中"句:空县,意即全县出动。献,指供献饮食。 ⑬㉚张饮:搭起帐篷聚饮。 ⑬㉛夏之政忠:夏处于国家制度的草创时期,所以为政质朴。忠,质朴厚道。 ⑬㉜野:缺少礼节。 ⑬㉝鬼:指崇拜鬼神。 ⑬㉞文:文明,指周代讲究尊卑等级。 ⑬㉟僿:不诚恳。 ⑬㊱缪:通"谬"。 ⑬㊲承敝易变:承受弊端而加以改变,此指汉初废除秦朝苛刻的法律,与民约法三章,注重恢复农业生产等措施。 ⑬㊳天统:刘汉自称为陶唐之后,承尧为火德,得天之统绪,故曰得天统。

【赏析】 司马迁在《史记》的"本纪"中,既记述了项羽,又记述了刘邦。他们虽然是敌人,但司马迁在他们的传记中都对其性格做了描绘。清代吴见思指出:"先写《项羽》一纪,接手又写《高祖》一纪,一节事分两处写,安得不同?乃《羽纪》中字字是项羽,《高纪》中字字是写高祖。两篇对看,始见其妙。"(《史记论文》)

刘邦的事迹在汉代流传很多,有的被司马迁采入《史记》。与后世史书为帝王作传记的流水账式记述不同,司马迁对刘邦的刻画是全方位的,甚至夹杂着诙谐、神异,且突出了刘邦性格的大度宽容,所以吴见思说:"《高纪》一篇,俱纪实事,不及写其英雄气概。只于篇首写之,如慢易诸吏处、斩白蛇处。篇后写之,如未央上寿处、沛中留饮处、病时却医处。写其豁达本色,语语入神。"

《高祖本纪》既记述刘邦一生的大事,而尤其是又记述了许多关于刘邦的琐事奇闻,使得刘邦充满了神秘与可爱。故清代姚苎田曰:"汉室定鼎,诛伐大事皆详于诸功臣世家、列传中。及《高祖本纪》,则多载其细微时事,及他深异符验,所以其文繁而不杀,灵而不滞。叹后世撰实录者不敢复用此格,而因以竟无可传之文也。"(《史记菁华录》)

吴太伯世家

【题解】 "世家"是司马迁开创的享有世禄的侯王将相的传记,司马贞《史记索隐》曰:"世家者,记诸侯本系也,言其下及子孙常有国。"司马迁以吴太伯为"世家"的第一篇,主要记述了太伯、仲雍奔吴并建国后,其子孙世代经营吴国的情况,重点提到了吴王寿梦、季札、吴王僚、阖庐、夫差的故事。本文节选太伯、季札的片段。

【原文】

吴太伯,太伯弟仲雍,皆周太王①之子,而王季历②之兄也。季历贤,而有圣子昌,太王欲立季历以及昌,于是太伯、仲雍二人乃奔荆蛮,文身断发③,示不可用④,以避季历。季历果立,是为王季,而昌为文王。太伯之奔荆蛮,自号句吴⑤。荆蛮义之,从而归之千馀家,立为吴太伯。

自太伯作吴,五世而武王克殷,封其后为二:其一虞,在中国;其一吴,在夷蛮。十二世而晋灭中国之虞。中国之虞灭二世,而夷蛮之吴兴。大凡从太伯至寿梦十九世。

王寿梦二年⑥,楚之亡大夫申公巫臣⑦怨楚将子反⑧而奔晋,自晋使吴,教吴用兵乘车,令其子为吴行人⑨,吴于是始通于中国。吴伐楚。十六年,楚共王伐吴,至衡山⑩。

二十五年,王寿梦卒。寿梦有子四人,长曰诸樊,次曰余祭,次曰余眛,次曰季札。季札贤,而寿梦欲立之,季札让不可,于是乃立长子诸樊,摄行事当国。

王诸樊元年,诸樊已除丧,让位季札。季札谢曰⑪:"曹宣公之卒也,诸侯与曹人不义曹君,将立子臧,子臧去之,以成曹君,君子曰'能守节矣'。君义嗣⑫,谁敢干君!有国,非吾节也。札虽不材,愿附于子臧之义。"吴人固立季札,季札弃其室而耕,乃舍之。秋,吴伐楚,楚败我师。四年,晋平公初立。

十三年,王诸樊卒。有命授弟余祭,欲传以次,必致国于季札而止,以称先王寿梦之意,且嘉季札之义,兄弟皆欲致国,令以渐至焉⑬。季札封于延陵⑭,故号曰延陵季子。

王余祭三年,齐相庆封有罪,自齐来奔吴。吴予庆封朱方⑮之县,以为奉邑,以女妻之,富于在齐。

四年⑯,吴使季札聘⑰于鲁,请观周乐。为歌《周南》、《召南》。曰:"美哉,始基之矣,犹未也⑱。然勤而不怨。"歌《邶》、《鄘》、《卫》。曰:"美哉,渊乎⑲,忧而不困者也。吾闻卫康叔、武公之德如是,是其《卫风》乎?"歌《王》。曰:"美哉,思而不惧,其周之东乎?"歌《郑》。曰:"其细已甚⑳,民不堪也,是其先亡乎?"歌《齐》。曰:"美哉,泱泱乎㉑大风也哉。表东海者,其太公乎?国未可量也。"歌《豳》。曰:"美哉,荡荡乎㉒,乐而不淫,其周公之东乎?"歌《秦》。曰:"此之谓夏声㉓。夫能夏则大,大之至也,其周之旧乎?"歌《魏》。曰:"美哉,沨沨乎㉔,大而宽,俭而易,行以德辅,此则盟主也。"歌《唐》。曰:"思深哉,其有陶唐氏之遗风乎?不然,何忧之远也?非令德之后,谁能若是!"歌《陈》。曰:"国无主,其能久乎?"自《郐》以下,无讥焉㉕。歌《小雅》。曰:"美哉,思而不贰,怨而不言,其周德之衰乎?犹有先王之遗民也。"歌《大雅》。曰:"广哉,熙熙乎㉖,曲而有直体㉗,其文王之德乎?"歌《颂》。曰:"至矣哉㉘,直而不倨㉙,曲而不诎㉚,近而不逼,远而不携㉛,迁而不淫,复而不厌㉜,哀而不愁,乐而不荒㉝,用而不匮,广而不宣㉞,施而不费,取而不贪㉟,处而不底,行而不流㊱。五声㊲和,八风㊳平,节有度,守有序㊴,盛德之所同也。"见舞《象箾》、《南籥》者㊵,曰:"美哉,犹有感㊶。"见舞《大武》㊷,曰:"美哉,周之盛也其若此乎?"见舞《韶护》㊸者,曰:"圣人之弘也,犹有惭德,圣人之难也!"见舞《大夏》㊹,曰:"美哉,勤而不德!非禹其谁能及之?"见舞《招箾》㊺,曰:"德至矣哉,大矣,如天之无不焘⁴⁶也，如地之无不载也，虽甚盛德，无以加矣。观止矣，若有他乐，吾不敢观。"

去鲁，遂使齐。说晏平仲⁴⁷曰："子速纳邑与政⁴⁸。无邑无政，乃免于难。齐国之政将有所归；未得所归，难未息也。"故晏子因陈桓子以纳政与邑，是以免于栾、高之难⁴⁹。

去齐，使于郑。见子产，如旧交。谓子产曰："郑之执政⁵⁰侈⁵¹，难将至矣，政必及子。子为政，慎以礼⁵²。不然，郑国将败。"去郑，适卫。说蘧瑗、史狗、史䲡、公子荆、公叔发、公子朝曰："卫多君子，未有患也。"

自卫如晋，将舍于宿⁵³，闻钟声，曰："异哉！吾闻之，辩⁵⁴而不德，必加于戮。夫子获罪于君以在此，惧犹不足，而又可以畔⁵⁵乎？夫子之在此，犹燕之巢于幕⁵⁶也。君在殡而可以乐乎？"遂去之。文子闻之，终身不听琴瑟。

适晋，说赵文子、韩宣子、魏献子⁵⁷曰："晋国其萃⁵⁸于三家乎！"将去，谓叔向曰："吾子勉之！君侈而多良，大夫皆富，政将在三家⁵⁹。吾子直，必思自免于难⁶⁰。"

季札之初使，北过徐君。徐君好季札剑，口弗敢言。季札心知之，为使上国，未献。还至徐，徐君已死，于是乃解其宝剑，系之徐君冢树而去。从者曰："徐君已死，尚谁予乎？"季子曰："不然。始吾心已许之，岂以死倍⁶¹吾心哉！"

十七年，王余祭卒，弟余眛立。王余眛二年，楚公子弃疾弑其君灵王⁶²代立焉。

四年，王余眛卒，欲授弟季札。季札让，逃去。于是吴人曰："先王有命，兄卒弟代立，必致季子。季子今逃位，则王余眛后立。今卒，其子当代。"乃立王余眛之子僚为王。

【注释】 ① 周太王：即古公亶父，周文王的祖父，率领周部族迁居周原，为周的兴盛繁荣奠定了基础。 ② 王季历：即王季，古公亶父之子，太伯、仲雍之弟，周文王之父。 ③ 文身断发：在皮肤上刺花纹，剪短头发。 ④ 示不可用：表示不可再奉承宗庙，以让位与季历。 ⑤ 句吴：即吴国。司马贞《史记索隐》曰："颜师古注《汉书》，以吴言'句'者，夷语之发声，犹言'於越'耳。" ⑥ 王寿梦二年：即周简王二年，公元前584年。 ⑦ 亡大夫申公巫臣：逃亡的大夫申公巫臣。申公巫臣因夏姬之乱而逃亡晋国，令其子教吴国军事,以侵犯楚国,事见《左传》。 ⑧ 楚将子反:楚国将领子反,因申公巫臣携夏姬逃亡,子反尽杀巫臣族人。巫臣怨,故令其子教导吴国侵犯楚国,子反等常年周旋于对吴国的作战而疲于奔命。 ⑨ 行人:外交官,春秋时期称国与国之间交流的使者为行人。 ⑩ 衡山:即横山,在今安徽当涂县东北。 ⑪ "季札谢曰"云云:曹宣公为曹国君主,在鲁成公十三年会晋侯伐秦,卒于师。宣公庶子负刍杀宣公世子而自立,是为曹成公。鲁成公十五年,诸侯联合讨伐曹成公,执而归诸京师。晋欲请立曹成公弟子臧,子臧守节不肯而奔逃宋。此处季札想效仿子臧让国。 ⑫ 君义嗣:谓诸樊是嫡长子,嗣位合于礼仪。 ⑬ 令以渐至焉:季札的几位兄长都想传国给他,于是采用依次嗣位的办法逐渐达到目的。 ⑭ 延陵:邑名,在今江苏常州武进区。 ⑮ 朱方:邑名,在今江苏丹徒。 ⑯ 四年:吴王余祭四年,即公元前544年。 ⑰ 聘:出使。 ⑱ 犹未也:仍然未达到完美的境界。 ⑲ 渊乎:指乐曲深沉,象征德化深远。 ⑳ 其细已甚:音乐过于细琐,象征郑国赋役繁重。 ㉑ 泱泱乎:宏大广阔的样子,象征大国风范。 ㉒ 荡荡乎:音乐坦荡明朗。 ㉓ 夏声:诸夏之声,中原各国的音乐。谓秦人能去狄戎之声而近诸夏。 ㉔ 渢渢乎:音乐中正平和。 ㉕ 无讥焉:指对《邶》、《曹》两国风不加评论。 ㉖ 熙熙乎:音乐和美动听。 ㉗ 曲而有直体:旋律婉转而又刚直。 ㉘ 至矣哉:美妙到了极点。 ㉙ 直而不倨:旋律刚劲而不倨傲。 ㉚ 曲而不诎:婉转而不卑屈。 ㉛ 近而不逼,远而不携:紧密而不迫切,疏远而不散漫。 ㉜ 迁而不淫,复而不厌:变化多端而不放荡无度,往复回环而不让人感到厌烦。 ㉝ 哀而不愁,乐而不荒:哀伤而不过分忧愁,快乐而不放纵。 ㉞ 用而不匮,广而不宣:使用时不匮乏,广大而不宣露。 ㉟ 施而不费,取而不贪:施恩而不浪费,索取而不贪婪。 ㊱ 处而不底,行而不流:有时声音停止,但实际上没有中断;有时声音流动不止,但并不泛滥。 ㊲ 五声:宫、商、角、徵、羽五音。 ㊳ 八风:即八音,我国古代对乐器的统称,通常为金、石、丝、竹、匏、土、革、木八种不同质材所制。 ㊴ 节有度,守有序:每个音节都有适度的度数,每个节拍都有一定的序列。 ㊵《象箾》、《南籥(yuè)》者:象和南是舞蹈名称,箾和籥是舞蹈用具。吹箾舞象,执籥舞南,这是文王之乐。箾,一种竿状舞具。籥,一种吹管乐器。 ㊶ 犹有感:仍然有遗憾。文王未能灭纣,留有遗憾。 ㊷《大武》:武王之乐。 ㊸《韶护》:成汤之乐。 ㊹《大夏》:夏禹之乐。 ㊺《招箾》:虞舜之乐。 ㊻ 幕:覆盖。 ㊼ 晏平仲:齐相晏婴,字仲,谥号为平。 ㊽ 纳邑与政:交还封邑和政权。 ㊾ 栾、高之难:公元前532年,栾施和高强欲灭陈桓子、鲍国二氏,陈、鲍先下手进攻栾、高,栾、高兵败奔鲁。晏婴在这场内乱中坚守中立,最后安然无恙。 ㊿ 郑之执政:此指伯有,郑穆公之子,子产之弟。 ㊁ 侈:荒淫无度。 ㊂ 慎以礼:谨慎小心,以礼治国。 ㊃ 将舍于宿:《左传》此句作"将宿于戚"。戚为邑名,卫孙文子的封邑。 ㊄ 辩:通"变",变乱。指孙文子以臣逐君,既已发动变乱,而又不德,必遭刑戮。 ㊅ 畔:通"般(pán)",怡乐。 ㊆ 燕之巢于幕:燕巢于幕,比喻身处险境。幕,帐幕,随时可撤。 ㊇ 赵文子、韩宣子、魏献子:赵武、韩起、魏舒三人。 ㊈ 萃:集中。 ㊉ 政将在三家:晋君奢侈无度,人心背离,而大夫多良且富,人心归之。晋国国政将会移交给三家。 ㊊ 吾子直,必思自免于难:叔向素来正直,容易遭难,要多思避难之计。 ㊋ 倍:通"背",违背。 ㊌ 灵王:楚灵王,楚共王之子,楚康王之弟,弑康王之子郏敖而自立。

【赏析】　前人对于何人进入"世家"以及"世家"的排列顺序多有讨论，虽然吴国的始祖是周王室亲属，但吴国在春秋时崛起很晚，被认为是蛮夷之国，直到春秋后期吴王寿梦时，才有"吴于是始通于中国"之事，开始与中原上国交互往来。而司马迁没有将齐太公、鲁周公这样在周初功勋显赫的人物放在世家的开头，却将吴太伯放在了世家的第一篇，为此，明代杨慎提出："世家首太伯，列传首伯夷。贵让也。"(《史记题评》)这篇世家中"贵让"的思想体现得非常明显。司马迁首先表彰太伯、仲雍兄弟放弃继承权，让位给王季，以便能再传位给周文王，其后又表彰了不肯接受王位的季札。这几位吴国的前贤，让这篇传记的思想增色生辉。

　　本文选取的季札传记部分，大多出自《左传》，但司马迁整合了《左传》中零散的记载，而成为一篇完整的表现季札生平的传记。其中季札观乐一段，较之《左传》，司马迁的描写更为通俗，更适合后人阅读。明代何良俊曰："《左氏》之文非不奇，但嫌其气促耳。至《史记》季札观乐一段，全用《左传》语，但增点数字，而文字便觉舒徐，乃知其点化之妙不可言也。"(《四友斋丛说》)又吴见思曰："季子观乐一段，句句变、节节变，分之各成一小篇，合之共成一大篇。胚胎于《左传》，而史公又出剪裁，所以更妙。"(《史记论文》)

齐太公世家

【题解】　姜子牙是辅佐周文王创业与武王伐纣的最大功臣，周代建立后，他被分封到齐国。齐国一直是春秋时最重要的国家之一。这篇《齐太公世家》紧随《吴太伯世家》之后，也是出于表彰太公之意。《齐太公世家》记述了姜子牙辅佐周文王、武王的经过，以及春秋之时历代齐侯的事迹。本文节选姜子牙及齐桓公的故事部分。

【原文】
　　太公望吕尚①者，东海上人。其先祖尝为四岳②，佐禹平水土甚有功。虞夏之际封于吕③，或封于申④，姓姜氏。夏商之时，申、吕或封枝庶子孙，或为庶人，尚其后苗裔也。本姓姜氏，从其封姓，故曰吕尚。

　　吕尚盖尝穷困，年老矣，以渔钓奸⑤周西伯⑥。西伯将出猎，卜之，曰"所获非龙非彲⑦，非虎非罴⑧；所获霸王之辅"。于是周西伯猎，果遇太公于渭之阳⑨，与语大说⑩，曰："自吾先君太公曰'当有圣人适周，周以兴'。子真是邪？吾太公望子久矣。"故号之曰"太公望"，载与俱归，立为师。

或曰，太公博闻，尝事纣。纣无道，去⑪之。游说诸侯，无所遇，而卒西归周西伯。或曰，吕尚处士，隐海滨。周西伯拘羑里⑫，散宜生、闳夭⑬素知而招吕尚。吕尚亦曰："吾闻西伯贤，又善养老，盍往焉。"三人者为西伯求美女奇物，献之于纣，以赎西伯。西伯得以出，反国。言吕尚所以事周虽异，然要之为文武师。

周西伯昌之脱羑里归，与吕尚阴谋修德以倾商政⑭，其事多兵权与奇计⑮，故后世之言兵及周之阴权皆宗太公为本谋。周西伯政平，及断虞、芮⑯之讼，而诗人称西伯受命曰文王。伐崇、密须、犬夷⑰，大作丰邑⑱。天下三分，其二归周者，太公之谋计居多。

文王崩，武王即位。九年，欲修文王业，东伐以观诸侯集否⑲。师行，师尚父左杖黄钺⑳，右把白旄㉑以誓，曰："苍兕㉒苍兕，总尔众庶，与尔舟楫，后至者斩！"遂至盟津㉓。诸侯不期而会者八百诸侯。诸侯皆曰："纣可伐也。"武王曰："未可。"还师，与太公作此《太誓》㉔。

居二年，纣杀王子比干，囚箕子。武王将伐纣，卜龟兆，不吉，风雨暴㉕至。群公尽惧，唯太公强之劝武王，武王于是遂行。十一年正月甲子，誓于牧野㉖，伐商纣。纣师败绩。纣反走，登鹿台㉗，遂追斩纣。明日，武王立于社，群公奉明水㉘，卫康叔㉙封布采席，师尚父牵牲，史佚策祝㉚，以告神讨纣之罪。散鹿台之钱，发钜桥㉛之粟，以振贫民。封比干墓，释箕子囚。迁九鼎，修周政，与天下更始。师尚父谋居多。

于是武王已平商而王天下，封师尚父于齐营丘㉜。东就国，道宿行迟。逆旅之人曰："吾闻时难得而易失。客寝甚安，殆非就国者也。"太公闻之，夜衣而行，黎明至国。莱侯㉝来伐，与之争营丘。营丘边莱。莱人，夷也，会纣之乱而周初定，未能集远方㉞，是以与太公争国。

太公至国，修政，因其俗，简其礼㉟，通商工之业，便鱼盐之利，而人民多归齐，齐为大国。及周成王少时，管蔡作乱，淮夷畔周㊱，乃使召康公㊲命太公曰："东至海，西至河，南至穆陵㊳，北至无棣㊴，五侯九伯㊵,实得征之。"齐由此得征伐,为大国。都营丘。

初,襄公㊶之醉杀鲁桓公㊷,通其夫人㊸,杀诛数㊹不当,淫于妇人,数欺大臣,群弟恐祸及,故次弟纠奔鲁。其母鲁女也。管仲、召忽傅㊺之。次弟小白奔莒㊻,鲍叔傅之。小白母,卫女也,有宠于釐公㊼。小白自少好善大夫高傒。及雍林人杀无知㊽,议立君,高、国先阴召小白于莒㊾。鲁闻无知死,亦发兵送公子纠,而使管仲别将兵遮莒道,射中小白带钩。小白详㊿死,管仲使人驰报鲁。鲁送纠者行益迟,六日至齐,则小白已入,高傒立之,是为桓公。

桓公之中钩,详死以误管仲,已而载温车㉛中驰行,亦有高、国内应,故得先入立,发兵距鲁。秋,与鲁战于乾时㉜,鲁兵败走,齐兵掩绝㉝鲁归道。齐遗鲁书曰:"子纠兄弟,弗忍诛,请鲁自杀之。召忽、管仲雠㉞也,请得而甘心醢㉟之。不然,将围鲁。"鲁人患之,遂杀子纠于笙渎㊱。召忽自杀,管仲请囚。桓公之立,发兵攻鲁,心欲杀管仲。鲍叔牙曰:"臣幸得从君,君竟以立。君之尊,臣无以增君。君将治齐,即高傒与叔牙足也。君且欲霸王,非管夷吾不可。夷吾所居国国重,不可失也。"于是桓公从之。乃详为召管仲欲甘心,实欲用之。管仲知之,故请往。鲍叔牙迎受管仲,及堂阜㊲而脱桎梏㊳,斋祓㊴而见桓公。桓公厚礼以为大夫,任政。

桓公既得管仲,与鲍叔、隰朋、高傒修齐国政,连五家之兵㊵,设轻重㊶鱼盐之利,以赡贫穷,禄贤能。齐人皆说㊷。

五年,伐鲁,鲁将师败。鲁庄公请献遂邑㊸以平,桓公许,与鲁会柯㊹而盟。鲁将盟,曹沫以匕首劫桓公于坛上,曰:"反鲁之侵地!"桓公许之。已而曹沫去匕首,北面就臣位。桓公后悔,欲无与鲁地而杀曹沫。管仲曰:"夫劫许之而倍信杀之,愈一小快耳,而弃信于诸侯,失天下之援,不可。"于是遂与曹沫三败所亡地于鲁。诸侯闻之,皆信齐而欲附焉。七年,诸侯会桓公于甄㊺,而桓公于是始霸焉。

二十九年,桓公与夫人蔡姬戏船中。蔡姬习水,荡公㊻,公惧,止之,不止,出船,怒,归蔡姬,弗绝㊼。蔡亦怒,嫁其女。桓公闻而怒,兴师往伐。

三十年春,齐桓公率诸侯伐蔡,蔡溃。遂伐楚。楚成王㊽兴师问曰:"何故涉㊾吾地?"管仲对曰:"昔召康公命我先君太公曰:'五侯九伯⑦,若⑦实征之,以夹辅周室。'赐我先君履⑦,东至海,西至河,南至穆陵,北至无棣。楚贡包茅⑦不入,王祭不具⑦,是以来责⑦。昭王南征不复,是以来问。"楚王曰:"贡之不入,有之,寡人罪也,敢不共乎!昭王之出不复,君其问之水滨⑦。"齐师进次于陉⑦。夏,楚王使屈完⑦将兵扞齐,齐师退次召陵。桓公矜屈完以其众。屈完曰:"君以道则可;若不,则楚方城⑦以为城,江、汉以为沟⑧,君安能进乎?"乃与屈完盟而去。过陈⑧,陈袁涛涂诈齐⑧,令出东方,觉。秋,齐伐陈。

三十五年夏,会诸侯于葵丘⑧。周襄王⑧使宰孔⑧赐桓公文武胙⑧、彤弓矢⑧、大路⑧,命无拜。桓公欲许之,管仲曰"不可",乃下拜受赐。秋,复会诸侯于葵丘,益有骄色。周使宰孔会。诸侯颇有叛者。晋侯病,后⑧,遇宰孔。宰孔曰:"齐侯骄矣,弟无行⑨。"从之。是岁,晋献公卒,里克杀奚齐、卓子,秦穆公以夫人入公子夷吾为晋君。桓公于是讨晋乱,至高梁⑨,使隰朋立晋君,还。

是时周室微,唯齐、楚、秦、晋为强。晋初与会,献公死,国内乱。秦穆公辟远⑨,不与中国会盟。楚成王初收荆蛮有之,夷狄自置⑨。唯独齐为中国会盟,而桓公能宣其德,故诸侯宾会。于是桓公称曰:"寡人南伐至召陵⑨,望熊山⑨;北伐山戎⑨、离枝⑨、孤竹⑧;西伐大夏⑨,涉流沙⑩;束马悬车登太行⑩,至卑耳山⑩而还。诸侯莫违寡人。寡人兵车之会三⑩,乘车之会六⑩,九合诸侯,一匡天下⑩。昔三代受命,有何以异于此乎?吾欲封泰山,禅梁父。"管仲固谏,不听;乃说桓公以远方珍怪物至乃得封,桓公乃止。

四十一年,管仲、隰朋皆卒。管仲病,桓公问曰:"群臣谁可相者?"管仲曰:"知臣莫如君。"公曰:"易牙如何?"对曰:"杀子以适君,非人情,不可。"公曰:"开方如何?"对曰:"倍亲以适君,非人情,难近。"公曰:"竖刁如何?"对曰:"自宫以适君,非人情,难亲。"管仲死,而桓公不用管仲言,卒近用三子⑩,三子专权。

四十三年,桓公病,五公子各树党争立。及桓公卒,遂相攻,以故宫中空,莫敢棺⑩。桓公尸在床上六十七日,尸虫出于户。十二月乙亥⑩,无诡⑩立,乃棺赴⑩。辛巳夜,敛殡⑩。以乱故,八月乃葬齐桓公。

太史公曰：吾适齐，自泰山属⁽¹¹²⁾之琅邪，北被⁽¹¹³⁾于海，膏壤二千里，其民阔达⁽¹¹⁴⁾多匿知⁽¹¹⁵⁾，其天性也。以太公之圣，建国本，桓公之盛，修善政，以为诸侯会盟，称伯，不亦宜乎？洋洋⁽¹¹⁶⁾哉，固大国之风也！

【注释】　①太公望吕尚：即姜子牙，姜姓吕氏，辅佐武王灭商，是周初开国功臣之一，封于齐。太公为齐人之追称。　②四岳：相传为共工的后裔，因佐禹治水有功，赐姓姜，封于吕，并使为诸侯之长。　③吕：裴骃《史记集解》引徐广曰："吕，在南阳宛县西。"　④申：司马贞《史记索隐》曰："《地理志》，申在南阳宛县，申伯国也。"　⑤奸：通"干"，求取。　⑥周西伯：即周文王。　⑦彲(chī)：同"螭"，古代传说中一种没有角的龙。　⑧罴(pí)：熊。　⑨渭之阳：渭水的北边，古代称山的南边或河流的北边为阳。　⑩说：通"悦"，高兴。　⑪去：离开。　⑫羑(yǒu)里：古邑名，在今河南省汤阴县北。　⑬散宜生、闳夭：西周初年开国功臣，是"文王四友"之一，与姜尚、太颠等同救西伯姬昌。　⑭阴谋修德以倾商政：暗中培养德行以颠覆商政权。　⑮兵权与奇计：用兵谋略和计策。　⑯虞、芮：周初二国名。　⑰崇、密须、犬夷：皆为古国名。崇国，姒姓，位在今陕西西安市户县一带，后被周文王所灭，并在此建都作丰镐两京。密须国，商时姞姓之国，在今甘肃灵台县西，周文王灭之，以封姬姓。犬夷，即犬戎。　⑱丰邑：文王所作邑，以为都。裴骃《史记集解》引徐广曰："丰在京兆鄠县东，有灵台。"　⑲"东伐"句：向东方讨伐纣王，以此来观察各诸侯的向背。　⑳左杖黄钺：左手持黄钺。持，执。黄钺，饰以黄金的长柄斧子，是天子的仪仗，亦用以征伐。　㉑白旄：古代的一种军旗，竿头以牦牛尾为饰，用以指挥全军。　㉒苍兕(sì)：古代掌管舟楫的官。苍兕，善奔突，能覆舟，故以此名官为警。　㉓盟津：即孟津，在今河南孟津县东，是黄河的一个渡口。　㉔《太誓》：又名《泰誓》，是《尚书》的篇目，是未渡河前武王出兵誓师之文，文中谴责商纣王的暴行。　㉕暴：突然。　㉖牧野：古地名，在河南淇县南，是殷都朝歌的远郊区。　㉗鹿台：殷纣王贮藏珠玉钱帛的地方，故址在今河南汤阴县朝歌镇南。　㉘明水：用鉴在古代祭祀所用的净水，是月下取得的洁净之水。《周礼·秋官·司烜氏》曰："以鉴取明水于月。"　㉙卫康叔：文王之子，武王之弟，获武王封畿内之康国，故称康叔。后封于卫，故称卫康叔。　㉚史佚策祝：史佚以简册祝告鬼神。史佚，西周初年太史。　㉛钜桥：纣王之仓库，在朝歌，即今河南淇县。　㉜营丘：地名，在今山东昌乐县东南。　㉝莱侯：莱国的君主。莱国为妘姓，子爵，在山东半岛东部。　㉞未能集远方：未能安定远方。　㉟简其礼：简化繁琐的礼节。　㊱淮夷畔周：淮夷，淮水流域的夷人。畔，通"叛"，反叛。　㊲召康公：即召公，姬姓，名奭，周初大臣。　㊳穆陵：地名，在今山东临朐县南。　㊴无棣：地名，在今山东无棣北。　㊵五侯九伯：泛指各诸侯。五侯，公、侯、伯、子、男五等诸侯。九伯，九州之长。　㊶襄公：齐襄公，春秋时齐国国君，齐僖公之子，齐桓公之兄，公元前698年到公元前686年在位。　㊷鲁桓公：春秋时鲁国国君。公元前711年到公元前694年在位。　㊸通其夫人：此指齐襄公与鲁桓公夫人通奸，鲁桓公夫人文姜与齐襄公、齐桓公同为齐釐公之子女。　㊹数：屡次，多次。　㊺傅：辅佐。　㊻莒：古国名，在今山东莒县。　㊼釐公：即齐僖公,春秋时齐国君主,齐襄公、齐桓公之父。 ㊽无知:公子无知,齐僖公同母弟夷仲年之子,僖公爱之,宠爱与诸子同。后无知等人弑齐襄公,无知自立为君。事见《左传》。 ㊾"高、国"句:高氏、国氏为齐国世代掌权的卿,受周天子命,为世卿。阴,暗中。 ㊿详:通"佯",假装。 ㉛温车:又称辒辌车,是一种密封严密而又有通风设备的卧车,后世代指丧车。 ㉜乾时:地名,在今山东临淄西南。 ㉝绝:阻断。 ㉞雠:仇人。 ㉟甘心醢(hǎi)之:把他剁成肉酱才快意。醢,把人剁成肉酱的酷刑。 ㊱笙渎:鲁国地名,在今山东菏泽北。 ㊲堂阜:齐地名,在今山东蒙阴县西北。 ㊳桎梏:刑具。 ㊴斋祓:斋戒沐浴,祓除秽恶。斋,沐浴更衣,使身清洁的礼仪。祓,进行祈福的祭祀。 ㊵五家之兵:管仲治齐时的户籍编制,五家为一轨,十轨为一里,四里为一连,十连为一乡,并以此编制军队。 ㊶轻重:国家权衡钱谷贵贱所采取的均衡经济政策,如平抑物价、调实济虚等。传世的《管子》一书中有《轻重》篇。 ㊷说:通"悦",高兴。 ㊸遂邑:鲁邑名,在今山东肥城南。 ㊹柯:齐邑名,在今山东东阿一带。 ㊺甄:卫邑名,在今山东甄城县西北。 ㊻荡公:故意摇荡舟船,此指夫妻之间开玩笑。 ㊼弗绝:未断绝夫妻关系。 ㊽楚成王:春秋时楚国君主,公元前671至公元前625年在位。 ㊾涉:到。 ㊿五侯九伯:泛指天下诸侯。五侯,公、侯、伯、子、男五等爵位。九伯,九州之长。 ㉛若:你,此指齐国。 ㉜履:此指齐国可以征伐的范围。 ㉝包茅:成捆的菁茅,用来滤酒。 ㉞王祭不具:此指楚国提供给周天子的祭品不完备。 ㉟责:责问,声讨。 ㊱"昭王之出不复"两句:周昭王南巡至楚国没有回来,你还是到水边去问问原因吧。此指楚国对周昭王南巡淹死在汉水之中不负有责任。昭王,西周君主,南伐楚时,涉汉中流而陨。 ㊲次于陉:次,军队临时驻扎。陉,楚国地名,在楚昭陵南,即今河南郾城县东。 ㊳屈完:楚国大夫。 ㊴方城:春秋时楚北的长城,由今之河南方城县,循伏牛山,北至今邓县,为古九塞之一。 ㊵江、汉以为沟:把长江和汉水当作护城河。沟,护城河。 ㊶陈:陈国,周初分封舜的后代于陈,都宛丘(今河南淮阳县)。 ㊷陈袁涛涂诈齐:陈大夫袁涛涂不愿意齐军经过陈国回国,而建议齐军从东边走海路回国。 ㊸葵丘:宋邑名,在今河南兰考县东。 ㊹周襄王:周天子,公元前651年到公元前619年在位。 ㊺宰孔:周天子的大臣。 ㊻文武胙:祭祀文王、武王的祭肉。周王赐给诸侯文武胙是一种奖赏的礼仪。 ㊼彤弓矢:朱红色的弓和箭,表示授予其征讨的权力。 ㊽大路:即"大辂",天子乘坐之车。 ㊾后:落在后面。 ㊿弟无行:不用去赴会了。弟,通"第",但,只。 ㉛高梁:晋邑名,在今山西临汾市东北。 ㉜辟远:偏远。 ㉝夷狄自置:楚国以夷狄之俗治国,不干预中原事务。 ㉞召陵:地名,在今河南郾城县。 ㉟熊山:即熊耳山,在今河南卢氏县南。 ㊱山戎:在今河北迁安县。 ㊲离枝:即令支,古国名,在今河北迁安县西。 ㊳孤竹:古国名,在今河北卢龙县。 ㊴大夏:指晋国一带。 ⑩流沙:西北沙漠地区。 ⑩束马悬车登太行:系马停车于太行山。 ⑩卑耳山:山名,在今山西平陆县西北。 ⑩兵车之会三:有三次征讨别国的会盟。这三次分别是鲁庄公十三年(前681)会北杏以平宋乱,鲁僖公四年(前656)会诸侯侵蔡伐楚,鲁僖公六年(前653)伐郑,围新城。 ⑩乘车之会六:有六次友好的会盟。这六次分别是鲁庄公十四年(前680)会于鄄;鲁庄公十五年(前679)又会于鄄;鲁庄公十六年(前678)会于幽;鲁僖公五年(前654)会于首止;鲁僖公八年(前651)会于洮;鲁僖公九年(前650)会于葵丘。 ⑩一匡天下:指定周襄王为太子之位。 ⑩三子:

指易牙、开方、竖刁三人。易牙善调味,曾烹其子而进献桓公。开方是卫国太子,背亲而事桓公。竖刁自宫以事桓公。三人皆不近人情,为小人。　⑩⑦莫敢棺:宫中无主,无人敢收桓公之尸体于棺中。　⑩⑧乙亥:初八日。　⑩⑨无诡:齐桓公之子公子无诡。　⑪⑩赴:同"讣",报丧给各国。　⑪⑪敛殡:入殓而殡葬。敛,通"殓",尸体入棺。　⑪⑫属:连接。　⑪⑬被:及,达到。　⑪⑭阔达:举止大方。　⑪⑮匿知:含蓄而深藏智慧,聪明才智不外露。知,通"智"。　⑪⑯洋洋:盛大的样子。

【赏析】　清代吴景星曰:"太公受封,定一国之基础。桓公创霸,开千古之变局。故《齐世家》中,叙两公特详。"(《史记论文》)这篇世家在记述姜子牙的故事时,多是"整齐百家杂语"而成。文中首先突出了姜子牙的智谋,比如巧妙地使商纣王释放了周文王等事,所以,姜子牙在后世往往被看成阴谋的化身,秦汉之际张良得到的兵书便是《太公兵法》。其次,这篇传记突出了姜子牙在武王伐纣中的重要作用,并且引用《尚书》的《太誓》篇。最后,这篇传记讲了姜子牙治理齐国的政策,这使得齐国之政与鲁国等国很不相同,并因鱼盐之利而成为东方的泱泱大国。

而齐桓公的故事,同样也是司马迁整合《左传》、《国语》及战国诸子等记载而成。在记述齐桓公时,司马迁强调他任用管仲进行改革,进而在国际事务中,尊王攘夷,九合诸侯,一匡天下,成为春秋五霸之首,一定程度上行使了天子的责任,其霸主地位得到周天子的承认。这篇齐桓公的传记,可以与《史记·管晏列传》中记述管仲的部分对读,以便更好地了解齐桓公其人其事。

赵　世　家

【题解】　《史记》的《赵世家》叙述的是执掌晋国政权的赵氏的发展情况,至韩赵魏三家分晋,战国时赵国成为诸侯,这期间的赵氏代表人物在《赵世家》中均有记述。《赵世家》故事性很强,清代牛运震曰:"《赵世家》质峭,更多奇肆之气,在诸世家中尤胜。"(《空山堂史记评注》)本文节选赵氏孤儿及赵武灵王胡服骑射的故事。

【原文】

赵盾代成季①任国政二年而晋襄公②卒,太子夷皋年少。盾为国多难,欲立襄公弟雍。雍时在秦,使使迎之。太子母③日夜啼泣,顿首谓赵盾曰:"先君何罪,释其适子④而更求君?"赵盾患⑤之,恐其宗与大夫袭诛之,乃遂立太子,是为灵公,发兵距⑥所迎襄公弟于秦者。灵公既立，赵盾益专国政。

灵公立十四年，益骄。赵盾骤谏，灵公弗听。及食熊蹯⑦，胹⑧不熟，杀宰人⑨，持其尸出，赵盾见之。灵公由此惧，欲杀盾。盾素仁爱人，尝所食桑下饿人反扞⑩救盾，盾以得亡。未出境，而赵穿⑪弑灵公而立襄公弟黑臀，是为成公。赵盾复反⑫，任国政。君子讥盾"为正卿，亡不出境，反不讨贼"，故太史书曰"赵盾弑其君"⑬。晋景公时而赵盾卒，谥为宣孟，子朔嗣。

赵朔，晋景公之三年，朔为晋将下军救郑，与楚庄王战河上。朔娶晋成公姊为夫人。

晋景公之三年，大夫屠岸贾欲诛赵氏。初，赵盾在时，梦见叔带⑭持要而哭⑮，甚悲；已而笑，拊手且歌⑯。盾卜之，兆绝而后好。赵史援占之，曰："此梦甚恶，非君之身，乃君之子，然亦君之咎⑰。至孙，赵将世益衰。"屠岸贾者，始有宠于灵公，及至于景公而贾为司寇，将作难，乃治灵公之贼⑱以致赵盾，遍告诸将曰："盾虽不知，犹为贼首。以臣弑君，子孙在朝，何以惩罪？请诛之。"韩厥⑲曰："灵公遇贼，赵盾在外，吾先君以为无罪，故不诛。今诸君将诛其后，是非先君之意而今妄诛。妄诛谓之乱。臣有大事而君不闻，是无君也。"屠岸贾不听。韩厥告赵朔趣⑳亡。朔不肯，曰："子必不绝赵祀，朔死不恨。"韩厥许诺，称疾不出。贾不请㉑而擅与诸将攻赵氏于下宫㉒，杀赵朔、赵同、赵括、赵婴齐，皆灭其族。

赵朔妻成公姊，有遗腹㉓，走公宫㉔匿㉕。赵朔客曰公孙杵臼，杵臼谓朔友人程婴曰："胡㉖不死？"程婴曰："朔之妇有遗腹，若幸而男，吾奉之；即女也，吾徐死耳。"居无何，而朔妇免㉗身，生男。屠岸贾闻之，索于宫中。夫人置儿绔㉘中，祝曰："赵宗灭乎，若号；即不灭，若无声。"及索，儿竟无声。已脱㉙，程婴谓公孙杵臼曰："今一索不得，后必且复索之，奈何？"公孙杵臼曰："立孤与死孰难？"程婴曰："死易，立孤难耳。"公孙杵臼曰："赵氏先君遇子厚，子强为其难者；吾为其易者，请先死。"乃二人谋取他人婴儿负之，衣以文葆㉚，匿山中。程婴出，谬谓㉛诸将军曰："婴不肖，不能立赵孤。谁能与我千金，吾告赵氏孤处。"诸将皆喜，许之，发师随程婴攻公孙杵臼。杵臼谬曰："小人哉程婴！昔下宫之难不能死，与我谋匿赵氏孤儿，今又卖我。纵不能立,而忍卖之乎!"抱儿呼曰:"天乎天乎！赵氏孤儿何罪？请活之,独杀杵臼可也。"诸将不许,遂杀杵臼与孤儿。诸将以为赵氏孤儿良已死㉜,皆喜。然赵氏真孤乃反在,程婴卒与俱匿山中。

居十五年,晋景公疾,卜之,大业㉝之后不遂者为祟。景公问韩厥,厥知赵孤在,乃曰:"大业之后在晋绝祀者,其赵氏乎？夫自中衍㉞者皆嬴姓也。中衍人面鸟噣㉟,降佐殷帝大戊㊱,及周天子,皆有明德㊲。下及幽厉无道,而叔带去周适晋㊳,事先君文侯㊴,至于成公,世有立功,未尝绝祀。今吾君独灭赵宗,国人哀之,故见龟策。唯君图之。"景公问:"赵尚有后子孙乎？"韩厥具以实告。于是景公乃与韩厥谋立赵孤儿,召而匿之宫中。诸将入问疾,景公因韩厥之众以胁诸将而见赵孤。赵孤名曰武。诸将不得已,乃曰:"昔下宫之难,屠岸贾为之,矫以君命,并命群臣。非然,孰敢作难！微君之疾,群臣固且请立赵后。今君有命,群臣之愿也。"于是召赵武、程婴遍拜诸将,遂反与程婴、赵武攻屠岸贾,灭其族。复与赵武田邑如故。

及赵武冠㊵,为成人,程婴乃辞诸大夫,谓赵武曰:"昔下宫之难,皆能死。我非不能死,我思立赵氏之后。今赵武既立,为成人,复故位,我将下报赵宣孟与公孙杵臼。"赵武啼泣顿首固请,曰:"武愿苦筋骨以报子至死,而子忍去我死乎!"程婴曰:"不可。彼以我为能成事,故先我死;今我不报,是以我事为不成。"遂自杀。赵武服齐衰㊶三年,为之祭邑,春秋祠之㊷,世世勿绝。

赵武续赵宗二十七年,晋平公立。平公十二年,而赵武为正卿。十三年,吴延陵季子㊸使于晋,曰:"晋国之政卒归于赵武子、韩宣子、魏献子之后矣。"赵武死,谥为文子。

(赵武灵王)十九年春正月,大朝信宫。召肥义与议天下,五日而毕。王北略中山之地,至于房子㊹,遂之代,北至无穷㊺,西至河,登黄华㊻之上。召楼缓谋曰:"我先王因世之变,以长南藩之地㊼,属阻漳、滏之险,立长城㊽,又取蔺、郭狼,败林人于荏㊾,而功未遂。今中山在我腹心,北有燕,东有胡㊿,西有林胡、楼烦㉕、秦、韩之边,而无强兵之救,是亡社稷,奈何？夫有高世之名,必有遗俗之累㉒。吾欲胡服。"楼缓曰:"善。"群臣皆不欲。

于是肥义侍,王曰:"简、襄主㊳之烈,计胡、翟㊴之利。为人臣者,宠有孝弟㊵长幼顺明之节,通有补民益主之业,此两者臣之分也。今吾欲继襄主之迹,开于胡、翟之乡,而卒世不见也㊶。为敌弱㊷,用力少而功多,可以毋尽百姓之劳,而序㊸往古之勋㊹。夫有高世之功者,负遗俗之累;有独智之虑者,任骜民㊺之怨。今吾将胡服骑射以教百姓,而世必议寡人,奈何?"肥义曰:"臣闻疑事无功,疑行无名。王既定负遗俗之虑,殆无顾天下之议矣。夫论至德者不和于俗,成大功者不谋于众。昔者舜舞有苗,禹袒裸国㊻,非以养欲而乐志也,务以论德而约功也。愚者闇成事,智者睹未形㊼,则王何疑焉。"王曰:"吾不疑胡服也,吾恐天下笑我也。狂夫之乐,智者哀焉;愚者所笑,贤者察焉。世有顺我者,胡服之功未可知也。虽驱世以笑我,胡地中山㊽吾必有之。"于是遂胡服矣。

使王缕告公子成㊾曰:"寡人胡服,将以朝也,亦欲叔服之。家听于亲而国听于君,古今之公行也。子不反亲,臣不逆君,兄弟之通义也㊿。今寡人作教易服而叔不服,吾恐天下议之也。制国有常,利民为本;从政有经,令行为上。明德先论于贱,而行政先信于贵。今胡服之意,非以养欲而乐志也;事有所止而功有所出,事成功立,然后善也。今寡人恐叔之逆从政之经,以辅叔之议。且寡人闻之,事利国者行无邪,因贵戚者名不累,故愿慕公叔之义,以成胡服之功。使缕谒之叔,请服焉。"公子成再拜稽首曰:"臣固闻王之胡服也。臣不佞,寝疾,未能趋走以滋进也。王命之,臣敢对,因竭其愚忠。曰:臣闻中国者,盖聪明徇智之所居也,万物财用之所聚也,贤圣之所教也,仁义之所施也,《诗》《书》礼乐之所用也,异敏技能之所试也,远方之所观赴也,蛮夷之所义行也。今王舍此而袭远方之服,变古之教,易古人道,逆人之心,而怫学者,离中国,故臣愿王图之也。"使者以报。王曰:"吾固闻叔之疾也,我将自往请之。"

王遂往之公子成家,因自请之,曰:"夫服者,所以便用也;礼者,所以便事也。圣人观乡而顺宜,因事而制礼,所以利其民而厚其国也。夫翦发文身,错臂左衽,瓯越之民也。黑齿雕题,卻冠秫绌,大吴之国也。故礼服莫同,其便一也。乡异而用变,事异而礼易㊲。是以圣人果可以利其国,不一其用;果可以便其事,不同其礼。儒者一师而俗异,中国同礼而教离,况于山谷之便乎㊳?故去就之变,智者不能一;远近之服,贤圣不能同。穷乡多异,曲学多辩㊴。不知而不疑,异于己而不非者,公焉而众求尽善也。今叔之所言者俗也,吾所言者所以制俗也。吾国东有河、薄洛之水㊵,与齐、中山同之,东有燕、东胡之境,而西有楼烦、秦、韩之边,今无骑射之备。故寡人无舟楫之用,夹水居之民,将何以守河、薄洛之水;变服骑射,以备燕、三胡㊶、秦、韩之边。且昔者简主不塞晋阳以及上党,而襄主并戎取代以攘㊷诸胡,此愚智所明也。先时中山负齐之强兵,侵暴吾地,系累㊸吾民,引水围鄗,微社稷之神灵,则鄗几于不守也。先王丑之,而怨未能报也。今骑射之备,近可以便上党之形,而远可以报中山之怨。而叔顺中国之俗以逆简、襄之意,恶变服之名以忘鄗事之丑,非寡人之所望也。"公子成再拜稽首曰:"臣愚,不达于王之义,敢道世俗之闻,臣之罪也。今王将继简、襄之意以顺先王之志,臣敢不听命乎!"再拜稽首。乃赐胡服。明日,服而朝。于是始出胡服令也。

赵文、赵造、周袑、赵俊皆谏止王毋胡服,如故法便。王曰:"先王不同俗,何古之法?帝王不相袭,何礼之循?伏羲、神农教而不诛㊸,黄帝、尧、舜诛而不怒㊹。及至三王㊺,随时制法,因事制礼。法度制令各顺其宜,衣服器械各便其用。故礼也不必一道,而便国不必古。圣人之兴也不相袭而王,夏、殷之衰也不易礼而灭。然则反古未可非,而循礼未足多也。且服奇者志淫㊻,则是邹、鲁无奇行㊼也;俗辟者民易㊽,则是吴、越无秀士㊾也。且圣人利身谓之服,便事谓之礼。夫进退之节,衣服之制者,所以齐㊿常民也,非所以论贤者也。故齐民与俗流,贤者与变俱。故谚曰:'以书御者不尽马之情,以古制今者不达事之变。'循法之功,不足以高世;法古之学,不足以制今。子不及也。"遂胡服招骑射。

【注释】 ① 成季:赵衰的谥号。 ② 晋襄公:春秋中前期晋国国君,公元前627年至公元前621年在位。晋文公之子,在位期间继其父为中原霸主。 ③ 太子母:晋灵公母穆嬴。 ④ 适子:即嫡子,夫人所生之子,以区别于妾所生之庶子。 ⑤ 患:担忧。 ⑥ 距:通"拒",阻挡。 ⑦ 熊蹯:熊掌。 ⑧ 胹:煮。 ⑨ 宰人:厨师。 ⑩ 扞:通"捍"。

⑪赵穿:赵盾亲族,晋襄公之婿。 ⑫反:通"返",回来。 ⑬"太史书曰"句:此处指晋太史董狐书赵盾弑君。《左传》宣公二年载:"乙丑,赵穿攻灵公于桃园。宣子未出山而复。太史书曰'赵盾弑其君',以示于朝。宣子曰:'不然。'对曰:'子为正卿,亡不越竟,反不讨贼,非子而谁?'孔子曰:'董狐,古之良史也,书法不隐。'" ⑭叔带:造父七世孙。周幽王无道,去周如晋,事晋文侯。自叔带以下,赵宗益兴,五世而至赵夙、赵衰。 ⑮持要而哭:抱着腰哭。要,通"腰"。 ⑯拊手且歌:一边拍手一边唱歌。 ⑰咎:罪过。 ⑱治灵公之贼:惩治弑灵公的罪人。贼,古代指对人民有危害的、邪恶的人。 ⑲韩厥:姬姓,韩氏,名厥,谥献。晋国卿大夫,历晋灵公、成公、景公、厉公、悼公五朝,其子孙后与赵、魏二家共同分晋。 ⑳趣:通"促",赶快。 ㉑不请:没有得到许可就擅自行动。 ㉒下宫:亲庙,此指赵氏的亲庙。 ㉓遗腹:遗腹子,指父亲已死而孩子未出生。 ㉔公宫:晋景公的宫殿。 ㉕匿:躲藏。 ㉖胡:为何。 ㉗免:通"娩",分娩。 ㉘绔:裤裆。 ㉙脱:逃离。 ㉚文葆:有花纹的的襁褓。葆,通"褓"。 ㉛谬谓:谎称。 ㉜良已死:真的死了。 ㉝大业:赵氏的祖先,女修之子,伯益之父。赵氏之先与秦共祖,秦、赵皆嬴姓,见《史记·秦本纪》:"秦之先,帝颛顼之苗裔孙曰女修。女修织,玄鸟陨卵,女修吞之,生子大业。大业取少典之子,曰女华。女华生大费,与禹平水土。" ㉞中衍:赵氏祖先中衍,为帝太戊之御,见《史记·秦本纪》:"大费生子二人:一曰大廉,实鸟俗氏;二曰若木,实费氏。其玄孙曰费昌,子孙或在中国,或在夷狄。费昌当夏桀之时,去夏归商,为汤御,以败桀于鸣条。大廉玄孙曰孟戏、中衍,鸟身人言。帝太戊闻而卜之使御,吉,遂致使御而妻之。自太戊以下,中衍之后,遂世有功,以佐殷国,故嬴姓多显,遂为诸侯。" ㉟鸟噣:像鸟一样的尖嘴。 ㊱殷帝大戊:汤五世孙,太甲之孙,太庚之子,商王小甲、雍己之弟。在位期间商朝复兴,死后谥为中宗。《史记·殷本纪》:"帝雍己崩,弟太戊立,是为帝太戊。"甲骨文作大太戊、天戊。 ㊲明德:显著的德行。 ㊳去周适晋:离开周王室来到晋国。 ㊴先君文侯:晋文公。 ㊵冠:加冠礼,古代男子二十岁行冠礼,表示成人。 ㊶齐衰(zī cuī):丧服名,为五服之一,服用粗麻布制成,以其缉边缝合,故称"齐衰"。 ㊷春秋祠之:每年都祭祀他。春秋,代指一年。 ㊸吴延陵季子:吴国公子季札,曾聘问诸国。 ㊹房子:地名,在今河北高邑县西南。 ㊺无穷:无穷之门。《战国策·赵策》载:"武灵王曰:先君襄王与代交地,境域封之,名曰无穷之门。" ㊻黄华:泷川资言《史记会注考证》曰:"黄华,盖西河侧之山名也。" ㊼长南藩之地:作为南藩之地的首领。 ㊽长城:指赵国南部的长城,连接漳水、滏水的险阻。 ㊾"又取"句:蔺、郭狼、茌,皆为地名,大致在今山西省西北部。林人,又称林胡、儋林,为林中胡人之简称,生活于森林中。 ㊿东有胡:指迁居河北迁安县一带的东胡人。 ㉑林胡、楼烦:战国时北方游牧民族主要为林胡和楼烦。楼烦活跃在今山西一带。 ㉒遗俗之累:《战国策·赵策二》:"夫有高世之功者,必负遗俗之累;有独知之虑者,必被庶人之怨。"意为建立了盖世功勋的人,不可避免地要遭到一些世俗小人的指责;有独到见解的人,一定会受到一般人的怨恨。 ㉓简、襄主:赵简子和赵襄子。 ㉔翟:通"狄"。 ㉕孝弟:即孝悌。 ㉖卒世不见也:我这一生还没有见到建功立业的大臣。 ㉗为敌弱:为了削弱敌人。 ㉘序:继承。 ㉙往古之勋:指简、襄二王建立的功业。 ㉚骜民:暴戾而又愚昧的民众。 ㉛昔者舜舞有苗,禹袒裸国:从前虞舜为了苗民而跳舞,大禹赤膊进入裸国。 ㉜愚者闇成事,智者睹未形:愚昧的

人在事成之后还不明白怎么回事,聪明的人在事情发生之前就已经看得透彻。闇,同"暗"。　㊿ 中山:中山国,在燕、赵之内,今河北省中部太行山东麓一带,是当时的一个蛮夷之国。　㊾ 公子成:武灵王之弟,朝中贵臣。武灵王想让他易服给别人做出榜样,所以告公子成。　㊽ 子不反亲,臣不逆君,兄弟之通义也:作为子女不反对父母,作为臣子不反对君主,这是兄弟间共同遵守的道理。　㊻ 议:此处通"义"。　㊼ 不佞:不才,不敏。　㊸ 寝疾:疾病。　㊹ 徇智:睿智。　㊺ 佛学者,离中国:(穿胡服)将会激怒博学之人,背离中原的传统文化。　㊱ 观乡而顺宜:观于乡里,顺应制宜。　㊲ 剪发文身,错臂左衽:剪短头发,在皮肤上刺花纹,袒露右臂,左开衣襟。　㊳ 瓯越:我国古代东南沿海原始民族越族的分支,是"百越"的重要组成部分,亦称东瓯,区别于闽越、南越、西瓯等。　㊴ 黑齿雕题,卻冠秫绌:染黑牙齿,额上刺字,用鱼皮做帽子,用秫茎作针来缝制衣服。题,额。卻冠,鱼皮帽。绌,缝制。　㊵ 乡异而用变,事异而礼易:地区不同,风俗习惯会有变化;事情不同,对应的礼仪也不一样。易,变化。　㊶ "儒者"三句:儒者是同一师承却礼俗不同,中原地区是同一礼制却教化有别,何况山区为什么不能有方便自己的习俗呢?　㊷ 穷乡多异,曲学多辩:越是偏远的地方,风俗越是奇特;越是邪奇的学术,越是能巧言善辩。　㊸ 薄洛之水:裴骃《史记集解》引徐广曰:"安平经县西有漳水津,名薄洛津。"　㊹ 三胡:林胡、东胡、楼烦。　㊺ 攘:攘斥,攘除。　㊻ 系累:掳掠,抢夺。　㊼ 教而不诛:重视教化而不杀人。　㊽ 诛而不怒:杀人但不残暴。　㊾ 三王:夏商周三代之王。　㊿ 志淫:心地不良。　㊱ 奇行:杰出的行为。　㊲ 俗辟者民易:风俗偏僻奇特就意味着民众愚昧。　㊳ 秀士:卓越的人才。　㊴ 齐:整齐统一。

【赏析】　《史记·赵世家》中记述的赵氏孤儿一段,历来评价很高。其实,司马迁的记述与《左传》的记述是有很大不同的,甚至《左传》中并没有屠岸贾、程婴、公孙杵臼等人物,对人物的描写臧否也与《史记》不尽相同。清代何焯曰:"程婴、公孙杵臼事最为无据,疑战国时任侠好奇者为之,非其实也。"(《义门读书记》)尽管如此,司马迁对赵氏孤儿故事的描述,在中国文学史上影响更为深远,成为后世小说、戏剧的母题。清代牛运震评论其描画诸将攻公孙杵臼灭赵氏假孤一段说:"缠绵沉痛,淋漓激昂,宛然如见其人,如闻其声。此为太史公极笔。"(《空山堂史记评注》)

赵武灵王胡服骑射的故事,也是司马迁整合《战国策》的内容而成,但结构更为紧凑。牛运震评价其"文极淋漓激昂"(《空山堂史记评注》)。因此,在《赵世家》中,赵氏孤儿与胡服骑射是这篇世家流传最广的故事。清代吴景星曰:"《赵世家》是一篇极奇肆文字,在诸世家中,特为出色。通篇如长江大河,一波未平,一波复起,令览之者应接不暇,故不觉其长。用笔节节变化,有移步换形之妙。如叙程婴、公孙杵臼存赵孤事,以淋漓激昂胜;叙武灵王议胡服事,以纵横跌宕胜。"

孔子世家

【题解】 这是司马迁给孔子作的传记。司马迁按照孔子行年的顺序,将其一生的事件有机连缀。在《史记》的所有传记中,本篇属于最详细的人物传记之一。在文后的论赞中,司马迁给予了孔子最高的评价,称其"至圣",即古往今来最伟大的圣人。本文节选《孔子世家》的主要内容,通过对孔子一生主要大事的展现,让读者了解孔子。

【原文】

孔子生鲁昌平乡陬邑①,其先宋人也,曰孔防叔。防叔生伯夏,伯夏生叔梁纥。纥与颜氏女野合②而生孔子,祷于尼丘③得孔子。鲁襄公二十二年④而孔子生。生而首上圩顶⑤,故因名曰"丘"云。字仲尼,姓孔氏。

丘生而叔梁纥死,葬于防山⑥。防山在鲁东,由是孔子疑其父墓处,母讳之也。孔子为儿嬉戏,常陈俎豆⑦,设礼容⑧。孔子母死,乃殡⑨五父之衢⑩,盖其慎也。陬人挽父之母诲⑪孔子父墓,然后往合葬于防焉。

孔子年十七,鲁大夫孟釐子⑫病且死,诫⑬其嗣⑭懿子曰:"孔丘,圣人⑮之后,灭于宋⑯。吾闻圣人之后,虽不当世,必有达者⑰。今孔丘年少好礼,其达者欤?吾即没⑱,若必师之。"及釐子卒,懿子与鲁人南宫敬叔⑲往学礼焉。

孔子贫且贱⑳。及长,尝为季氏㉑史,料量平㉒;尝为司职吏而畜蕃息㉓。孔子长九尺有六寸,人皆谓之"长人"而异之。

鲁南宫敬叔言鲁君曰:"请与孔子适㉔周。"鲁君与之一乘车,两马,一竖子㉕俱,适周问礼,盖见老子云。孔子自周反于鲁,弟子稍益进焉。

是时也,晋平公淫,六卿擅权,东伐诸侯;楚灵王兵强,陵轹㉖中国;齐大而近于鲁。鲁小弱,附于楚则晋怒,附于晋则楚来伐;不备于齐,齐师侵鲁。

孔子年三十五,而季平子㉗与郈昭伯㉘以斗鸡故得罪鲁昭公㉙。昭公率师击平子,平子与孟氏、叔孙氏三家共攻昭公。昭公师败,奔于齐。齐处昭公乾侯㉚。

孔子适齐，与齐太师语乐，闻《韶》㉛音，学之，三月不知肉味，齐人称之。景公问政孔子，孔子曰："君君，臣臣，父父，子子。"㉜景公曰："善哉！信如君不君，臣不臣，父不父，子不子，虽有粟，吾岂得而食诸！"他日又复问政于孔子，孔子曰："政在节财。"齐大夫欲害孔子，孔子闻之。景公曰："吾老矣，弗能用也。"孔子遂行，反㉝乎鲁。

孔子年四十二，鲁昭公卒于乾侯，定公㉞立。定公立五年，夏，季平子卒，桓子㉟嗣立。阳虎㊱由此益轻季氏，季氏亦僭㊲于公室，陪臣㊳执国政，是以鲁自大夫以下皆僭离于正道。故孔子不仕，退㊴而修《诗》、《书》、《礼》、《乐》。弟子弥众㊵，至自远方，莫不受业焉。其后定公以孔子为中都宰㊶，一年，四方皆则㊷之。由中都宰为司空㊸，由司空为大司寇㊹。

定公十年春，及齐平㊺。夏，(齐鲁)会于夹谷㊻。鲁定公且以乘车好往㊼。孔子摄相事㊽，于是齐侯㊾乃归所侵鲁之郓、汶阳、龟阴㊿之田以谢过。

定公十三年夏，(孔子)堕三都㊿。定公十四年，孔子年五十六，由大司寇行摄相事，有喜色。门人曰："闻君子祸至不惧，福至不喜。"孔子曰："有是言也。不曰'乐其以贵下人'乎？"于是诛鲁大夫乱政者少正卯。与闻国政三月，粥㊿羔豚者弗饰贾㊿，男女行者别于涂㊿，涂不拾遗；四方之客至乎邑者不求有司，皆予之以归。

齐人闻而惧，曰："孔子为政必霸，霸则吾地近焉。"于是选齐国中女子好㊿者八十人，皆衣文衣㊿而舞《康乐》㊿，文马㊿三十驷，遗鲁君。桓子卒受齐女乐，三日不听政；郊，又不致膰㊿俎于大夫。孔子遂行。孔子之去㊿鲁凡十四岁而反乎鲁。然鲁终不能用孔子，孔子亦不求仕。

孔子之时，周室微而礼乐废，《诗》、《书》缺。追迹三代之礼，序《书传》㊿，上纪唐虞之际，下至秦缪，编次其事。曰："夏礼吾能言之，杞不足徵也。殷礼吾能言之，宋不足徵也。足，则吾能徵之矣。"㊿观殷夏所损益㊿，曰："后虽百世可知也，以一文一质。周监二代㊿，郁郁㊿乎文哉。吾从周。"故《书传》、《礼记》自孔氏。

孔子自卫反鲁，然后乐正，《雅》、《颂》各得其所㊿。"古者《诗》

三千余篇,及至孔子,去其重,取可施于礼义,上采契⁶⁷后稷⁶⁸,中述殷周之盛,至幽厉⁶⁹之缺,始于衽席⁷⁰,故曰"《关雎》之乱以为风⁷¹始,《鹿鸣》为小雅始,《文王》为大雅始,《清庙》为颂始"。三百五篇孔子皆弦歌之,以求合《韶》、《武》⁷²、《雅》、《颂》之音。礼乐自此可得而述,以备王道,成六艺⁷³。

孔子晚而喜《易》,序《彖》、《系》、《象》、《说卦》、《文言》⁷⁴。读《易》,韦编三绝⁷⁵。曰:"假我数年,若是,我于《易》则彬彬⁷⁶矣。"

孔子以诗、书、礼乐教,弟子盖三千焉,身通六艺者七十有二人。如颜浊邹⁷⁷之徒,颇受业者甚众。子贡曰:"夫子之文章,可得闻也。夫子言天道与性命,弗可得闻也已。"颜渊喟然叹曰:"仰之弥高,钻之弥坚。瞻之在前,忽焉在后。夫子循循然善诱人,博我以文⁷⁸,约我以礼⁷⁹,欲罢不能。既竭我才,如有所立,卓尔⁸⁰。虽欲从之,蔑⁸¹由也已。"达巷党人⁸²曰:"大哉孔子,博学而无所成名⁸³。"子闻之曰:"我何执?执御⁸⁴乎?执射乎?我执御矣。"牢⁸⁵曰:"子云'不试,故艺⁸⁶'。"

子曰:"弗乎⁸⁷弗乎,君子病没世⁸⁸而名不称焉。吾道不行矣,吾何以自见于后世哉?"乃因史记⁸⁹作《春秋》,上至隐公,下讫⁹⁰哀公十四年,十二公⁹¹。据鲁,亲周,故殷⁹²,运之三代⁹³。约其文辞而指博⁹⁴。故吴楚之君自称王,而《春秋》贬之"子";践土⁹⁵之会,实召周天子,而《春秋》讳之曰"天王狩于河阳⁹⁶":推此类以绳⁹⁷当世。贬损之义,后有王者举而开⁹⁸之。《春秋》之义行,则天下乱臣贼子惧焉。

孔子在位听讼,文辞⁹⁹有可与人共者,弗独有也¹⁰⁰。至于为《春秋》,笔则笔,削则削¹⁰¹,子夏之徒不能赞一辞¹⁰²。弟子受¹⁰³《春秋》,孔子曰:"后世知丘者以《春秋》,而罪丘者亦以《春秋》。"

子路死于卫。孔子病,子贡请见。孔子方负杖逍遥¹⁰⁴于门,曰:"赐¹⁰⁵,汝来何其晚也?"孔子因叹,歌曰:"太山坏乎!梁柱摧乎!哲人萎¹⁰⁶乎!"因以涕下。谓子贡曰:"天下无道久矣,莫能宗予¹⁰⁷。夏人殡¹⁰⁸于东阶,周人于西阶,殷人两柱间。昨暮予梦坐奠两柱之间,予始殷人也¹⁰⁹。"后七日卒。

孔子年七十三,以鲁哀公十六年四月己丑卒。哀公诔之¹¹⁰曰:"旻天不吊¹¹¹,不慭¹¹²遗一老,俾¹¹³屏¹¹⁴余一人¹¹⁵以在位,茕茕¹¹⁶余在疚。

呜呼哀哉！尼父，毋自律⑰！"孔子葬鲁城北泗上⑱，弟子皆服三年。三年心丧毕，相诀而去，则哭，各复尽哀；或复留。唯子贡庐于冢上⑲，凡六年，然后去。

太史公曰：《诗》有之："高山仰止，景行行止⑳。"虽不能至，然心向往之。余读孔氏书，想见其为人。适鲁，观仲尼庙堂车服礼器，诸生以时习礼其家，余祗回㉑留之不能去云。天下君王至于贤人众矣，当时则荣，没则已焉。孔子布衣，传十余世，学者宗之。自天子王侯，中国言六艺者折中㉒于夫子，可谓至圣矣！

【注释】 ① 昌平陬邑：今山东曲阜东南邹城。陬，古同"邹"。　② 野合：违背礼法的结合。此指叔梁纥娶颜氏女，年龄差距大，不合礼法，故曰"野合"。　③ 尼丘：山名，在曲阜东南。　④ 鲁襄公二十二年：即公元前552年。　⑤ 圩顶：头顶凹陷，四周高中间低。　⑥ 防山：又名笔架山，在曲阜东二十五公里。　⑦ 俎豆：泛指祭器。俎指长方形的盛牲器皿，豆指圆形高足的盘。　⑧ 设礼容：模仿祭礼的仪式。　⑨ 殡：入殓未葬。　⑩ 五父之衢：地名，在今曲阜西南二里。　⑪ 诲：告诉，明示其所在之地。　⑫ 孟釐子：鲁国执政的卿三桓的孟孙氏，孟釐子在鲁昭公时为大夫，《左传》中有其事迹。釐，通"僖"。　⑬ 诫：教训，嘱咐。　⑭ 嗣：嗣子，继承职位的长子。　⑮ 圣人：或曰宋国的始祖商汤，或曰孔子先祖正考父。　⑯ 灭于宋：指孔子的先祖孔父嘉，在宋为华督所杀。　⑰ 达者：显达于世的人。　⑱ 没：死亡，去世。　⑲ 懿子与鲁人南宫敬叔：孟釐子之子孟懿子及南宫括。　⑳ 贱：社会地位低下。　㉑ 季氏：鲁国执政的卿三桓的季孙氏，此传中的季平子、季桓子皆季氏之族。　㉒ 料量平：粮物出入公平。　㉓ 畜蕃息：牲畜壮且繁殖快。　㉔ 适：去往。　㉕ 竖子：童仆。　㉖ 陵轹：欺压。　㉗ 季平子：季氏贵族季孙意如，《春秋》三传、《论语》多有其事迹的记载。　㉘ 郈昭伯：鲁国贵族，与季氏斗鸡事详见《左传》昭公二十五年。　㉙ 鲁昭公：鲁国君主，鲁襄公之子，公元前542年到公元前510年在位。公元前517年，鲁国因斗鸡而发生内乱，昭公反对专权的季氏而被驱逐，先后逃亡到齐国、晋国，后在晋国的乾侯去世。　㉚ 乾侯：晋邑，在今河北成安县东。　㉛《韶》：古代乐曲名，相传为虞舜时的音乐。　㉜ 君君，臣臣，父父，子子：君主像君主那样，臣子像臣子那样，父亲像父亲那样，孩子像孩子那样。这是孔子提倡的伦理道德和社会秩序。　㉝ 反：即"返"，返回。　㉞ 鲁定公：鲁昭公之弟。昭公去世，定公即位，在位十五年。　㉟ 桓子：季平子之子季孙斯。　㊱ 阳虎：又名阳货，季氏家臣，掌控季氏乃至鲁国政权。　㊲ 僭：以下越上，超出原有阶层的权限。鲁庄公之后，季氏及三桓长期把持鲁国国政。　㊳ 陪臣：古代天子以诸侯为臣，诸侯以大夫为臣，大夫又自有家臣。因之大夫对于天子，大夫之家臣对于诸侯，都是隔了一层的臣，都称为"陪臣"。诸侯大夫对周天子自称陪臣，阳虎为季氏家臣，是鲁公室的陪臣，执鲁国之政。　㊴ 退：隐居不做官。　㊵ 弥众：越来越多。　㊶ 中都宰：中都的地方官。中都，鲁邑名，今山东汶上县。　㊷ 则：效仿，以之为准。　㊸ 司空：官名，掌水利、营建之事。　㊹ 司寇：官名，掌管司法和纠察的长官。

㊺ 及齐平：与齐国言和，和好。　㊻ 夹谷：齐邑，在今山东莱芜南。　㊼ 好往：友好相会。　㊽ 摄相事：行使国相之事。　㊾ 齐侯：指齐景公。　㊿ 郓、汶阳、龟阴：皆为鲁国地名。　㉛ 三都：季氏之都费（今山东费县）、叔孙氏之都郈（今山东东平）、孟孙氏之都成（今山东泰安南）。　㉜ 粥：通"鬻"，卖。　㉝ 饰贾：抬高物价。　㉞ 别于涂：按照当时礼法而男女各走一边的路。　㉟ 好：貌美。　㊱ 文衣：华美的服装。　㊲《康乐》：舞曲名。　㊳ 文马：毛色斑斓的马。　㊴ 膰：祭祀的熟肉。　㊵ 去：离开。　㊶ 序《书传》：为《尚书》作序。先秦的《书》指《尚书》。　㊷ "夏礼吾能言之"以下句：孔子说，夏、商的制度他能讲出来，但无法从杞、宋找足证据。杞是夏的后代，宋是商的后代。徵，证。　㊸ 损益：增减。　㊹ 周监二代：周朝借鉴夏商二代而建立自己的典章制度。监：即"鉴"，借鉴。　㊺ 郁郁：丰富盛大的样子。　㊻ 各得其所：使《雅》、《颂》两部分恢复到原来的乐调。　㊼ 契：商的始祖，简狄所生。见《诗经·商颂·玄鸟》。　㊽ 后稷：周的始祖，姜嫄所生。见《诗经·大雅·生民》。　㊾ 幽厉：周幽王、周厉王，西周末年的失德之君。　㊿ 始于衽席：以男女夫妇的伦常为起点。指《诗经》的首篇为《周南》的《关雎》，《毛诗序》以为《关雎》为美后妃之德而作。　㉛ 风：《诗经》的十五国风。　㉜《韶》、《武》：古乐曲名。相传《韶》是舜乐，《武》是武王伐纣之乐。　㉝ 六艺：即六经，《诗》、《书》、《礼》、《易》、《乐》、《春秋》。　㉞ 序《彖》、《系》、《象》、《说卦》、《文言》：孔子注《易》所作的《十翼》，即阐述《易》理的十篇文章，有《上彖》、《下彖》、《上象》、《下象》、《上系》、《下系》、《文言》、《序卦》、《说卦》、《杂卦》。　㉟ 韦编三绝：系竹简的皮带多次折断。韦，皮带。三，泛指多次。说明孔子读书之勤。　㊱ 彬彬：文质兼备的样子。　㊲ 颜浊邹：孔子弟子，子路妻兄，卫国人，不在七十二人之中。　㊳ 博我以文：以文章开博我。　㊴ 约我以礼：以礼节约束我。　㊵ 卓尔：卓然高绝的样子。　㊶ 蔑：即"莫"，没有，找不到。　㊷ 达巷党人：古代五百家为一党，达巷是党名。　㊸ 博学而无所成名：学问渊博，因而不能以某一方面来称道他。　㊹ 执御：驾车。先秦贵族的六艺也指礼乐射御书数，射御为六艺之二。　㊺ 牢：孔子的学生子牢。　㊻ 不试，故艺：因为不见用，故多技艺。　㊼ 弗乎：不是吗？　㊽ 没世：死。　㊾ 史记：史籍。　㊿ 讫：止，到。　㉛ 十二公：指鲁国隐、桓、庄、闵、僖、文、宣、成、襄、昭、定、哀十二公。　㉜ 据鲁，亲周，故殷：以鲁为主体，以周为宗主，以殷为参考。　㉝ 运之三代：汇通考察夏商周三代的典章制度沿革，阐明继承关系。　㉞ 约其文辞而指博：文辞简约而内容深刻。　㉟ 践土：郑地名，今河南原阳县西南。晋文公称霸时，与诸侯于践土会盟。　㊱ 天王狩于河阳：周天子去河阳打猎。实为晋文公召去。《春秋》以"狩"字为周天子讳。河阳，晋邑，今河南孟县。　㊲ 绳：作准绳。　㊳ 开：推行。　㊴ 听讼：决狱断案。　㊵ 弗独有也：不独断专行。　㊶ 笔则笔，削则削：该记载的地方记载，该删减的地方删减。　㊷ 赞一辞：增损一个字。　㊸ 受：听讲。　㊹ 逍遥：徜徉，缓步行走。　㊺ 赐：子贡姓端木，名赐。　㊻ 萎：枯槁，死亡。　㊼ 宗予：信仰我的主张。　㊽ 殡：停灵柩。　㊾ 予梦坐奠两柱之间，予始殷人也：我做梦梦到坐在两柱之间受人祭奠，这说明我的祖先是殷人。　㊿ 哀公诔之：鲁哀公为孔子所作的哀悼之文。　㉛ 旻天不吊：上天不怜悯。　㉜ 不慭遗一老：上天不愿意留下这一个老人。慭，愿。一老，指孔子。　㉝ 俾：使。　㉞ 屏：保护。　㉟ 余一人：王者自称。　㊱ 茕茕：孤独忧思的样子。　㊲ 自律：遵循法度，自加约束。　㊳ 泗上：泗水岸上。　㊴ 庐于冢上：在坟墓上建草房。　㊵ 高山仰

止,景行行止:像高山一样受人敬仰,像大路一样引导人前进。后用以谓崇敬仰慕。语出《诗经·小雅·车舝》。仰,瞻望。景,大。行,路。 ⑫祗回:恭敬地徘徊。祗,敬。 ⑫折中:折定其中,取正调节,使之适中。

【赏析】 "世家"本是诸侯的传记,而陈涉、孔子也在"世家"中。为此,司马贞《史记索隐》解释:"孔子非有诸侯之位,而亦称世家者,以是圣人为教化之主,又代有贤哲,故称世家焉。"张守节《史记正义》亦言:"孔子无侯伯之位,而称世家者,太史公以孔子布衣传十余世,学者宗之,自天子王侯,中国言六艺者宗于夫子,可谓至圣,故为世家。"这都说明了孔子虽然不具有"世家"应有的贵族血统,也没有"世家"享有的政治权利,但孔子的精神却影响深远,尤其对司马迁所处的汉代更是如此。正如朱东润先生所言:"孔子不仕周室,于社稷之臣无与,然自汉人视之,则直目以为汉制作,今汉碑中犹历历可考。史迁《自序》亦言:'为天下制仪法,垂六艺之统纪于后世。'即其意也。"(《史记考索》)这是司马迁将孔子传记置之"世家"的原因。而这篇《孔子世家》也是司马迁整合《论语》等史料而成,属于司马迁创作主旨中的"整齐百家杂语"的一例。但通过司马迁的梳理,我们可以更清楚地了解孔子一生的经历:他博学多知,坚持周礼,是伟大的政治家。他追求理想,不惜颠沛流离,是春秋末期的思想家。他开放私学,教授生徒,是促进学术下移的教育家。他整理文献,对先秦文化做总结,是周公之后另一位伟大的圣人。

陈涉世家

【题解】 陈涉、吴广吹响了反秦起义的第一声号角。虽然他们短短几个月就失败了,但因为其首倡之功,揭竿而起的各地英雄最终推翻了秦王朝。司马迁对陈胜起义的经过进行了记录,尤其侧重他早年的鸿鹄之志,这种志向是其迥异凡人的重要原因。同时又写到他的局限性,如陈涉见故人并夸耀之事,而这正是他不得诸将亲附的原因,以致最终败亡。本文节选《陈涉世家》中主要内容,较好地描述了陈涉的一生事迹。

【原文】

陈胜者,阳城①人也,字涉。吴广者,阳夏②人也,字叔。陈涉少时,尝与人佣耕③,辍④耕之垄⑤上,怅恨久之,曰:"苟富贵,无相忘⑥。"庸者笑而应曰:"若为庸耕,何富贵也?"陈涉太息⑦曰:"嗟乎,燕雀⑧安知鸿鹄⑨之志哉!"

二世元年七月，发闾左適戍渔阳⑩，九百人屯大泽乡⑪。陈胜、吴广皆次当行⑫，为屯长。会天大雨，道不通，度⑬已失期。失期，法皆斩。陈胜、吴广乃谋曰："今亡亦死，举大计亦死，等死，死国⑭可乎?"陈胜曰："天下苦秦久矣。吾闻二世少子也，不当立，当立者乃公子扶苏⑮。扶苏以数谏故，上使外将兵。今或闻无罪，二世杀之。百姓多闻其贤，未知其死也。项燕⑯为楚将，数有功，爱士卒，楚人怜之。或以为死，或以为亡。今诚以吾众诈自称公子扶苏、项燕，为天下唱⑰，宜多应者。"吴广以为然。乃行卜⑱。卜者知其指意⑲，曰："足下事皆成，有功。然足下卜之鬼乎⑳!"陈胜、吴广喜，念鬼㉑，曰："此教我先威众耳。"乃丹书帛曰"陈胜王"，置人所罾㉒鱼腹中。卒买鱼烹食，得鱼腹中书，固以怪之矣。又间令㉓吴广之次所旁丛祠中㉔，夜篝火，狐鸣呼曰"大楚兴，陈胜王㉕"。卒皆夜惊恐。旦日，卒中往往语㉖，皆指目陈胜㉗。

吴广素爱人，士卒多为用者。将尉㉘醉，广故数言欲亡，忿恚尉㉙，令辱之㉚，以激怒其众。尉果笞㉛广。尉剑挺，广起，夺而杀尉。陈胜佐之，并杀两尉。召令徒属曰："公等遇雨，皆已失期，失期当斩。藉弟令㉜毋斩，而戍死者固十六七。且壮士不死即已，死即举大名㉝耳。王侯将相宁有种乎㉞!"徒属皆曰："敬受命。"乃诈称公子扶苏、项燕，从民欲也。袒右㉟，称大楚。为坛而盟㊱，祭以尉首。陈胜自立为将军，吴广为都尉。攻大泽乡，收而攻蕲㊲。蕲下，乃令符离㊳人葛婴将兵徇蕲以东。攻铚、酂、苦、柘、谯㊴，皆下之。行收兵㊵。比至陈㊶，车六七百乘，骑千馀，卒数万人。攻陈，陈守令皆不在，独守丞与战谯门中㊷。弗胜，守丞死，乃入据陈。数日，号令召三老㊸、豪杰与皆来会计事。三老、豪杰皆曰："将军身被㊹坚执锐，伐无道，诛暴秦，复立楚国之社稷，功宜为王。"陈涉乃立为王，号为张楚㊺。

当此时，诸郡县苦秦吏者，皆刑其长吏㊻，杀之以应陈涉。乃以吴叔为假王㊼，监诸将以西击荥阳㊽。令陈人武臣、张耳、陈馀徇赵地㊾，令汝阴人邓宗徇九江㊿郡。当此时，楚兵数千人为聚者，不可胜数。

腊月，陈王之汝阴(51)，还至下城父(52)，其御庄贾杀以降秦。陈胜葬砀㊳,谥曰隐王㊴。

陈胜王凡六月。已为王,王陈。其故人尝与庸耕者闻之,之陈,扣宫门曰:"吾欲见涉。"宫门令欲缚之。自辩数㊺,乃置,不肯为通㊻。陈王出,遮道㊼而呼涉。陈王闻之,乃召见,载与俱归。入宫,见殿屋帷帐,客曰:"夥颐㊽!涉之为王沈沈㊾者!"楚人谓多为夥,故天下传之,夥涉为王,由陈涉始。客出入愈益发舒㊿,言陈王故情㉛。或说陈王曰:"客愚无知,颛妄言㉜,轻威㉝。"陈王斩之。诸陈王故人皆自引去㉞,由是无亲陈王者。陈王以朱房为中正㉟,胡武为司过㊱,主司群臣。诸将徇地,至,令之不是者,系而罪之,以苛察为忠㊲。其所不善者,弗下吏㊳,辄自治之㊴。陈王信用之。诸将以其故不亲附,此其所以败也。

陈胜虽已死,其所置遣侯王将相竟亡秦,由涉首事㊵也。高祖时为陈涉置守冢三十家砀,至今血食㊶。

【注释】　①阳城:古邑名,在河南登封县东南。　②阳夏:汉县名,在河南太康县。　③佣耕:受雇于人,为人耕田。　④辍:停止。　⑤垄:田中高起的地方。　⑥苟富贵,无相忘:如果将来富贵了,大家彼此不要忘记。无,同"勿",不要。　⑦太息:长声叹息。　⑧燕雀:即云雀,用来比喻平庸无大志的人。　⑨鸿鹄:天鹅,比喻志向高远的人。　⑩发闾左適戍渔阳:派遣贫民去戍卫渔阳。闾左,居于里门之左,当时为贫苦百姓的居住区,富人居于里门之右。適,同"谪",调发。渔阳,县名,在今北京市密云县西南。　⑪屯大泽乡:停驻在大泽乡。屯,停驻。大泽乡,在今安徽宿县西南。　⑫次当行:按户籍编次在征发之列。　⑬度:估计。　⑭死国:为国而死。　⑮扶苏:秦始皇的太子,因多次劝谏而触怒秦始皇,秦始皇令其出京去做蒙恬的监军。秦始皇死,遗命扶苏会葬咸阳,但赵高等矫诏令扶苏自杀。事见《秦始皇本纪》、《李斯列传》。　⑯项燕:战国末年楚国的大将,项羽的祖父,楚国灭亡时他奋战不屈,因被围困而自杀。　⑰唱:通"倡",倡导,号召。　⑱行卜:前往找地方去卜卦。　⑲指意:意图。指,同"旨"。　⑳卜之鬼乎:向鬼神请教过吗?暗示陈涉借鬼神以取威信。　㉑念鬼:考虑卜者所说"卜之鬼"的用意。　㉒罾(zēng):鱼网,此用作动词。　㉓间令:暗中指使。　㉔次所旁丛祠中:在戍卒所驻扎附近树木阴翳的古庙中。　㉕陈胜王:陈胜要称王。王,用作动词。　㉖往往语:处处谈论。　㉗指目:用手指点,以目注视。　㉘将尉:这里指谪发戍卒的长官。　㉙忿恚尉:激起军尉的恼怒。　㉚令辱之:诱迫军尉表现出仗势欺压吴广的行为。　㉛笞:用鞭、杖抽打。　㉜藉弟令:假使。　㉝举大名:落个好名声。　㉞王侯将相宁有种乎:王侯将相难道是天生的吗?　㉟袒右:露出右臂。　㊱为坛而盟:建起高台,盟会誓师。　㊲收而攻蕲:集中兵力进攻蕲县。收,聚集。蕲,县名,在今安徽宿县南。　㊳符离:县名,在今安徽宿县东北。　㊴铚、酂、苦、柘、谯:均为县名。铚在今安徽宿县西南。鄢在今河南永城县西南。苦在今河南鹿邑县东。柘在今河南柘城县北。谯在今安徽亳县。　⑷⓪ 行收兵：沿途扩充军队。　⑷① 比至陈：到陈地的时候。陈，秦郡名，郡治陈县，即今河南淮阳县。　⑷② 独守丞与战谯门中：唯独郡丞与之战于城门。守丞，留守陈郡的郡丞。谯门，建有瞭望楼的城门。　⑷③ 三老：乡官，掌教化。秦制，十里一亭，亭有长，十亭一乡，乡有三老。　⑷④ 被：同"披"。　⑷⑤ 张楚：意为大楚，陈涉所立国号。　⑷⑥ 刑其长吏：惩罚其长官。刑，惩罚。长吏，各级的主要行政官员。　⑷⑦ 假王：未正式授封的王。假，暂行，代理。　⑷⑧ 荥阳：县名，在今河南荥阳东北。　⑷⑨ 赵地：战国时赵国的领地，辖今河北省南部及山西省东部一带。　⑸⓪ 九江：秦郡名，郡治在今安徽寿县。　⑸① 汝阴：县名，在今安徽阜阳县。　⑸② 下城父：古邑名，在汝阴东北，即今安徽涡阳县东南。　⑸③ 砀：县名，为砀郡郡治，即今安徽砀山县。　⑸④ 谥曰隐王：《谥法》："不显于国曰隐。"陈涉功业未就，故谥曰"隐"。　⑸⑤ 自辩数：自己反复申辩。　⑸⑥ 通：通报。　⑸⑦ 遮道：拦路。　⑸⑧ 夥颐：好多啊！好阔啊！夥，多。颐，语气词。　⑸⑨ 沈沈：形容其宫殿深邃的样子，或形容陈王之风度很深沉的样子。　⑹⓪ 愈益发舒：更加放纵。　⑹① 故情：往事，这里指过去贫困时的言行。　⑹② 颛妄言：专门胡说八道。颛，同"专"。　⑹③ 轻威：损害陈涉威望。　⑹④ 自引去：自行离开。　⑹⑤ 中正：陈涉所设掌管人事的官。　⑹⑥ 司过：主管纠察过失的官。　⑹⑦ 以苛察为忠：把吹毛求疵、小题大做当作认真负责。　⑹⑧ 弗下吏：不交由司法官依法秉公处理。　⑹⑨ 辄自治之：就自行办罪处治。　⑺⓪ 首事：首先发难，首先倡导。　⑺① 血食：享受祭祀。杀牲祭祀，故称血食。

【赏析】　前人多有讨论陈涉列于世家的原因，有人认为应该列在世家中，有人认为不应列入世家。清代冯班曰："陈涉起自谪戍，半载而败，可与张耳、陈余并为传，不当为世家者也。然亡秦之侯王将相多涉所置，自项梁未起，以天下之命制于一人之手，升为世家，太史公之旨也。"(《钝吟杂录》)朱东润先生也指出："陈涉首难，为陈王六月而死，不足以系天下之重，故不得先项羽而为本纪。然无功于汉而不入列传者，汉室之兴，由涉始也。《高祖本纪》言：'陈胜起蕲，至陈而王，号为张楚，诸郡县皆多杀长吏，以应陈涉。'高祖即为应涉之一人。世家亦言：'陈胜虽已死，其所致侯王将相竟亡秦，由涉首事。'自序复言：'天下之乱，自涉发难。'斯则涉之有大造于汉也，列于世家，岂曰不宜？"(《史记考索》)在此，我们引用清代牛运震的评语："《陈涉世家》者，纪刘、项未起之前陈涉首事，群雄蜂起、并立攻秦之事，而总以陈涉为之纲领，非但纪陈涉一人之事也。陈涉以匹夫发难，为汉驱除，所遣王侯将相竟亡秦族，虽列之世家非过也。《陈涉世家》者，所以著纪事之体，非以尊涉也。标《陈涉世家》于汉将相侯王之前，著陈涉之功汉也。"(《空山堂史记评注》)这些话有助于我们了解司马迁将陈涉列入世家的原因。

　　本文描述陈涉首难起事，塑造了其英雄形象，个性生动，极具感染力，是《史记》人物事迹描写的范例。

萧相国世家

【题解】 朱东润先生指出,萧何、曹参、留侯、陈平、周勃,"此五人者皆汉初社稷之臣也,辅弼股肱,于焉是赖,其为世家宜哉"。而韩信、黥布、彭越也有大功于国,但"三人皆不终,不得以社稷之臣论"。(《史记考索》)这道出了作为功臣,为什么有的在世家,有的在列传的原因。萧何是汉代开国第一丞相,功业盖世,其故事也家喻户晓。本篇选取萧何的重要事迹。

【原文】

萧相国何者,沛丰人也。以文无害①为沛主吏掾②。

高祖为布衣时,何数以吏事护③高祖。高祖为亭长,常左右④之。高祖以吏繇⑤咸阳,吏皆送奉钱三,何独以五⑥。

秦御史监郡者与从事,常辨之⑦。何乃给泗水卒史事⑧,第一⑨。秦御史欲入言征何,何固请⑩,得毋行。

及高祖起为沛公⑪,何常为丞⑫督事。沛公至咸阳,诸将皆争走金帛财物之府分之,何独先入收秦丞相御史⑬律令图书藏之。沛公为汉王,以何为丞相。项王与诸侯屠烧咸阳而去。汉王所以具知天下阸塞⑭,户口多少,强弱之处,民所疾苦者,以何具得秦图书也。何进言⑯韩信,汉王以信为大将军。

汉王引兵东定三秦⑰,何以丞相留收巴蜀⑱,填抚⑲谕告,使给军食。汉二年,汉王与诸侯击楚⑳,何守关中,侍太子,治栎阳㉑。为法令约束,立宗庙社稷宫室县邑,辄奏上,可,许以从事;即不及奏上,辄以便宜施行㉒,上来以闻。关中事计户口转漕㉓给军,汉王数失军遁去,何常兴㉔关中卒,辄补缺。上以此专属任何关中事。

汉三年,汉王与项羽相距京索之间㉕,上数使使劳苦㉖丞相。鲍生谓丞相曰:"王暴衣露盖㉗,数使使劳苦君者,有疑君心也。为君计,莫若遣君子孙昆弟能胜兵者悉诣军所,上必益信君。"于是何从其计,汉王大说㉘。

汉五年,既杀项羽,定天下,论功行封。群臣争功,岁余功不决。高祖以萧何功最盛,封为酂㉙侯,所食邑多。功臣皆曰:"臣等身被坚执锐,多者百余战,少者数十合,攻城略地,大小各有差。今萧何未尝有汗马之劳,徒持文墨议论,不战,顾㉚反居臣等上,何也?"高帝曰:"诸君知猎乎?"曰:"知之。""知猎狗乎?"曰:"知之。"高帝曰:"夫猎,追杀兽兔者狗也,而发踪指示㉛兽处者人也。今诸君徒能得走兽耳,功狗也。至如萧何,发踪指示,功人也。且诸君独以身随我,多者两三人。今萧何举宗㉜数十人皆随我,功不可忘也。"群臣皆莫敢言。

列侯毕已受封,及奏位次㉝,皆曰:"平阳侯曹参身被七十创㉞,攻城略地,功最多,宜第一。"上已桡㉟功臣,多封萧何,至位次未有以复难之,然心欲何第一。关内侯鄂君㊱进曰:"群臣议皆误。夫曹参虽有野战略地之功,此特一时之事。夫上与楚相距㊲五岁,常失军亡众,逃身遁者数矣㊳。然萧何常从关中遣军补其处,非上所诏令召,而数万众会上之乏绝㊴者数矣。夫汉与楚相守荥阳数年,军无见粮,萧何转漕关中,给食不乏。陛下虽数亡山东,萧何常全关中以待陛下,此万世之功也。今虽亡曹参等百数,何缺于汉?汉得之不必待以全。奈何欲以一旦之功而加万世之功哉!萧何第一,曹参次之。"高祖曰:"善。"于是乃令萧何,赐带剑履上殿㊵,入朝不趋㊶。

上曰:"吾闻进贤受上赏。萧何功虽高,得鄂君乃益明。"于是因㊷鄂君故所食关内侯邑封为安平侯。是日,悉封何父子兄弟十余人,皆有食邑。乃益封何二千户,以帝尝繇咸阳时何送我独赢㊸钱二也。

汉十一年,陈豨㊹反,高祖自将,至邯郸。

未罢,淮阴侯谋反关中,吕后用萧何计,诛淮阴侯,语在《淮阴》事中。上已闻淮阴侯诛,使使拜丞相何为相国,益封五千户,令卒五百人一都尉㊺为相国卫。诸君皆贺,召平独吊㊻。召平者,故秦东陵侯。秦破,为布衣,贫,种瓜于长安城东。瓜美,故世俗谓之"东陵瓜",从召平以为名也。召平谓相国曰:"祸自此始矣。上暴露于外而君守于中,非被矢石㊼之事而益君封置卫者,以今者淮阴侯新反于中,疑君心矣。夫置卫卫君,非以宠君也。愿君让封勿受,悉以家私财佐军,则上心说。"相国从其计,高帝乃大喜。

汉十二年秋,黥布反,上自将击之,数使使问相国何为。相国为上在军,乃拊循勉力㊽百姓,悉以所有佐军,如陈豨时。客有说相国曰："君灭族不久矣。夫君位为相国,功第一,可复加哉？然君初入关中,得百姓心,十余年矣,皆附君,常复孳孳⁴⁹得民和。上所为数问君者,畏君倾动关中。今君胡不多买田地,贱贳贷以自污⁵⁰？上心乃安。"于是相国从其计,上乃大说。

上罢布军归,民道遮行⁵¹上书,言相国贱强买民田宅数千万。上至,相国谒⁵²。上笑曰："夫相国乃利民⁵³！"民所上书皆以与相国,曰："君自谢⁵⁴民。"相国因为民请曰："长安地狭,上林⁵⁵中多空地,弃,愿令民得入田⁵⁶,毋收稿为禽兽食⁵⁷。"上大怒曰："相国多受贾人财物,乃为请吾苑！"乃下相国廷尉⁵⁸,械系之⁵⁹。数日,王卫尉⁶⁰侍,前问曰："相国何大罪,陛下系之暴也⁶¹？"上曰："吾闻李斯相秦皇帝,有善归主,有恶自与。今相国多受贾竖金而为民请吾苑,以自媚于民,故系治之。"王卫尉曰："夫职事苟有便于民而请之,真宰相事,陛下奈何乃疑相国受贾人钱乎！且陛下距楚数岁,陈豨、黥布反,陛下自将而往。当是时,相国守关中,摇足则关以西非陛下有也。相国不以此时为利,今乃利贾人之金乎？且秦以不闻其过亡天下,李斯之分过,又何足法哉。陛下何疑宰相之浅⁶²也。"高帝不怿⁶³。是日,使使持节赦出相国。相国年老,素恭谨,入,徒跣谢⁶⁴。高帝曰："相国休矣！相国为民请苑,吾不许,我不过为桀纣主,而相国为贤相。吾故系相国,欲令百姓闻吾过也。"

何素不与曹参相能,及何病,孝惠自临视相国病,因问曰："君即百岁后,谁可代君者？"对曰："知臣莫如主。"孝惠曰："曹参何如？"何顿首曰："帝得之矣！臣死不恨矣！"

何置田宅必居穷处⁶⁵,为家不治垣屋⁶⁶。曰："后世贤,师吾俭；不贤,毋为势家⁶⁷所夺。"孝惠二年,相国何卒,谥为文终侯。

太史公曰：萧相国何于秦时为刀笔吏⁶⁸,录录⁶⁹未有奇节⁷⁰。及汉兴,依日月之末光⁷¹,何谨守管籥⁷²,因民之疾秦法⁷³,顺流⁷⁴与之更始。淮阴、黥布等皆以诛灭,而何之勋烂⁷⁵焉。位冠群臣,声施后世,与闳夭、散宜生⁷⁶等争烈⁷⁷矣。

【注释】　①文无害：通晓法令,没有凝滞,执法公平。　②主吏掾：即功曹掾,秦县令属吏,主管人事进退。　③护：回护。　④左右：帮助,扶持。　⑤徭：服徭役。　⑥吏皆送奉钱三,何独以五：各官吏都送给路费三百,唯独萧何送五百。奉钱,资助之钱。

⑦"秦御史"两句:御史交给萧何办的事,萧何做得很好。秦时未设刺史,由御史监郡。辨,办,治。 ⑧给泗水卒史事:供职泗水卒史。泗水,秦郡名,治相县,在今安徽省濉溪县西北。沛县有泗水亭,秦以沛为泗水郡,萧何为泗水郡卒史。卒史,官名,官署中的属吏。 ⑨第一:萧何被提升为泗水郡的卒吏,考评为第一。 ⑩固请:坚决不肯。 ⑪沛公:沛县县令。 ⑫丞:县丞,即副县令。 ⑬御史:官名。春秋战国时列国皆有御史,为国君亲近之职,掌文书及记事。秦设御史大夫,职副丞相,并以御史监郡,遂有纠察弹劾之权。汉以后,御史职衔屡有变化,职责则专司纠弹,而文书记事乃归太史掌管。此处的御史为掌管图籍的秦官。 ⑭陂塞:险要之地。 ⑮民所疾苦者:人民痛苦的事情。 ⑯进言:推荐。 ⑰三秦:秦亡以后,项羽三分关中,封秦降将章邯为雍王,司马欣为塞王,董翳为翟王,合称三秦。此后三秦代指关中地区,在今陕西一带。 ⑱留收巴蜀:留守汉中,安抚巴蜀(今四川)地区民心。 ⑲填抚:镇抚,安定。填,通"镇"。 ⑳汉王与诸侯击楚:公元前205年,刘邦出关,收魏王豹、河南王申阳,降服韩王郑昌、殷王司马卬,联合赵王歇等诸侯之兵,共击楚王项羽。 ㉑栎阳:县名,在今陕西省临潼县西北。 ㉒便宜施行:根据需要而决定是否施行。 ㉓转漕:陆行水载运送物资。 ㉔兴:征发。 ㉕京索之间:指二城之间的区域。京,古县名,在今河南省荥阳县东南。索,古有大小两索城,大索即荥阳城,小索在荥阳北。 ㉖劳苦:慰劳。 ㉗暴衣露盖:日晒衣裳,露湿车盖,形容奔波劳碌。 ㉘说:通"悦",高兴。 ㉙鄑:县名,在今河南省永城县西。 ㉚顾:却。 ㉛发踪指示:猎人发现猎物的踪迹后指示猎狗去追击。 ㉜举宗:全族。 ㉝奏位次:上奏评议位次。 ㉞创:创伤。 ㉟桡:折服,使委屈。 ㊱关内侯鄂君:鄂千秋。关内侯无封邑,只食邑关中若干户的侯爵。 ㊲距:通"拒",抗争,对抗。 ㊳逃身遁者数矣:多次只身逃命。遁,逃。 ㊴乏绝:食用缺乏,供应不继。 ㊵带剑履上殿:经帝王特许,重臣上朝时可不解剑,不脱履,以示殊荣。 ㊶入朝不趋:上朝时不必疾走。趋,低头小步快走,是古代下级见上级时表示尊敬的礼节。 ㊷因:因袭,此指享有原来作为关内侯的食邑。 ㊸赢:多出。 ㊹陈豨:汉将。早年随高祖刘邦征战,后封侯,以赵相临赵、代边兵,因谋反被诛。 ㊺都尉:官名,战国时始置。秦灭六国,以六国地为郡,置郡守、丞、尉。尉典兵,是比将军略低的武官。 ㊻独吊:独来报忧。 ㊼矢石:箭和石块,代指战场上的危险。 ㊽拊循勉力:抚慰勉励。 ㊾孳孳:孜孜,勤勉的样子。 ㊿贱贳贷以自污:指放高利贷来败坏自己的名声。贳,出借。 ㊿+1 遮行:拦住,不让通行。 ㊿+2 谒:拜见。 ㊿+3 利民:谓取人田宅以为利,夺民所有以自利。 ㊿+4 谢:认罪。 ㊿+5 上林:即上林苑,秦旧苑,汉初荒废,至汉武帝时重新扩建。故址在今西安市西及周至、户县界。 ㊿+6 愿令民得入田:言上林苑中空地虚弃,不如令民得入而耕种。 ㊿+7 毋收稿为禽兽食:不要只让长草来喂养了禽兽。 ㊿+8 廷尉:九卿之一,掌刑狱,汉代的最高司法长官。 ㊿+9 械系之:给萧何戴上了刑具。 ㊿+10 卫尉:九卿之一,汉代时掌管宫廷门卫。 ㊿+11 系之暴也:突然逮捕了萧何。暴,突然。 ㊿+12 浅:用意浅。 ㊿+13 不怿:不高兴。 ㊿+14 徒跣谢:赤脚前来认罪。徒跣,赤足步行。 ㊿+15 穷处:偏僻的地方。 ㊿+16 不治垣屋:不修建带有高大围墙的住宅。垣,围墙。 ㊿+17 势家:有权势的人家。 ㊿+18 刀笔吏:抄写文书的小吏。秦汉时期用简册书写,误笔则用刀刮削,故用刀笔代指从事文书工作。 ㊿+19 录录:即"碌碌",庸碌。 ㊿+20 奇节:特殊的作为。 ㊿+21 依日月之末光:指萧何依仗高祖和吕后的信任而得宠。日月喻指刘

邦和吕后。　⑫管籥：锁和钥匙。高祖出征，萧何常居守，故言守管籥。籥，通"钥"。　⑬疾秦法：痛恨秦朝的严苛法律。　⑭顺流：顺应民心。　⑮勋烂：功勋辉煌。　⑯闳夭、散宜生：商周之际辅佐周文王、周武王的功臣。　⑰争烈：比较功勋。

【赏析】　本篇的前半部分记述萧何在楚汉战争中慧眼识高祖，举荐韩信，稳固后方，入关后收秦律令图书，建立了累累功业。后半部分记述汉代建立后，萧何营建未央宫，兢兢业业，经营着百废待兴的国家；同时又小心翼翼，处处提防因位高权重而被猜忌；临终之时，以国为念，尽释前嫌，举曹参自代。

司马迁对人物往往有超于常人的体悟，萧何这样常人看起来尊荣显贵之极之人，司马迁却看到了他的难处，汉朝建立后，萧何几度听从谋士的意见，从而保全了自己。这说明，即使是萧何这样一人之下、万人之上的丞相，也有他的种种难处。司马迁更多地体会到高处不胜寒的道理。故陈衍曰："叙何功特简，叙何所以委曲获全者甚详。"（《史汉文学研究法》）其实，这些都是本文的独特安排。同样，《史记》中很多王侯将相，其人生千差万别，司马迁并不是如同后世帝王家谱那样流水账般记述其经历与为官，而是洞察其心理，理解其痛处，这才是《史记》的动人之处。纵观萧何的一生，他为人大度，识见高明，又谨小慎微，免于祸患，这些使得他能以丞相终。故司马迁在赞中给予萧何极高的评价，认为其"位冠群臣，声施后世"，甚至"与闳夭、散宜生等争烈"，可谓位极人臣，彪炳千秋。

留侯世家

【题解】　留侯是张良的封爵，本篇没有冠以张良的官名，而是以爵位为传记之名。张良的功勋，虽然没有萧何、曹参、韩信那样明显，但是运筹帷幄的计谋，大多出自张良，所以汉初高祖分封功臣，认为张良与萧何、韩信是"三杰"，他对于汉代江山的缔造之功尤为巨大。本篇节选张良一生的主要事迹，以供读者了解张良。

【原文】

留侯①张良者，其先韩人也。大父②开地，相韩昭侯③、宣惠王④、襄哀王⑤。父平，相釐王⑥、悼惠王⑦。悼惠王二十三年，平卒。卒二十岁，秦灭韩。良年少，未宦事韩⑧。韩破，良家僮⑨三百人，弟死不葬⑩，悉以家财求客刺秦王，为韩报仇，以大父、父五世相韩故。

良尝学礼淮阳⑪。东见仓海君。得力士，为铁椎⑫重百二十斤。

秦皇帝东游，良与客狙击⑬秦皇帝博浪沙⑭中，误中副车⑮。秦皇帝大怒，大索⑯天下，求贼甚急，为张良故也。良乃更名姓，亡匿下邳⑰。

良尝间从容步游下邳圯⑱上，有一老父，衣褐，至良所，直⑲堕其履圯下，顾谓良曰："孺子，下取履！"良鄂⑳然，欲殴之。为其老，强忍，下取履。父曰："履我！"良业㉑为取履，因长跪㉒履之。父以足受，笑而去。良殊大惊，随目之。父去里所㉓，复还，曰："孺子可教矣。后五日平明，与我会此。"良因怪之，跪曰："诺。"五日平明，良往。父已先在，怒曰："与老人期，后，何也？"去，曰："后五日早会。"五日鸡鸣，良往。父又先在，复怒曰："后，何也？"去，曰："后五日复早来。"五日，良夜未半往。有顷，父亦来，喜曰："当如是。"出一编㉔书，曰："读此则为王者师矣。后十年兴。十三年孺子见我济北，谷城山㉕下黄石即我矣。"遂去，无他言，不复见。旦日视其书，乃《太公兵法》㉖也。良因异之，常习诵读之。

居下邳，为任侠㉗。项伯㉘常㉙杀人，从良匿㉚。

后十年㉛，陈涉等起兵，良亦聚少年㉜百馀人。景驹自立为楚假王㉝，在留㉞。良欲往从之，道遇沛公㉟。沛公将数千人，略㊱地下邳西，遂属焉。沛公拜良为厩将㊲。良数以《太公兵法》说沛公，沛公善之，常用其策。良为他人者，皆不省㊳。良曰："沛公殆天授。"故遂从之，不去见景驹。

及沛公之薛㊴，见项梁㊵。项梁立楚怀王㊶。良乃说项梁曰："君已立楚后，而韩诸公子横阳君成㊷贤，可立为王，益树党。"项梁使良求韩成，立以为韩王。以良为韩申徒㊸，与韩王将千馀人西略韩地，得数城，秦辄复取之，往来为游兵㊹颍川。

沛公之从雒阳南出轘辕㊺，良引兵从沛公，下韩十余城，击破杨熊军。沛公乃令韩王成留守阳翟，与良俱南，攻下宛㊻，西入武关㊼。沛公欲以兵二万人击秦峣㊽下军，良说曰："秦兵尚强，未可轻。臣闻其将屠者子，贾竖㊾易动以利。愿沛公且留壁㊿，使人先行，为五万人具食(51)，益为张旗帜诸山上，为疑兵，令郦食其(52)持重宝啗(53)秦将。"秦将果畔(54)，欲连和俱西袭咸阳，沛公欲听之。良曰："此独其将欲叛耳，恐士卒不从。不从必危，不如因其解(55)击之。"沛公乃引兵击秦军,大破之。逐北㊋至蓝田㊌,再战,秦兵竟㊍败。遂至咸阳,秦王子婴㊎降沛公。

沛公入秦宫,宫室帷帐狗马重宝妇女以千数,意欲留居之。樊哙㊏谏沛公出舍,沛公不听。良曰:"夫秦为无道,故沛公得至此。夫为天下除残贼㊐,宜缟素㊑为资㊒。今始入秦,即安其乐,此所谓'助桀为虐'。且'忠言逆耳利于行,毒药苦口利于病',愿沛公听樊哙言。"沛公乃还军霸上㊓。

项羽至鸿门㊔下,欲击沛公,项伯乃夜驰入沛公军,私见张良,欲与俱去。良曰:"臣为韩王送沛公,今事有急,亡去不义。"乃具以语沛公。沛公大惊,曰:"为将奈何?"良曰:"沛公诚欲倍㊕项羽邪?"沛公曰:"鲰生㊖教我距关无内诸侯㊗,秦地可尽王,故听之。"良曰:"沛公自度㊘能却项羽乎?"沛公默然良久,曰:"固不能也。今为奈何?"良乃固要㊙项伯。项伯见沛公。沛公与饮为寿㊚,结宾婚㊛。令项伯具言沛公不敢倍项羽,所以距关者,备他盗也。及见项羽后解㊜,语在《项羽》事中。

汉元年㊝正月,沛公为汉王,王巴蜀。汉王赐良金百溢㊞,珠二斗,良具以献项伯。汉王亦因令良厚遗㊟项伯,使请汉中㊠地。项王乃许之,遂得汉中地。汉王之国,良送至褒中㊡,遣良归韩。良因说汉王曰:"王何不烧绝所过栈道㊢,示天下无还心,以固项王意。"乃使良还。行,烧绝栈道。

良至韩,韩王成以良从汉王故,项王不遣成之国,从与俱东。良说项王曰:"汉王烧绝栈道,无还心矣。"乃以齐王田荣㊣反书告项王。项王以此无西忧汉心,而发兵北击齐。

项王竟不肯遣韩王,乃以为侯,又杀之彭城㊤。良亡,间行㊥归汉王,汉王亦已还定三秦㊦矣。复以良为成信侯,从东击楚。至彭城,汉败而还。至下邑㊧,汉王下马踞鞍㊨而问曰:"吾欲捐关以东等弃之,谁可与共功者㊩?"良进曰:"九江王黥布㊪,楚枭将㊫,与项王有郄㊬;彭越㊭与齐王田荣反梁地:此两人可急使。而汉王之将独韩信可属㊮大事,当一面。即欲捐之,捐之此三人,则楚可破也。"汉王乃遣随何㊯说九江王布,而使人连彭越。及魏王豹㊰反,使信将兵击之,因举㊱燕、代、齐、赵。然卒破楚者,此三人力也。

张良多病,未尝特将⑨也,常为画策臣,时时从汉王。

汉三年⑯,项羽急围汉王荥阳⑰,汉王恐忧,与郦食其谋桡⑱楚权⑲。食其曰:"昔汤伐桀,封其后于杞⑳。武王伐纣,封其后于宋㉑。今秦失德弃义,侵伐诸侯社稷,灭六国之后,使无立锥之地㉒。陛下诚能复立六国后世,毕已受印,此其君臣百姓必皆戴㉓陛下之德,莫不乡风慕义㉔,愿为臣妾。德义已行,陛下南乡㉕称霸,楚必敛衽㉖而朝。"汉王曰:"善。趣㉗刻印,先生因行㉘佩之矣。"

食其未行,张良从外来谒。汉王方食,曰:"子房前!客有为我计桡⑩楚权者。"具以郦生语告,曰:"于子房何如?"良曰:"谁为陛下画此计者?陛下事去矣。"汉王曰:"何哉?"张良对曰:"臣请藉前箸⑪为大王筹⑪之。"曰:"昔者汤伐桀而封其后于杞者,度能制桀之死命也。今陛下能制项籍之死命乎?"曰:"未能也。""其不可一也。武王伐纣封其后于宋者,度能得纣之头也。今陛下能得项籍之头乎?"曰:"未能也。""其不可二也。武王入殷,表商容之闾⑫,释箕子之拘⑬,封比干之墓⑭。今陛下能封圣人之墓,表贤者之闾,式⑮智者之门乎?"曰:"未能也。""其不可三也。发钜桥⑯之粟,散鹿台⑰之钱,以赐贫穷。今陛下能散府库以赐贫穷乎?"曰:"未能也。""其不可四矣。殷事已毕,偃革为轩⑲,倒置干戈,覆以虎皮,以示天下不复用兵。今陛下能偃武行文,不复用兵乎?"曰:"未能也。""其不可五矣。休马华山之阳,示以无所为。今陛下能休马无所用乎?"曰:"未能也。""其不可六矣。放牛桃林⑲之阴,以示不复输积⑳。今陛下能放牛不复输积乎?"曰:"未能也。""其不可七矣。且天下游士离其亲戚,弃坟墓,去故旧,从陛下游者,徒欲日夜望咫尺之地㉑。今复六国,立韩、魏、燕、赵、齐、楚之后,天下游士各归事其主,从其亲戚,反其故旧坟墓,陛下与谁取天下乎?其不可八矣。且夫楚唯无彊㉒,六国立者复桡㉓而从之,陛下焉得而臣之?诚用客之谋,陛下事去矣。"汉王辍食吐哺㉔,骂曰:"竖儒㉕,几败而公㉖事!"令趣销印。

汉四年,韩信破齐而欲自立为齐王,汉王怒。张良说汉王,汉王使良授齐王信印,语在《淮阴》事中。

其秋,汉王追楚至阳夏㉗南,战不利而壁㉘固陵㉙,诸侯期㉚不至。良说汉王,汉王用其计,诸侯皆至。语在《项籍》事中。

汉六年正月，封功臣。良未尝有战斗功，高帝曰："运筹策㉛帷帐中，决胜千里外，子房功也。自择齐三万户。"良曰："始臣起下邳，与上会留，此天以臣授陛下。陛下用臣计，幸而时中㉜，臣愿封留足矣，不敢当三万户。"乃封张良为留侯，与萧何等俱封。

上欲废太子㉝，立戚夫人子赵王如意。大臣多谏争㉞，未能得坚决㉟者也。吕后恐，不知所为。人或谓吕后曰："留侯善画计筴㊱，上信用之。"吕后乃使建成侯吕泽㊲劫㊳留侯，曰："君常为上谋臣，今上欲易太子，君安得高枕而卧乎？"留侯曰："始上数在困急之中，幸用臣筴。今天下安定，以爱欲易太子，骨肉之间，虽臣等百余人何益。"吕泽强要曰："为我画计。"留侯曰："此难以口舌争也。顾㊴上有不能致者，天下有四人㊵。四人者年老矣，皆以为上慢侮㊶人，故逃匿山中，义不为汉臣。然上高此四人。今公诚能无爱金玉璧帛，令太子为书，卑辞安车㊷，因使辩士固请，宜㊸来。来，以为客，时时从入朝，令上见之，则必异而问之。问之，上知此四人贤，则一助也。"于是吕后令吕泽使人奉太子书，卑辞厚礼，迎此四人。四人至，客建成侯所。

汉十二年，上从击破布军归，疾益甚，愈欲易太子。留侯谏，不听，因疾不视事㊹。叔孙太傅称说引古今，以死争太子。上详㊺许之，犹欲易之。及燕㊻，置酒，太子侍。四人从太子，年皆八十有余，须眉皓白，衣冠甚伟㊼。上怪之，问曰："彼何为者？"四人前对，各言名姓，曰东园公，甪里先生，绮里季，夏黄公。上乃大惊，曰："吾求公数岁，公辟㊽逃我，今公何自从吾儿游乎？"四人皆曰："陛下轻士善骂，臣等义不受辱，故恐而亡匿。窃闻太子为人仁孝，恭敬爱士，天下莫不延颈㊾欲为太子死者，故臣等来耳。"上曰："烦公幸卒㊿调护[151]太子。"

四人为寿已毕，趋[152]去。上目送之，召戚夫人指示四人者曰："我欲易之，彼四人辅之，羽翼已成，难动矣。吕后真而[153]主矣。"戚夫人泣，上曰："为我楚舞，吾为若[154]楚歌。"歌曰："鸿鹄[155]高飞，一举千里。羽翮[156]已就，横绝[157]四海。横绝四海，当可奈何！虽有矰缴[158]，尚安所施！"歌数阕[159]，戚夫人嘘唏[160]流涕，上起去，罢酒。竟不易太子者，留侯本招此四人之力也。

留侯从上击代㉖，出奇计马邑㉖下，及立萧何相国㉖，所与上从容言天下事甚众，非天下所以存亡，故不著㉖。留侯乃称曰："家世㉖相韩，及韩灭，不爱万金之资，为韩报雠强秦，天下振动。今以三寸舌为帝者师，封万户，位列侯，此布衣之极，于良足矣。愿弃人间事，欲从赤松子㉖游耳。"乃学辟谷，道引轻身。会高帝崩㉖，吕后德㉖留侯，乃强食之，曰："人生一世间，如白驹过隙㉖，何至自苦如此乎！"留侯不得已，强听而食。

后八年卒，谥为文成侯。子不疑代侯。

子房始所见下邳圯上老父与《太公书》者，后十三年从高帝过济北，果见谷城山下黄石，取而葆㉖祠之。留侯死，并葬黄石。每上冢㉑伏㉒腊㉓，祠黄石。

留侯不疑，孝文帝五年㉔坐不敬㉕，国除㉖。

太史公曰：学者多言无鬼神，然言有物㉗。至如留侯所见老父予书，亦可怪矣。高祖离㉘困者数矣，而留侯常有功力焉，岂可谓非天乎？上曰："夫运筹策帷帐之中，决胜千里外，吾不如子房。"余以为其人计㉙魁梧奇伟，至见其图，状貌如妇人好女。盖孔子曰："以貌取人，失之子羽㉚。"留侯亦云。

【注释】　① 留侯：汉高祖六年（前201）封张良于留地，留在今江苏沛县东南。　② 大父：祖父。　③ 韩昭侯：公元前358至公元前333年在位。　④ 宣惠王：公元前332至公元前312年在位。　⑤ 襄哀王：公元前311至公元前296年在位。　⑥ 釐王：公元前295至公元前273年在位。　⑦ 悼惠王：《韩世家》作"恒惠王"，公元前272至公元前239年在位。　⑧ 未宦事韩：未仕韩为官。　⑨ 家僮：奴仆。　⑩ 不葬：不以礼下葬，即不厚葬。古时丧葬有种种隆重而烦琐的礼仪规定，张良为节省钱财，以求客刺秦王，故弟死不以礼下葬。　⑪ 淮阳：今属河南。　⑫ 铁椎：即铁锤，状如爪，用以奋击。　⑬ 狙击：伏击。　⑭ 博浪沙：今河南原阳东南。　⑮ 副车：属车，皇帝的侍从车辆。《汉官仪》："天子属车三十六乘。"　⑯ 索：搜索，通缉。　⑰ 下邳：今江苏睢宁西北古邳镇。　⑱ 圯：桥，下邳人谓桥为圯。　⑲ 直：特，故意。一说为正，犹言恰逢。　⑳ 鄂：通"愕"。　㉑ 业：已。　㉒ 长跪：挺直腰身跪着，表示尊敬。　㉓ 所：许，左右。　㉔ 一编：犹一本、一册。古时多书写于竹简上，以皮条或绳子编连，故以编作为量词。　㉕ 谷城山：亦称黄山，今山东平阴西南。　㉖《太公兵法》：相传为姜太公所著兵书。　㉗ 任侠：见义勇为，打抱不平。　㉘ 项伯：项羽叔父，以护刘邦有功，汉初封为射阳侯，赐姓刘。　㉙ 常：尝，曾。　㉚ 匿：隐藏。　㉛ 后十年：博浪沙时间后十年，即秦二世元年（前209）。　㉜ 少年：年轻人，秦汉时专指勇悍任侠的年少之人。　㉝ 景驹自立为楚假王：楚贵族后裔景驹暂时代理为楚王。假王,暂署的、非正式受命的王。 ㉞留:在今江苏沛县东南。 ㉟沛公:刘邦。刘邦在沛县起兵,被拥立为沛公。原楚国称县令为公,沛公即沛县之长。 ㊱略:攻占。 ㊲厩将:军中管理马匹的官。 ㊳省:领悟。 ㊴薛:今山东滕州南。 ㊵项梁:项羽叔父,公元前209年起兵反秦,后为秦将章邯所杀。 ㊶楚怀王:名心,战国时楚怀王之孙,后为项羽所杀。 ㊷韩诸公子横阳君成:韩国非嫡长子的其他公子中的横阳君韩成。 ㊸申徒:即司徒,地位近似丞相。 ㊹游兵:流动作战的部队。 ㊺辕辕:山名,在今河南偃师东南。 ㊻宛:今河南南阳。 ㊼武关:在陕西丹凤东,和函谷关、萧关、大散关并称为关中四塞。 ㊽峣:峣关,因临峣山而得名,在今陕西蓝田东南。 ㊾贾竖:对商人的蔑称。 ㊿壁:营垒。 ㊷具食:预备粮食。 ㊸郦食其:刘邦手下辩士,后被齐王田广烹杀。 ㊹啗:收买。 ㊺畔:叛。 ㊻解:通"懈",松懈。 ㊼北:败逃的军队。 ㊽蓝田:今陕西蓝田西。 ㊾竟:彻底。 ㊿秦王子婴:秦始皇之孙,或曰秦始皇弟之子,公元前207年赵高杀二世,立子婴,在位四十六日即降,后为项羽所杀。 ⑥⓪樊哙:刘邦手下将领,汉初封舞阳侯,《史记》卷九五、《汉书》卷四一有传。 ⑥①残贼:残暴之人。 ⑥②缟素:白色丝绢,引申为俭朴。 ⑥③资:凭借。 ⑥④霸上:即灞上,在陕西西安东,是关东各地出入长安必经的交通要冲。 ⑥⑤鸿门:今陕西临潼新丰镇。 ⑥⑥倍:背,背叛。 ⑥⑦鲰生:骂人的话,指浅薄愚陋之人;一说鲰为姓。 ⑥⑧距关无内诸侯,守关不让诸侯进入。距,拒,把守。内,通"纳"。 ⑥⑨却:抵抗。 ⑦⓪要:通"邀"。 ⑦①为寿:敬酒时祝对方健康长寿。 ⑦②结宾婚:结交为友,约为儿女婚姻。宾,朋友。 ⑦③解:和解。 ⑦④汉元年:公元前206年。 ⑦⑤溢:通"镒",古代重量单位,一镒二十四两,一说二十两为一镒。 ⑦⑥遗:赠。 ⑦⑦汉中:郡名,地在今陕西秦岭以南。 ⑦⑧褒中:今陕西勉县东南。褒中是褒斜道的起点,褒斜道位于汉中市北,是古代连接关中与汉中的一条要道。 ⑦⑨栈道:在山路险峻难通处凿孔架木铺成的窄道。 ⑧⓪田荣:齐国贵族后裔,秦末聚众起兵。公元前206年,以项羽分封不公,举兵反楚,兵败死。事见《史记·田儋列传》。 ⑧①彭城:今江苏徐州。秦亡后,项羽自封为西楚霸王,都彭城。 ⑧②间行:从小路走。 ⑧③三秦:即关中地。秦亡后,项羽分关中地为雍、塞、翟三国,分别以秦降将章邯、司马欣、董翳为王,故称三秦。 ⑧④下邑:今安徽砀山东。 ⑧⑤踞鞍:古时行军,常解下马鞍用以坐卧。踞,依靠。 ⑧⑥"吾欲"两句:意谓谁能与我共建大业,我愿舍弃函谷以东之地给他。捐,弃。关,指函谷关,在今河南灵宝东北。 ⑧⑦黥布:即英布,项羽手下将领,以战功封为九江王。后归刘邦,封淮南王。汉初举兵反叛,兵败被杀。《史记》卷九一、《汉书》卷三四有传。 ⑧⑧枭将:猛将。 ⑧⑨有郤:有矛盾。郤,隙。 ⑨⓪彭越:字仲。秦末聚众起兵,后属刘邦,封为梁王。汉初被告发谋反,为刘邦所杀。《史记》卷九〇、《汉书》卷三四有传。 ⑨①属:托付。 ⑨②随何:刘邦的谋士。 ⑨③魏王豹:魏国贵族后裔,秦末聚众起兵,后从项羽入关,封为西魏王。刘邦定三秦,豹叛楚归汉,不久又叛汉归楚。公元前205年,为韩信击败被俘,后在荥阳被杀。《史记》卷九〇、《汉书》卷三三有传。 ⑨④举:攻占。 ⑨⑤特将:单独领兵。 ⑨⑥汉三年:公元前204年。 ⑨⑦荥阳:今属河南。 ⑨⑧桡:同"挠",削弱。 ⑨⑨权:力量。 ⑩⓪杞:古国名。《史记·陈杞世家》云,周武王封禹之后裔东楼公于杞,以奉夏后氏祀。与此处记载不合。 ⑩①宋:今河南商丘一带。《史记·宋微子世家》记载,周公平定武庚之乱后,封纣兄微子启于宋。 ⑩②立锥之地:可以插一个铁锥尖那么大的地方,形容地方极小。 ⑩戴:感激。 ⑩乡风慕义:向往其风度,仰慕其义行。乡,向。风,声望。 ⑩南乡:南向,帝王面南临朝。 ⑩敛衽:整理衣襟,表示恭敬。 ⑩趣:同"促",赶快。 ⑩因行:趁出门之机。 ⑩计橈:计划削弱。 ⑪箸:筷子。 ⑪筹:筹划。 ⑫表商容之闾:标榜殷纣时贤人商容居住的里门。闾,里门。 ⑬释箕子之拘:将拘禁的箕子放出。箕子,纣王叔父,因劝谏纣王被拘禁。 ⑭封比干之墓:为比干堆土筑坟。比干,纣王叔父,因劝谏纣王被杀。 ⑮式:即"轼",车前扶手的横木。这里用作动词,指行车途中扶轼低头,表示对人的尊敬。 ⑯钜桥:纣的粮仓,地在今河北曲周东北。 ⑰鹿台:纣所筑高台。纣曾将大量财宝储藏在这里。 ⑱偃革为轩:指停息武备,修治文教。偃,停止,废弃。革,兵车。轩,有帷幕的车,大夫以上所乘用,这里泛指乘坐的车。 ⑲桃林:也称桃林塞,在今河南灵宝西。 ⑳输积:运输积聚。 ㉑咫尺之地:极言其地之小。咫,八寸。地,封地。 ㉒楚唯无彊:唯当使楚无彊土。 ㉓橈:屈从,屈服。 ㉔吐哺:吐出嘴中正在咀嚼的食物。 ㉕竖儒:书呆子,对儒生的鄙称。 ㉖而公:乃公,你老子。 ㉗阳夏:今河南太康。 ㉘壁:营垒。这里指坚守营垒。 ㉙固陵:今河南太康南。 ㉚期:约定的期限。 ㉛筹策:古博局计数和计算的用具,引申为谋划、筹划。 ㉜幸而时中:侥幸偶中。 ㉝太子:刘盈,吕后所生。 ㉞争:同"诤",规劝。 ㉟坚决:明确的决断。 ㊱筴:策。 ㊲吕泽:应为吕释之。吕泽,吕后长兄,封周吕侯。吕释之,吕后次兄,封建成侯。 ㊳劫:胁迫,挟持。 ㊴顾:但。 ㊵四人:即"商山四皓",东园公、绮里季、夏黄公、角(甪)里先生,汉初隐于商山。角,亦作"甪"。 ㊶慢侮:轻慢,凌辱。 ㊷安车:用一马拉之可以坐乘的小车。古车立乘,此为坐乘,故称安车。高官告老或征召有重望的人,往往赐乘安车。 ㊸宜:应。 ㊹视事:办公。 ㊺详:佯。 ㊻燕:宴。 ㊼伟:奇。 ㊽辟:避。 ㊾延颈:伸长头颈,形容急切盼望的样子。 ㊿卒:终,一直。 ⒇调护:调教,扶持。 ⒈趋:小步快走。 ⒉而:尔,汝。 ⒊若:汝。 ⒋鸿鹄:天鹅。 ⒌羽翮:羽翼。翮,羽毛的茎。 ⒍绝:越。 ⒎矰缴:一种系丝绳用以猎取飞鸟的短箭。矰,短箭。缴,箭上系着的生丝绳。 ⒏数阕:犹言数遍。阕,乐曲终了。 ⒐嘘唏:哀叹,抽噎。 ⒑击代:公元前197年,代相陈豨反,刘邦亲自率兵征讨。代,汉初诸侯国名。 ⒒马邑:今山西朔州。 ⒓及立萧何相国:《史记集解》引《汉书音义》:"何时未为相国,良劝高祖立之。" ⒔著:录,记载。 ⒕世:世代。 ⒖赤松子:传说中的仙人。《史记索隐》引《列仙传》:"神农时雨师也,能入火自烧,昆仑山上随风雨上下也。" ⒗高帝崩:事在公元前195年。 ⒘德:感恩。 ⒙白驹过隙:形容时光迅速。隙,缝隙。 ⒚葆:通"宝"。 ⒛上冢:扫墓。 ⒈伏:伏日,专指三伏中祭祀的一天。 ⒉腊:腊日,岁终祭祀百神之日。 ⒊孝文帝五年:公元前175年。 ⒋坐不敬:犯不敬皇帝之罪。 ⒌国除:削去封爵,废除封国。 ⒍物:魅,精怪,指动植物或无生命者的精灵。王充《论衡·订鬼篇》:"夫物之老者,其精为人。亦有未老,性能变化,象人之形。" ⒎离:罹。 ⒏计:大概。 ⒐"以貌取人"二句:《史记·仲尼弟子列传》:"澹台灭明,武城人,字子羽。少孔子三十九岁。状貌甚恶。欲事孔子,孔子以为材薄。既已受业,退而修行,行不由径,非公事不见卿大夫。南游至江,从弟子三百人,设取予去就,名施乎诸侯。孔子闻之,曰:'吾以言取人,失之宰予;以貌取人,失之子羽。'"

【赏析】 本篇首先介绍张良的家世,因世代为韩相,故张良参与灭秦具有强大的动力。而历史总是因缘际会,在下邳,张良遇到了黄石老父,从此得学《太公兵法》。也是在下邳,张良遇到了项伯,并救护了项伯。这些看似小事,最后都成为在历史进程中产生影响的大事。假如没有项伯的告知,鸿门宴的结局就不是后来那样。西汉建立后,张良全身避祸,隐退朝政,专注养生。这期间,他最重要的事迹便是招致四皓辅佐太子,在张良、叔孙通等人的努力下,最终让刘邦打消了废掉太子而立赵王如意的念头。所以,张良是刘邦非常信赖又非常器重的大臣,他对汉代江山的巩固有很大的作用。而篇中的黄石,则若有若无,如草蛇灰线一般,贯穿张良的一生,又使得张良具有了神异色彩。最后的论赞中,太史公见了张良的图像,发现其状貌类女子,这与大家心目中的张良又有差别,但正是这样的论述,让我们更亲近地感知了古人。对于本篇中描述精彩的地方,清代吴见思曰:"篇中胜处,是老父授书一段居其首,四人羽翼一段居其终,首尾相顾盼,以为章法。老父授书,凡用后五日三段,段段顿住。四人羽翼,凡用多少四人,句句逼出,文法步骤,自有不同。"(《史记论文》)这些地方,值得读者细细玩味。

绛侯周勃世家

【题解】 周勃是汉初的重要功臣,他在楚汉战争中立下了卓越功勋,被封为绛侯。他去世后,其子周亚夫被封为条侯。本文选取的是《史记·绛侯周勃世家》中周勃、周亚夫的主要事迹部分,其中,《周亚夫军细柳》一段是古文名篇。

【原文】

绛①侯周勃者,沛②人也。项羽至,以沛公为汉王,汉王赐勃爵为威武侯。以将军从高帝击反者燕王臧荼③,破之易④下。所将卒当驰道⑤为多。赐爵列侯,剖符世世勿绝。食绛八千一百八十户,号绛侯。以将军从高帝击反韩王信⑥于代⑦,勃迁为太尉⑧。击陈豨,破之,斩豨,得豨丞相程纵、将军陈武、都尉高肆。定代郡九县。燕王卢绾⑨反,勃以相国代樊哙将。最⑩从高帝得相国一人,丞相二人,将军、二千石各三人;别⑪破军二,下城三,定郡五,县七十九,得丞相、大将各一人。

勃为人木强⑫敦厚,高帝以为可属⑬大事。勃不好文学⑭,每召诸生说士,东向⑮坐而责之:"趣为我语⑯。"其椎⑰少文⑱如此。勃既定燕而归,高祖已崩矣,以列侯事孝惠帝。孝惠帝六年,置太尉官,以勃为太尉。十岁,高后崩。吕禄⑲以赵王为汉上将军,吕产⑳以吕王为汉相国,秉汉权,欲危㉑刘氏。勃为太尉,不得入军门。陈平为丞相,不得任事。于是勃与平谋,卒诛诸吕而立孝文皇帝。

文帝既立,以勃为右丞相,赐金五千斤,食邑万户。居月馀,人或说勃曰:"君既诛诸吕,立代王㉒,威震天下,而君受厚赏,处尊位,以宠,久之即祸及身矣。"勃惧,亦自危,乃谢请㉓归相印。上许之。岁馀,丞相平卒,上复以勃为丞相。十馀月,上曰:"前日吾诏列侯就国㉔,或未能行,丞相吾所重,其率先之。"乃免相就国。

岁馀,每河东㉕守尉行县至绛,绛侯勃自畏恐诛,常被甲㉖,令家人持兵㉗以见之。其后人有上书告勃欲反,下廷尉㉘。廷尉下其事长安,逮捕勃治之。勃恐,不知置辞。吏稍侵辱之。勃以千金与狱吏,狱吏乃书牍背示之,曰"以公主为证"。公主者,孝文帝女也,勃太子胜㉙之尚之,故狱吏教引为证。勃之益封受赐,尽以予薄昭㉚。及系急,薄昭为言薄太后㉛,太后亦以为无反事。文帝朝,太后以冒絮㉜提㉝文帝,曰:"绛侯绾㉞皇帝玺,将兵于北军,不以此时反,今居一小县,顾欲反邪!"文帝既见绛侯狱辞,乃谢曰:"吏方验而出之。"于是使使持节㉟赦绛侯,复爵邑。绛侯既出,曰:"吾尝将百万军,然安知狱吏之贵乎!"

绛侯复就国。孝文帝十一年卒,谥为武侯。子胜之代侯。六岁,尚公主,不相中㊱,坐杀人,国除。绝一岁,文帝乃择绛侯勃子贤者河内守亚夫,封为条㊲侯,续绛侯后。

条侯亚夫自未侯为河内守时,许负㊳相之,曰:"君后三岁而侯。侯八岁为将相,持国秉㊴,贵重矣,于人臣无两。其后九岁而君饿死。"亚夫笑曰:"臣之兄已代父侯矣,有如㊵卒,子当代,亚夫何说侯乎?然既已贵如负㊶言,又何说饿死?指示我。"许负指其口曰:"有从理入口㊷,此饿死法也。"居三岁,其兄绛侯胜之有罪,孝文帝择绛侯子贤者,皆推亚夫,乃封亚夫为条侯,续绛侯后。

文帝之后六年㊸,匈奴大入边。乃以宗正刘礼为将军,军霸上;祝兹侯徐厉为将军,军棘门;以河内守亚夫为将军,军细柳㊹:以备胡。上自劳军。至霸上及棘门军，直驰入，将以下骑送迎。已而之细柳军，军士吏被甲，锐兵刃，彀弓弩，持满㊺。天子先驱至，不得入。先驱曰："天子且至！"军门都尉曰："将军令曰：'军中闻将军令，不闻天子之诏。'"居无何，上至，又不得入。于是上乃使使持节诏将军："吾欲入劳军。"亚夫乃传言开壁门。壁门士吏谓从属车骑曰："将军约，军中不得驱驰。"于是天子乃按辔徐行。至营，将军亚夫持兵揖曰："介胄之士不拜，请以军礼见。"天子为动，改容轼车㊻。使人称谢："皇帝敬劳将军。"成礼而去。既出军门，群臣皆惊。文帝曰："嗟乎，此真将军矣！曩者霸上、棘门军，若儿戏耳，其将固可袭而虏也。至于亚夫，可得而犯邪！"称善者久之。月馀，三军皆罢。乃拜亚夫为中尉㊼。孝文且崩㊽时，诫太子曰："即有缓急，周亚夫真可任将兵。"文帝崩，拜亚夫为车骑将军。

孝景三年㊾，吴楚反㊿。亚夫以中尉为太尉，东击吴楚。因自请上曰："楚兵(51)剽轻(52)，难与争锋。愿以梁委之(53)，绝其粮道，乃可制。"上许之。

太尉既会兵荥阳，吴方攻梁(54)。梁急，请救。太尉引兵东北走昌邑(55)，深壁(56)而守。梁日使使请太尉，太尉守便宜(57)，不肯往。梁上书言景帝，景帝使使诏救梁。太尉不奉诏，坚壁(58)不出，而使轻骑兵弓高侯(59)等绝吴楚兵后食道。吴兵乏粮，饥，数欲挑战，终不出。夜，军中惊，内相攻击扰乱，至于太尉帐下。太尉终卧不起。顷之，复定。后吴奔壁东南陬(60)，太尉使备西北。已而其精兵果奔西北，不得入。吴兵既饿，乃引而去。太尉出精兵追击，大破之。吴王濞弃其军，而与壮士数千人亡走，保于江南丹徒(61)。汉兵因乘胜，遂尽虏之，降其兵，购(62)吴王千金。月余，越人(63)斩吴王头以告。凡相攻守三月，而吴楚破平。于是诸将乃以太尉计谋为是。由此梁孝王与太尉有郤(64)。

归，复置太尉官。五岁，迁为丞相，景帝甚重之。景帝废栗太子(65)，丞相固争之，不得。景帝由此疏之。而梁孝王每朝，常与太后言条侯之短。

窦太后曰："皇后兄王信可侯也。"景帝让曰："始南皮、章武侯先帝不侯，及臣即位乃侯之。(66)信未得封也。"窦太后曰："人主各以时行耳。自窦长君在时,竟不得侯,死后乃其子彭祖顾得侯。吾甚恨之。帝趣⁶⁷侯信也!"景帝曰:"请得与丞相议之。"丞相议之,亚夫曰:"高皇帝约:'非刘氏不得王,非有功不得侯。不如约,天下共击之。'今信虽皇后兄,无功,侯之,非约也。"景帝默然而止。

其后匈奴王徐卢等五人降,景帝欲侯之以劝后⁶⁸。丞相亚夫曰:"彼背其主降陛下,陛下侯之,则何以责人臣不守节者乎?"景帝曰:"丞相议不可用。"乃悉封徐卢等为列侯。亚夫因谢病。景帝中三年,以病免相。

顷之,景帝居禁中⁶⁹,召条侯,赐食。独置大胾⁷⁰,无切肉,又不置箸⁷¹。条侯心不平,顾谓尚席⁷²取箸。景帝视而笑曰:"此不足君所乎?"条侯免冠谢。上起,条侯因趋出。景帝以目送之,曰:"此怏怏⁷³者非少主臣也!"

居无何⁷⁴,条侯子为父买工官尚方⁷⁵甲楯⁷⁶五百被⁷⁷可以葬者。取庸⁷⁸苦之,不予钱。庸知其盗买县官⁷⁹器,怒而上变⁸⁰告子,事连污条侯。书既闻上,上下吏。吏簿责⁸¹条侯,条侯不对。景帝骂之曰:"吾不用也。"召诣廷尉。廷尉责曰:"君侯欲反邪?"亚夫曰:"臣所买器,乃葬器也,何谓反邪?"吏曰:"君侯纵不反地上,即欲反地下耳。"吏侵之益急。初,吏捕条侯,条侯欲自杀,夫人止之,以故不得死,遂入廷尉。因不食五日,呕血而死。国除。

绝一岁,景帝乃更封绛侯勃他子坚为平曲侯,续绛侯后。十九年卒,谥为共侯。条侯果饿死。死后,景帝乃封王信为盖侯。

太史公曰:绛侯周勃始为布衣时,鄙朴⁸²人也,才能不过凡庸⁸³。及从高祖定天下,在将相位,诸吕欲作乱,勃匡国家难,复之乎正。虽伊尹⁸⁴、周公⁸⁵,何以加⁸⁶哉!亚夫之用兵,持威重⁸⁷,执坚刃⁸⁸,穰苴⁸⁹曷⁹⁰有加焉!足己而不学⁹¹,守节不逊⁹²,终以穷困⁹³。悲夫!

【注释】　①绛:地名,在今山西省侯马市东北,周勃封邑。　②沛:地名,今江苏沛县。　③燕王臧荼:原为燕王韩广部将,后随项羽入关中,项羽立臧荼为燕王。后归顺韩信,投降刘邦。汉朝建立后,以谋反被杀。　④易:地名,在今河北省雄县西北。　⑤驰道:供君王行驶车马的道路。出征时周勃的军队担当前锋,负责正面作战,功劳为大。　⑥韩王信:西汉初年分封的诸侯王之一,被封为韩王。由于与淮阴侯韩信同名,故称"韩王信"以示区别。传见《史记·韩信卢绾列传》。　⑦代:诸侯国名,治马邑,在今山西省朔县。 ⑧ 太尉:秦至西汉设置,为统领军事的最高长官,与丞相、御史大夫并称三公。 ⑨ 燕王卢绾:丰人,与高祖同里,甚相亲爱。西汉初年被封为长安侯,为太尉。平定燕王臧荼后,卢绾被封为燕王。后因私通陈豨与匈奴事发,被迫逃亡匈奴,死于匈奴。传见《史记·韩信卢绾列传》。 ⑩ 最:总计。 ⑪ 别:指周勃独立于高帝的作战行动。 ⑫ 木强:憨厚正直。 ⑬ 属:托付。 ⑭ 不好文学:不习经术。汉代常以"文学"泛指文章经籍。 ⑮ 东向:面向东。古代以东为上方、尊位,东乡即以客礼待之。 ⑯ 趣为我语:赶快说,直截了当地说。趣,同"促",催促。 ⑰ 椎:愚钝,木讷。 ⑱ 少文:缺少礼貌和条理。 ⑲ 吕禄:吕后兄吕释之之子。 ⑳ 吕产:吕后兄吕泽之子。 ㉑ 危:颠覆。 ㉒ 立代王:指拥立代王刘恒即位,是为文帝。 ㉓ 谢请:告退。 ㉔ 列侯就国:所有列侯离开长安到自己的封邑上去。 ㉕ 河东:郡名,治安邑,今山西省夏县西北。 ㉖ 被甲:披戴甲胄。被,同"披"。 ㉗ 持兵:手握兵器。 ㉘ 廷尉:官名,秦始置。九卿之一,掌刑狱。 ㉙ 太子胜:周勃长子周胜。汉初,侯之子亦称太子。 ㉚ 薄昭:薄太后的兄弟,文帝之舅。 ㉛ 薄太后:刘邦姬妾,生文帝。文帝即位,尊为太后。 ㉜ 冒絮:头巾。 ㉝ 提:打。 ㉞ 绾:系,掌握。 ㉟ 使使持节:让使臣拿着符节。古代使臣奉命出行,必执符节以为凭证。 ㊱ 不相中:与公主感情不合。 ㊲ 条:县名,今山东省德州市,周亚夫封邑。 ㊳ 许负:许姓老妪,善相人,其外孙即《史记·游侠列传》的郭解。 ㊴ 秉:即"柄",国家大权。 ㊵ 有如:如果。 ㊶ 负:指许负。 ㊷ 从理入口:古代相术,有竖线纹理入口,是饿死之相。从,通"纵",竖线。理,纹理。 ㊸ 文帝后六年:公元前 158 年。 ㊹ "乃以宗正"六句:霸上、棘门、细柳,都是地名,分别在长安的东、北、西角。 ㊺ 持满:把弓拉满,保持战备状态。 ㊻ 轼车:头伏在车前横木上,表示敬礼。 ㊼ 中尉:官名,秦汉官制的九卿之一,负责都城治安,后称执金吾。 ㊽ 且崩:将崩。 ㊾ 孝景三年:公元前 154 年。 ㊿ 吴楚反:以吴、楚为首的七国之乱。 (51) 楚兵:即吴楚之兵。 (52) 剽轻:勇猛迅捷。 (53) 以梁委之:用梁国拖住吴兵。梁,汉景帝弟刘武的封国,都睢阳,在今河南商丘东。 (54) 梁:梁国,汉景帝同母弟梁孝王刘武的封国,在今河南商丘一带。 (55) 昌邑:县名,在今山东省金乡县西。 (56) 深壁:深垒。 (57) 便宜:便宜行事之权。 (58) 坚壁:加固壁垒。 (59) 弓高侯:韩王信之子韩颓当,自匈奴来降,封为弓高侯。 (60) 东南陬:周亚夫军营的东南角。 (61) 丹徒:县名,在今江苏省镇江市东南。 (62) 购:悬赏。 (63) 越人:指丹徒人。丹徒本属吴,因春秋末年越灭吴,故亦称越人。 (64) 郤:过节,积怨。 (65) 栗太子:汉景帝长子刘荣,栗姬所生,故称母姓。 (66) "始南皮、章武侯"句:南皮,南皮侯窦彭祖,窦太后兄窦长君之子。章武,章武侯窦广国,窦太后之弟。二人在汉文帝时未得封侯,在汉景帝时才封侯。 (67) 趣:同"促",速。 (68) 劝后:鼓励后面的匈奴人来降汉。 (69) 禁中:宫中。 (70) 大胾:大块的肉。 (71) 箸:筷子。 (72) 尚席:掌管宴席之官。 (73) 快快:不服气或闷闷不乐的神情。 (74) 居无何:过了不久。 (75) 工官尚方:尚方之工。尚方为古代制造帝王所用器物的官署,秦置,属少府。 (76) 甲楯:盔甲和盾牌。 (77) 五百被:五百套。 (78) 取庸:雇佣工。 (79) 县官:天子,公家。 (80) 变:又称变事,揭发谋反的疏状。 (81) 簿责:书之于簿,一条条按问。 (82) 鄙朴:敦厚质朴。 (83) 凡庸:平凡。 (84) 伊尹:商初名臣,曾辅佐商汤灭夏,后又辅佐太宗。 (85) 周公:即周公旦,周武王之弟姬旦,曾辅佐周武王灭商,后又辅佐成王。 (86) 加:超过。 (87) 持威重:治军威严,用兵持重。这里指周亚夫带军有方。　㊽执坚刃:披戴铠甲,手持利刃。这里指周亚夫身先士卒。　㊾穰苴:即田穰苴,又称司马穰苴,春秋末期齐国人,著名军事家,曾率齐军击退晋、燕入侵之军,因功被封为大司马,子孙后世称司马氏。　㊿曷:何。　㉛足己而不学:周亚夫自认为足智多谋,不懂得灵活变通以适应环境。　㉜守节不逊:能够坚守原则但是不会谦让。　㉝终以穷困:最后落到走投无路的境地。

【赏析】　在汉代将相名臣中,列入"世家"的只有萧何、曹参、陈平和周勃四人。周勃以楚汉战争中的累累战功,以及刘邦去世后诛灭诸吕稳定社稷的巨大功勋而列入"世家"。此外,《绛侯周勃世家》也是倾注了太史公悲情的用心之作。太史公同情下狱的士大夫,周勃父子都遭此厄运。清代吴景星曰:"绛侯两世有大功于汉,而两世亦俱以下吏收场,此太史公最伤心处,故用全力写之。""后半写绛侯之子条侯处却又以整齐胜。叙条侯之攻既毕,乃曰'皇后兄王信可侯也',曰'帝趣侯信也',曰'条侯果饿死,死后,景帝乃封王信为盖侯'。当详而略,当略而详,离奇变化,不可方物。此正史公文字,非后人印板文字也。"(《史记评议》)

至于古文名篇《周亚夫军细柳》,清代汤谐曰:"条侯细柳军容,写得浩瀚沉雄,真有云垂海立意向。写吴楚功,亦坚致密栗,后写刚直不容,感慨跌宕,无限烟波,视叙绛事,为尤可悲涕也。"(《史记半解》)吴见思曰:"细柳军营,逐节逐段,细细写来,如王母下上元时,云中班螭幢节,逐队而下,济楚活现,令千百年后,世移事往,乃开卷而睹,俨然如生。文章至此,可云入神矣。"(《史记论文》)此文活灵活现地将周亚夫治军的纪律与威严予以充分展示,而汉文帝只是其中的陪衬,读者可细细体会。

管 晏 列 传

【题解】　《管晏列传》是齐国政治家、思想家管子和晏子的合传,因为都是齐人,所以将他们的传记合在一起。《史记》的列传遵循以类相从的原则,一个国家的人物放在一起,更容易让读者了解这些人物对他们国家的影响。本文选取此传的主要部分。

【原文】

管仲①夷吾者,颍②上人也。少时常与鲍叔牙游,鲍叔知其贤。管仲贫困,常欺鲍叔,鲍叔终善遇之,不以为言。已而鲍叔事齐公子小白,管仲事公子纠。及小白立,为桓公,公子纠死,管仲囚焉。鲍叔遂进管仲。管仲既用,任政③于齐,齐桓公以霸,九合诸侯,一匡天下④,管仲之谋也。

管仲曰:"吾始困时,尝与鲍叔贾⑤,分财利多自与,鲍叔不以我为贪,知我贫也。吾尝为鲍叔谋事而更穷困⑥,鲍叔不以我为愚,知时有利不利也。吾尝三仕三见逐于君,鲍叔不以我为不肖,知我不遭时也。吾尝三战三走⑦,鲍叔不以我怯,知我有老母也。公子纠⑧败,召忽⑨死之,吾幽囚受辱,鲍叔不以我为无耻,知我不羞小节而耻功名不显于天下也。生我者父母,知我者鲍子也。"

鲍叔既进管仲,以身下之⑩。子孙世禄于齐,有封邑者十余世,常为名大夫。天下不多管仲之贤而多鲍叔能知人也。

管仲既任政相齐,以区区之齐在海滨,通货积财,富国强兵,与俗同好恶。故其称曰:"仓廪实而知礼节,衣食足而知荣辱,上服度则六亲⑪固。四维⑫不张,国乃灭亡。下令如流水之原,令顺民心。"故论卑而易行⑬。俗之所欲,因而予之;俗之所否,因而去之。

其为政也,善因祸而为福,转败而为功⑭。贵轻重⑮,慎权衡⑯。桓公实怒少姬⑰,南袭蔡,管仲因而伐楚,责包茅⑱不入贡于周室。桓公实北征山戎,而管仲因而令燕修召公⑲之政。于柯⑳之会,桓公欲背曹沫之约㉑,管仲因而信之,诸侯由是归齐。故曰:"知与之为取,政之宝也㉒。"

管仲富拟于公室,有三归㉓、反坫㉔,齐人不以为侈。管仲卒,齐国遵其政,常强于诸侯。后百余年而有晏子焉。

晏平仲婴者,莱之夷维㉕人也。事齐灵公、庄公、景公,以节俭力行重于齐。既相齐,食不重肉㉖,妾不衣帛。其在朝,君语及之,即危言㉗;语不及之,即危行㉘。国有道,即顺命;无道,即衡命㉙。以此三世显名于诸侯。

越石父贤,在缧绁㉚中。晏子出,遭之涂㉛,解左骖㉜赎之,载归。弗谢,入闺㉝。久之,越石父请绝㉞。晏子戄然㉟,摄衣冠谢曰:"婴虽不仁,免子于厄㊱,何子求绝之速也?"石父曰:"不然。吾闻君子诎㊲于不知己而信㊳于知己者。方吾在缧绁中,彼不知我也。夫子既已感寤㊴而赎我,是知己;知己而无礼,固不如在缧绁之中。"晏子于是延入为上客。

晏子为齐相，出，其御之妻㊵从门间而窥其夫。其夫为相御，拥大盖㊶，策驷马㊷，意气扬扬㊸，甚自得也。既而归，其妻请去㊹。夫问其故。妻曰："晏子长不满六尺，身相齐国，名显诸侯。今者妾观其出，志念深矣㊺，常有以自下㊻者。今子长八尺，乃为人仆御，然子之意自以为足，妾是以求去也。"其后夫自抑损㊼。晏子怪而问之，御以实对。晏子荐以为大夫。

太史公曰：吾读管氏《牧民》、《山高》、《乘马》、《轻重》、《九府》㊽，及《晏子春秋》，详哉其言之也。既见其著书，欲观其行事，故次其传。至其书，世多有之，是以不论，论其轶事。

管仲世所谓贤臣，然孔子小之。岂以为周道衰微，桓公既贤，而不勉之至王，乃称霸哉㊾？语曰："将顺其美，匡救其恶，故上下能相亲也㊿。"岂管仲之谓乎？

方晏子伏庄公尸哭之，成礼然后去，岂所谓"见义不为无勇"者邪？至其谏说，犯君之颜，此所谓"进思尽忠，退思补过(51)"者哉！假令晏子而在，余虽为之执鞭，所忻慕(52)焉。

【注释】 ① 管仲：姬姓，管氏，名夷吾（前725—前645），字仲，谥敬，又称管敬仲。 ② 颍：水名，发源于河南省登封县，至安徽流入淮河，是淮河的支流。 ③ 任政：执政。 ④ 一匡天下：使天下得到匡正。 ⑤ 贾：经商。 ⑥ 穷困：境遇窘迫。 ⑦ 走：逃跑。 ⑧ 公子纠：春秋时齐国公子，齐僖公之子，与齐襄公、齐桓公为兄弟。其母为鲁女，故齐襄公去世，公子纠奔鲁。 ⑨ 召忽：齐国大夫，与管仲共同辅佐公子纠。 ⑩ 以身下之：指鲍叔居于管仲位之下。 ⑪ 六亲：泛指亲人。张守节《史记正义》曰："六亲谓外祖父母一，父母二，姊妹三，妻兄弟之子四，从母之子五，女子之子六也。" ⑫ 四维：旧时以礼、义、廉、耻为治国之四纲，称为"四维"。 ⑬ 论卑而易行：政令少而百姓容易做到。⑭"其为政也"三句：指管仲任政于齐时有转祸为福、转败为胜的功劳。 ⑮ 轻重：指管仲提出的关于调节商品、货币流通和控制物价的理论。《管子》一书中有《轻重篇》。 ⑯ 权衡：法度，标准。 ⑰ 少姬：齐桓公之夫人，蔡国之女，因荡舟惹怒桓公，被遣回国，蔡侯将其嫁给他人。齐桓公大怒，借口讨伐蔡国。 ⑱ 包茅：古代祭祀用以滤酒的菁茅，因以裹束菁茅置匣中，故称。 ⑲ 召公：姬姓，名奭，周代宗室，与周公一起辅佐周王。 ⑳ 柯：地名，今山东东阿一带。 ㉑ 曹沫之约：曹沫为鲁国大臣，曾要挟齐桓公归还被齐国占领的土地，齐桓公应允。事后桓公反悔，欲背弃曹沫之约，被管仲阻止。 ㉒ 知与之为取，政之宝也：语出《管子·牧民》。 ㉓ 三归：娶三姓女子。 ㉔ 反坫：周代诸侯宴会的一种礼节。诸侯会盟互相敬酒后，把空杯放还在坫上。此举是说管仲僭拟诸侯。坫，土筑的平台。 ㉕ 莱之夷维：今山东掖县一带。古有莱夷古国，殷周时分布在今山东半岛东北部，鲁襄公时为齐所灭。　㉖ 重肉：两种以上的肉食。　㉗ 危言：正直地言语。　㉘ 危行：正直地做事。　㉙ 衡命：权衡君命，可行则行。　㉚ 缧绁：捆绑犯人的绳索，代指监牢。　㉛ 遭之涂：遇之在路上。涂，通"途"。　㉜ 左骖：古代驾车三马中左边的马，后用四马，亦指四马中左边的马。　㉝ 入闺：进入内室。　㉞ 请绝：请求离开。　㉟ 慜然：惊异的样子。　㊱ 厄：困境。　㊲ 诎：受委屈。　㊳ 信：同"伸"，尊重。这里是被动用法。　㊴ 感寤：受感动而醒悟。　㊵ 其御之妻：给晏子驾车的人的妻子。　㊶ 大盖：车盖。　㊷ 驷马：指驾一车之四马。　㊸ 扬扬：得意的样子。　㊹ 去：离开。　㊺ 志念深矣：心思沉重的样子。　㊻ 自下：谦恭卑逊。　㊼ 抑损：谦逊的样子，不敢自大。　㊽ "管氏《牧民》"句：皆《管子》中的篇目。　㊾ 而不勉之至王，乃称霸哉：此指管仲没有劝勉桓公辅佐帝王，竟然自己称霸。　㊿ "将顺其美"三句：语出《孝经·事君章》。　㈤ 进思尽忠，退思补过：语出《论语·为政》。　㈥ 忻慕：高兴而仰慕。

【赏析】　对于管子和晏子的列传，司马迁选取了他们一生的主要事迹，管子侧重其巨大功业，晏子则侧重其生活小事，无论如何描写，都让人感觉到顺畅自然。《古文观止》评价此篇："《伯夷传》，忠孝兄弟之伦备矣。《管晏传》，于朋友三致意焉。管仲用齐，由叔牙以进，所重在叔牙，故传中深美叔牙。越石与其御，皆非晏子之友，而延为上客，荐为大夫，所难在晏子，故赞中忻慕晏子，通篇无一实笔，纯以清空一气运旋。觉《伯夷传》犹有意为文，不若此篇天然成妙。"吴见思亦曰："管仲、晏子是春秋第一流人物，功业煊赫一时，操觚之家，不知当如何铺序。史公偏只用轻清淡宕之笔，而以秀析出之，月影花香，另是一种境界。"又："管晏事功，只用数语序过，皆于闲处点染，是所同也。乃管子一传，前边点过，中嵌鲍叔一段闲文，而后边散提前事重叙，如青嶂对溪，林花乱发。晏子一传，前边点过，竟不重序。后带越石御妻两段，即以篇终，如桃花流水，一去杳然。各出一奇妙。"这些都是从本篇的写作手法上来解读的，读者可从这种自然的描述中了解管子和晏子的为人。

　　本文以细节描写刻画人物形象，凸显人物性格特征，生动传神，历来为人所赞叹。

伍子胥列传

【题解】　伍子胥是春秋晚期楚国人，因其父兄被楚平王所杀而逃奔吴国，辅佐吴国公子光（即后来的吴王阖闾）得到王位，进而称霸诸侯。阖闾去世，伍子胥继续辅佐吴王夫差，并打败了越王勾践。然而，夫差听信谗言，没有听从伍子胥的劝告而放回勾践。最终，伍子胥含恨而死，勾践灭吴。本文节选伍子胥主要事迹，帮助读者较为全面地了解伍子胥的生平事迹。

【原文】

伍子胥者,楚人也,名员。员父曰伍奢。员兄曰伍尚。其先曰伍举,以直谏事楚庄王,有显,故其后世有名于楚。

楚平王有太子名曰建,使伍奢为太傅,费无忌为少傅。无忌不忠于太子建。平王使无忌为太子取妇于秦,秦女好①,无忌驰归报平王曰:"秦女绝美,王可自取,而更为太子取妇。"平王遂自取秦女而绝爱幸之②,生子轸。更为太子取妇。

无忌既以秦女自媚于平王,因去太子而事平王。恐一旦平王卒而太子立,杀己,乃因谗太子建。建母,蔡女也,无宠于平王。平王稍益疏建,使建守城父③,备边兵④。顷之,无忌又日夜言太子短于王曰:"太子以秦女之故,不能无怨望,愿王少⑤自备也。自太子居城父,将兵,外交诸侯,且欲入为乱矣。"平王乃召其太傅伍奢考问之。伍奢知无忌谗太子于平王,因曰:"王独奈何以谗贼小臣疏骨肉之亲乎?"无忌曰:"王今不制,其事成矣。王且见禽⑥。"于是平王怒,囚伍奢,而使城父司马奋扬往杀太子。行未至,奋扬使人先告太子:"太子急去,不然将诛。"太子建亡奔宋。

无忌言于平王曰:"伍奢有二子,皆贤,不诛且为楚忧。可以其父质而召之,不然且为楚患。"王使使谓伍奢曰:"能致汝二子则生,不能则死。"伍奢曰:"尚为人仁,呼必来。员为人刚戾忍诟⑦,能成大事,彼见来之并禽,其势必不来。"王不听,使人召二子曰:"来,吾生汝父;不来,今杀奢也。"伍尚欲往,员曰:"楚之召我兄弟,非欲以生我父也,恐有脱者后生患,故以父为质,诈召二子。二子到,则父子俱死。何益父之死?往而令仇不得报耳。不如奔他国,借力以雪父之耻,俱灭,无为也。"伍尚曰:"我知往终不能全父命。然恨父召我以求生而不往,后不能雪耻,终为天下笑耳。"谓员:"可去矣!汝能报杀父之仇,我将归死。"尚既就执,使者捕伍胥。伍胥贯弓执矢向使者⑧,使者不敢进,伍胥遂亡。闻太子建之在宋,往从之。奢闻子胥之亡也,曰:"楚国君臣且苦兵矣。"伍尚至楚,楚并杀奢与尚也。

伍胥既至宋,宋有华氏之乱⑨,乃与太子建俱奔于郑。郑人甚善之。太子建又适晋,晋顷公曰:"太子既善郑,郑信太子。太子能为我内应,而我攻其外,灭郑必矣。灭郑而封太子。"太子乃还郑。事未会,会自私欲杀其从者,从者知其谋,乃告之于郑。郑定公与子产诛杀太子建。建有子名胜。伍胥惧,乃与胜俱奔吴。到昭关⑩,昭关欲执之。伍胥遂与胜独身步走,几不得脱。追者在后。至江,江上有一渔父乘船,知伍胥之急,乃渡伍胥。伍胥既渡,解其剑曰:"此剑直百金,以与父。"父曰:"楚国之法,得伍胥者赐粟五万石,爵执珪,岂徒百金剑邪!"不受。伍胥未至吴而疾,止中道,乞食。至于吴,吴王僚方用事,公子光为将。伍胥乃因公子光以求见吴王。

久之,楚平王以其边邑钟离⑪与吴边邑卑梁氏俱蚕,两女子争桑相攻,乃大怒,至于两国举兵相伐。吴使公子光伐楚,拔其钟离、居巢⑫而归。伍子胥说吴王僚曰:"楚可破也。愿复遣公子光。"公子光谓吴王曰:"彼伍胥父兄为戮于楚,而劝王伐楚者,欲以自报其仇耳。伐楚未可破也。"伍胥知公子光有内志,欲杀王而自立,未可说以外事,乃进专诸⑬于公子光,退而与太子建之子胜耕于野。

五年而楚平王卒。初,平王所夺太子建秦女生子轸,及平王卒,轸竟立为后⑭,是为昭王。吴王僚因楚丧,使二公子将兵往袭楚。楚发兵绝吴兵之后,不得归。吴国内空,而公子光乃令专诸袭刺吴王僚而自立,是为吴王阖庐。阖庐既立,得志,乃召伍员以为行人⑮,而与谋国事。

楚诛其大臣郤宛、伯州犁,伯州犁之孙伯嚭⑯亡奔吴,吴亦以嚭为大夫。前王僚所遣二公子将兵伐楚者,道绝不得归。后闻阖庐弑王僚自立,遂以其兵降楚,楚封之于舒⑰。阖庐立三年,乃兴师与伍胥、伯嚭伐楚,拔舒,遂禽故吴反二将军。因欲至郢,将军孙武曰:"民劳,未可,且待之。"乃归。四年,吴伐楚,取六与灊⑱。五年,伐越,败之。六年,楚昭王使公子囊瓦将兵伐吴。吴使伍员迎击,大破楚军于豫章⑲,取楚之居巢。

九年,吴王阖庐谓子胥、孙武曰:"始子言郢未可入,今果何如?"二子对曰:"楚将囊瓦贪,而唐、蔡皆怨之。王必欲大伐之,必先得唐、蔡乃可。"阖庐听之,悉兴师与唐、蔡伐楚,与楚夹汉水而陈。吴王之弟夫概将兵请从,王不听,遂以其属五千人击楚将子常⑳。子常败走,奔郑。于是吴乘胜而前,五战,遂至郢。己卯,楚昭王出奔。庚辰,吴王入郢。

昭王出亡，入云梦；盗击王，王走郧㉑。郧公弟怀曰："平王杀我父，我杀其子，不亦可乎！"郧公恐其弟杀王，与王奔随。吴兵围随，谓随人曰："周之子孙在汉川者，楚尽灭之。"随人欲杀王，王子綦㉒匿王，已自为王以当之。随人卜与王于吴，不吉，乃谢吴不与王。

始伍员与申包胥㉓为交㉔，员之亡也，谓包胥曰："我必覆楚。"包胥曰："我必存之。"及吴兵入郢，伍子胥求昭王。既不得，乃掘楚平王墓，出其尸，鞭之三百，然后已。申包胥亡于山中，使人谓子胥曰："子之报仇，其以甚乎！吾闻之，人众者胜天，天定亦能破人。今子故平王之臣，亲北面而事之，今至于僇死人，此岂其无天道之极乎！"伍子胥曰："为我谢申包胥曰，吾日莫途远，吾故倒行而逆施之㉕。"于是申包胥走秦告急，求救于秦。秦不许。包胥立于秦廷，昼夜哭，七日七夜不绝其声。秦哀公怜之，曰："楚虽无道，有臣若是，可无存乎！"乃遣车五百乘救楚击吴。六月，败吴兵于稷㉖。会吴王久留楚求昭王，而阖庐弟夫概乃亡归，自立为王。阖庐闻之，乃释楚而归，击其弟夫概。夫概败走，遂奔楚。楚昭王见吴有内乱，乃复入郢。封夫概于堂谿㉗，为堂谿氏。楚复与吴战，败吴，吴王乃归。

后二岁，阖庐使太子夫差将兵伐楚，取番㉘。楚惧吴复大来，乃去郢，徙于鄀。当是时，吴以伍子胥、孙武之谋，西破强楚，北威齐晋，南服越人。

其后四年，孔子相鲁。

后五年，伐越。越王句践迎击，败吴于姑苏㉙，伤阖庐指，军却。阖庐病创将死，谓太子夫差曰："尔忘句践杀尔父乎？"夫差对曰："不敢忘。"是夕，阖庐死。夫差既立为王，以伯嚭为太宰，习战射。二年后伐越，败越于夫湫㉚。越王句践乃以馀兵五千人栖于会稽之上，使大夫种厚币㉛遗吴太宰嚭以请和，求委国为臣妾。吴王将许之。伍子胥谏曰："越王为人能辛苦。今王不灭，后必悔之。"吴王不听，用太宰嚭计，与越平。

其后五年，而吴王闻齐景公死而大臣争宠，新君弱，乃兴师北伐齐。伍子胥谏曰："句践食不重味㉜，吊死问疾㉝，且欲有所用之也。此人不死，必为吴患。今吴之有越，犹人之有腹心疾也。而王不先越而乃务齐，不亦谬乎！"吴王不听，伐齐，大败齐师于艾陵，遂威邹鲁之君以归。益疏子胥之谋。

其后四年,吴王将北伐齐,越王句践用子贡㉞之谋,乃率其众以助吴,而重宝以献遗太宰嚭。太宰嚭既数受越赂,其爱信越殊甚,日夜为言于吴王。吴王信用嚭之计。伍子胥谏曰:"夫越,腹心之病,今信其浮辞诈伪而贪齐。破齐,譬犹石田,无所用之。且盘庚之诰曰:'有颠越不恭,劓殄灭之,俾无遗育,无使易种于兹邑。'㉟此商之所以兴。愿王释齐而先越;若不然,后将悔之无及。"而吴王不听,使子胥于齐。子胥临行,谓其子曰:"吾数谏王,王不用,吾今见吴之亡矣。汝与吴俱亡,无益也。"乃属其子于齐鲍牧,而还报吴。

吴太宰嚭既与子胥有隙,因谗曰:"子胥为人刚暴,少恩,猜贼㊱,其怨望恐为深祸也。前日王欲伐齐,子胥以为不可,王卒伐之而有大功。子胥耻其计谋不用,乃反怨望。而今王又复伐齐,子胥专愎强谏,沮毁㊲用事,徒幸吴之败以自胜其计谋耳。今王自行,悉国中武力以伐齐,而子胥谏不用,因辍谢㊳,详病不行。王不可不备,此起祸不难。且嚭使人微伺之,其使于齐也,乃属其子于齐之鲍氏。夫为人臣,内不得意,外倚诸侯,自以为先王之谋臣,今不见用,常鞅鞅怨望。愿王早图之。"吴王曰:"微子之言,吾亦疑之。"乃使使赐伍子胥属镂㊴之剑,曰:"子以此死。"伍子胥仰天叹曰:"嗟乎!谗臣嚭为乱矣,王乃反诛我。我令若父霸。自若未立时,诸公子争立,我以死争之于先王,几不得立。若既得立,欲分吴国予我,我顾不敢望也。然今若听谀臣言以杀长者。"乃告其舍人曰:"必树吾墓上以梓,令可以为器㊵;而抉㊶吾眼县吴东门之上,以观越寇之入灭吴也。"乃自刭死。吴王闻之大怒,乃取子胥尸盛以鸱夷革㊷,浮之江中。吴人怜之,为立祠于江上,因命曰胥山。

吴王既诛伍子胥,遂伐齐。齐鲍氏杀其君悼公而立阳生。吴王欲讨其贼,不胜而去。其后二年,吴王召鲁卫之君会之橐皋㊸。其明年,因北大会诸侯于黄池㊹,以令周室。越王勾践袭杀吴太子,破吴兵。吴王闻之,乃归,使使厚币与越平。后九年,越王勾践遂灭吴,杀王夫差;而诛太宰嚭,以不忠于其君,而外受重赂,与己比周也。

太史公曰:怨毒㊺之于人甚矣哉!王者尚不能行之于臣下,况同列乎!向令伍子胥从奢俱死,何异蝼蚁。弃小义,雪大耻,名垂于后世,悲夫!方子胥窘于江上,道乞食,志岂尝须臾忘郢邪?故隐忍就功名,非烈丈夫孰能致此哉?白公如不自立为君者,其功谋亦不可胜道者哉!

【注释】 ①好:形容女子长得漂亮。 ②绝爱幸之:十分喜爱并宠幸她。 ③城父:邑名,在今安徽亳县。 ④备边兵:守卫边疆。 ⑤少:稍微。 ⑥王且见禽:大王将要被擒住。禽,通"擒"。 ⑦刚戾忍诟:刚强能忍辱。诟,同"垢"。 ⑧贯弓执矢向使者:张弓持箭对着使者。贯弓,张满弓。 ⑨华氏之乱:鲁昭公二十年,宋大夫华亥、向宁、华定与宋元公相争而造成的祸乱。三人后奔陈。 ⑩昭关:山名,吴楚之界,两国因山为关,在今安徽含山县北。 ⑪钟离:楚县名,在今安徽凤阳东北。 ⑫居巢:楚县名,在今安徽巢县。 ⑬专诸:刺客。详见《史记·刺客列传》。 ⑭后:君主。 ⑮行人:春秋时对外交使臣的称呼。 ⑯伯嚭:其先祖为晋国公族,后因内乱,伯州犁逃到楚国,生郤宛,皆为楚国大夫。后郤宛被令尹子常攻杀,伯嚭逃难于吴,受吴王宠信。 ⑰舒:楚邑,在今安徽舒城县。 ⑱六与灊:均为楚邑。六,在安徽六安县东北。灊,在今安徽霍山县东北。 ⑲豫章:古代区划名称,当今江西一带。 ⑳子常:楚国大夫,楚庄王第三子王子贞,字子囊,在楚共王和楚康王时任令尹,囊瓦是他的孙子。 ㉑郧:国名,此时为楚邑,在随国附近。 ㉒王子綦:《左传》作"公子期",杜预注:"子期,昭公兄公子结也。" ㉓申包胥:春秋时楚国大夫。 ㉔交:好友。 ㉕吾日莫途远,吾故倒行而逆施之:我要报仇,好比走路,天色已晚而路程尚远,因此做事违反常规或违背情理。莫,通"暮"。 ㉖稷:稷丘,地名,在今河南桐柏县。 ㉗堂谿:地名,在今河南遂平县。 ㉘番:地名,今江西鄱阳。 ㉙姑苏:地名,在今江苏苏州附近。 ㉚夫湫:太湖中椒山。 ㉛厚币:重礼。 ㉜食不重味:吃饭不用两道菜,谓饮食节俭。 ㉝吊死问疾:吊祭死者,慰问病人。 ㉞子贡:端木赐,孔子学生。 ㉟"有颠越不恭"四句:《尚书·盘庚》中语,意为对叛逆不顺的要完全歼灭,不让他们留下后代,不让他们在这里繁衍。劓,割。殄,绝。俾,使。育,长。易种,转生种类。 ㊱少恩,猜贼:不讲感情,猜疑嫉害。 ㊲沮毁:诋毁。 ㊳辍谢:辞谢。 ㊴属镂:剑名,亦称属卢、属娄。 ㊵器:棺材。 ㊶抉:挖出。 ㊷鸱夷革:鸱形革囊。 ㊸橐皋:地名,在安徽省巢湖市境。 ㊹黄池:地名,在今河南封丘县。 ㊺怨毒:结下仇恨。

【赏析】 伍子胥是春秋时可歌可泣的历史人物,他的事迹流传很多,司马迁的《史记》对伍子胥的各种事迹再次整合,同样值得阅读。清代吴见思指出:"子胥事于《左传》、《国策》及《越绝书》、《吴越春秋》中看熟,觉姿致少减。然一篇大传,不得不删繁就雅。故以体裁胜,不以韵致胜。读此传过,再看吹箫吴市、投金濑女诸事,便近小说矣,不可不知也。"这是说太史公高超的叙事手法在一定程度上胜出于同样记载伍子胥事迹的其他典籍。

至于本篇的主旨,李景星曰:"《伍子胥传》以赞中'怨毒'二字为主,是一篇极深刻、极阴惨文字。子胥之所以能抱怨者,只在刚戾忍诟,能成大事。偏于其父口中带出,正见知子莫若父也。而又述费无忌之言曰'伍奢二子皆贤,不诛,且为楚忧',述其兄尚之言曰'汝能报杀父之仇',述吴公子光之言曰'彼欲自报其仇耳',述申包胥之言曰'子之报仇,其以甚乎',一路写来,都是形容其'怨毒'之深。又因子胥之抱怨,带出郧公弟子怨、吴阖闾之怨、白公胜之怨以作点缀。而太史公满腹怨意,亦借题发挥,洋溢于纸上,不可磨灭矣。以伤心人写伤心事,哪能不十分出色!彼《春秋》内外传、《越绝书》、《吴越春秋》叙子胥事,未尝不佳,但较之于此,终嫌文胜耳。"(《史记评议》)读者可体味"怨毒"二字在本篇中的体现。

孟尝君列传

【题解】 司马迁为战国末年四公子都立了传。四公子都是爱国贤人,他们在各自的国家,通过养士而集结了当时的一些有才能之人,并在战国末年的国际舞台发挥了作用,从而左右了当时的政治。本文节选战国四公子的孟尝君的列传部分。

【原文】

孟尝君名文,姓田氏。文之父曰靖郭君田婴。田婴者,齐威王少子而齐宣王庶弟也。田婴自威王时任职用事,威王卒,宣王立,田婴相齐十一年。宣王卒,湣王即位。即位三年,而封田婴于薛①。

初,田婴有子四十馀人。其贱妾有子名文,文以五月五日生。婴告其母曰:"勿举②也。"其母窃举生之③。及长,其母因兄弟而见其子文于田婴。田婴怒其母曰:"吾令若去此子④,而敢生之,何也?"文顿首,因曰:"君所以不举五月子者,何故?"婴曰:"五月子者,长与户齐,将不利其父母。"文曰:"人生受命于天乎?将受命于户邪?"婴默然。文曰:"必受命于天,君何忧焉。必受命于户,则可高其户耳,谁能至者!"婴曰:"子休⑤矣。"

久之,文承间⑥问其父婴曰:"子之子为何?"曰:"为孙。""孙之孙为何?"曰:"为玄孙。""玄孙之孙为何?"曰:"不能知也。"文曰:"君用事相齐,至今三王矣,齐不加广而君私家富累万金,门下不见一贤者。文闻将门必有将,相门必有相。今君后宫蹈绮縠⑦而士不得裋褐⑧,仆妾馀粱肉而士不厌糟糠。今君又尚厚积馀藏,欲以遗所不知何人，而忘公家之事日损，文窃怪之。"于是婴乃礼文⑨，使主家待宾客。宾客日进，名声闻于诸侯。诸侯皆使人请薛公田婴以文为太子，婴许之。婴卒，谥为靖郭君。而文果代立于薛，是为孟尝君。

孟尝君在薛，招致诸侯宾客及亡人有罪者⑩，皆归孟尝君。孟尝君舍业⑪厚遇之，以故倾天下之士。食客数千人，无贵贱一与文等。孟尝君待客坐语，而屏风后常有侍史⑫，主记君所与客语，问亲戚居处。客去，孟尝君已使使存问⑬，献遗其亲戚。孟尝君曾待客⑭夜食，有一人蔽火光。客怒，以饭不等，辍食辞去。孟尝君起，自持其饭比之。客惭，自刭。士以此多归孟尝君。孟尝君客无所择，皆善遇之。人人各自以为孟尝君亲己。

秦昭王闻其贤，乃先使泾阳君⑮为质于齐，以求见孟尝君。孟尝君将入秦，宾客莫欲其行，谏，不听。苏代⑯谓曰："今旦代从外来，见木禺人与土禺人⑰相与语。木禺人曰：'天雨，子将败⑱矣。'土禺人曰：'我生于土，败则归土。今天雨，流子而行，未知所止息也。'今秦，虎狼之国也，而君欲往，如有不得还，君得无为土禺人所笑乎？"孟尝君乃止。

齐湣王二十五年⑲，复卒⑳使孟尝君入秦，昭王即以孟尝君为秦相。人或㉑说秦昭王曰："孟尝君贤，而又齐族也，今相秦，必先齐而后秦，秦其㉒危矣。"于是秦昭王乃止。囚孟尝君，谋欲杀之。孟尝君使人抵㉓昭王幸姬求解。幸姬曰："妾愿得君狐白裘㉔。"此时孟尝君有一狐白裘，直千金，天下无双，入秦献之昭王，更无他裘。孟尝君患之，遍问客，莫能对㉕。最下坐有能为狗盗者，曰："臣能得狐白裘。"乃夜为狗，以入秦宫臧中㉖，取所献狐白裘至，以献秦王幸姬。幸姬为言昭王，昭王释孟尝君。孟尝君得出，即驰去，更封传㉗，变名姓以出关。夜半至函谷关。秦昭王后悔出孟尝君，求之已去，即使人驰传㉘逐之。孟尝君至关，关法鸡鸣而出客㉙，孟尝君恐追至，客之居下坐者有能为鸡鸣，而鸡齐鸣，遂发传出。出如食顷㉚，秦追果至关，已后孟尝君出，乃还。始孟尝君列此二人于宾客，宾客尽羞之，及孟尝君有秦难，卒此二人拔之。自是之后，客皆服。

孟尝君过赵，赵平原君客之。赵人闻孟尝君贤，出观之，皆笑曰："始以薛公为魁然㉛也，今视之，乃眇小丈夫㉜耳。"孟尝君闻之，怒。客与俱者㉝，下斫击㉞杀数百人，遂灭一县以去。

齐湣王不自得㉟，以其遣孟尝君。孟尝君至，则以为齐相，任政。孟尝君怨秦，将以齐为韩、魏攻楚，因与韩、魏攻秦，而借兵食于西周。苏代为西周谓曰："君以齐为韩、魏攻楚九年，取宛、叶㊱以北以强韩、魏，今复攻秦以益之。韩、魏南无楚忧，西无秦患，则齐危矣。韩、魏必轻齐畏秦，臣为君危之㊲。君不如令敝邑深合于秦，而君无攻，又无借兵食。君临函谷而无攻，令敝邑以君之情谓秦昭王曰：'薛公必不破秦以强韩、魏。其攻秦也，欲王之令楚王割东国以与齐，而秦出楚怀王㊳以为和。'君令敝邑以此惠秦，秦得无破而以东国自免也，秦必欲之。楚王得出，必德齐。齐得东国益强，而薛世世无患矣。秦不大弱，而处三晋㊴之西，三晋必重齐。"薛公曰："善。"因令韩、魏贺秦，使三国无攻，而不借兵食于西周矣。是时，楚怀王入秦，秦留之，故欲必出之。秦不果出楚怀王。

孟尝君相齐，其舍人魏子为孟尝君收邑入㊵，三反而不致一入㊶。孟尝君问之，对曰："有贤者，窃假与之，以故不致入。"孟尝君怒而退魏子。居数年，人或毁孟尝君于齐湣王曰："孟尝君将为乱。"及田甲㊷劫湣王，湣王意疑孟尝君，孟尝君乃奔。魏子所与粟贤者㊸闻之，乃上书言孟尝君不作乱，请以身为盟，遂自刭宫门以明孟尝君。湣王乃惊，而踪迹验问㊹，孟尝君果无反谋，乃复召孟尝君。孟尝君因谢病，归老于薛。湣王许之。

其后，秦亡将吕礼相齐，欲困苏代。代乃谓孟尝君曰："周最㊺于齐，至厚也，而齐王逐之，而听亲弗㊻相吕礼㊼者，欲取秦也。齐、秦合，则亲弗与吕礼重矣。有用，齐、秦必轻君。君不如急北兵，趋赵以和秦、魏，收周最以厚行，且反齐王之信，又禁天下之变。齐无秦，则天下集齐，亲弗必走，则齐王孰与为其国也！"于是孟尝君从其计，而吕礼嫉害于孟尝君。

孟尝君惧，乃遗秦相穰侯魏冉㊽书曰："吾闻秦欲以吕礼收齐，齐，天下之强国也，子必轻矣㊾。齐秦相取以临三晋㊿，吕礼必并相矣，是子通齐以重吕礼也。若齐免于天下之兵，其仇子必深矣。子不如劝秦王伐齐。齐破，吾请以所得封子㉛。齐破，秦畏晋之强，秦必重子以取晋。晋国敝于齐而畏秦，晋必重子以取秦。是子破齐以为功,挟晋以为重㊾;是子破齐定封,秦、晋交重子。若齐不破,吕礼复用,子必大穷。"于是穰侯言于秦昭王伐齐,而吕礼亡㊿。

后齐湣王灭宋,益骄,欲去孟尝君。孟尝君恐,乃如魏。魏昭王以为相,西合于秦、赵,与燕共伐破齐。齐湣王亡在莒㊾,遂死焉。齐襄王立,而孟尝君中立于诸侯,无所属。齐襄王新立,畏孟尝君,与连和,复亲薛公。文卒,谥为孟尝君。诸子争立,而齐魏共灭薛。孟尝绝嗣无后也。

太史公曰:吾尝过薛,其俗闾里率多暴桀㊿子弟,与邹㊿、鲁殊。问其故,曰:"孟尝君招致天下任侠㊿,奸人入薛中盖六万馀家矣。"世之传孟尝君好客自喜,名不虚矣。

【注释】　①薛:诸侯国名,在今山东省滕县南。　②勿举:不要收养。应劭《风俗通》云:"俗说五月五日生子,男害父,女害母。"　③窃举生之:暗自使他长大。　④若去此子:你抛弃这个孩子。若,你。去,丢弃。　⑤休:停止。这里是田婴斥责孟尝君让他不要再继续说下去了。　⑥承间:寻找机会。　⑦蹋绮縠:长裙曳拖于地,穿绫罗绸缎。　⑧裋(shù)褐:平民穿的短窄粗衣。　⑨礼文:礼敬田文。文,田文,即孟尝君。　⑩亡人有罪者:逃亡的罪犯。　⑪舍业:舍弃家产。　⑫侍史:书记员。　⑬使使存问:派遣使者抚慰问候。　⑭待客:陪客人吃饭。　⑮泾阳君:秦昭王之弟。　⑯苏代:战国纵横家,东周洛阳人,苏秦族弟。　⑰木禺人与土禺人:木刻的人像与土刻的人像。禺,通"偶"。　⑱败:坍毁。　⑲齐湣王二十五年:公元前299年。　⑳卒:最终。　㉑或:有的人。　㉒其:大概。　㉓抵:冒昧求见。　㉔狐白裘:以狐之白毛为裘。　㉕莫能对:没有人能回答。　㉖臧中:仓库中。　㉗更封传:此指因秦昭王通缉,孟尝君不得不更改封传上的信息。封传,古时官府所发的出境及乘坐传车投宿驿站的凭证。更,更改。传,凭证。古以木为之,书符信于上。　㉘驰传:驾驭驿站车马疾行。传,驿站车马。　㉙关法鸡鸣而出客:过关的法令规定鸡叫过之后才能让客人出关。　㉚出如食顷:出关后大概一顿饭的时间。如,大概。　㉛魁然:身材高大。　㉜眇小丈夫:身材矮小的男子。　㉝客与俱者:跟随孟尝君的食客。　㉞斫击:斫杀击打。　㉟不自得:内疚。　㊱宛、叶:二古邑名。原属楚,此时入韩魏。宛,即今南阳。叶,在今叶县南。　㊲危之:对这件事感到不安。　㊳楚怀王:战国末期楚国国君,楚威王之子,楚顷襄王之父。误信张仪之言,毁坏齐楚联盟,先后败于秦、齐,失去汉中等地。公元前299年入秦被扣,客死于秦。　㊴三晋:韩、赵、魏三家分晋,故称三晋。　㊵收邑入:收封地的租税。　㊶三反而不致一人:收税多次但没有一次将税收回来的。三,多次。反,通"返",往返。　㊷田甲:战国时齐国贵族。齐愍王七年,田甲劫持愍王,其后事败。　㊸魏子所与粟贤者:得到魏子借粮的那位贤人。　㊹踪迹验问:寻根究底。　㊺周最:人名,周之公子。　㊻亲弗:人名,《战国策》作祝弗。　㊼吕礼:齐国公族,后自齐入秦,为秦柱国、少宰、北平侯。　㊽魏冉：秦昭王母宣太后之弟，被封为穰侯。见《史记·穰侯列传》。 ㊾ 子必轻矣：您一定得不到重视了。 ㊿ 三晋：这里指魏国。 (51) 吾请以所得封子：我向大王请求以所获得的土地作为您的封邑。 (52) 破齐以为功，挟晋以为重：指穰侯可以攻破齐国成为功臣，借助晋国成为忠臣。 (53) 亡：逃跑，此指吕礼逃奔到秦国。 (54) 莒：诸侯国名，在今山东省莒县一带。 (55) 暴桀：凶暴强悍。 (56) 邹：诸侯国名，在今山东省邹县东南。 (57) 任侠：即见义勇为的人。

【赏析】 孟尝君是齐威王少子、齐宣王庶弟田婴之子，与齐王的亲缘关系较近。本文先叙述孟尝君的来历，并突出在少年时期，孟尝君就以智慧与才干著称，最终在田婴的众多子嗣中脱颖而出，被立为接班人。接着，本文开始描述孟尝君的事迹，尤其是他对于士人的礼遇，养士众多，声名传于外，秦国都想要孟尝君为相。然而孟尝君到了秦国之后，又遭到谗言陷害，他在逃回国的过程中，其士人起了决定性作用，鸡鸣狗盗之徒的来历即在此，叙述妙趣横生。然后讲述了孟尝君到赵国的经历，他是名声在外的四公子之一，却身材短小，恩怨必报。最后，太史公讲述了孟尝君相齐的事迹。

本文以记述孟尝君事迹为主，其中叙述鸡鸣狗盗之徒帮助孟尝君离开秦国的一段，是本篇的最传神之笔。陈衍指出："既言有能为狗盗者，又言夜为狗盗，非其例乎？然狗盗盗裘，从容商量之事，故必自言能盗，乃往盗之。鸡鸣出关，乃仓皇危急之事，能为鸡鸣者，径自为之，不待告明也。于时但觉天尚未明，忽然群鸡尽叫，急急出关，徐之，方知有下坐之客能之为之也。此为追记之词，故但云，有能为鸡鸣而鸡尽鸣，省却为鸡鸣一语。"(《史汉文学研究法》)细细研读，会发现太史公行文的引人入胜之处。

平原君列传

【题解】 平原君是战国四公子之一，司马迁立《平原君虞卿列传》，将平原君与虞卿合传，因为此二人对于赵国的存亡都有重大关系，二人之间又有千丝万缕的联系。本篇节选平原君部分的主要内容，尤其是毛遂自荐与虞卿请封平原君的故事。

【原文】

平原君赵胜①者，赵之诸公子也。诸子中胜最贤，喜宾客，宾客盖至者数千人。平原君相赵惠文王及孝成王②，三去相，三复位，封于东武城③。

平原君家楼临民家④。民家有躄者⑤,槃散⑥行汲。平原君美人居楼上,临见,大笑之。明日,躄者至平原君门,请曰:"臣闻君之喜士,士不远千里而至者,以君能贵士而贱妾也。臣不幸有罢癃⑦之病,而君之后宫临而笑臣,臣愿得笑臣者头。"平原君笑应曰:"诺。"躄者去,平原君笑曰:"观此竖子⑧,乃欲以一笑之故杀吾美人,不亦甚乎!"终不杀。居岁馀,宾客门下舍人稍稍引去者过半。平原君怪之,曰:"胜所以待诸君者未尝敢失礼,而去者何多也?"门下一人前对曰:"以君之不杀笑躄者,以君为爱色而贱士,士即去耳。"于是平原君乃斩笑躄者美人头,自造门进躄者,因谢焉⑨。其后门下乃复稍稍来。是时齐有孟尝,魏有信陵,楚有春申,故争相倾⑩以待士。

秦之围邯郸,赵使平原君求救,合从于楚,约与食客门下有勇力文武备具者二十人偕。平原君曰:"使文能取胜⑪,则善矣。文不能取胜,则歃血⑫于华屋之下,必得定从而还。士不外索,取于食客门下足矣。"得十九人,馀无可取者,无以满二十人。门下有毛遂者,前,自赞⑬于平原君曰:"遂闻君将合从于楚,约与食客门下二十人偕,不外索。今少一人,愿君即以遂备员⑭而行矣。"平原君曰:"先生处胜之门下几年于此矣?"毛遂曰:"三年于此矣。"平原君曰:"夫贤士之处世也,譬若锥之处囊中,其末立见。今先生处胜之门下三年于此矣,左右未有所称诵,胜未有所闻,是先生无所有也。先生不能,先生留。"毛遂曰:"臣乃今日请处囊中耳。使遂蚤得处囊中,乃颖脱而出⑮,非特其末见而已。"平原君竟与毛遂偕。十九人相与目笑⑯之而未废⑰也。

毛遂比⑱至楚,与十九人论议,十九人皆服。平原君与楚合从,言其利害,日出而言之,日中不决。十九人谓毛遂曰:"先生上。"毛遂按剑历阶而上⑲,谓平原君曰:"从之利害,两言而决耳。今日出而言从,日中不决,何也?"楚王⑳谓平原君曰:"客何为者也?"平原君曰:"是胜之舍人也。"楚王叱㉑曰:"胡不下㉒!吾乃与而君言,汝何为者也!"毛遂按剑而前曰:"王之所以叱遂者,以楚国之众也。今十步之内,王不得恃楚国之众也,王之命悬㉓于遂手。吾君在前,叱者何也?且遂闻汤以七十里之地王天下,文王以百里之壤㉔而臣诸侯,岂其士卒众多哉,诚能据其势而奋其威。今楚地方五千里,持戟百万,此霸王之资也。以楚之强,天下弗能当。白起㉕,小竖子耳,率数万之众,兴师以与楚战,一战而举鄢郢,再战而烧夷陵,三战而辱王之先人。此百世之怨而赵之所羞,而王弗知恶㉖焉。合从者为楚,非为赵也。吾君在前,叱者何也?"楚王曰:"唯唯,诚若先生之言,谨奉社稷而以从。"毛遂曰:"从定乎?"楚王曰:"定矣。"毛遂谓楚王之左右曰:"取鸡狗马之血来。"毛遂奉铜槃而跪进之楚王曰:"王当歃血而定从,次者吾君,次者遂。"遂定从于殿上。毛遂左手持槃血而右手招十九人曰:"公相与歃此血于堂下。公等录录㉗,所谓因人成事者也。"

平原君已定从而归,归至于赵,曰:"胜不敢复相士。胜相士多者千人,寡者百数,自以为不失天下之士,今乃于毛先生而失之也。毛先生一至楚,而使赵重于九鼎大吕㉘。毛先生以三寸之舌,强于百万之师。胜不敢复相士。"遂以为上客。

平原君既返赵,楚使春申君将兵赴救赵,魏信陵君亦矫夺晋鄙军㉙往救赵,皆未至。秦急围邯郸,邯郸急,且降,平原君甚患之。邯郸传舍吏㉚子李同㉛说平原君曰:"君不忧赵亡邪?"平原君曰:"赵亡则胜为虏,何为不忧乎?"李同曰:"邯郸之民,炊骨易子而食㉜,可谓急矣,而君之后宫以百数,婢妾被绮縠㉝,余粱肉㉞,而民褐衣不完,糟糠不厌。民困兵尽,或剡㉟木为矛矢,而君器物钟磬自若。使秦破赵,君安得有此? 使赵得全,君何患无有? 今君诚能令夫人以下编于士卒之间,分功而作,家之所有尽散以飨士㊱,士方其危苦之时,易德耳。"于是平原君从之,得敢死之士三千人。李同遂与三千人赴秦军,秦军为之却三十里。亦会楚、魏救至,秦兵遂罢,邯郸复存。李同战死,封其父为李侯。

虞卿欲以信陵君之存邯郸为平原君请封㊲。公孙龙闻之,夜驾见平原君曰:"龙闻虞卿欲以信陵君之存邯郸为君请封,有之乎?"平原君曰:"然。"龙曰:"此甚不可。且王举君而相赵者,非以君之智能为赵国无有也。割东武城而封君者,非以君为有功也,而以国人无勋,乃以君为亲戚故也。君受相印不辞无能,割地不言无功者,亦自以为亲戚故也。今信陵君存邯郸而请封,是亲戚受城而国人计功也。此甚不可。且虞卿操其两权㊳,事成,操右券以责㊴;事不成,以虚名德君。君必勿听也。"平原君遂不听虞卿。

平原君以赵孝成王十五年㊵卒。子孙代,后竟与赵俱亡。

太史公曰:平原君,翩翩㊶浊世之佳公子也,然未睹大体。鄙语曰"利令智昏",平原君贪冯亭邪说,使赵陷长平兵四十馀万众,邯郸几亡㊷。

【注释】　① 平原君赵胜:赵惠文王之弟,初封于平原,故称平原君。古平原邑,在今山东平原县南。　② 孝成王:战国时期赵国君主,赵惠文王之子,公元前266年至公元前245年在位。　③ 东武城:在今山东武城县。　④ 临民家:位于民家的上面。　⑤ 躄者:跛子。　⑥ 槃散:同"蹒跚",跛行的样子。　⑦ 罢癃:背疾,腰曲而背隆高。　⑧ 竖子:小子。轻蔑语。　⑨ 自造门进躄者,因谢焉:平原君亲自登门向躄者谢罪。　⑩ 倾:压倒对方。　⑪ 文能取胜:指用和平谈判的方法达到从约的目的。　⑫ 歃血:以盘盛牲血而盟饮。　⑬ 自赞:自我标榜。　⑭ 备员:充数。　⑮ 颖脱而出:连锥头都露出来。颖,禾芒,此指锥头。　⑯ 目笑:互相以目会意而笑,蔑视之也。　⑰ 未发:指十九人轻蔑之言未说出口。发,发。　⑱ 比:及。　⑲ 历阶而上:一脚一级超阶而上。依礼两脚一级一级地上,此为情况紧急而不遵礼,表示愤怒。　⑳ 楚王:楚考烈王熊完。　㉑ 叱:高声呵斥。　㉒ 胡不下:何不快下。　㉓ 悬:掌握,控制。　㉔ 壤:土地。　㉕ 白起:秦将,公元前279年破楚鄢郢(今湖北宜城县西南),公元前278年攻破楚都郢(今湖北江陵北),又烧楚先王陵墓所在地夷陵(今湖北宜昌市东)。　㉖ 恶:厌恨。　㉗ 录录:平庸无能。　㉘ 九鼎大吕:喻毛遂之重。九鼎,相传禹所铸,为三代传国之宝。大吕,周王室宗庙中的大钟。　㉙ 矫夺晋鄙军:魏公子假传王命夺军救赵事,详见《魏公子列传》。晋鄙,魏将。　㉚ 传舍吏:驿站小吏。　㉛ 李同:名李谈,司马迁避父讳司马谈而改。　㉜ 炊骨易子而食:以骨为薪作炊,易子而食。　㉝ 被绮縠:穿绣衣。　㉞ 余粱肉:好米好肉吃不完。　㉟ 剡:削尖。　㊱ 飨士:犒赏战士。　㊲ 请封:平原君已有封邑,此请封为加封食邑。　㊳ 操其两权:掌握了请封成与不成两方面的主动权。　㊴ 事成,操右券以责:请封事成,虞卿就像债权人那样向平原君讨取好处。　㊵ 赵孝成王十五年:公元前251年。　㊶ 翩翩:鸟飞轻飘的样子,喻平原君如鸟之高飞,超脱于浊世的纨绔子弟之上。浊世,乱世。　㊷ 邯郸几亡:邯郸差点儿陷落。长平战后,公元前259年,秦围邯郸三年,直到公元前257年楚魏救,才解围而去。

【赏析】　战国四公子均以养士著称,而他们的士又有不同,孟尝君之士有鸡鸣狗盗之徒,平原君之士则有著名的毛遂,在士阶层崛起的战国时代,这些士凭借个人的才能展露在政治舞台上。在平原君的传记中,主要叙写的是平原君解邯郸之围之事。赵国的兵祸莫甚于长平之败,莫急于邯郸之围。所以,平原君对于赵国的存亡有很大的作用,尤其是在战国晚期,四公子都在各自的国家里苦苦维系着倾颓的社稷。而为了解除邯郸之围，平原君一方面联合楚国，一方面请求魏国援救。在联合楚国的时候，毛遂突然出现，并发挥了决定性的作用。清代李景星曰："于《平原君传》中，出力写一毛遂，如华岳插天，不阶寸土，奇峰突兀逼人。"尤其是毛遂在奔赴楚国并使得楚国订立盟约的过程中，不卑不亢，机智奋勇，使得楚国很快订立了盟约，从而解了赵国之难。而毛遂的形象也从此深入人心。总之，这篇传记全文处处显示出剑拔弩张的紧张感，仿佛复原了当时邯郸的危急状况，而在平原君、毛遂、信陵君等人的共同努力下，最终使邯郸局势走向和缓。这体现了司马迁复原历史的能力，是其高超艺术手法的表现。

魏公子列传

【题解】 这是《史记》为战国四公子之魏国公子信陵君所立之传，与其他三位公子不同，这篇的名字没有叫《信陵君列传》，而是称为《魏公子列传》，为此，清代何焯曰："于四君之中独书之曰魏公子者，以为国之存亡所系也。"（《义门读书记》卷十四）在战国四公子中，魏公子更加受到后人的景仰，太史公也倾注了更多的心血来创作此篇。

【原文】

魏公子无忌者，魏昭王①少子而魏安釐王②异母弟也。昭王薨，安釐王即位，封公子为信陵③君。是时范雎④亡魏相秦，以怨魏齐故，秦兵围大梁⑤，破魏华阳⑥下军，走芒卯⑦。魏王及公子患之。

公子为人仁而下士⑧，士无贤不肖皆谦而礼交之，不敢以其富贵骄士。士以此方数千里争往归之，致⑨食客三千人。当是时，诸侯以公子贤，多客，不敢加兵谋魏十馀年。

公子与魏王博⑩，而北境传举烽，言"赵寇至，且入界"。魏王释博，欲召大臣谋。公子止王曰："赵王田猎耳，非为寇也。"复博如故。王恐，心不在博。居顷，复从北方来传言曰："赵王猎耳，非为寇也。"魏王大惊，曰："公子何以知之？"公子曰："臣之客有能深得赵王阴事⑪者，赵王所为，客辄以报臣，臣以此知之。"是后魏王畏公子之贤能，不敢任公子以国政。

魏有隐士曰侯嬴，年七十，家贫，为大梁夷门监者⑫。公子闻之，往请，欲厚遗⑬之。不肯受，曰："臣修身洁行数十年，终不以监门困故而受公子财。"公子于是乃置酒大会宾客。坐定,公子从车骑,虚左⑭,自迎夷门侯生。侯生摄敝衣冠⑮,直上载公子上坐,不让,欲以观公子。公子执辔愈恭。侯生又谓公子曰:"臣有客在市屠中,愿枉⑯车骑过之。"公子引车入市,侯生下见其客朱亥,睥睨⑰,故久立,与其客语,微察⑱公子。公子颜色愈和。当是时,魏将相宗室宾客满堂,待公子举酒。市人皆观公子执辔,从骑皆窃骂侯生。侯生视公子色终不变,乃谢客就车。至家,公子引侯生坐上坐,遍赞宾客,宾客皆惊。酒酣,公子起,为寿⑲侯生前。侯生因谓公子曰:"今日嬴之为公子亦足矣。嬴乃夷门抱关⑳者也,而公子亲枉车骑,自迎嬴于众人广坐之中,不宜有所过㉑,今公子故过之。然嬴欲就公子之名,故久立公子车骑市中,过客以观公子,公子愈恭。市人皆以嬴为小人,而以公子为长者能下士也。"于是罢酒,侯生遂为上客。

　　侯生谓公子曰:"臣所过屠者朱亥,此子贤者,世莫能知,故隐屠间耳。"公子往数请之,朱亥故不复谢㉒,公子怪之。

　　魏安釐王二十年,秦昭王已破赵长平㉓军,又进兵围邯郸。公子姊为赵惠文王弟平原君夫人,数遗魏王及公子书,请救于魏。魏王使将军晋鄙将十万众救赵。秦王使使者告魏王曰:"吾攻赵旦暮且下,而诸侯敢救者,已拔赵,必移兵先击之。"魏王恐,使人止晋鄙,留军壁邺㉔,名为救赵,实持两端以观望。平原君使者冠盖相属㉕于魏,让㉖魏公子曰:"胜所以自附为婚姻者,以公子之高义,为能急人之困㉗。今邯郸旦暮降秦而魏救不至,安在公子能急人之困也!且公子纵轻胜,弃之降秦,独不怜公子姊邪?"公子患之,数请魏王,及宾客辩士说王万端㉘。魏王畏秦,终不听公子。公子自度终不能得之于王,计不独生而令赵亡,乃请宾客,约㉙车骑百馀乘,欲以客往赴秦军,与赵俱死。

　　行过夷门,见侯生,具告所以欲死秦军状。辞决㉚而行,侯生曰:"公子勉㉛之矣,老臣不能从。"公子行数里,心不快,曰:"吾所以待侯生者备㉜矣,天下莫不闻,今吾且死而侯生曾无一言半辞送我,我岂有所失哉?"复引车还,问侯生。侯生笑曰:"臣固知㉝公子之还也。"曰:"公子喜士,名闻天下。今有难,无他端㉞而欲赴秦军,譬若以肉投馁虎,何功之有哉?尚安事客㉟?然公子遇臣厚,公子往而臣不送，以是知公子恨之复返也。"公子再拜，因问。侯生乃屏人间语㊱，曰："嬴闻晋鄙之兵符常在王卧内，而如姬最幸㊲，出入王卧内，力能窃之。嬴闻如姬父为人所杀，如姬资之㊳三年，自王以下欲求报其父仇，莫能得。如姬为公子泣㊴，公子使客斩其仇头，敬进如姬。如姬之欲为公子死，无所辞㊵，顾未有路耳。公子诚一开口请如姬，如姬必许诺，则得虎符夺晋鄙军，北救赵而西却㊶秦，此五霸之伐㊷也。"公子从其计，请如姬。如姬果盗晋鄙兵符与公子。

公子行，侯生曰："将在外，主令有所不受㊸，以便国家。公子即合符，而晋鄙不授公子兵而复请之，事必危矣。臣客屠者朱亥可与俱，此人力士。晋鄙听，大善；不听，可使击之。"于是公子泣。侯生曰："公子畏死邪？何泣也？"公子曰："晋鄙嚄唶宿将㊹，往恐不听，必当杀之，是以泣耳，岂畏死哉？"于是公子请朱亥。朱亥笑曰："臣乃市井鼓刀屠者，而公子亲数存㊺之，所以不报谢者，以为小礼无所用。今公子有急㊻，此乃臣效命之秋也。"遂与公子俱。公子过谢侯生。侯生曰："臣宜从，老不能。请数公子行日，以至晋鄙军之日，北乡自刭㊼，以送公子。"公子遂行。

至邺，矫㊽魏王令代晋鄙。晋鄙合符，疑之，举手视公子曰："今吾拥十万之众，屯于境上，国之重任，今单车来代之，何如哉？"欲无听。朱亥袖㊾四十斤铁椎，椎杀晋鄙，公子遂将晋鄙军。勒兵㊿下令军中曰："父子俱在军中，父归；兄弟俱在军中，兄归；独子无兄弟，归养㊿¹。"得选兵㊿²八万人，进兵击秦军。秦军解去，遂救邯郸，存赵。赵王及平原君自迎公子于界，平原君负韣矢为公子先引㊿³。赵王再拜曰："自古贤人未有及公子者也。"当此之时，平原君不敢自比于人。公子与侯生决，至军，侯生果北乡自刭。

魏王怒公子之盗其兵符，矫杀晋鄙，公子亦自知也。已却秦存赵，使将将其军归魏，而公子独与客留赵。赵孝成王德㊿⁴公子之矫夺晋鄙兵而存赵，乃与平原君计，以五城封公子。公子闻之，意骄矜㊿⁵而有自功之色。客有说公子曰："物有不可忘，或有不可不忘。夫人有德于公子，公子不可忘也；公子有德于人，愿公子忘之也。且矫魏王令，夺晋鄙兵以救赵，于赵则有功矣，于魏则未为忠臣也。公子乃自骄而功之，窃为公子不取也。"于是公子立自责，似若无所容者。

赵王扫除(56)自迎,执主人之礼,引公子就(57)西阶。公子侧行辞让,从东阶上。自言罪过,以负于魏,无功于赵。赵王侍酒至暮,口不忍献五城(58),以公子退让也。公子竟留赵。赵王以鄗(59)为公子汤沐邑(60),魏亦复以信陵奉公子。公子留赵。

公子闻赵有处士毛公藏于博徒(61),薛公藏于卖浆(62)家,公子欲见两人,两人自匿不肯见公子。公子闻所在,乃间步(63)往从此两人游,甚欢。平原君闻之,谓其夫人曰:"始吾闻夫人弟公子天下无双,今吾闻之,乃妄从博徒卖浆者游,公子妄人(64)耳。"夫人以告公子。公子乃谢夫人去,曰:"始吾闻平原君贤,故负魏王而救赵,以称平原君。平原君之游,徒豪举耳(65),不求士也。无忌自在大梁时,常闻此两人贤,至赵,恐不得见。以无忌从之游,尚恐其不我欲也,今平原君乃以为羞,其不足从游(66)。"乃装为去(67)。夫人具以语平原君。平原君乃免冠谢(68),固留公子。平原君门下闻之,半去平原君归公子,天下士复往归公子,公子倾(69)平原君客。

公子留赵十年不归。秦闻公子在赵,日夜出兵东伐魏。魏王患之,使使往请公子。公子恐其怒之(70),乃诫门下:"有敢为魏王使通者,死。"宾客皆背魏之赵,莫敢劝公子归。毛公、薛公两人往见公子曰:"公子所以重于赵,名闻诸侯者,徒以有魏也(71)。今秦攻魏,魏急而公子不恤,使秦破大梁而夷(72)先王之宗庙,公子当何面目立天下乎?"语未及卒,公子立变色,告车趣驾(73)归救魏。

魏王见公子,相与泣,而以上将军印授公子,公子遂将。魏安釐王三十年,公子使使遍告诸侯。诸侯闻公子将,各遣将将兵救魏。公子率五国之兵破秦军于河外(74),走蒙骜(75)。遂乘胜逐秦军至函谷关,抑(76)秦兵,秦兵不敢出。当是时,公子威振天下,诸侯之客进兵法,公子皆名之(77),故世俗称《魏公子兵法》。

秦王患之,乃行(78)金万斤于魏,求晋鄙客,令毁(79)公子于魏王曰:"公子亡在外十年矣,今为魏将,诸侯将皆属,诸侯徒闻魏公子,不闻魏王。公子亦欲因此时定南面而王,诸侯畏公子之威,方欲共立之。"秦数使反间(80),伪贺公子得立为魏王未也(81)。魏王日闻其毁,不能不信,后果使人代公子将。公子自知再以毁废,乃谢病不朝(82),与宾客为长夜饮,饮醇酒,多近妇女。日夜为乐饮者四岁,竟病酒(83)而卒。其岁,魏安釐王亦薨。

秦闻公子死,使蒙骜攻魏,拔二十城,初置东郡。其后秦稍蚕食魏,十八岁而虏魏王,屠大梁。

高祖始微少㉘时,数闻公子贤。及即天子位,每过大梁,常祠公子。高祖十二年,从击黥布㉙还,为公子置守冢五家,世世岁以四时奉祠公子。

太史公曰:吾过大梁之墟㉚,求问其所谓夷门。夷门者,城之东门也。天下诸公子亦有喜士者㉛矣,然信陵君之接岩穴㉜隐者,不耻下交,有以也。名冠诸侯㉝,不虚耳。高祖每过之而令民奉祠不绝也。

【注释】 ① 魏昭王:战国时期魏国君主,公元前295年到公元前277年在位。② 魏安釐王:魏昭王之子,公元前276年至公元前243年在位。釐,一作"僖",音同。③ 信陵:今河南宁陵西。 ④ 范雎:字叔,魏人,受魏相魏齐迫害,逃亡至秦,改名张禄,后任秦昭王相。《史记》卷七九有传。 ⑤ 大梁:魏国都城,今河南开封。 ⑥ 华阳:今河南密县。 ⑦ 走芒卯:走,使动用法,使逃跑。芒卯,魏将。 ⑧ 仁而下士:仁厚而待士谦虚。 ⑨ 致:招致。 ⑩ 博:下棋。 ⑪ 阴事:秘密事情。 ⑫ 夷门监者:夷门,指大梁东城门。监者,看守城门的人。 ⑬ 遗:赠送财物。 ⑭ 虚左:空出尊位。古代乘车以左为尊。 ⑮ 摄敝衣冠:整理一下破旧的衣帽。摄,整理。 ⑯ 枉:委屈,谦辞。 ⑰ 俾倪:同"睥睨",傲慢地斜视。 ⑱ 微察:暗中观察。 ⑲ 为寿:敬酒祝寿。 ⑳ 抱关:守门。关,门栓。 ㉑ 过:超出常规的礼节。 ㉒ 故不复谢:故意不答谢。 ㉓ 长平:今山西高平西北。公元前260年,秦将白起在此大败赵将赵括,坑杀赵士卒四十余万。 ㉔ 壁邺:在邺安营扎寨。邺,今河北临漳西南。 ㉕ 冠盖相属:极言使者之多,一个接着一个。冠盖,指冠冕与车盖。 ㉖ 让:埋怨,责备。 ㉗ 急人之困:热心帮助别人摆脱困境。 ㉘ 万端:万般,种种办法。 ㉙ 约:收拾,整理。 ㉚ 辞决:辞别。决,通"诀"。 ㉛ 勉:努力。 ㉜ 备:周到。 ㉝ 固知:本来就知道。 ㉞ 他端:别的办法。 ㉟ 尚安事客:还用得着宾客吗? ㊱ 屏人间语:使其他人回避,私语密谋。 ㊲ 幸:宠爱。 ㊳ 资之:悬赏求人报父仇。 ㊴ 为公子泣:向公子泣诉。 ㊵ 辞:推辞。 ㊶ 却:打退。 ㊷ 五霸之伐:春秋五霸那样的功业。伐,功业。 ㊸ 将在外,主令有所不受:语出《孙子·九变》:"将受命于君,合军聚众……君命有所不受。" ㊹ 嚄唶宿将:叱咤风云的老将。嚄唶,声音雄武的样子。 ㊺ 存:慰问。 ㊻ 急:危急之事。 ㊼ 北乡自刭:面向北方自刎。乡,通"向"。 ㊽ 矫:假传。 ㊾ 袖:袖中藏着。 ㊿ 勒兵:整顿部队。勒,整饬,约束。 51 归养:回家奉养父母。 52 选兵:挑选出来的精兵。 53 负韥矢为公子先引:背着箭袋为公子在前面引路。韥,盛矢之器。 54 德:感激。 55 骄矜:骄傲夸耀。 56 扫除:洒扫街道。 57 就:走向。 58 口不忍献五城:口中不好意思说出封公子五城的事。 59 鄗:今河北高邑东南。 60 汤沐邑:古代诸侯因按时朝见天子,故天子在京郊附近赐给诸侯一小块地以供他们斋戒沐浴的开销之用,称汤沐邑。后来王后、王子、公主等也有汤沐邑,其意义已改变,纯粹是供给其生活所需之物。 (61) 博徒:赌徒。 (62) 卖浆:卖酒。 (63) 间步:微服前往。 (64) 妄人:荒唐的人。 (65) 徒豪举耳:只是图虚名装门面罢了。豪举,声势显赫的举动。 (66) 不足从游:不值得与他交往做朋友。 (67) 乃装为去:于是整理行装要离开。 (68) 谢:谢罪。 (69) 倾:倒,使之倒向一方。 (70) 恐其怒之:恐怕魏王因窃符救赵一事发怒。 (71) 徒以有魏也:只是因为有魏国存在罢了。 (72) 夷:铲平,毁坏。 (73) 告车趣驾:吩咐管理车的迅速备好车辆。趣,通"促",迅速。 (74) 率五国之兵破秦军于河外:率领五国军队在黄河南边破秦军。五国之兵,指魏、楚、燕、韩、赵的军队。河外,黄河南岸洛阳以西之地。河,黄河。 (75) 走蒙骜:打退蒙骜。走,使动用法,使逃跑。蒙骜,秦国上卿,名将蒙恬的祖父。 (76) 抑:遏制。 (77) 公子皆名之:皆署公子之名。 (78) 行:使用。 (79) 毁:诋毁。 (80) 反间:派出间谍进行离间。 (81) 伪贺公子得立为魏王未也:假装不知而来魏国恭贺公子,问他是否已立为魏王。 (82) 乃谢病不朝:就称病不朝拜魏王。 (83) 病酒:纵酒过度而得病。 (84) 微少:微贱,没有发迹。 (85) 黥布:原名英布,因受黥而得名,为汉初名将,始从项羽,后归刘邦,以功封淮南王。后以谋反之罪被讨平。《史记》卷九一、《汉书》卷三四有传。 (86) 墟:废墟。 (87) 喜士者:指信陵以外好招贤纳士的孟尝君、平原君、春申君等人。 (88) 岩穴:深山洞穴,喻隐者藏身之处。 (89) 名冠诸侯:名声在诸侯之上。

【赏析】 如其他战国公子一样,魏公子亦以养士闻名。他的士虽然平素隐没无闻,在关键时刻却能显现气节,如侯嬴、朱亥等,其精神气度,卓卓可称。本篇主要记述的是魏公子为救助赵国平原君而设法发魏国之兵的故事,内容可与《平原君列传》对读。对于此传的章法,近代学者陈衍指出:"《史记》叙事曲折甚多而不觉其琐碎者,无如《信陵君列传》。以所叙事虽时时间以琐碎委曲者,而皆关系赵、魏两国安危存亡。""此篇殆为太史公最得意文字。首段云是时秦兵围大梁,破华阳下军,魏王及公子患之。提明公子之在魏国不啻与魏王并重也。次段又提明当是时诸侯因公子不敢加兵谋魏。三段叙公子因琐事取忌,与全传始终取忌处相贯注。四段入侯嬴、朱亥,叙公子能得士,为救赵最要人,为公子第一次出色事。五段叙救赵却秦始末事,最长,曲折最多,用纪年法振起。六段叙公子第二次能得士,能听客言,故赵王致敬而魏王亦不敢不重公子。七段叙公子第三次能得士,其敬礼毛公、薛公,非平原君所及,更非春申、孟尝所及矣。八段叙公子能识毛公、薛公,乃肯归救魏破秦,名振天下。九段点缀。十段言终疑公子而魏遂亡。此全传用意所在与布置大略也。传中公子字凡一百四十七见,赞有感叹于天下诸公子,以此相形之也。"(《史汉文学研究法》)

春申君列传

【题解】 春申君是战国四公子之一,与其他三位公子都具有各自国家的王室血统不同,春申君是被重用的大臣。此篇很多处见于《战国策》,但太史公又有修改。本文节选《春申君列传》的主要部分。

【原文】

春申君者,楚人也,名歇,姓黄氏。游学博闻,事楚顷襄王①。顷襄王以歇为辩,使于秦。秦昭王②使白起③攻韩、魏,败之于华阳④,禽魏将芒卯⑤,韩、魏服而事秦。秦昭王方令白起与韩、魏共伐楚,未行,而楚使黄歇适至于秦,闻秦之计。当是之时,秦已前使白起攻楚,取巫、黔中⑥之郡,拔鄢郢⑦,东至竟陵⑧,楚顷襄王东徙治于陈县⑨。黄歇见楚怀王之为秦所诱而入朝,遂见欺,留死于秦。顷襄王,其子也,秦轻之,恐壹举兵而灭楚。歇乃上书说秦昭王:"天下莫强于秦、楚,今闻大王欲伐楚,此犹两虎相与斗。两虎相与斗而驽犬受其弊⑩,不如善楚。臣请言其说:臣闻物至则反,冬夏是也;致至则危,累棋⑪是也。今大国之地,遍天下有其二垂⑫,此从生民已来,万乘之地未尝有也。先帝文王、庄王之身,三世不妄接地于齐,以绝从亲之要⑬。今王使盛桥⑭守事于韩,盛桥以其地入秦,是王不用甲,不信威⑮,而得百里之地。王可谓能矣。王又举甲而攻魏,杜大梁之门,举河内,拔燕、酸枣、虚、桃⑯,入邢⑰,魏之兵云翔而不敢救。王之功亦多矣。王休甲息众,二年而后复之;又并蒲、衍、首、垣⑱,以临仁、平丘、黄、济阳⑲婴城⑳而魏氏服;王又割濮磿㉑之北,注齐秦之要㉒,绝楚赵之脊㉓,天下五合六聚㉔而不敢救。王之威亦单㉕矣。"

黄歇受约归楚,楚使歇与太子完入质于秦,秦留之数年。楚顷襄王病,太子不得归。而楚太子与秦相应侯㉖善,于是黄歇乃说应侯曰:"相国诚善楚太子乎?"应侯曰:"然。"歇曰:"今楚王恐不起疾,秦不如归其太子。太子得立,其事秦必重而德相国无穷,是亲与国而得储万乘㉗也。若不归,则咸阳一布衣耳;楚更立太子,必不事秦。夫失与国而绝万乘之和,非计也。愿相国孰虑之。"应侯以闻秦王。秦王曰:"令楚太子之傅先往问楚王之疾,返而后图之。"黄歇为楚太子计曰:"秦之留太子也,欲以求利也。今太子力未能有以利秦也,歇忧之甚。而阳文君㉘子二人在中,王若卒大命,太子不在,阳文君子必立为后,太子不得奉宗庙矣。不如亡秦,与使者俱出;臣请止,以死当之。"楚太子因变衣服为楚使者御以出关,而黄歇守舍,常为谢病。度太子已远,秦不能追,歇乃自言秦昭王曰:"楚太子已归,出远矣。歇当死,愿赐死。"昭王大怒,欲听其自杀也。应侯曰:"歇为人臣,出身以徇其主,太子立,必用歇,故不如无罪而归之,以亲楚。"秦因遣黄歇。

歇至楚三月,楚顷襄王卒,太子完立,是为考烈王。考烈王元年,以黄歇为相,封为春申君,赐淮北地十二县。后十五岁,黄歇言之楚王曰:"淮北地边齐,其事急,请以为郡便。"因并献淮北十二县。请封于江东。考烈王许之。春申君因城故吴墟,以自为都邑。

春申君既相楚,是时齐有孟尝君,赵有平原君,魏有信陵君,方争下士,招致宾客,以相倾夺,辅国持权㉙。

春申君为楚相四年,秦破赵之长平军四十余万。五年,围邯郸。邯郸告急于楚,楚使春申君将兵往救之,秦兵亦去,春申君归。春申君相楚八年,为楚北伐灭鲁,以荀卿为兰陵㉚令。当是时,楚复强。

赵平原君使人于春申君,春申君舍之于上舍。赵使欲夸楚,为玳瑁簪㉛,刀剑室以珠玉饰之,请命春申君客。春申君客三千余人,其上客皆蹑珠履㉜以见赵使,赵使大惭。

春申君相十四年,秦庄襄王立,以吕不韦为相,封为文信侯。取东周。

春申君相二十二年,诸侯患秦攻伐无已时,乃相与合从㉝,西伐秦,而楚王为从长,春申君用事。至函谷关,秦出兵攻,诸侯兵皆败走。楚考烈王以咎春申君,春申君以此益疏。

客有观津㉞人朱英,谓春申君曰:"人皆以楚为强而君用之弱,其于英不然。先君时善秦二十年而不攻楚,何也?秦逾黾隘之塞㉟而攻楚,不便;假道于两周,背韩、魏而攻楚,不可。今则不然,魏旦暮亡,不能爱许、鄢㊱陵,其许魏割以与秦。秦兵去㊲陈百六十里,臣之所观者,见秦、楚之日斗也。"楚于是去陈徙寿春;而秦徙卫野王㊳,作置东郡。春申君由此就封于吴,行相事。

楚考烈王无子，春申君患之，求妇人宜子者进之，甚众，卒无子。赵人李园持其女弟㊴，欲进之楚王，闻其不宜子，恐久毋宠。李园求事春申君为舍人，已而谒归㊵，故失期。还谒，春申君问之状，对曰："齐王使使求臣之女弟，与其使者饮，故失期。"春申君曰："娉入㊶乎？"对曰："未也。"春申君曰："可得见乎？"曰："可。"于是李园乃进其女弟，即幸于春申君。知其有身，李园乃与其女弟谋。园女弟承间以说春申君曰："楚王之贵幸君，虽兄弟不如也。今君相楚二十余年，而王无子，即百岁后将更立兄弟，则楚更立君后，亦各贵其故所亲，君又安得长有宠乎？非徒然也，君贵用事久，多失礼于王兄弟，兄弟诚立，祸且及身，何以保相印江东之封乎？今妾自知有身矣，而人莫知。妾幸君未久，诚以君之重而进妾于楚王，王必幸妾；妾赖天有子男，则是君之子为王也，楚国尽可得，孰与身临不测之罪乎？"春申君大然之，乃出李园女弟，谨舍㊷而言之楚王。楚王召入幸之，遂生子男，立为太子，以李园女弟为王后。楚王贵李园，园用事。

李园既入其女弟，立为王后，子为太子，恐春申君语泄而益骄，阴养死士，欲杀春申君以灭口，而国人颇有知之者。

春申君相二十五年，楚考烈王病。朱英谓春申君曰："世有毋望㊸之福，又有毋望之祸。今君处毋望之世㊹，事毋望之主，安可以无毋望之人㊺乎？"春申君曰："何谓毋望之福？"曰："君相楚二十余年矣，虽名相国，实楚王也。今楚王病，旦暮且卒㊻，而君相少主，因而代立当国，如伊尹、周公，王长而反政，不即遂南面称孤而有楚国？此所谓毋望之福也。"春申君曰："何谓毋望之祸？"曰："李园不治国而君之仇也，不为兵而养死士之日久矣，楚王卒，李园必先入据权而杀君以灭口。此所谓毋望之祸也。"春申君曰："何谓毋望之人？"对曰："君置臣郎中，楚王卒，李园必先入，臣为君杀李园。此所谓毋望之人也。"春申君曰："足下置之㊼，李园，弱人也，仆又善之，且又何至此！"朱英知言不用，恐祸及身，乃亡去。

后十七日，楚考烈王卒，李园果先入，伏死士于棘门㊽之内。春申君入棘门，园死士侠刺㊾春申君，斩其头，投之棘门外。于是遂使吏尽灭春申君之家。而李园女弟初幸春申君有身而入之王所生子者遂立，是为楚幽王。

是岁也，秦始皇帝立九年矣。嫪毐亦为乱于秦，觉，夷其三族，而吕不韦废。

太史公曰：吾适楚，观春申君故城，宫室盛矣哉！初，春申君之说秦昭王，及出身遣楚太子归，何其智之明也！后制于李园，旄矣(50)。语曰："当断不断，反受其乱。"春申君失朱英(51)之谓邪？

【注释】 ① 楚顷襄王：战国末期楚国君主，公元前298年至公元前263年在位。 ② 秦昭王：战国末期秦国国君，秦惠文王之子，秦武王异母弟，母为宣太后。 ③ 白起：战国时期秦国名将，楚太子建之子白公胜之后，又称公孙起，郿（今陕西宝鸡眉县）人。传见《史记·白起王翦列传》。 ④ 华阳：古地名，因在华山之阳得名，在今陕西秦岭以南、四川和云南、贵州一带。 ⑤ 芒卯：魏国将领名。 ⑥ 黔中：古地名，在今湖南西部及毗连的鄂、川、黔地区。 ⑦ 鄢郢：春秋时楚文王定都于郢，惠王之初曾迁都于鄢，仍号郢。因以"鄢郢"指楚都。 ⑧ 竟陵：地名，今湖北省天门市。 ⑨ 陈县：在今河南淮阳。 ⑩ 两虎相与斗而驽犬受其弊：此言秦楚二虎相斗而使得韩魏等驽犬之国得利。 ⑪ 累棋：累棋子。 ⑫ 二垂：天与地的交接处，指极远地区。此指秦据有西、北。 ⑬ 以绝从亲之要：此句指秦国自先世惠文王以来，累世常欲取韩、魏，从而与齐国接壤，以绝山东诸侯合纵之约。从亲，合纵相亲，指六国合纵结为联盟。要，约。 ⑭ 盛桥：梁玉绳《史记志疑》："盛桥，《策》作成桥，当依《始皇本纪》作盛蟜。"但盛蟜为秦始皇之弟，非秦昭王时人，故此盛桥别为一人。 ⑮ 不信威：不用武力。信，通"伸"，使用。 ⑯ 燕、酸枣、虚、桃：燕、虚、桃三邑在今河南延津县东北，酸枣在延津西南。 ⑰ 邢：即邢丘，今河南温县一带。 ⑱ 蒲、衍、首、垣：蒲、首、垣在河南长垣县北。衍在郑州市北。 ⑲ 仁、平丘，黄、济阳：仁，魏河内邑。平丘，在长垣西南黄，今开封东北。济阳，在河南兰考东北。 ⑳ 婴城：环城而守。 ㉑ 濮磿：在今河北大名、山东聊城以北地区。 ㉒ 注齐秦之要：齐秦之地相互接壤，如天下之腰。注，接。要，通"腰"。 ㉓ 绝楚赵之脊：断绝楚、赵之间的直线往来。脊，比喻直道。 ㉔ 五合六聚而不敢救：指诸侯国商讨多次仍然不敢救助。 ㉕ 单：通"惮"，使人胆怯。此句形容秦王威武之极。 ㉖ 应侯：范雎（？—前255），字叔，战国时魏国人，为秦之相国。 ㉗ 储万乘：指与楚太子为友，万乘之君即为君主。意即楚太子完归楚，其日后必为楚君。 ㉘ 阳文君：楚顷襄王之兄弟。 ㉙ 持权：专政。 ㉚ 兰陵：今山东兰陵县。 ㉛ 玳瑁簪：玳瑁制作的发簪。 ㉜ 蹑珠履：穿着缀满珠子的鞋子。 ㉝ 合从：即合纵。 ㉞ 观津：赵邑名，在今河北武邑县东。 ㉟ 黾隘之塞：在今申州。 ㊱ 许、鄢：古邑名。许，在今河南鄢陵县西南，鄢在河南北部。 ㊲ 去：距离。 ㊳ 秦徙卫野王：秦把卫国国君迁徙到野王。野王，在今河南沁阳一带。 ㊴ 李园持其女弟：李园带着他的妹妹。 ㊵ 谒归：告假归里。 ㊶ 娉入：送聘礼。娉，通"聘"。 ㊷ 谨舍：恭谨地奉卫在别馆。 ㊸ 毋望：本无此望而忽然来到。 ㊹ 毋望之世：生死无常之世。 ㊺ 毋望之人：此指排难脱厄之人不求而至。 ㊻ 旦暮且卒：早晚将死。 ㊼ 置之：放弃这个计划。 ㊽ 荆门：楚都寿春城门。 ㊾ 侠刺：即夹刺，两面包抄刺杀。 ㊿ 旄：通"耄"，昏乱。

㉟ 失朱英:没有用朱英的计谋。

【赏析】 在战国四公子中,春申君的名气没有其他三位那么大。他对楚国社稷有巨大功劳,但最后的下场并不好。清代李景星曰:"四君以爱客联传,其三君皆得客之力,孟尝君有冯谖,平原君有毛遂,信陵君有侯嬴,或以免身,或以救国,好客之效,昭然共见。独春申君有一朱英而不能用,遂至丧身覆族,虽与三君并列,其不及三君远甚。故太史公《春申君传》赞曰:'当断不断,反受其乱。春申君失朱英之谓邪!'"并说:"通篇可分为两截读,而以'为楚相'三字为中间枢纽。为楚相以前,极写其致身之由,如说秦昭王,归楚太子也,轰轰烈烈,活现出一有作为人举动。为楚相以后,极写其杀身之敌,如邪说易入也,忠言不用也,糊糊涂涂,又活脱出一受愚弄,亦非真受愚弄。不过以无耻之尤,欲徼非常之幸。论其心术人品,与吕不韦如出一辙。只以好客一节与三君同,故附于三君之后,实则非三君俦也。然其意瞒不过朱英,更瞒不过史公。朱英口中连出五个'毋望'字,已将其心事隐隐打动。史公于传内两提吕不韦事,又于赞内深咎其不用朱英。盖史公以好客立论,其不满春申君之意,乃于言外见之矣。呜呼!此史公之文,所以不同于后世史家之文也。"(《史记评议》)这可谓对本文的绝佳解读。

廉颇蔺相如列传

【题解】 《廉颇蔺相如传》虽然是廉颇与蔺相如的合传,但其中人物还穿插了赵奢和李牧,这四个人是赵国最重要的将相,将他们四人的事迹连缀起来,参之《赵世家》,即可看出赵国的兴亡。本文节选廉颇与蔺相如的段落,其中的渑池之会与负荆请罪,可谓家喻户晓。

【原文】

廉颇者,赵之良将也。赵惠文王十六年①,廉颇为赵将伐齐,大破之,取阳晋②,拜为上卿③,以勇气闻于诸侯。蔺相如者,赵人也,为赵宦者令④缪贤舍人⑤。

赵惠文王时,得楚和氏璧⑥。秦昭王⑦闻之,使人遗⑧赵王书,愿以十五城请易璧。赵王与大将军廉颇诸大臣谋:欲予秦,秦城恐不可得,徒见欺⑨;欲勿予,即患秦兵之来。计未定,求人可使报秦者,未得。宦者令缪贤曰:"臣舍人蔺相如可使。"王问:"何以知之?"对曰:"臣尝有罪,窃计欲亡走燕⑩,臣舍人相如止臣,曰:'君何以知燕王⑪?'臣语曰:'臣尝从大王与燕王会境上,燕王私握臣手,曰"愿结友"。以此知之,故欲往。'相如谓臣曰:'夫赵强而燕弱,而君幸于赵王⑫,故燕王欲结于君。今君乃亡赵走燕,燕畏赵,其势必不敢留君,而束君归赵矣⑬。君不如肉袒伏斧质请罪⑭,则幸得脱矣。'臣从其计,大王亦幸赦臣。臣窃以为其人勇士,有智谋,宜可使。"于是王召见,问蔺相如曰:"秦王以十五城请易寡人之璧,可予不?"相如曰:"秦强而赵弱,不可不许。"王曰:"取吾璧,不予我城,奈何?"相如曰:"秦以城求璧而赵不许,曲在赵。赵予璧而秦不予赵城,曲在秦。均之二策,宁许以负秦曲⑮。"王曰:"谁可使者?"相如曰:"王必无人,臣愿奉⑯璧往使。城入赵而璧留秦;城不入,臣请完璧归赵⑰。"赵王于是遂遣相如奉璧西入秦。

秦王坐章台⑱见相如,相如奉璧奏⑲秦王。秦王大喜,传以示美人及左右⑳,左右皆呼万岁。相如视秦王无意偿赵城,乃前曰:"璧有瑕㉑,请指示王。"王授璧,相如因持璧却立㉒,倚柱,怒发上冲冠㉓,谓秦王曰:"大王欲得璧,使人发书至赵王,赵王悉召群臣议,皆曰:'秦贪,负㉔其强,以空言求璧,偿城恐不可得。'议不欲予秦璧。臣以为布衣之交尚不相欺,况大国乎!且以一璧之故逆㉕强秦之欢,不可。于是赵王乃斋戒㉖五日,使臣奉璧,拜送书于庭㉗。何者?严大国之威以修敬㉘也。今臣至,大王见臣列观㉙,礼节甚倨㉚;得璧,传之美人,以戏弄臣。臣观大王无意偿赵王城邑,故臣复取璧。大王必欲急臣㉛,臣头今与璧俱碎于柱矣!"相如持其璧睨㉜柱,欲以击柱。秦王恐其破璧,乃辞谢固请㉝,召有司案图㉞,指从此以往十五都予赵。相如度秦王特以诈详为予赵城㉟,实不可得,乃谓秦王曰:"和氏璧,天下所共传㊱宝也,赵王恐,不敢不献。赵王送璧时,斋戒五日,今大王亦宜斋戒五日,设九宾㊲于廷,臣乃敢上璧。"秦王度之,终不可强夺,遂许斋五日,舍相如广成传㊳。相如度秦王虽斋,决负约不偿城,乃使其从者衣褐㊴,怀其璧,从径道亡㊵,归璧于赵。

秦王斋五日后,乃设九宾礼于廷,引赵使者蔺相如。相如至,谓秦王曰:"秦自缪公以来二十余君,未尝有坚明约束㊶者也。臣诚恐见欺于王而负赵,故令人持璧归,间㊷至赵矣。且秦强而赵弱,大王遣一介之使至赵,赵立奉璧来。今以秦之强而先割十五都予赵,赵岂敢留璧而得罪于大王乎？臣知欺大王之罪当诛，臣请就汤镬㊸，唯大王与群臣孰㊹计议之。”秦王与群臣相视而嘻㊺。左右或欲引㊻相如去，秦王因曰：“今杀相如，终不能得璧也，而绝秦赵之欢，不如因而厚遇之㊼，使归赵，赵王岂以一璧之故欺秦邪！”卒廷见相如㊽，毕礼而归之㊾。

相如既归，赵王以为贤大夫使不辱于诸侯，拜相如为上大夫㊿。秦亦不以城予赵，赵亦终不予秦璧。

其后秦伐赵，拔石城(51)。明年，复攻赵，杀二万人。

秦王使使者告赵王，欲与王为好会于西河外渑池(52)。赵王畏秦，欲毋行。廉颇、蔺相如计曰：“王不行，示赵弱且怯也。”赵王遂行，相如从。廉颇送至境，与王诀(53)曰：“王行，度道里会遇之礼毕(54)，还，不过三十日。三十日不还，则请立太子为王，以绝秦望(55)。”王许之，遂与秦王会渑池。秦王饮酒酣(56)，曰：“寡人窃闻赵王好音(57)，请奏瑟(58)。”赵王鼓瑟。秦御史(59)前书曰：“某年月日，秦王与赵王会饮，令赵王鼓瑟。”蔺相如前曰：“赵王窃闻秦王善为秦声，请奏盆缻(60)秦王，以相娱乐。”秦王怒，不许。于是相如前进缻，因跪请秦王。秦王不肯击缻。相如曰：“五步之内，相如请得以颈血溅大王矣！”左右欲刃(61)相如，相如张目叱(62)之，左右皆靡(63)。于是秦王不怿，为一击缻。相如顾召赵御史书曰：“某年月日，秦王为赵王击缻。”秦之群臣曰：“请以赵十五城为秦王寿(64)。”蔺相如亦曰：“请以秦之咸阳为赵王寿。”秦王竟酒，终不能加胜于赵。赵亦盛设兵以待秦，秦不敢动。

既罢归国，以相如功大，拜为上卿，位在廉颇之右(65)。廉颇曰：“我为赵将，有攻城野战之大功，而蔺相如徒以口舌为劳，而位居我上，且相如素贱人(66)，吾羞，不忍为之下。”宣言曰：“我见相如，必辱之。”相如闻，不肯与会。相如每朝时，常称病，不欲与廉颇争列(67)。已而(68)相如出，望见廉颇，相如引车避匿。于是舍人相与谏曰：“臣所以去亲戚而事君者，徒慕君之高义(69)也。今君与廉颇同列(70)，廉君宣恶言而君畏匿之，恐惧殊甚，且庸人尚羞之，况于将相乎！臣等不肖，请辞去。”蔺相如固止之，曰：“公之视廉将军孰与秦王(71)？”曰：“不若也。”相如曰：“夫以秦王之威，而相如廷叱之，辱其群臣，相如虽驽(72)，独畏廉将军哉？顾(73)吾念之，强秦之所以不敢加兵于赵者，徒以吾两人在也。今两虎共斗，其势不俱生。吾所以为此者，以先国家之急而后私仇也。"廉颇闻之，肉袒负荆㉔，因㉕宾客至蔺相如门谢罪。曰："鄙贱之人，不知将军宽之至此也。"卒相与欢，为刎颈之交㉖。

太史公曰：知死必勇，非死者难也，处死者难㉗。方蔺相如引璧睨柱，及叱秦王左右，势不过诛㉘，然士或怯懦而不敢发。相如一奋其气，威信敌国，退而让颇，名重太山，其处智勇，可谓兼之矣！

【注释】　①赵惠文王十六年：公元前283年。赵惠文王，战国时期赵国君主，赵武灵王之子，公元前298年至公元前266年在位。　②阳晋：卫邑，后属齐，故城在今山东菏泽西北四十七里。　③上卿：周制，天子及诸侯皆有卿，分上、中、下三等，最尊贵者谓上卿。　④宦者令：宫中太监的首领。　⑤舍人：战国及汉初王公贵人私门之官。　⑥楚和氏璧：楚人卞和在山里得到玉璞，先后献之武王、文王，玉人均以为石，楚王以为卞和欺诈，截其左右足。成王立，始识其宝。因称其和氏璧。见《韩非子·和氏》。　⑦秦昭王：即昭襄王，公元前306年至公元前251年在位。　⑧遗：送。　⑨徒见欺：白白地受骗。　⑩窃计欲亡走燕：私下打算要逃到燕国去。　⑪君何以知燕王：你凭什么了解燕王。　⑫幸于赵王：得宠于赵王。幸，得宠。　⑬束君归赵：把您捆绑起来送回赵国。　⑭肉袒伏斧质请罪：解衣露脯，伏在斧质上，表示服罪，请求就刑。　⑮"均之"二句：衡量予璧与不予璧两条计策，宁可答应秦的请求，使秦负理亏的责任。　⑯奉：通"捧"。　⑰完璧归赵：把和氏璧完好无损地归还赵国。完，完整。　⑱章台：秦宫台名，故址在今陕西长安故城西南。　⑲奏：呈献。　⑳传以示美人及左右：秦王把璧传递给姬妾及左右近侍看。　㉑瑕：小疵点。　㉒却立：后退几步立定。　㉓怒发上冲冠：愤怒得头发竖起，把戴在头上的帽子也顶了起来。　㉔负：依仗。　㉕逆：拂逆，触犯。　㉖斋戒：古人祭祀之前，必沐浴更衣，不饮酒，不沾荤，以为如此可以接通鬼神。　㉗拜送书于庭：亲送国书于朝会之所。庭，通"廷"，正式听政的朝堂。　㉘严大国之威以修敬：为了尊重大国的威严以表示敬意。严，尊重。修敬，致敬。　㉙列观：一般的台观，不在朝廷接见，说明秦对赵使的不尊重。　㉚倨：傲慢，轻忽。　㉛急臣：逼迫我。　㉜睨：斜视。　㉝辞谢固请：道歉并坚决请求不要这样做。　㉞召有司案图：召唤主管版图的官吏来查看图册。有司，官吏的通称。案图，查看地图。　㉟特以诈详为予赵城：故意装作把这几座城偿给赵国。特，故意。详，通"佯"，假装。　㊱共传：公认。　㊲九宾：指公、侯、伯、子、男、孤、卿、大夫、士。《周礼·秋官·大行人》郑玄注："九仪谓命者五：公、侯、伯、子、男也；爵者四：孤、卿、大夫、士也。"　㊳舍相如广成传：把相如安排在广成传住宿。舍，住宿。传，传舍，即宾馆。　㊴衣褐：穿粗布短衣。　㊵从径道亡：从小道逃跑。径道，小道。亡，逃跑。　㊶坚明约束：坚决明确地遵守信用。　㊷间：顷间。一说，间，抄小路。　㊸请就汤镬：意即受烹。镬，大锅。　㊹孰：通"熟"，仔细。　㊺嘻：苦笑声。　㊻引：延请。　㊼不如因而厚遇之：倒不如趁此机会善待他。　㊽卒廷见相如：终于在朝廷上接见相如。　㊾毕礼而归之:完成大礼之后遣送相如归赵国。 (50) 上大夫:大夫位列中的最高一级,仅次于卿。 (51)拔石城:攻取石城。石城,在今河南林县西南。 (52) 西河外渑池:西河在黄河西边,渑池在今河南渑池西。 (53) 诀:分别时有所期约。 (54) 度道里会遇之礼毕:预计从前往直到会谈完毕时。度,揣想,估计。 (55)“则请”二句:拟立太子为王,以断绝秦国万一拘留赵王来要挟敲诈之望。 (56) 酣:畅适。 (57) 好音:喜欢音乐。 (58) 奏瑟:鼓瑟,弹瑟。瑟是一种通常有二十五弦的乐器。 (59) 御史:官名,在战国时为专掌图籍、记载国家大事的史官。 (60) 盆缻:均为瓦器。缻即缶,盛酒浆的瓦器。 (61) 刃:刀锋,这里用作动词。 (62) 叱:呵斥。 (63) 靡:倒退。 (64) 为秦王寿:向秦王献礼。 (65) 右:朝见时席位以右为尊,以左为卑。廉颇与蔺相如同为上卿,蔺相如位置在廉颇之上。 (66) 素贱人:相如本是太监的家臣,出身卑贱。素,本来。 (67) 争列:争位次的先后。 (68) 已而:过了一些时候。 (69) 高义:行为高尚,合于正义。 (70) 同列:同位。 (71) 孰与秦王:比秦王怎么样。孰与,何如。 (72) 驽:愚笨。 (73) 顾:但是。 (74) 肉袒负荆:袒衣露背,背着荆杖,表示服罪。荆,荆条。 (75) 因:通过。 (76) 刎颈之交:誓同生死的至交。刎,割。 (77)“知死必勇”三句:意思是能知道将死而不怕的,一定是勇敢的人,但死不是难事,怎样死得其所,才是难事。 (78) 不过诛:最多不过被杀死。

【赏析】 廉颇、蔺相如的故事在中国家喻户晓,渑池之会和负荆请罪两则故事流传最广。廉颇、蔺相如是战国时期赵国的重要将相,面对日益强大的秦国,赵国能够维持社稷,很大程度上依赖于他们的齐心协力。这二人的性格不同,却都有可赞之处:廉颇英勇果敢,又深明大义,勇于改错;蔺相如则随机应变,顾全大局,豁达大度。清代李景星曰:“蔺相如之于廉颇也,尝曰:‘强秦之所以不敢加兵于赵者,徒以吾两人在也。’太史公以廉、蔺合传,即本斯旨。”“至传以廉、蔺标目,而赞语则以蔺为主,举其尤重,见爱慕之所在也。”(《史记评议》)的确,如果廉颇有时显示武猛莽撞的缺点的话,那么蔺相如处变不惊的气度与忠心为国的精神则显得更为可贵。所以,在一定程度上,蔺相如是本篇尤为夸赞的人物,他的人格魅力也在后世得到了更多的认同,比如汉代的司马相如,小名犬子,后慕蔺相如之为人,乃更名为司马相如。此篇的叙事也颇为巧妙,近代学者陈衍指出,在缪贤荐蔺相如时:“此欲叙廉、蔺相争,先叙赵用相如,及相如立功,尤不得不先叙相如来历,故叙廉颇来历后,即将‘蔺相如者,赵人也’二句横插入,此可为合传正体。”(《史汉文学研究法》)这是《史记》中的插叙之法,浑然无迹,水到渠成,体现了司马迁叙事手法的高超。

屈原列传

【题解】 屈原是古代伟大的文学家,他开创的新体诗楚辞以及香草美人的意向,对中国文化影响深远。司马迁将屈原与贾谊的传放在一起,因为这二人都有大才却怀抱不得施展,最后郁郁而终。司马迁将屈原一生的仕宦经历依次记述,又将其流放后的心境与作品一一写进来,对这位千古伤心人寄寓了深切的同情。本文选取《史记·屈原贾生列传》的屈原部分。

【原文】

屈原者,名平,楚之同姓①也。为楚怀王左徒②。博闻强志③,明于治乱,娴④于辞令。入则与王图议国事,以出号令;出则接遇宾客,应对诸侯。王甚任之。

上官大夫⑤与之同列,争宠而心害其能。怀王使屈原造为宪令⑥,屈平属⑦草稿未定。上官大夫见而欲夺之,屈平不与,因谗之曰:"王使屈平为令,众莫不知,每一令出,平伐⑧其功,以为'非我莫能为'也。"王怒而疏⑨屈平。

屈平疾⑩王听之不聪也,谗谄之蔽明也,邪曲之害公也⑪,方正之不容也⑫,故忧愁幽思而作《离骚》⑬。《离骚》者,犹离忧⑭也。夫天者,人之始也⑮;父母者,人之本也。人穷则反本⑯,故劳苦倦极,未尝不呼天也;疾痛惨怛⑰,未尝不呼父母也。屈平正道直行,竭忠尽智以事其君,谗人间⑱之,可谓穷矣。信而见疑,忠而被谤,能无怨乎?屈平之作《离骚》,盖自怨生也⑲。《国风》好色而不淫,《小雅》怨诽而不乱⑳。若《离骚》者,可谓兼之矣㉑。上称帝喾,下道齐桓,中述汤武,以刺世事㉒。明道德之广崇㉓,治乱之条贯㉔,靡不毕见。其文约,其辞微,其志絜,其行廉,其称文小而其指极大,举类迩而见义远㉕。其志洁,故其称物芳㉖。其行廉,故死而不容㉗。自疏濯淖污泥之中㉘,蝉蜕于浊秽㉙,以浮游尘埃之外㉚,不获世之滋垢㉛,皭然泥而不滓者也㉜。推此志也,虽与日月争光可也。

屈平既绌㉝,其后秦欲伐齐,齐与楚从亲,惠王㉞患之,乃令张仪详㉟去秦,厚币委质事楚㊱,曰:"秦甚憎齐,齐与楚从亲,楚诚能绝齐,秦愿献商、於之地㊲六百里。"楚怀王贪而信张仪,遂绝齐,使使如秦受地。张仪诈之曰:"仪与王约六里,不闻六百里。"楚使怒去,归告怀王。怀王怒,大兴师伐秦。秦发兵击之,大破楚师于丹、淅㊳,斩首八万,虏楚将屈匄,遂取楚之汉中㊴。怀王乃悉发国中兵以深入击秦,战于蓝田㊵。魏闻之,袭楚至邓㊶。楚兵惧,自秦归。而齐竟怒不救楚,楚大困。

明年,秦割汉中地㊷与楚以和。楚王曰:"不愿得地,愿得张仪而甘心焉。"张仪闻,乃曰:"以一仪而当㊸汉中地,臣请往如楚。"如楚,又因厚币用事者臣靳尚,而设诡辩于怀王之宠姬郑袖。怀王竟听郑袖,复释去张仪。是时屈平既疏,不复在位,使于齐,顾反㊹,谏怀王曰:"何不杀张仪?"怀王悔,追张仪不及。

其后诸侯共击楚,大破之,杀其将唐昧㊺。

时秦昭王与楚婚,欲与怀王会。怀王欲行,屈平曰:"秦虎狼之国,不可信,不如毋行。"怀王稚子子兰劝王行:"奈何绝秦欢!"怀王卒行㊻。入武关㊼,秦伏兵绝其后,因留㊽怀王,以求割地。怀王怒,不听。亡走赵,赵不内㊾。复之秦,竟死于秦而归葬㊿。

长子顷襄王立,以其弟子兰为令尹。楚人既咎子兰以劝怀王入秦而不反也。

屈平既嫉之㉛,虽放流,眷顾㉜楚国,系心㉝怀王,不忘欲反㉞,冀幸㉟君之一悟,俗之一改也。其存君兴国而欲反覆之㊱,一篇之中三致志㊲焉。然终无可奈何,故不可以反,卒以此见怀王之终不悟也。人君无愚智贤不肖,莫不欲求忠以自为,举贤以自佐,然亡国破家相随属㊳,而圣君治国累世而不见者,其所谓忠者不忠,而所谓贤者不贤也。怀王以不知忠臣之分㊴,故内惑于郑袖,外欺于张仪,疏屈平而信上官大夫、令尹子兰。兵挫地削,亡其六郡㊵,身客死于秦,为天下笑。此不知人之祸也。《易》曰:"井泄不食,为我心恻,可以汲。王明,并受其福㊶。"王之不明,岂足福哉!

令尹子兰闻之大怒,卒使上官大夫短㊷屈原于顷襄王,顷襄王怒而迁之。

屈原至于江滨,被发行吟泽畔。颜色憔悴,形容枯槁。渔父见而问之曰:"子非三闾大夫㊸欤?何故而至此?"屈原曰:"举世混浊而我独清,众人皆醉而我独醒,是以见放。"渔父曰:"夫圣人㊹者,不凝滞于物而能与世推移。举世混浊,何不随其流而扬其波?众人皆醉,何不餔其糟而啜其醨㊺?何故怀瑾握瑜㊻而自令见放为?"屈原曰:"吾闻之,新沐者必弹冠,新浴者必振衣,人又谁能以身之察察㊼,受物之汶汶㊽者乎!宁赴常流㊾而葬乎江鱼腹中耳,又安能以皓皓之白而蒙世俗之温蠖㊿乎!"

乃作《怀沙》之赋⑦①。

于是怀石遂自(沉)汨罗⑦②以死。

屈原既死之后，楚有宋玉、唐勒、景差之徒者⑦③，皆好辞而以赋见称；然皆祖屈原之从容辞令，终莫敢直谏。其后楚日以削，数十年竟为秦所灭⑦④。

【注释】 ① 楚之同姓：楚国王族之姓为芈(mǐ)，王族中有屈、景、昭三氏。屈原始祖屈瑕是楚武王熊通之子，受封于屈，因此为姓。 ② 左徒：楚官名，楚王左右的亲随官，参预政事，起草诏令，协办外交。 ③ 强志：强于记忆。 ④ 娴：熟练，擅长。 ⑤ 上官大夫：即靳尚。 ⑥ 宪令：法令。 ⑦ 属：起草。 ⑧ 伐：夸耀。 ⑨ 疏：疏远，不信任。 ⑩ 疾：痛心。 ⑪ 邪曲之害公也：邪曲小人以私害公。 ⑫ 方正之不容也：方正之士不能容身于朝。 ⑬《离骚》：屈原自叙生平的长篇抒情叙事诗。 ⑭ 离忧：遭遇忧患。 ⑮ 人之始也：古人认为人为天所造，故天为人之本始。 ⑯ 人穷则反本：人在困顿的时候就会呼天叫母。穷，困顿。反本，追念根本，即呼天叫母。 ⑰ 惨怛(dá)：悲痛忧伤。 ⑱ 间：离间。 ⑲ 盖自怨生也：由愤怨而吐发不平。 ⑳《国风》好色而不淫，《小雅》怨诽而不乱：《国风》虽写男女欢爱，但不过分；《小雅》寄寓讽刺，但不逾越君臣之分。淫，过分。怨诽，怨恨，非议。 ㉑ 若《离骚》者，可谓兼之矣：指《离骚》兼有《国风》、《小雅》的讽谏、吐怨。 ㉒“上称帝喾”四句：《离骚》引述历史，从远古的帝喾，到中古的汤王、武王，以及近代的齐桓公，用以对照当世。 ㉓ 广崇：广大崇高。 ㉔ 条贯：条理。 ㉕ 其称文小而其指极大，举类迩而见义远：文章精练而含义深微，引用习见事物却寄寓了深远意义。迩，近。 ㉖ 其志洁，故其称物芳：由于他志洁高尚，所以引用香花香草作比喻。 ㉗ 其行廉，故死而不容：他的行为方正，一直到死不为小人所容。 ㉘ 自疏濯淖污泥之中：远离污浊之地。自疏，远离。濯淖，谓浸渍。 ㉙ 蝉蜕于浊秽：就像蝉蜕皮一样从浑浊的世间中逃脱。 ㉚ 以浮游尘埃之外：超脱在尘世之外。浮游，超脱。 ㉛ 不获世之滋垢：不沾染世俗的污浊。滋垢，黑色秽物。 ㉜ 皭然泥而不滓者也：如洁白的莲花出淤泥而不染。皭然，洁白的样子。滓，染黑。 ㉝ 绌：同“黜”，指被罢官。 ㉞ 惠王：秦惠王。 ㉟ 详：通“佯”，假装。 ㊱ 厚币委质事楚：厚币，厚礼。委质，委身为臣。 ㊲ 商、於(wū)之地：今陕西省商县至河南内乡一带。 ㊳ 丹、淅：司马贞《史记索隐》：“二水名。谓于丹水之北，淅水之南。丹水、淅水皆县名，在弘农，所谓丹阳、淅。” ㊴ 汉中：楚郡名，当今陕西东南及湖北西北部一带。 ㊵ 蓝田：秦县名，今陕西蓝田县西。 ㊶ 邓：邓邑。 ㊷ 秦割汉中地：秦退还汉中地与楚。 ㊸ 当：换取。 ㊹ 顾反：由齐返楚。 ㊺ 其后诸侯共击楚，大破之，杀其将唐眛：事发在楚怀王十八年(公元前301年)。 ㊻ 卒行：终于入秦。 ㊼ 武关：在今陕西丹凤县东南。 ㊽ 留：拘留。 ㊾ 不内：不纳。内，通“纳”。 ㊿ 竟死于秦而归葬：楚怀王最终客死于秦而死后归葬楚国。 (51) 屈平既嫉之：指屈平遭到子兰等人的嫉恨。 (52) 眷顾：怀恋。 (53) 系心：关心。 (54) 不忘欲反：时时希望返回朝中。 (55) 冀幸：殷切地希望。 (56) 欲反覆之：想把楚国从困弱中翻过来成为强国。

(57) 三致志:在每一作品中再三地表达他的意志。三,虚数,表示多次。 (58) 相随属:一个接一个。 (59) 不知忠臣之分:不识别忠臣。分,本分。 (60) 六郡:指汉中等地。 (61) "井泄不食"五句:井淘干净了,还没有人来打水,使我的心里很难过,因这井水可以饮用了。如果国君贤明,大家都能得福。以井水喻有才之人不得任用。 (62) 短:说坏话。 (63) 三闾大夫:掌管王族三姓的官。屈原罢左徒以后曾任此职。 (64) 圣人:指识时务者。(65) 餔(bū)其糟而啜其醨(lí):吃酒糟,喝薄酒,指追求一醉。亦比喻屈志从俗,随波逐流。餔,食。啜,喝。醨,淡酒。 (66) 怀瑾握瑜:比喻有高贵的品德和才能。瑾、瑜,皆指美玉。司马贞《史记索隐》:"《楚词》此'怀瑾握瑜'作'深思高举'也。" (67) 察察:洁白的样子。(68) 汶汶:浑浊的样子。 (69) 常流:长流,江水。 (70) 温蠖(huò):昏聩。 (71)《怀沙》之赋:屈原的作品《怀沙》,见《楚辞·九章》。 (72) 汨(mì)罗:水名,湘江支流。 (73) 宋玉、唐勒、景差之徒者:皆祖述屈原而为楚辞作家。 (74) 数十年竟为秦所灭:公元前223年,即屈原死后五十多年,楚为秦所灭。

【赏析】 司马迁对于屈原是寄寓了深刻同情的。《古文观止》曰:"史公作《屈原传》,其文便似《离骚》,婉雅凄怆,使人读之,不禁唏嘘欲绝。要之穷愁著书,史公与屈子,实有同心。宜其忧思唱叹,低回不置云。"故鲁迅先生曾言《史记》为"史家之绝唱,无韵之《离骚》"。《史记》与《离骚》一样,是伟大的文学作品,又是发愤著书、饱含深情之作。在人生经历上,虽然司马迁与屈原不同,但是在热爱祖国却不得他人理解上,两人具有共同点。事实上,在战国舞台上,屈原的政治地位是非常普通的,并不值得特意书写,但是司马迁却关注到了屈原的伟大之处,为其作传,并让后人知道了在战国末年楚国有一位伟大的爱国文学家屈原。清蔡世远《古文雅正》云:"当处士横议,功利没人之时,独生一守正之孟子,当策士纷起,朝秦暮楚之日,独生一孤忠之屈原,豪杰之士,固不为世数所拘也。此传叙事,间以议论,情词慨慷,声彻九霄。"这就揭示了司马迁为屈原作传的匠心所在,也点出了这篇充满忧愁幽思之情的传记的可贵之处。

刺客列传

【题解】 《刺客列传》是司马迁专门为刺客所立之传,传中记述了曹沫、专诸、豫让、聂政、荆轲五人。他们刺杀君主,刺杀国相,甚至刺杀不可一世之秦王,这些事迹让这篇文字也具有一种壮烈的情怀。本文节选《刺客列传》中荆轲刺秦王的故事。

【原文】

　　荆轲者,卫人也。其先乃齐人,徙于卫,卫人谓之庆卿①。而之燕,燕人谓之荆卿②。

　　荆轲既至燕,爱燕之狗屠③及善击筑④者高渐离。荆轲嗜酒,日与狗屠及高渐离饮于燕市,酒酣以往,高渐离击筑,荆轲和而歌于市中,相乐也,已而⑤相泣,旁若无人者。荆轲虽游于酒人⑥乎,然其为人沉深好书;其所游诸侯,尽与其贤豪长者相结。其之燕,燕之处士⑦田光先生亦善待之,知其非庸人也。

　　居顷之,会燕太子丹质秦⑧亡归燕。燕太子丹者,故尝质于赵,而秦王政⑨生于赵,其少时与丹欢⑩。及政立为秦王,而丹质于秦。秦王之遇燕太子丹不善,故丹怨而亡归。归而求为报秦王者⑪,国小,力不能。其后秦日出兵山东以伐齐、楚、三晋⑫,稍蚕食诸侯,且至于燕,燕君臣皆恐祸之至。太子丹患之,问其傅⑬鞫武。武对曰:"秦地遍天下,威胁韩、魏、赵氏,北有甘泉、谷口⑭之固,南有泾、渭之沃,擅⑮巴、汉⑯之饶,右陇、蜀之山⑰,左关、崤之险⑱,民众而士厉⑲,兵革有余。意有所出,则长城之南,易水以北⑳,未有所定也㉑。奈何以见陵㉒之怨,欲批其逆鳞㉓哉!"丹曰:"然则何由㉔?"对曰:"请入图之㉕。"

　　居有间,秦将樊于期㉖得罪于秦王,亡之燕,太子受而舍之㉗。鞫武谏曰:"不可。夫以秦王之暴而积怒于燕,足为寒心㉘,又况闻樊将军之所在乎?是谓'委肉当饿虎之蹊㉙'也,祸必不振㉚矣!虽有管、晏,不能为之谋也。愿太子疾遣樊将军入匈奴以灭口㉛。请西约三晋,南连齐、楚,北购㉜于单于,其后乃可图也。"太子曰:"太傅之计,旷日弥久,心惛然㉝,恐不能须臾。且非独于此也,夫樊将军穷困于天下,归身于丹,丹终不以迫于强秦而弃所哀怜之交㉞,置之匈奴,是固丹命卒之时㉟也。愿太傅更虑之。"鞫武曰:"夫行危欲求安,造祸而求福,计浅而怨深,连结一人之后交㊱,不顾国家之大害,此所谓'资怨而助祸㊲'矣。夫以鸿毛燎于炉炭之上㊳,必无事矣。且以雕鸷㊴之秦,行怨暴之怒,岂足道哉㊵!燕有田光先生,其为人智深而勇沉㊶,可与谋。"太子曰:"愿因太傅而得交于田先生,可乎?"鞫武曰:"敬诺。"出见田先生,道"太子愿图国事于先生㊷也"。

田光曰："敬奉教。"乃造㊸焉。

太子逢迎㊹，却行为导㊺，跪而蔽席㊻。田光坐定，左右无人，太子避席㊼而请曰："燕秦不两立，愿先生留意㊽也。"田光曰："臣闻骐骥盛壮之时，一日而驰千里；至其衰老，驽马先之㊾。今太子闻光盛壮之时，不知臣精已消亡矣。虽然，光不敢以图国事，所善荆卿可使也。"太子曰："愿因先生得结交于荆卿，可乎？"田光曰："敬诺。"即起，趋㊿出。太子送至门，戒(51)曰："丹所报(52)，先生所言者，国之大事也，愿先生勿泄也！"田光俯而笑曰："诺。"偻行(53)见荆卿，曰："光与子相善，燕国莫不知。今太子闻光壮盛之时，不知吾形已不逮也(54)，幸而教之曰'燕秦不两立，愿先生留意也'。光窃不自外(55)，言(56)足下于太子也，愿足下过(57)太子于宫。"荆轲曰："谨奉教。"田光曰："吾闻之，长者为行，不使人疑之。今太子告光曰：'所言者，国之大事也，愿先生勿泄。'是太子疑光也。夫为行而使人疑之，非节侠(58)也。"欲自杀以激荆卿，曰："愿足下急过太子，言光已死，明不言也(59)。"因遂自刎而死。

荆轲遂见太子，言田光已死，致(60)光之言。太子再拜而跪，膝行流涕，有顷而后言曰："丹所以诫田先生毋言者，欲以成大事之谋也。今田先生以死明不言，岂丹之心哉！"荆轲坐定，太子避席顿首(61)曰："田先生不知丹之不肖(62)，使得至前，敢有所道，此天之所以哀燕而不弃其孤(63)也。今秦有贪利之心，而欲不可足也。非尽天下之地，臣海内之王(64)者，其意不厌(65)。今秦已虏韩王(66)，尽纳其地。又举兵南伐楚，北临赵；王翦(67)将数十万之众距漳、邺(68)，而李信(69)出太原(70)、云中(71)。赵不能支(72)秦，必入臣，入臣则祸至燕。燕小弱，数困于兵，今计举国不足以当秦。诸侯服秦，莫敢合从。丹之私计愚，以为诚得天下之勇士使于秦，窥以重利(73)；秦王贪，其势必得所愿(74)矣。诚得劫秦王，使悉反(75)诸侯侵地，若曹沫之与齐桓公，则大善矣；则不可(76)，因而刺杀之。彼秦大将擅兵于外(77)而内有乱，则君臣相疑，以其间(78)诸侯得合从，其破秦必矣。此丹之上愿，而不知所委命(79)，唯荆卿留意焉。"久之，荆轲曰："此国之大事也，臣驽下(80)，恐不足任使(81)。"太子前顿首，固请毋让，然后许诺。于是尊荆卿为上卿(82)，舍上舍(83)。太子日造门下，供太牢(84)，具异物(85)，间进车骑美女(86)，恣荆轲所欲⁸⁷，以顺适其意。

久之，荆轲未有行意。秦将王翦破赵，虏赵王⁸⁸，尽收入其地，进兵北略地⁸⁹至燕南界。太子丹恐惧，乃请荆轲曰："秦兵旦暮渡易水，则虽欲长侍足下，岂可得哉！"荆轲曰："微⁹⁰太子言，臣愿谒⁹¹之。今行而毋信⁹²，则秦未可亲⁹³也。夫樊将军，秦王购之金千斤，邑万家。诚得樊将军首与燕督亢⁹⁴之地图，奉献秦王，秦王必说⁹⁵见臣，臣乃得有以报⁹⁶。"太子曰："樊将军穷困来归丹，丹不忍以己之私而伤长者之意，原足下更虑之！"

荆轲知太子不忍，乃遂私见樊于期曰："秦之遇将军可谓深矣⁹⁷，父母宗族皆为戮没⁹⁸。今闻购将军首金千斤，邑万家，将奈何？"于期仰天太息流涕曰："于期每念之，常痛于骨髓⁹⁹，顾¹⁰⁰计不知所出耳！"荆轲曰："今有一言可以解燕国之患，报将军之仇者，何如？"于期乃前曰："为之奈何？"荆轲曰："愿得将军之首以献秦王，秦王必喜而见臣，臣左手把其袖，右手揕其匈¹⁰¹，然则将军之仇报而燕见陵之愧除矣。将军岂有意乎¹⁰²？"樊于期偏袒搤捥¹⁰³而进曰："此臣之日夜切齿腐心¹⁰⁴也，乃今得闻教！"遂自刭。太子闻之，驰往，伏尸而哭，极哀。既已不可奈何，乃遂盛樊于期首函封¹⁰⁵之。

于是太子豫求¹⁰⁶天下之利匕首，得赵人徐夫人¹⁰⁷匕首，取之百金，使工以药焠之¹⁰⁸，以试人，血濡缕，人无不立死者¹⁰⁹。乃装为遣荆卿¹¹⁰。燕国有勇士秦舞阳，年十三，杀人，人不敢忤视¹¹¹。乃令秦舞阳为副。荆轲有所待，欲与俱；其人居远未来，而为治行¹¹²。顷之，未发，太子迟之¹¹³，疑其改悔，乃复请曰："日已尽矣，荆卿岂有意哉¹¹⁴？丹请得先遣秦舞阳。"荆轲怒，叱太子曰："何太子之遣？往而不返者，竖子¹¹⁵也！且提一匕首入不测之强秦，仆所以留者，待吾客与俱。今太子迟之，请辞决矣¹¹⁶！"遂发。

太子及宾客知其事者，皆白衣冠以送之¹¹⁷。至易水之上，既祖¹¹⁸，取道¹¹⁹，高渐离击筑，荆轲和而歌，为变徵之声¹²⁰，士皆垂泪涕泣。又前而为歌曰："风萧萧兮易水寒，壮士一去兮不复还！"复为羽声¹²¹慷慨，士皆瞋目¹²²，发尽上指冠。于是荆轲就车而去，终已不顾¹²³。

遂至秦，持千金之资币物，厚遗秦王宠臣中庶子¹²⁴蒙嘉。嘉为先言于秦王曰："燕王诚振怖㉕大王之威，不敢举兵以逆军吏㉖，愿举国为内臣㉗，比诸侯之列㉘，给贡职如郡县㉙，而得奉守先王之宗庙㉚。恐惧不敢自陈，谨斩樊于期之头，及献燕督亢之地图，函封，燕王拜送于庭，使使以闻大王，唯大王命之。"秦王闻之，大喜，乃朝服㉛，设九宾㉜，见燕使者咸阳宫㉝。荆轲奉㉞樊于期头函，而秦舞阳奉地图柙，以次进㉟。至陛㊱，秦舞阳色变振恐，群臣怪之。荆轲顾笑舞阳，前谢曰："北蕃蛮夷之鄙人㊲，未尝见天子，故振慴㊳。愿大王少假借㊴之，使得毕使于前㊵。"秦王谓轲曰："取舞阳所持地图。"轲既取图奏㊶之，秦王发图㊷，图穷而匕首见。因左手把秦王之袖，而右手持匕首揕之。未至身，秦王惊，自引而起，袖绝。拔剑，剑长，操其室㊸。时惶急，剑坚，故不可立拔。荆轲逐秦王，秦王环柱而走。群臣皆愕，卒㊹起不意，尽失其度㊺。而秦法，群臣侍殿上者不得持尺寸之兵；诸郎中㊻执兵皆陈殿下，非有诏召不得上。方急时，不及召下兵，以故荆轲乃逐秦王。而卒惶急，无以击轲，而以手共搏之。是时侍医夏无且以其所奉药囊提㊼荆轲也。秦王方环柱走，卒惶急，不知所为，左右乃曰："王负剑㊽！"负剑，遂拔以击荆轲，断其左股。荆轲废㊾，乃引其匕首以擿㊿秦王，不中，中桐柱。秦王复击轲，轲被八创。轲自知事不就，倚柱而笑，箕踞㉛以骂曰："事所以不成者，以欲生劫之，必得约契以报太子也㉜。"于是左右既前杀轲，秦王不怡㉝者良久。已而论功，赏群臣及当坐㉞者各有差，而赐夏无且黄金二百溢，曰："无且爱我，乃以药囊提荆轲也。"

于是秦王大怒，益发兵诣赵㉟，诏王翦军以伐燕。十月而拔蓟城㊱。燕王喜、太子丹等尽率其精兵东保于辽东㊲。秦将李信追击燕王急，代王嘉乃遗燕王喜书曰："秦所以尤追燕急者，以太子丹故也。今王诚杀丹献之秦王，秦王必解，而社稷幸得血食㊳。"其后李信追丹，丹匿衍水㊴中。燕王乃使使斩太子丹，欲献之秦。秦复进兵攻之。后五年㊵，秦卒灭燕，虏燕王喜。

太史公曰：世言荆轲，其称太子丹之命，"天雨粟，马生角㊶"也，太过㊷。又言荆轲伤秦王，皆非也。始公孙季功、董生与夏无且游㊸，具知其事，为余道之如是㊹。自曹沫至荆轲五人，此其义或成或不成，然其立意较㊺然，不欺其志，名垂后世，岂妄也哉！

【注释】　①庆卿:庆为姓,卿是古时对人的尊称。荆轲祖先本出齐之大姓庆氏,因此卫人称他为庆卿。　②荆卿:燕人呼庆为荆,庆与荆,一音之转。　③狗屠:以宰杀狗为业的人。　④筑:乐器名,似琴,有弦,用竹敲击发音。　⑤已而:接着。　⑥游于酒人:混迹于酒徒之中。　⑦处士:即隐士。　⑧质秦:在秦国做人质。　⑨秦王政:嬴政,即后来的秦始皇。嬴政出生在其父为质于赵之时,事详《史记·吕不韦列传》。　⑩其少时与丹欢:秦王政与太子丹在年轻时交情很深。欢,要好。　⑪求为报秦王者:寻找报复秦王的办法。　⑫三晋:韩、赵、魏三国之总称。　⑬傅:即太傅,掌教谕太子。　⑭甘泉、谷口:均为当时秦国北边险要之地。甘泉,山名,在今陕西省淳化县西北。谷口,在今陕西省泾阳县西北,泾水穿山之口。　⑮擅:据有。　⑯巴汉:巴,这里指秦所并之巴蜀两国,即今四川省。汉,即汉中郡,今陕南汉中地区。　⑰右陇、蜀之山:指秦国西部有陇山、秦岭等山地。右,古人正位坐北向南,故以东为左,以西为右。　⑱左关、崤之险:指秦国东边有函谷关(今河南省灵宝县西南)和崤山(今河南省洛宁县北)险要之地。　⑲士厉:士卒勇猛。厉,磨练,指训练有素。　⑳长城之南,易水以北:代指燕国。燕北有长城,南有易水与赵为界。易水即今河北易县境内的大清河支流。　㉑未有所定也:燕国就没有一块安定的地方了。　㉒见陵:指太子丹被秦王欺凌。　㉓批其逆鳞:指触怒秦王,将遭不测。批,触动。逆鳞,喻人主发怒。《韩非子·说难》说龙喉下有倒生之鳞,如被触动,便要杀人。　㉔何由:从何着手。　㉕请入图之:请让我认真详细地考虑一下。入,深入,细致。　㉖樊于期(wū jī):亡命于燕国的秦将。　㉗舍之:收容下来。　㉘足为寒心:足够使我们胆战心寒的了。　㉙委肉当饿虎之蹊:把肉放置在饿虎正要经过的路上。委,弃置。蹊,指老虎出没的路口。　㉚不振:无法挽救。　㉛灭口:消除秦国侵吞燕国的借口。　㉜购:同"媾",讲和。　㉝心惽(mèn)然:心情忧闷烦乱。惽,通"闷",心情忧闷。　㉞弃所哀怜之交:抛弃所同情的朋友。　㉟命卒之时:命终之时。意谓拼命用人之时,怎能抛弃樊将军呢!　㊱后交:新交,指樊于期。　㊲资怨而助祸:增加秦对燕的怨恨,助长祸患的到来。　㊳以鸿毛燎于炉炭之上:喻燕不敌秦。鸿毛,野鸭毛。燎,烧。　㊴雕鸷:两种凶猛的鸟,比喻秦极凶残。　㊵岂足道哉:燕必为秦所灭,难道还用说吗?　㊶智深而勇沉:智慧藏于内而勇气潜于心,外表却显得非常含蓄沉着。　㊷愿图国事于先生:希望和先生商讨国家大事。　㊸造:登门拜访。　㊹逢迎:前去迎接。　㊺却行为导:主人在前面倒退而行,为客人引路,以示对客人的恭敬。　㊻跪而蔽席:跪着把坐席扫拂干净,请客人入座。蔽,掸拂。　㊼避席:古人之礼,离开原来坐席请教,示极尊敬。　㊽留意:放在心上。　㊾驽马先之:劣等马也会跑在良马前头。　㊿趋:疾走。　㉛戒:同"诫",嘱托。　㉜报:告诉。　㉝偻行:弯曲腰背行走,形容其老态龙钟。　㉞形已不逮也:身体已赶不上从前了,不中用了。逮,不及。　㉟光窃不自外:田光私下自认为不是外人,即对燕太子丹推心置腹进言,荐荆轲于丹。　㊱言:推荐。　㊲过:探访。　㊳节侠:有节操的侠士。　㊴明不言也:(用死)表明自己讲信用,不泄露太子丹的话。　㊵致:传达。　㊶避席顿首:离开坐席叩头。　㊷不肖:不贤。　㊸不弃其孤:指上天不抛弃我。孤,本为王侯自称,此处是太子丹自称。　㊹臣海内之王:使天下的诸侯王都向秦称臣。　㊺厌:同"餍",满足。　㊻韩王:韩国末代君主,名安,在位九年,公元前230年秦灭韩时被俘,以韩地为颍川郡。　㊼王翦:秦大将。　㊽距漳、邺:到达赵国的南境漳河、邺县。距,抵达。漳即漳水,位于今河北省南部。邺即邺县,在今河北省临漳西。　⑥⑨李信:秦将。　⑦⓪太原:赵重镇,即今山西省太原市。　⑦①云中:今内蒙古自治区托克托一带。　⑦②支:抵挡。　⑦③窥以重利:示以重利,引诱秦国。窥,示。　⑦④其势必得所愿:在重利引诱下,一定能靠近秦王达到劫持他的目的。　⑦⑤反:同"返",交还。　⑦⑥则不可:倘若不答应。　⑦⑦擅兵于外:统率重兵在外。　⑦⑧以其间:利用这个机会。间,间隙,机会。　⑦⑨不知所委命:不知把这个使命委托给谁才好。　⑧⓪驽下:才智低下。此为自谦之词。　⑧①不足任使:不配担当这个重要使命。　⑧②上卿:古代的执政大臣称卿,分上、中、下三等。此指给荆轲以最高的秩禄。　⑧③舍上舍:住上等馆舍。前舍字用如动词,居住之意。　⑧④供太牢:此谓备办丰盛宴席招待荆轲。太牢,旧时宴饮或祭祀时并用牛、羊、猪三牲。　⑧⑤具异物:备办稀世珍奇的礼品。　⑧⑥间进车骑美女:相隔一段时间又选送一批车马、美女,专供荆轲享用。间进,不断地送进。　⑧⑦恣荆轲所欲:尽量满足荆轲的欲望。恣,放纵。　⑧⑧赵王:赵国末代君主,名迁,在位八年,公元前228年秦破邯郸被俘。　⑧⑨北略地:向北推进攻取未服的赵地。　⑨⓪微:没有。　⑨①谒:提出要求。　⑨②信:示信于秦王的礼物。　⑨③亲:指接近秦王。　⑨④督亢:为燕南部的肥沃之地,当今河北之涿县、定兴、新城、固安一带。　⑨⑤说:同"悦",高兴。　⑨⑥报:报效太子丹,即劫秦王成功。　⑨⑦秦之遇将军可谓深矣:此指秦王迫害樊于期很残酷。深,残酷。　⑨⑧戮没:被杀或被没收为奴隶。　⑨⑨痛于骨髓:痛恨到了极点。　⑩⓪顾:只是,但。　⑩①揕(zhèn)其匈:用剑刺秦王胸膛。揕,刺杀。匈,通"胸"。　⑩②将军岂有意乎:您是否打算这样做呢?　⑩③偏袒搤(è)捥:脱下右边长袖,露出右腕,左手抓住右腕,这是极度愤怒、激动的表示。搤,同"扼"。捥,同"腕"。　⑩④切齿腐心:形容愤怒至极,痛恨得咬牙切齿,连心都破碎了。腐心,心碎欲裂。　⑩⑤函封:(把头)盛在木匣内封存起来。　⑩⑥豫求:预先访求。　⑩⑦徐夫人:姓徐,名夫人。　⑩⑧以药焠之:把毒汁浸染在匕首的锋刃上。焠,把烧红的铁器往水里浸泡。　⑩⑨以试人,血濡缕,人无不立死者:用这种匕首刺人,只要伤破皮肤,渗出一丝血来,人便立即死亡。濡,沾湿。　⑩⑩乃装为遣荆卿:于是整理行装,准备让荆轲出发。　⑩⑪不敢忤视:谓人对秦舞阳畏惧之甚,不敢用不礼貌的眼光相视。　⑩⑫治行:整治行装。　⑩⑬迟之:太子丹嫌荆轲拖延时日。　⑩⑭荆卿岂有意哉:你有动身的考虑吗? 意,此谓动身去秦的意向。　⑩⑮竖子:对人的鄙称,犹言小子。　⑩⑯辞决:告别。决,同"诀"。　⑩⑰白衣冠:丧服。用丧服送行,示此行志在必成,不成功,便成仁。　⑩⑱祖:祭路神,饯行。　⑩⑲取道:上路。　⑩⓪变徵(zhǐ)之声:悲怆苍凉之声。古代乐音为宫、商、角、徵、羽五音,另又有变宫、变徵二音。变徵介于角、徵之间,相当于今七阶音调中的F调,韵味苍凉。　⑩㉑羽声:古代五声之一,羽声音调高亢,适于表达慷慨激昂的感情。　⑩㉒瞋目:感情激动而睁大眼睛。　⑩㉓终已不顾:始终连头都不回。　⑩㉔中庶子:官名,掌王族户籍。　⑩㉕振怖:恐惧。　⑩㉖逆军吏:对抗秦军。　⑩㉗内臣:内属为臣。　⑩㉘比诸侯之列:排列在诸侯朝秦的队伍里。　⑩㉙给贡职如郡县:像秦之郡县一样进贡。　⑩㉚而得奉守先王之宗庙:以便能奉守燕国的先王宗庙,即以内属来换取秦不灭燕。　⑩㉛朝服:穿上上朝礼服。　⑩㉜设九宾:举行隆重的接待仪式。九宾,傧相九人依次传呼接引上殿。宾,同"傧",赞礼之人。　⑩㉝咸阳宫:秦都咸阳,故咸阳宫为朝仪正宫,在这里接待使者最为隆重。　⑩㉞奉:同"捧"。　⑩㉟以次进:按正、副使先后次序前进。　⑩㊱陛:皇宫台阶。

⑬⑦北蕃蛮夷之鄙人:北边属国的粗野人。此指秦舞阳没见过世面,故色变,以掩饰其惊慌。北蕃,北方的藩属。　⑬⑧振慴(shè):惊恐畏惧。　⑬⑨假借:宽容。　⑭⓪毕使于前:让他在大王面前完成他的使命。　⑭①奏:进献。　⑭②发图:打开地图。　⑭③操其室:抓着剑鞘。室,剑鞘。　⑭④卒:同"猝",突然。　⑭⑤尽失其度:满朝文武官员全都失去了常态。　⑭⑥郎中:官名,掌宫廷侍卫。　⑭⑦提(dǐ):投击。　⑭⑧王负剑:大王赶快把剑推到背上再拔。　⑭⑨废:倒下。　⑮⓪擿(zhì):同"掷"。　⑮①箕踞:伸开两腿而坐,形状如箕,为对人极不礼貌的动作。　⑮②"必得"句:目的只是要得到你退还诸侯侵地的约言好回报燕太子。　⑮③不怡:不愉快。　⑮④当坐:因罪判刑。　⑮⑤诣赵:进兵增援驻于赵地的秦兵。　⑮⑥十月而拔蓟城:指公元前226年的秦历十月攻克蓟城。蓟城,燕国之都,在今北京西南。　⑮⑦辽东:当今辽宁东南部地区。　⑮⑧社稷幸得血食:国家侥幸能保全。社稷,指代国家。血食,享受祭祀。　⑮⑨衍水:今辽东太子河。　⑯⓪后五年:公元前222年。　⑯①天雨粟,马生角:这是流传的天助燕太子丹的故事,事见《燕丹子》。太子丹在秦欲归,秦王说:"乌鸦的头变成了白色,天上落下来谷,马头上长角,就让你回国。"太子丹仰天长叹而三事如愿,秦王不得已,只好让太子丹归国。雨,落下。　⑯②太过:太过分。指天助燕太子丹的传说太无凭据,不可信。　⑯③游:交游。　⑯④为余道之如是:指荆轲传中所记载的事实是公孙季功和董生讲的。　⑯⑤较:通"皎",洁白。

【赏析】　刺客是一个特殊的群体,倘若刺杀成功,往往改变历史。司马迁广阔的历史眼光体现在他注意到这一群体的特殊性,并为之立传。清代牛运震指出:"刺客侠武之流,太史公极欲歌艳其事,故悉力写之,淋漓尽致,光景动人。"(《空山堂史记评注》)这些刺客的共同点是,他们的主人对其有知遇之恩,他们愿意用生命去报答主人,从而实现某种政治目的。本篇虽为合传,但重点在荆轲身上,所以无论篇幅内容还是赞语,论荆轲的笔墨都是最多的。本篇的基调是慷慨悲歌,传中的每一个人物,都是可歌可泣的。比如太子丹,他与秦王有不共戴天之仇,这不仅是国家之间的对抗,而且还夹杂着个人的恩怨,所以太子丹求士刺秦王的愿望非常强烈。在得到荆轲之后,他对荆轲礼遇备至,充满了期望。又比如田光,在推荐荆轲之后,太子丹嘱咐他不要泄露消息,他以自杀来证明自己将永不再言。又比如高渐离,也时常出现在传记中,在易水送别时,高渐离击筑,让后人读后每每感动不已。此外,樊于期这个人物也值得表彰,为了报仇,他宁愿牺牲自己的头颅,以之为诱饵,使得荆轲见到秦王。虽然故事的结局是凄惨的,燕国也很快灭亡,但这种节义精神,却永远回荡在燕赵大地上。古代的燕赵多慷慨悲歌之士,盖由此也。

李将军列传

【题解】 李广是汉代的飞将军,是抗击匈奴的重要将领,他大半生都在边境做太守,防范匈奴攻击。李广深得军士爱戴,却命途多舛,渴望封侯而每次不顺。司马迁对李广的身世遭遇充满了同情,《史记》以《李将军列传》命名李广的传,而不直称其名,可见司马迁对他的爱戴。本文节选《李将军列传》的主要内容。

【原文】

李将军广者,陇西成纪①人也。其先②曰李信,秦时为将,逐得燕太子丹者③也。故槐里④,徙成纪。广家世世受射⑤。孝文帝十四年⑥,匈奴大入萧关⑦,而广以良家子⑧从军击胡,用善骑射,杀首虏多,为汉中郎⑨。广从弟⑩李蔡亦为郎,皆为武骑常侍⑪,秩八百石⑫。尝从行⑬,有所冲陷折关及格猛兽⑭,而文帝曰:"惜乎,子不遇时!如令子当高帝时,万户侯岂足道哉⑮!"

及孝景初立,广为陇西都尉⑯,徙为骑郎将⑰。吴楚军⑱时,广为骁骑都尉⑲,从太尉亚夫击吴楚军⑳,取旗㉑,显功名昌邑㉒下。以梁王授广将军印,还,赏不行㉓。徙为上谷㉔太守,匈奴日以合战㉕。典属国公孙昆邪为上泣曰㉖:"李广才气,天下无双,自负其能,数与虏敌战,恐亡㉗之。"于是乃徙为上郡㉘太守。后广转为边郡太守㉙,徙上郡。尝为陇西、北地㉚、雁门㉛、代郡㉜、云中㉝太守,皆以力战为名。

匈奴大入上郡,天子使中贵人从广勒习兵㉞击匈奴。中贵人将骑数十纵㉟,见匈奴三人,与战。三人还射,伤中贵人,杀其骑且尽。中贵人走广㊱。广曰:"是必射雕者㊲也。"广乃遂从百骑往驰三人。三人亡马步行,行数十里。广令其骑张左右翼,而广身自射彼三人者,杀其二人,生得一人,果匈奴射雕者也。已缚之上马,望匈奴有数千骑,见广,以为诱骑,皆惊,上山陈㊳。广之百骑皆大恐,欲驰还走。广曰:"吾去大军数十里,今如此以百骑走,匈奴追射我立尽。今我留,匈奴必以我为大军之诱㊴,必不敢击我。"广令诸骑曰:"前!"前未到匈奴陈二里所,止,令曰:"皆下马解鞍!"其骑曰:"虏多且近,即有急,奈何?"广曰:"彼虏以我为走,今皆解鞍以示不走,用坚其意⑩。"于是胡骑遂不敢击。有白马将⑪出护其兵,李广上马与十余骑奔射杀胡白马将,而复还至其骑中,解鞍,令士皆纵马卧。是时会暮,胡兵终怪之,不敢击。夜半时,胡兵亦以为汉有伏军于旁欲夜取之,胡皆引兵而去。平旦⑫,李广乃归其大军。大军不知广所之,故弗从。

　　居久之,孝景崩,武帝立,左右以为广名将也,于是广以上郡太守为未央卫尉⑬,而程不识亦为长乐卫尉⑭。程不识故与李广俱以边太守将军屯⑮。及出击胡,而广行无部伍行陈⑯,就善水草屯⑰,舍止⑱,人人自便,不击刀斗⑲以自卫,莫府省约文书籍事⑳,然亦远斥候㉑,未尝遇害。程不识正部曲行伍营陈㉒,击刀斗,士吏治军簿至明㉓,军不得休息,然亦未尝遇害。不识曰:"李广军极简易,然虏卒犯之,无以禁也㉔;而其士卒亦佚乐㉕,咸乐为之死。我军虽烦扰,然虏亦不得犯我。"是时汉边郡李广、程不识皆为名将,然匈奴畏李广之略㉖,士卒亦多乐从李广而苦程不识。程不识孝景时以数直谏为太中大夫㉗。为人廉,谨于文法㉘。

　　后汉以马邑城诱单于㉙,使大军伏马邑旁谷,而广为骁骑将军,领属护军将军㉚。是时单于觉之,去,汉军皆无功㉛。其后四岁㉜,广以卫尉为将军,出雁门㉝击匈奴。匈奴兵多,破败广军,生得广。单于素闻广贤,令曰:"得李广必生致之㉞。"胡骑得广,广时伤病,置广两马间,络而盛卧广㉟。行十余里,广详㊱死,睨㊲其旁有一胡儿骑善马,广暂㊳腾而上胡儿马,因推堕儿,取其弓,鞭马南驰数十里,复得其余军,因引而入塞㊴。匈奴捕者骑数百追之,广行取胡儿弓,射杀追骑,以故得脱。于是至汉,汉下广吏㊵。吏当㊶广所失亡多,为虏所生得,当斩,赎为庶人㊷。

　　顷之㊸,家居数岁。广家与故颍阴侯孙㊹屏野㊺居蓝田南山㊻中射猎。尝夜从一骑出,从人田间饮。还至霸陵亭㊼,霸陵尉醉㊽,呵止广。广骑曰:"故李将军。"尉曰:"今将军尚不得夜行,何乃故也!"止广宿亭下。居无何㊾,匈奴入杀辽西太守㊿,败韩将军[51],后韩将军徙右北平[52]。于是天子乃召拜广为右北平太守。广即请霸陵尉与俱,至军而斩之。

　　广居右北平,匈奴闻之,号曰"汉之飞将军",避之数岁,不敢入右北平。

广出猎，见草中石，以为虎而射之，中石没镞㊃，视之石也。因复更射之，终不能复入石矣。广所居郡闻有虎，尝自射之。及居右北平射虎，虎腾伤广，广亦竟射杀之。

广廉，得赏赐辄分其麾下㊄，饮食与士共之。终广之身，为二千石四十馀年，家无馀财，终不言家产事。广为人长，猿臂㊅，其善射亦天性也，虽其子孙他人学者，莫能及广。广讷㊆口少言，与人居则画地为军陈，射阔狭以饮㊇。专以射为戏，竟死㊈。广之将兵，乏绝之处，见水，士卒不尽饮，广不近水，士卒不尽食，广不尝食。宽缓不苛，士以此爱乐为用。其射，见敌急，非在数十步之内，度不中不发，发即应弦而倒。用此，其将兵数困辱，其射猛兽亦为所伤云㊉。

居顷之，石建㊤卒，于是上召广代建为郎中令。元朔六年㊥，广复为后将军，从大将军军㊦出定襄，击匈奴。诸将多中首虏率㊛，以功为侯者，而广军无功。后二岁，广以郎中令将四千骑出右北平，博望侯张骞㊜将万骑与广俱，异道。行可数百里，匈奴左贤王将四万骑围广，广军士皆恐，广乃使其子敢往驰之。敢独与数十骑驰，直贯胡骑㊝，出其左右而还，告广曰："胡虏易与㊞耳。"军士乃安。广为圜陈外向㊟，胡急击之，矢下如雨。汉兵死者过半，汉矢且尽。广乃令士持满毋发，而广身自以大黄射其裨将㊠，杀数人，胡虏益解。会日暮，吏士皆无人色，而广意气自如，益治军㊡。军中自是服其勇也。明日，复力战，而博望侯军亦至，匈奴军乃解去。汉军罢⑩，弗能追。是时广军几没，罢归。汉法，博望侯留迟后期，当死，赎为庶人。广军功自如⑩，无赏。

初，广之从弟李蔡与广俱事孝文帝。景帝时，蔡积功劳至二千石。孝武帝时，至代相⑩。以元朔五年为轻车将军⑩，从大将军⑩击右贤王，有功中率⑩，封为乐安⑩侯。元狩二年中，代公孙弘⑩为丞相。蔡为人在下中，名声出广下甚远，然广不得爵邑，官不过九卿⑩，而蔡为列侯，位至三公⑩。诸广之军吏及士卒或取封侯。广尝与望气王朔燕语⑩，曰："自汉击匈奴而广未尝不在其中，而诸部校尉以下⑪，才能不及中人，然以击胡军功取侯者数十人，而广不为后人⑫，然无尺寸之功以得封邑者，何也？岂吾相⑬不当侯邪？且固命也？"

朔曰:"将军自念,岂尝有所恨⑭乎?"广曰:"吾尝为陇西守,羌⑮尝反,吾诱而降,降者八百馀人,吾诈而同日杀之。至今大恨独此耳。"朔曰:"祸莫大于杀已降,此乃将军所以不得侯者也。"

后二岁,大将军、骠骑将军⑯大出击匈奴,广数自请行⑰。天子以为老,弗许;良久乃许之,以为前将军。是岁,元狩四年也。

广既从大将军青击匈奴,既出塞,青捕虏知单于所居,乃自以精兵走之⑱,而令广并于右将军军,出东道⑲。东道少回远⑳,而大军行水草少,其势不屯行㉑。广自请曰:"臣部为前将军,今大将军乃徙令臣出东道,且臣结发而与匈奴战,今乃一得当单于㉒,臣愿居前,先死单于㉓。"大将军青亦阴受上诫,以为李广老,数奇㉔,毋令当单于,恐不得所欲㉕。而是时公孙敖新失侯㉖,为中将军从大将军,大将军亦欲使敖与俱当单于,故徙前将军广㉗。广时知之,固自辞于大将军。大将军不听,令长史封书与广之莫府,曰:"急诣部,如书㉘。"广不谢㉙大将军而起行,意甚愠怒而就部,引兵与右将军食其合军出东道。军亡导㉚,或失道㉛,后大将军。大将军与单于接战,单于遁走,弗能得而还。南绝幕㉜,遇前将军、右将军。广已见大将军,还入军。大将军使长史持糒醪㉝遗广,因问广、食其失道状,青欲上书报天子军曲折。广未对,大将军使长史急责广之幕府对簿㉞。广曰:"诸校尉无罪,乃我自失道。吾今自上簿。"

至莫府,广谓其麾下曰:"广结发与匈奴大小七十余战,今幸从大将军出接单于兵,而大将军又徙广部行回远,而又迷失道,岂非天哉!且广年六十余矣,终不能复对刀笔之吏㉟。"遂引刀自刭。广军士大夫一军皆哭。百姓闻之,知与不知,无老壮,皆为垂涕。

太史公曰:《传》曰:"其身正,不令而行;其身不正,虽令不从㊱。"其李将军之谓也?余睹李将军悛悛如鄙人㊲,口不能道辞。及死之日,天下知与不知,皆为尽哀。彼其忠实心诚信于士大夫也㊳?谚曰:"桃李不言,下自成蹊㊴。"此言虽小,可以谕大也。

【注释】　①成纪:汉所置县,故治在今甘肃秦安县北,初属陇西郡(今甘肃东部),故云陇西成纪。　②先:祖先。　③逐得燕太子丹者:战国时燕太子丹派荆轲去刺秦王,未成功,秦发兵击燕,秦将李信追太子丹,燕王斩太子丹头献给李信。逐得,追获。　④故槐里:原籍是槐里,今陕西兴平县东南。　⑤世世受射:世代都熟悉射法。受,学习,传授。 ⑥孝文帝十四年:公元前166年。 ⑦匈奴大入萧关:匈奴大举进攻萧关。大入,大举进入。萧关,在今甘肃环县西北,为当时关中四塞之一。 ⑧良家子:家世清白人家的子弟。汉制,医、巫、商、贾不得列入良家。 ⑨"用善"三句:因为善骑射,多斩敌首和多虏获,拔为汉中郎官。用,因为。中郎,郎中令属官,掌守门户,出充车骑,秩比六百石。 ⑩从弟:堂弟。 ⑪武骑常侍:皇帝侍从官。 ⑫秩八百石:汉代俸禄的一种。 ⑬尝从行:曾经从文帝行。 ⑭冲陷折关及格猛兽:冲陷,冲锋陷阵。折关,抵抗防御。格,格斗,搏击。 ⑮"如令子"二句:意思是假使你生在高帝争天下的时候,做个万户侯算不得什么。万户侯,封邑万户的侯爵。 ⑯陇西都尉:即陇西郡尉,掌管该郡武事。 ⑰骑郎将:统帅骑郎(骑马护从皇帝车驾的郎官)的将领。 ⑱吴楚军:指汉景帝三年(公元前154年)爆发的吴楚七国之乱,后被周亚夫削平。 ⑲骁骑都尉:率领骁骑的都尉。 ⑳"从太尉"句:指吴楚七国反时,太尉周亚夫为主帅,李广从行。 ㉑旗:指敌人的旗。 ㉒昌邑:今山东金乡西北。 ㉓"以梁王"三句:李广以汉将私受梁王授他的将军印,故还军后汉朝廷以为功不抵过,其赏不行。 ㉔上谷:战国燕置上谷郡,秦汉时治所在沮阳(今河北怀来县东南)。 ㉕日以合战:每天来和李广交战。 ㉖"典属国"句:处理外族降人的官公孙昆邪向景帝哭泣。公孙,姓。昆邪(hún yé),名。 ㉗亡:失去。 ㉘上郡:战国魏置,秦汉时治所在肤施(今陕西榆林县东南)。 ㉙后广转为边郡太守:言李广从上谷太守历转沿边诸郡太守,然后乃徙上郡太守。 ㉚北地:秦置郡名,治所在义渠(今甘肃庆阳县西南)。 ㉛雁门:郡名,秦、西汉治所在善无(今山西右玉县东南)。 ㉜代郡:秦、西汉治所在代县(今河北蔚县东北)。 ㉝云中:战国赵置郡,秦、西汉治所在云中,即今内蒙古托克托。 ㉞勒习兵:受部勒(约束),习军事。 ㉟纵:纵骑赴敌。 ㊱走广:逃到李广跟前,诉说经过。 ㊲射雕者:专射雕鸟的能手。雕,一种猛禽。 ㊳上山陈:上山列阵。陈,通"阵"。 ㊴为大军之诱:匈奴以为我们是为大军设诱,吸引他们中埋伏。 ㊵用坚其意:我们故意不走,以使他们坚定地认为我们是诱骑。 ㊶白马将:骑白马的胡将。 ㊷平旦:又称平明、旦明,天才亮的时候。 ㊸未央卫尉:皇帝所居未央宫禁卫军的长官。 ㊹长乐卫尉:太后所居长乐宫禁卫军的长官。 ㊺"程不识"句:程不识从前与李广任边郡太守而兼管军防屯扎诸事。 ㊻广行(xíng)无部伍行(háng)陈:李广行军,没有严格的编制和行列阵势。 ㊼就善水草屯:选择有好水草的地方屯扎。 ㊽舍止:留居,留宿。 ㊾刁(diāo)斗:即刁斗,行军用的铜锅。白天做炊具,晚上用来打更。 ㊿"莫府"句:幕府把军中的文书簿籍等事一切简化。莫府,即幕府。省,简省。约,节约。 ㉚远斥候:在前线远远地布置哨兵。斥候,侦察,候望。 ㉜正部曲行伍营陈:严肃地约束手下的部队,整顿编制和军规。正,整齐划一。那时的将军领兵都有部曲,大将军营五部,部有校尉一人,部下有曲,曲有军候一人,曲下有屯,屯有屯长一人。 ㉝治军簿至明:办理军事文书直到天亮。 ㉞"然虏卒犯"两句:敌人骤然来犯,也奈何不了他。卒,通"猝",突然。禁,干涉。 ㉟佚乐:同"逸乐"。 ㊱略:策略。 ㊲太中大夫:掌议论的官。 ㊳谨于文法:谨守文书法度,毫不苟且。 ㊴"后汉"句:武帝元光二年(前133):汉朝派马邑人聂壹去诱惑单于,自称愿给单于做内应。单于相信了他,带十万骑兵进攻马邑。 ㊵"而广为"二句:骁骑和护军都是当时将军的冠号。冠号的将军不常设,有征伐始命之。当时李广为骁骑将军,韩安国为护军将军,广受安国节制,故云领属护军将军。 ⑥１"是时"三句：当时匈奴单于抓住汉朝的一个尉吏（武官），从他口里知道汉兵埋伏在山谷中，随即退回。汉人发觉后派兵去追而没追着。 ⑥２其后四岁：为元光六年（前129）。 ⑥３出雁门，从雁门山北出。雁门山在今山西代县西北三十五里。 ⑥４生致之：把活的送来。 ⑥５"置广"二句：用绳子结成的络子把李广套住，这络子就张在两匹马之间。 ⑥６详：通"佯"，假装。 ⑥７睨：斜视。 ⑥８暂：突然。 ⑥９入塞：进入雁门。 ⑦０下广吏：把李广交给执法官审讯。 ⑦１当：判决。 ⑦２赎为庶人：纳金赎免斩刑，削去官位，降为平民。 ⑦３顷之：不久。 ⑦４故颍阴侯孙：已故的颍阴侯灌婴之孙灌强。 ⑦５屏野：退隐田野。 ⑦６蓝田南山：今山西蓝田终南山。 ⑦７霸陵亭：守护霸陵的亭驿。霸陵，今陕西长安县东。 ⑦８尉：主办盗贼的地方官吏。 ⑦９居无何：过了不久。 ⑧０"匈奴入"句：匈奴入边，杀害了辽西太守。辽西，战国燕置郡，秦汉时治所在阳乐（今辽宁义县西）。 ⑧１韩将军：指韩安国，时驻守渔阳（今北京密云县西南）。 ⑧２"后韩将军"句：武帝怒韩安国之败，派使者斥责他，使屯于右北平（渔阳东北）。 ⑧３中石没镞：箭射入石内，整个箭头都陷了进去。没，陷入。 ⑧４麾下：部下。 ⑧５猿臂：说他的左右臂可以自由延伸，像长臂猿那样。 ⑧６讷：不善言辞。 ⑧７射阔狭以饮：比较射程的远近来赌酒。 ⑧８竟死：直到死。 ⑧９"用此"三句：因此，他领兵出战屡次吃亏受辱，射虎也被虎扑伤了。 ⑨０石建：武帝时的郎中令。郎中令是掌管宫殿门户的官员。 ⑨１元朔六年：公元前123年。 ⑨２从大将军军：从属大将军的指挥。大将军，指卫青，卫皇后同母弟。 ⑨３中首虏率：斩首虏获合格。率，标准，规格。 ⑨４张骞：汉中人，武帝初年为郎，应募通西域，以功封博望侯。《史记》卷一一一、一二三，《汉书》卷六一有传。 ⑨５直贯胡骑：一直穿过匈奴的围兵。 ⑨６易与：容易对付。 ⑨７圜陈外向：圆形的阵势，列阵的士兵都面向外边。圜，通"圆"。 ⑨８"而广"句：李广亲自执着大黄弩击匈奴的偏裨将校。 ⑨９益治军：更加注意整理军队。 ⑩０罢：通"疲"，疲劳。 ⑩１军功自如：功过相当。 ⑩２代相：代国的相。代在今河北蔚县东北及山西北部。 ⑩３元朔五年为轻车将军：元朔五年，公元前124年。轻车将军，战前临时所封的将军，属于杂号将军。 ⑩４大将军：指卫青。 ⑩５中率：合格。 ⑩６乐安：汉所置县，在今山东博兴县北。 ⑩７公孙弘：字季，薛人，元朔中为丞相。元狩二年，公孙弘死，李蔡代为丞相。传见《史记·平津主父列传》。 ⑩８九卿：汉时以太常、光禄勋、卫尉、太仆、廷尉、宗正、大司农、少府、鸿胪为九卿，位在三公下。 ⑩９三公：汉时以丞相、太尉、御史大夫为三公。 ⑪０与望气王朔燕语：与望气者王朔私下交谈。王朔，当时的天文家，善于占候。望气，一种占候术，通过观察云气以预测吉凶。燕语，闲谈。燕，私。 ⑪１诸部校尉以下：指军吏士卒。 ⑪２不为后人：不算比人家落后。 ⑪３相：指骨相。 ⑪４恨：遗憾。 ⑪５羌：汉时住在陇西一带的少数民族。 ⑪６骠骑将军：指霍去病，是卫青姊卫少儿之子。 ⑪７数自请行：屡次主动请求随军出征。 ⑪８走之：追单于。 ⑪９"而令"二句：命令李广所率部队与右将军赵食其所率部队合并前进，从东路出兵。 ⑫０少回远：稍稍迂回遥远些。 ⑫１不屯行：不能并队行进。 ⑫２"且臣"二句：我自幼就同匈奴作战，如今才得到机会与单于主力对阵。结发，古代男子二十岁时结发于头。当，遇到。 ⑫３先死单于：当先和单于拼一死战。 ⑫４数奇(jī)：命数不好。奇，单数，古代以单数为不吉。 ⑫５恐不得所欲：恐怕不能得到预期的胜利。 ⑫６"而是时"句：公孙敖初为骑郎，与卫青友好，曾救青脱难。及青贵，敖亦以护军都尉三次从青击匈奴有功,封合骑侯。 ⑫"大将军"二句:卫青为报私恩,故使公孙敖与自己俱当单于,可以侥幸得功封侯,而徙前将军李广并右将军军中。 ⑬"急诣"二句:赶快到右将军的军部去,按照文书所说的办。 ⑭不谢:不辞别。 ⑮亡导:失去向导。 ⑯或失道:迷惑而失去方向。或,通"惑"。 ⑰南绝幕:渡过沙漠南还。绝,横渡。幕,沙漠。 ⑱糒 糗(bèi láo):糒,干粮。糗,酒浆。 ⑲对簿:受审。 ⑳刀笔之吏:管文书的官。古时文书写在简牍上,用笔书写,用刀削误字。 ㉑"其身正"四句:语出《论语·子路》篇。 ㉒悛(quān)悛如鄙人:诚诚恳恳像个质朴的乡里人。 ㉓"彼其"句:他那忠实的诚心确已使一般士大夫为之感动。 ㉔"桃李不言"二句:桃子和李子都不讲话,说自己多么好吃,可是人家自然会去采食,把桃李树下面的泥地走出一条小路来。

【赏析】 《李将军列传》是司马迁倾注了感情而作的名篇。司马迁在遭遇李陵之祸后,对古往今来悲情人物的情感尤其洞悉。清代李景星曰:"不曰韩信而曰淮阴侯,不曰李广而曰李将军,只一标题间,已见出无限的爱慕景仰。"可见,李将军是司马迁深切同情并努力描写的人物。至于篇章主旨,李景星指出:"此篇用意,尤在'数奇'二字;而叙事精神,更在射法一事;赞其射法,正所以深惜其'数奇'也。""奇"字可谓全文之眼。为此,司马迁一次一次地以事例说明李广之奇。曾国藩曰:"叙广之数奇,已令人短气。接叙从军失道事,愈觉悲壮淋漓。若以出塞事叙于前,而以李蔡一段叙于后,则无此沉雄矣。故知位置之先后,剪裁之繁简,为文家第一要义也。"张廉卿曰:"此文须从其游刃于虚处,领取意匠之妙。篇中于为长乐卫尉下,忽拉如程不识;于为右北平下,忽入广射事,及其为人;于出右北平败归下,忽如李蔡及王朔燕语。皆自我制法,不主故常。然细按之,位置天然,无一龃龉不合者。班史增损颠倒之,尽损其妙矣。"这些都是行文布局的引人入胜之处。而这样一位用兵如神的将军,竟在关键时刻屡屡遭遇挫折,最终未能实现封侯的理想。为此,明代茅坤曰:"李将军于汉最为名将,而卒无功。故太史公极力摹写,淋漓悲咽可涕。"

司马相如列传

【题解】 司马相如是西汉最伟大的文学家,也是司马迁心目中最重要的文学家之一。司马迁给他做了单独的传记,而且收录了他的代表作,所以《司马相如传》的篇幅非常长。而篇中的内容也都饶有生趣,可见司马迁的尚奇倾向以及对奇闻异事的渲染。本文节选其主要事迹。

【原文】
司马相如者,蜀郡成都人也,字长卿。少时好读书,学击剑,故其亲名之曰犬子。相如既学，慕蔺相如之为人，更名相如。以赀为郎①，事孝景帝，为武骑常侍②，非其好也。会景帝不好辞赋，是时梁孝王来朝，从游说之士齐人邹阳、淮阴枚乘、吴庄忌夫子之徒③，相如见而说之，因病免④，客游梁。梁孝王令与诸生同舍，相如得与诸生游士居数岁，乃著《子虚》之赋。

会梁孝王卒⑤，相如归，而家贫，无以自业。素与临邛⑥令王吉相善，吉曰："长卿久宦游不遂，而来过我⑦。"于是相如往，舍都亭⑧。临邛令缪为恭敬，日往朝相如。相如初尚见之，后称病，使从者谢⑨吉，吉愈益谨肃。临邛中多富人，而卓王孙家僮八百人，程郑亦数百人⑩，二人乃相谓曰："令有贵客，为具⑪召之。"并召令。令既至，卓氏客以百数。至日中，谒司马长卿，长卿谢病不能往，临邛令不敢尝食，自往迎相如。相如不得已，强往⑫，一坐尽倾⑬。酒酣，临邛令前奏琴曰："窃闻长卿好之，愿以自娱⑭。"相如辞谢，为鼓一再行⑮。是时卓王孙有女文君新寡，好音⑯，故相如缪与令相重，而以琴心挑之⑰。相如之临邛，从车骑，雍容闲雅甚都⑱；及饮卓氏，弄琴，文君窃从户窥之，心悦而好之，恐不得当也。既罢，相如乃使人重赐文君侍者通殷勤⑲。文君夜亡奔⑳相如，相如乃与驰归成都。家居徒四壁立㉑。卓王孙大怒曰："女至不材㉒，我不忍杀，不分一钱也。"人或谓王孙，王孙终不听。文君久之不乐，曰："长卿第㉓俱如临邛，从昆弟假贷犹足为生，何至自苦如此！"相如与俱之临邛，尽卖其车骑，买一酒舍酤酒，而令文君当垆㉔。相如身自著犊鼻裈㉕，与保庸㉖杂作，涤器㉗于市中。卓王孙闻而耻之，为杜门不出。昆弟诸公㉘更谓王孙曰："有一男两女，所不足者非财也。今文君已失身于司马长卿，长卿故倦游㉙，虽贫，其人材足依也，且又令客，独奈何相辱如此！"卓王孙不得已，分予文君僮百人，钱百万，及其嫁时衣被财物。文君乃与相如归成都，买田宅，为富人。

居久之，蜀人杨得意为狗监㉚，侍上。上读《子虚赋》而善之，曰："朕独不得与此人同时哉！"得意曰："臣邑人司马相如自言为此赋。"上惊，乃召问相如。相如曰："有是。然此乃诸侯之事，未足观也。请为天子游猎赋，赋成奏之。"上许，令尚书给笔札㉛。相如以"子虚"，虚言也，为楚称㉜；"乌有先生"者，乌有此事也，为齐难㉝；

"无是公"者,无是人也㉞,明天子之义㉟。故空藉㊱此三人为辞,以推㊲天子诸侯之苑囿。其卒章归之于节俭,因以风谏。奏之天子,天子大说。

赋奏,天子以为郎。无是公言天子上林广大,山谷水泉万物,乃子虚言楚云梦所有甚众,侈靡过其实,且非义理所尚㊳,故删取其要,归正道而论之㊴。

相如为郎数岁㊵,会唐蒙使略通夜郎西僰中㊶,发巴蜀吏卒千人,郡又多为发转漕万馀人,用兴法㊷诛其渠帅,巴蜀民大惊恐。上闻之,乃使相如责唐蒙,因喻告巴蜀民以非上意。相如还报。天子问相如,相如曰:"邛、筰、冉、駹㊸者近蜀,道亦易通,秦时尝通为郡县,至汉兴而罢。今诚复通,为置郡县,愈于南夷。"天子以为然,乃拜相如为中郎将,建节往使㊹。副使王然于、壶充国、吕越人驰四乘之传,因巴蜀吏币物以赂西夷。至蜀,蜀太守以下郊迎,县令负弩矢先驱㊺,蜀人以为宠㊻。于是卓王孙、临邛诸公皆因门下献牛酒以交欢。卓王孙喟然而叹,自以得使女尚司马长卿晚,而厚分与其女财,与男等同。司马长卿便略定西夷。还报天子,天子大说。

其后人有上书言相如使时受金,失官。居岁馀,复召为郎。

相如口吃而善著书。常有消渴疾㊼。与卓氏婚,饶㊽于财。其进仕宦,未尝肯与公卿国家之事㊾,称病间居,不慕官爵。常从上至长杨㊿猎,是时天子方好自击熊豕,驰逐野兽,相如上疏谏之。

相如拜为孝文园令㉛。天子既美《子虚》之事,相如见上好仙道,因曰:"上林之事未足美也,尚有靡者㉜。臣尝为《大人赋》,未就㉝,请具而奏之。"相如以为列仙之传居山泽间,形容甚癯㉞,此非帝王之仙意也,乃遂就《大人赋》。

相如既奏大人之颂,天子大说,飘飘有凌云之气,似游天地之间意。

相如既病免,家居茂陵㉟。天子曰:"司马相如病甚,可往从悉取其书;若不然,后失之矣。"使所忠㊱往,而相如已死,家无书。问其妻,对曰:"长卿固未尝有书也。时时著书,人又取去,即空居。长卿未死时,为一卷书,曰有使者来求书,奏之。无他书。"其遗札书言封禅事㊲,奏所忠。忠奏其书,天子异之。

司马相如既卒五岁㊳,天子始祭后土。八年㊴而遂先礼中岳,封于太山,至梁父禅肃然㊵。

相如他所著,若《遗平陵侯书》、《与五公子相难》、《草木书篇》不采,采其尤著公卿者云㊶。

太史公曰:《春秋》推见至隐㊷,《易》本隐之以显㊸,《大雅》言王公大人而德逮黎庶㊹,《小雅》讥小己之得失㊺,其流及上。所以言虽外殊㊻,其合德㊼一也。相如虽多虚辞滥说,然其要归引之节俭,此与诗之风㊽谏何异。杨雄㊾以为靡丽之赋,劝百风一㊿,犹驰骋郑卫之声(51),曲终而奏雅,不已亏乎(52)?余采其语可论者著于篇。

【注释】　① 以赀为郎:谓因家富资财而被朝廷任为郎官。赀,通"资"。郎官是汉代的宫廷宿卫官,郎官积资简选可充三公九卿的部署或外任令、长。　② 武骑常侍:骑郎,侍从天子出巡、打猎。　③ 齐人邹阳、淮阴枚乘、吴庄忌夫子之徒:皆当时著名文士。　④ 因病免:指司马相如借口有病辞官。　⑤ 梁孝王:刘武,汉景帝之弟,死于公元前144年。　⑥ 临邛(qióng):县名,今四川邛崃县。　⑦ 来过我:来拜访我。　⑧ 舍都亭:住宿在临邛的驿亭里。　⑨ 谢:拒绝。此处言司马相如辞绝王吉的拜访,以此抬高自己的身份。　⑩ "而卓王孙"二句:卓王孙、程郑,二人皆临邛富人。　⑪ 为具:置办酒席。　⑫ 强往:强打精神而往。　⑬ 一坐尽倾:在座宾客都惊服羡慕。　⑭ 自娱:自我欣赏以为欢娱。　⑮ 鼓一再行:司马贞《史记索隐》:"乐府长歌行、短歌行,行者曲也。此言鼓一再行,谓一两曲。"　⑯ 好(hào)音:擅长音乐。　⑰ 以琴心挑之:司马相如用琴歌来挑逗卓文君,向她诉说爱慕之情。琴心,指琴声表达的情意。　⑱ 雍容闲雅甚都:仪表堂堂而又文静高雅。甚都,非常大方。　⑲ 通殷勤:表达羡慕之情。　⑳ 奔:女子私从男人曰奔。　㉑ 家居徒四壁立:家室空荡荡,只有四面墙壁。徒,唯有,只有。　㉒ 不材:不成器,没出息。　㉓ 第:但。　㉔ 垆:垒土为炉,用以热酒。　㉕ 犊鼻裈(kūn):像牛犊鼻的短裤或围裙。　㉖ 保庸:受雇用的仆役。　㉗ 涤器:洗刷器皿。　㉘ 昆弟诸公:昆弟,兄弟。诸公,指临邛长者。　㉙ 长卿故倦游:司马长卿本来就是厌倦于官场宦游的人。　㉚ 狗监:官名,为天子掌养猎狗。　㉛ 笔札:书写工具。　㉜ 为楚称:称说、夸耀楚国之美。　㉝ 为齐难:指乌有先生为夸耀齐国而诘难子虚。难,驳难。　㉞ 无是人也:没有这个人。　㉟ 明天子之义:无是公则申明天子对其宏有的思想境界,压倒诸侯。　㊱ 空藉:虚构,假借。　㊲ 推:推演,畅述。　㊳ 非义理所尚:指司马相如夸大铺陈的赋并非命意所在。　㊴ 故删取其要,归正道而论之:所以删取要点,而能归于正道加以申论。　㊵ 数岁:数年。　㊶ 夜郎西僰(bó)中:夜郎,古国名,贵州、云南两省交界一带。僰中,在夜郎旁,今四川宜宾以南。　㊷ 用兴法:《汉书》作"用军兴法",指汉朝用军兴法诛杀西南夷的酋长。　㊸ 邛、筰(zé)、冉、駹(máng):皆为古代小国名。　㊹ 建节往使:持节往使。　㊺ 县令负弩矢先驱:负弩矢在前路以负警卫之职,地方上为县尉及亭长等人充任,县令亲为敬畏,表示特别尊贵朝廷使者。　㊻ 为宠:以为光荣。　㊼ 消渴疾:糖尿病。

④⑧ 饶:富有。　④⑨“未尝”句:司马相如因病又多财,故仕宦淡泊,未曾参与公卿议论国家大事。　(50) 长杨:离宫名,在今陕西周至县。　(51) 孝文园令:六百石,掌汉文帝陵园扫除之事。　(52) 尚有靡者:还有更令人神往的。　(53) 未就:没有写完。　(54) 臞(qú):清瘦。(55) 茂陵:汉武帝在茂乡建自己的寿陵,因置县,徙富人居此,在今陕西省西安市西。(56) 所忠:人名,汉武帝时大臣。　(57) 其遗札书言封禅事:司马相如的遗书讲的是关于封禅的事。　(58) 既卒五岁:汉武帝祭后土在元鼎四年,上推五年是元狩六年(前 117)。(59) 八年:司马相如死后八年,即元封元年(前 110),汉武帝封禅。　(60) 至梁父禅肃然:到梁父山,禅肃然山。　(61)“采其”句:司马相如作品很多,均不采录,传中只采录在公卿中广为流传的文章。　(62)《春秋》推见至隐:有两解。一曰隐,微也,《春秋》由人事之显著事件推而至于明天道之隐微。二曰隐,讳也,《春秋》记事为尊者讳、为贤者讳、为亲者讳。(63)《易》本隐之以显:《易》和《春秋》正相反,它由推占隐微的天道来明万物之情。(64)“《大雅》”句:《大雅》三十一篇,全部都是西周盛世时的作品,是周王室东迁以前各历史时期的史诗。　(65)“《小雅》”句:《小雅》七十四篇,所反映的多是西周末期政治废弛以及东周社会混乱的情况,多讽喻。　(66) 外殊:相反,不同。　(67) 德:本质特性。　(68) 风:即“讽”。　(69) 杨雄:又作“扬雄”,西汉末年的辞赋家。　(70) 劝百风一:劝恶之言极多为一百,讽谏之言极少为一。　(71) 郑卫之声:古人认为郑卫之声淫,即靡靡之音。　(72) 不已亏乎:不也是得不偿失吗?已,通“亦”,也是。

【赏析】 《司马相如列传》是《史记》中最富有趣味的传记之一。相传司马相如曾有自传,司马迁的这篇列传很可能是参考了相如的自传而写成的。传中,司马相如,早年在汉景帝朝廷为郎官而郁郁不得志,偶遇梁孝王群臣后,司马相如发现了理想的去处,并追随梁孝王身边的诸多文学家,其文学才能在这段时间得到提高,创作《子虚赋》而崭露头角。而梁孝王死后,树倒猢狲散,众人各奔前程,司马相如再次回到故乡。这段本应是人生低潮的时期,却不经意间充满了传奇色彩,尤其是与卓文君的爱情故事,更是千古传诵,故清代吴见思曰:“史公写文君一段,浓纤宛转,为唐人传奇小说之祖。”(《史记论文》)这之后再回长安进入武帝朝廷的司马相如,则全心创作,佳作迭出,并通过辞赋来讽谏武帝,使之不要过于奢靡或迷恋神仙之事。本篇原文备载司马相如代表作,为此,清代李景星曰:“《史记》列传于诸家之文,多不滥登。屈、贾文辞之士,只载其骚辞数篇。即贾生治安一疏,关系治乱得失,为千古推重之作,犹从割爱,他可知已。独于司马相如之文,采之最多,连篇累牍,不厌其烦,可谓倾服之至。而所载之文,又复各呈其妙,不拘一体。”(《史记评议》)由于篇幅关系,此处没有收录,但从收录原文可知,司马迁对于相如文辞是何等的欣赏。

游侠列传

【题解】 游侠与刺客往往混淆,其实二者定义有别。刺客是专指以刺杀行动来改变政治之人,而游侠则是行侠仗义、扶危济困的各地豪侠。为游侠这一群体立传,体现了司马迁开阔的历史观。同时,司马迁也曾遭遇危急的牢狱之灾,他也渴望有游侠这样的人物能救助他。所以,他对于他所熟悉的汉代游侠,做了详细的记述。本文主要选取《游侠列传》的序及记述朱家、郭解的部分。

【原文】

韩子①曰:"儒以文乱法,而侠以武犯禁②。"二者皆讥,而学士③多称于世云。至如以术取宰相卿大夫④,辅翼⑤其世主,功名俱著于《春秋》⑥,固无可言者。及若季次、原宪⑦,闾巷人也,读书怀独行君子⑧之德,义不苟合当世⑨,当世亦笑之。故季次、原宪终身空室蓬户⑩,褐衣疏食不厌⑪。死而已四百馀年,而弟子志之不倦⑫。今游侠,其行虽不轨⑬于正义,然其言必信,其行必果⑭,已诺必诚,不爱其躯,赴士之厄困⑮,既已存亡死生矣,而不矜⑯其能,羞伐⑰其德,盖亦有足多者⑱焉。

且缓急⑲,人之所时有也。太史公曰:昔者虞舜窘于井廪⑳,伊尹负于鼎俎㉑,傅说匿于傅险㉒,吕尚困于棘津㉓,夷吾桎梏㉔,百里饭牛㉕,仲尼畏匡㉖,菜色陈、蔡㉗。此皆学士所谓有道仁人也,犹然遭此菑㉘,况以中材而涉乱世之末流㉙乎?其遇害何可胜道哉!

鄙人㉚有言曰:"何知仁义,已飨其利者为有德。"故伯夷丑周,饿死首阳山㉛,而文武㉜不以其故贬王㉝;跖、蹻㉞暴戾,其徒诵义无穷。由此观之,"窃钩者诛,窃国者侯,侯之门仁义存㉟",非虚言也。

今拘学或抱咫尺之义㊱,久孤于世,岂若卑论侪俗㊲,与世沈浮而取荣名哉!而布衣之徒㊳,设取予然诺㊴,千里诵义,为死不顾世㊵,此亦有所长,非苟而已也。故士穷窘而得委命㊶,此岂非人之所谓贤豪间者㊷邪?诚使乡曲之侠㊸,予季次、原宪比权量力㊹,效功㊺于当世,不同日而论㊻矣。要以功见言信㊼,侠客之义又曷可少哉!

古布衣之侠，靡得而闻已。近世延陵、孟尝、春申、平原、信陵之徒⁴⁸，皆因王者亲属，藉于有土⁴⁹卿相之富厚，招天下贤者，显名诸侯，不可谓不贤者矣。比如顺风而呼，声非加疾，其势激也。至如闾巷之侠，修行砥名⁵⁰，声施⁵¹于天下，莫不称贤，是为难耳。然儒、墨皆排摈不载⁵²。自秦以前，匹夫之侠，湮灭不见，余甚恨之。以余所闻，汉兴有朱家、田仲、王公、剧孟、郭解之徒，虽时扞当世之文罔⁵³，然其私义廉洁退让，有足称者。名不虚立，士不虚附。至如朋党宗强比周⁵⁴，设财役贫⁵⁵，豪暴侵凌孤弱，恣欲⁵⁶自快，游侠亦丑之。余悲世俗不察其意，而猥⁵⁷以朱家、郭解等令与暴豪之徒同类而共笑之也。

鲁⁵⁸朱家者，与高祖同时。鲁人皆以儒教，而朱家用侠闻⁵⁹。所藏活豪士以百数，其余庸人⁶⁰不可胜言⁶¹。然终不伐其能，歆其德⁶²，诸所尝施，唯恐见之。振人不赡⁶³，先从贫贱始。家无馀财，衣不完采⁶⁴，食不重味⁶⁵，乘不过𨎚牛⁶⁶。专趋人之急，甚己之私。既阴脱季布将军之厄⁶⁷，及布尊贵，终身不见也。自关以东，莫不延颈愿交焉。

郭解，轵⁶⁸人也，字翁伯，善相人者许负外孙也。解父以任侠，孝文时诛死。解为人短小精悍，不饮酒。少时阴贼⁶⁹，慨不快意⁷⁰，身所杀甚众。以躯借交报仇⁷¹，藏命作奸剽攻⁷²，休乃铸钱掘冢，固不可胜数。适有天幸⁷³，窘急常得脱⁷⁴，若遇赦。及解年长，更折节为俭⁷⁵，以德报怨，厚施而薄望⁷⁶。然其自喜为侠益甚。既已振人之命⁷⁷，不矜其功，其阴贼著于心⁷⁸，卒发于睚眦如故云⁷⁹。而少年慕其行，亦辄为报仇，不使知也。解姊子负⁸⁰解之势，与人饮，使之嚼⁸¹。非其任，强必灌之。人怒，拔刀刺杀解姊子，亡去。解姊怒曰："以翁伯之义⁸²，人杀吾子，贼不得⁸³。"弃其尸于道，弗葬，欲以辱解。解使人微知⁸⁴贼处。贼窘自归，具以实告解。解曰："公杀之固当，吾儿不直⁸⁵。"遂去⁸⁶其贼，罪其姊子，乃收而葬之。诸公闻之，皆多⁸⁷解之义，益附焉。

解出入，人皆避之。有一人独箕踞⁸⁸视之，解遣人问其名姓。客欲杀之。解曰："居邑屋至不见敬⁸⁹，是吾德不修也，彼何罪！"乃阴属尉史⁹⁰曰："是人，吾所急也⁹¹，至践更时脱之⁹²。"每至践更，数过，吏弗求⁹³。怪之，问其故，乃解使脱之。箕踞者乃肉袒谢罪。少年闻之,愈益慕解之行。

雒阳人有相仇者,邑中贤豪居间⁹⁴者以十数,终不听。客乃见郭解。解夜见仇家,仇家曲听解⁹⁵。解乃谓仇家曰:"吾闻雒阳诸公在此间⁹⁶,多不听者。今子幸而听解,解奈何乃从他县夺⁹⁷人邑中贤大夫权⁹⁸乎!"乃夜去,不使人知,曰:"且无用,待我去,令雒阳豪居其间,乃听之。"

解执恭敬⁹⁹,不敢乘车入其县廷。之旁郡国,为人请求事,事可出,出之;不可者,各厌其意¹⁰⁰,然后乃敢尝酒食。诸公以故严重之¹⁰¹,争为用¹⁰²。邑中少年及旁近县贤豪,夜半过门常十余车,请得解客舍养之¹⁰³。

及徙豪富茂陵¹⁰⁴也,解家贫,不中訾¹⁰⁵,吏恐,不敢不徙。卫将军为言¹⁰⁶:"郭解家贫不中徙。"上曰:"布衣权至使将军为言,此其家不贫。"解家遂徙。诸公送者出千余万。轵人杨季主子为县掾¹⁰⁷,举徙解¹⁰⁸。解兄子断杨掾头。由此杨氏与郭氏为仇。

解入关,关中贤豪知与不知,闻其声,争交欢解¹⁰⁹。解为人短小,不饮酒,出未尝有骑。已又杀杨季主。杨季主家上书,人又杀之阙下¹¹⁰。上闻¹¹¹,乃下吏捕解。解亡,置其母家室夏阳¹¹²,身至临晋¹¹³。临晋籍少公素不知解¹¹⁴,解冒¹¹⁵,因求出关。籍少公已出解,解转入太原,所过辄告主人家¹¹⁶。吏逐之,迹¹¹⁷至籍少公。少公自杀,口绝。久之,乃得解。穷治¹¹⁸所犯,为解所杀,皆在赦前¹¹⁹。轵有儒生侍使者¹²⁰坐,客誉郭解,生曰:"郭解专以奸犯公法,何谓贤!"解客闻,杀此生,断其舌。吏以此责解,解实不知杀者。杀者亦竟绝¹²¹,莫知为谁。吏奏解无罪。御史大夫公孙弘议¹²²曰:"解布衣为任侠行权,以睚眦杀人,解虽弗知,此罪甚于解杀之。当¹²³大逆无道。"遂族¹²⁴郭解翁伯。

太史公曰:吾视郭解¹²⁵,状貌不及中人¹²⁶,言语不足采¹²⁷者。然天下无贤与不肖,知与不知,皆慕其声,言侠者皆引以为名¹²⁸。谚曰:"人貌荣名,岂有既乎¹²⁹!"於戏¹³⁰,惜哉!

【注释】　①韩子:韩非,战国末期韩国人,曾与李斯俱受学于荀况,为法家学派的集大成者,著有《韩非子》。《史记》卷六三有传。　②"儒以文乱法"二句:出自《韩非子·五蠹》。　③学士:指儒家学者。　④"至如"句:指公孙弘、张汤等人。公孙弘以儒术为丞相,张汤为御史大夫,皆善阿谀,名显一时,深为司马迁所不满。　⑤ 辅翼:辅助。　⑥《春秋》:泛指史书。　⑦ 季次、原宪:二人皆为孔子弟子,终身不仕。　⑧ 独行君子:独守节操,不随波逐流的人。　⑨ 义不苟合当世:坚持正义,不随便地附和当时的不合理的事情。　⑩ 空室蓬户:空无一物的房子,用荆条编织成的门,极言贫困。　⑪ 褐衣疏食不厌:意思是连最低等的生活条件都得不到满足。褐衣,粗布衣服。疏食,粗糙的饭菜。厌,同"餍",满足。　⑫ 志之不倦:指一直不断地有人怀念他们。志,怀念。倦,衰歇。　⑬ 轨:符合。　⑭ 必果:一定做得到。果,成为事实,实现。　⑮ 赴士之厄困:奔赴解决人家的急难。　⑯ 矜:夸大。　⑰ 伐:自夸。　⑱ 有足多者:有许多值得称赞的地方。　⑲ 缓急:偏义复词,指急难。　⑳ 虞舜窘于井廪:传说舜未称帝时,他的父亲瞽叟偏爱后妻之子象,常常要谋害他,曾叫他补仓廪、打井,待舜上了仓顶时就趁机拿掉梯子并放火烧仓廪,在舜到达井底时就推土填井,但舜都机智地逃脱了,没有被害死。事见《史记·五帝本纪》。窘,受困。　㉑ 伊尹负于鼎俎:相传商汤贤相伊尹耕于有莘之野,当过厨工。事见《史记·殷本纪》。鼎,煮饭用的锅。俎,切菜板。　㉒ 傅说匿于傅险:傅说,商王武丁的贤相。传说在遇见武丁之前,曾隐居在傅险替人筑墙。事见《史记·殷本纪》。匿,隐藏。傅险,即傅岩,在今山西平陆东。　㉓ 吕尚困于棘津:吕尚,即姜尚,周朝的开国功臣,曾辅佐周武王灭商,后封于齐。事见《史记·齐太公世家》。相传吕尚未遇时曾卖食于此。棘津,黄河津渡名,在今河南省延津县东北。　㉔ 夷吾桎梏:管夷吾,字仲,春秋时齐国名相,辅佐齐桓公称霸诸侯。未遇齐桓公之前,管仲曾为公子纠臣,助公子纠与桓公争王位,失败后逃往鲁国。桓公令鲁国杀公子纠,而将管仲解回齐国。后来,管仲被释放并受到重用。事见《史记·齐太公世家》。桎梏,指其兵败被囚事。　㉕ 百里饭牛:百里奚,春秋时秦国名相,曾辅佐秦穆公称霸西戎。未发迹时,百里奚曾替人牧牛。事见《史记·秦本纪》。饭牛,喂牛。　㉖ 仲尼畏匡:孔子周游列国,经过匡邑(在今河南长垣西南,当时属卫国)时,被当地人误以为是曾经侵略过他们的鲁国阳虎,从而被围困,后来弄清被释放。事见《史记·孔子世家》。畏,受到惊吓。　㉗ 菜色陈、蔡:孔子打算去楚国,陈、蔡两国怕孔子去楚于己不利,于是发兵围困之,使之粮尽七日。后楚兵来救,始免此难。菜色,指面黄肌瘦。　㉘ 菑:通"灾"。　㉙ 末流:末世,衰世。　㉚ 鄙人:百姓。　㉛ "伯夷丑周"二句:伯夷,商末人,因不满周武王伐纣,隐居于首阳山,又因以食周粟为耻而绝食饿死。事见《史记·伯夷列传》。丑,以为可耻。　㉜ 文武:周文王、周武王。　㉝ 贬王:损害他们作为一个王者的声誉。　㉞ 跖、蹻:传说为春秋战国时期横行天下的两个大盗。　㉟ "窃钩者诛"三句:出自《庄子·胠箧》。钩,衣带钩。　㊱ 拘学或抱咫尺之义:拘于一孔之见不知变通的学者固守自己信奉的狭隘的教条。　㊲ 卑论侪俗:放低论调,与世俗相同。侪,等同。　㊳ 布衣之徒:平民百姓,这里指游侠。　㊴ 设取予然诺:重视收受与给予,信守诺言。设,重视。　㊵ 为死不顾世:为救助别人不怕牺牲,不考虑世人的议论。㊶ 委命:托身,依靠。　㊷ 贤豪间者:贤才豪杰中的人物。间,中间,其中。　㊸ 乡曲之侠:乡里的豪侠。　㊹ 比权量力:比较社会地位和影响力的大小。　㊺ 效功:贡献。㊻ 同日而论:同日而语,相提并论。　㊼ 功见言信:事情办得到,说话守信用。　㊽ 延陵、孟尝、春申、平原、信陵之徒:延陵即春秋时吴国公子季札,因封于延陵,世称延陵季子。季札出使中原时路过徐国,徐君喜好季札的佩剑,季札因为礼节需要不能立即赠他,但心已许之。等季札返回时，徐君已死，季札就把宝剑挂到徐君的坟上，表示自己重然诺。事见《史记·吴太伯世家》。孟尝、春申、平原、信陵，称战国四公子，皆以好客养士闻名天下，门下各有数千食客。　㊾ 有土：有封地。　㊿ 砥名：培养名声。砥，打磨。　51 声施：名声传播。　52 "然儒、墨"句：儒家、墨家的著述中都没有记载过闾巷之侠的事迹。排摈，排斥。　53 扞当世之文罔：抵触、违反当世的法律。文罔，即文网，法网，法禁。　54 朋党宗强比周：结党横行的强宗豪族相互勾结。比周，联合，勾结。　55 设财役贫：依仗自己的钱财多奴役穷人。　56 恣欲：纵欲。　57 猥：曲，误。　58 鲁：汉国名，都鲁县，今山东曲阜。　59 用侠闻：因为行侠出名。　60 庸人：普通人，平常人。　61 不可胜言：不计其数。胜，尽。　62 歆其德：以有恩惠于人而欣喜。　63 振人不赡：救济困难的人。赡，衣食不足。　64 衣不完采：衣服破旧，色彩大部分褪了。完，完整。　65 食不重味：吃饭没有两道菜。　66 乘不过軥(qú)牛：乘坐的不过是牛车。軥牛，牛拉的车。軥，车轭。　67 "既阴脱"句：暗中使季布将军解脱困厄。季布原为项羽部下，羽死后，他躲藏于濮阳周氏家中。刘邦悬赏捉拿他，季布最终获赦并得到重用，官至中郎将、河东太守。事见《史记·季布列传》。　68 轵(zhǐ)：今河南济源南。　69 阴贼：阴险残忍。　70 慨不快意：感到不满意的人。慨，感慨，感到。　71 以躯借交报仇：拿自己的性命帮助朋友报仇。借，助。　72 藏命作奸剽攻：窝藏亡命之徒，犯法抢劫。剽攻，抢劫。　73 天幸：天助。　74 窘急常得脱：危难紧急关头常常能够逃脱。　75 折节为俭：改变品行，克制约束自己。俭，通"检"，约束。　76 厚施而薄望：多给予，少索取。　77 振人之命：拯救人的性命。振，救。　78 阴贼著于心：阴险残忍藏在心里。　79 "卒发"句：因细小的怨恨突然发作，又和从前一样。卒，通"猝"，仓促。睚眦(yá zì)，发怒瞪眼睛，喻小的怨恨。　80 负：依仗。　81 嚼：干杯。　82 以翁伯之义：凭着你翁伯的名义。　83 贼不得：凶手捉拿不到。　84 微知：暗中了解到。　85 不直：理亏。　86 去：放走。　87 多：赞扬。　88 箕踞：双腿拉开，状如簸箕，傲慢无礼的样子。　89 不见敬：不被敬重。　90 尉史：县尉手下的小吏。　91 是人，吾所急也：这个人(箕踞者)是我看重的人。急，重。　92 至践更时脱之：到交纳雇役钱时豁免了他。践更，汉代户籍男丁每年在地方服役一个月，称为更卒，若雇贫民代役，每月二千钱，称为践更。脱，免除。　93 弗求：不收取他的践更钱。　94 居间：从中调解。　95 曲听解：勉强屈从他的调解。　96 在此间：在此从中调解。　97 夺：这里指夺人情面的意思。　98 权：指排难解纷的声望。　99 执恭敬：谨守恭敬。　100 各厌其意：各人都满足了愿望。厌，同"餍"，满足。　101 严重之：特别敬重他。　102 争为用：争着为他效力。　103 请得解客舍养之：请求迎请隐匿于郭解家中的逃亡者到自己家中供养。　104 茂陵：汉武帝为自己营建的寿陵，在长安西北八十里。武帝令家财在三百万钱以上的富豪迁移以置邑，目的是"内实京师，外销奸猾"。　105 不中訾：家产不够规定迁移的数目。訾，同"赀"，资产。　106 卫将军为言：卫将军为他说情。　107 县掾(yuàn)：县令手下的小吏。掾，属员统称。　108 举：检举。　109 争交欢解：争着与郭解结交。　110 阙下：宫门前的排楼下。　111 上闻：皇上听说了此事。　112 夏阳：今陕西韩城西南。　113 临晋：今陕西大荔东。　114 "临晋"句：籍少公这个人一向不认识郭解。籍少公，姓籍，名少公。不知，不认识。　115 冒：冒昧求见。　116 主人家：留宿人家。　117 迹：追踪。　118 穷治：深入追究。　119 在赦前：在大赦之前，意思是可以免予追究法律责任。　120 使者：调查郭解案件的官吏。　⑫竟绝：最终断了线索。　⑫议：批驳。　⑫当：判处。　⑫族：灭族。　⑫吾视郭解：元朔二年（前127），武帝令天下豪强及资产超过三百万的人家迁移至茂陵，郭解亦在其中，司马迁因此可能见过他。　⑫中人：中等才能的人。　⑫不足采：无可取。　⑫皆引以为名：都标榜郭解以提高自己的名声。　⑫人貌荣名，岂有既乎：人的容貌与名声之间哪里有必然的联系。既，必定，必然。　⑬於戏：意义同"呜呼"，表感叹语气。

【赏析】　在《游侠列传》中，司马迁首先讨论游侠这一群体的重要性，而《游侠列传序》也被推为古文名篇，比如《古文观止》就收录了此序，并评论曰："世俗止知重儒而轻侠，以致侠士之义，湮没无闻。不知侠之真者，儒亦赖之，故史公特为作传。此一传之冒也。反六赞游侠，多少抑扬，多少往复。胸中牢落，笔底撼写，极文心之妙。"对于游侠这一群体在汉代层出不穷的原因，清代学者何焯指出："秦任法律，赭衣盈路。汉初矫枉过正，或漏吞舟，故朱家、剧孟之徒以豪侠闻而保首领。武帝时禁网密矣，战国余风尽矣，郭解不终，宜其然矣。然非诗书之教相传者，未有不犯世忌，太史公引季次、原宪而叹之，盖有由哉。"（《义门读书记》）本篇的题眼是"缓急"，正如李景星所言："游侠一道，可以济王法，可以去人心之憾，天地间既有此一种奇人，而太史公即不能不创此一种奇传。故传游侠者是史公之特识，非奖乱也。通篇以'缓急，人所时有'句为关键，以'儒侠'二字为眼目。"（《史记评议》）游侠依靠自己的力量，往往干扰了法律的实施，所以朝廷对于游侠群体是抵制的。本文中记述的朱家，是救助季布的人，他救助的人达到百数。文中重点记述的郭解事迹颇多，但最终也因得罪人且朝廷抑制豪侠而被处死。

太史公自序

【题解】　《太史公自序》是《史记》的最后一篇，也是司马迁家族的传记。古人著书，卷首并无目录和序言，而是将序言放在全书之后，如《史记》的《太史公自序》、《汉书》的《叙传》、《论衡》的《自纪篇》、《文心雕龙》的《叙志篇》等。此篇对了解司马迁生平、思想、创作等重要问题都有帮助。本文节选其主要内容。

【原文】

昔在颛顼①，命南正重②以司天，北正黎③以司地。唐虞之际，绍重黎④之后，使复典之，至于夏商，故重黎氏世序天地。其在周，程伯休甫⑤其后也。当周宣王时，失其守而为司马氏。司马氏世典⑥周史。惠襄之间⑦,司马氏去周适晋。晋中军随会奔秦⑧,而司马氏入少梁⑨。

自司马氏去周适晋,分散,或在卫,或在赵,或在秦。其在卫者,相中山⑩。在赵者⑪,以传剑论显⑫,蒯聩⑬其后也。在秦者名错⑭,与张仪争论,于是惠王使错将伐蜀,遂拔,因而守之。错孙靳⑮,事武安君白起。而少梁更名曰夏阳。靳与武安君坑赵长平军⑯,还而与之俱赐死杜邮⑰,葬于华池⑱。靳孙昌,昌为秦主铁官,当始皇之时。蒯聩玄孙卬⑲为武信君⑳将而徇朝歌。诸侯之相王,王卬于殷㉑。汉之伐楚,卬归汉,以其地为河内郡。昌生无泽,无泽为汉市长。无泽生喜,喜为五大夫㉒,卒,皆葬高门㉓。喜生谈,谈为太史公㉔。

太史公学天官于唐都㉕,受《易》于杨何㉖,习道论于黄子㉗。太史公仕于建元元封之间,愍㉘学者之不达其意而师悖㉙,乃论六家之要指。太史公既掌天官,不治民。有子曰迁。

迁生龙门㉚,耕牧河山之阳㉛。年十岁则诵古文㉜。二十而南游江、淮,上会稽,探禹穴㉝,窥九疑㉞,浮于沅、湘㉟;北涉汶、泗㊱,讲业㊲齐、鲁之都,观孔子之遗风,乡射邹、峄㊳;厄困鄱、薛、彭城㊴,过梁、楚㊵以归。于是迁仕为郎中,奉使西征巴、蜀以南,南略邛、笮、昆明,还报命㊶。

是岁天子始建汉家之封,而太史公留滞周南㊷,不得与从事,故发愤且卒。而子迁适使反,见父于河洛之间。太史公执迁手而泣曰:"余先周室之太史也。自上世尝显功名于虞夏,典天官事。后世中衰,绝于予乎? 汝复为太史,则续吾祖矣㊸。今天子接千岁之统㊹,封泰山,而余不得从行,是命也夫,命也夫! 余死,汝必为太史;为太史,无忘吾所欲论著矣。且夫孝始于事亲,中于事君,终于立身。扬名于后世,以显父母,此孝之大者㊺。夫天下称诵周公,言其能论歌文武之德,宣周邵之风,达太王王季之思虑,爰及公刘㊻,以尊后稷也。幽厉之后㊼,王道缺,礼乐衰,孔子修旧起废,论《诗》《书》,作《春秋》,则学者至今则㊽之。自获麟以来四百有馀岁㊾,而诸侯相兼,史记放绝。今汉兴,海内一统,明主贤君忠臣死义之士,余为太史而弗论载,废天下之史文,余甚惧焉,汝其念哉!"迁俯首流涕曰:"小子㊿不敏,请悉论先人所次旧闻,弗敢阙。"

卒三岁而迁为太史令,䌷[51]史记石室金匮[52]之书。五年而当太初元年,十一月甲子朔旦冬至,天历始改[53],建于明堂[54],诸神受纪[55]。

太史公曰:"先人有言[56]:'自周公卒五百岁而有孔子。孔子卒后至于今五百岁,有能绍明世,正《易传》,继《春秋》,本《诗》、《书》、《礼》、《乐》之际?'意在斯乎!意在斯乎!小子何敢让焉。"

上大夫壶遂[57]曰:"昔孔子何为而作《春秋》哉?"太史公曰:"余闻董生[58]曰:'周道衰废,孔子为鲁司寇,诸侯害之,大夫壅之。孔子知言之不用,道之不行也,是非二百四十二年之中[59],以为天下仪表,贬天子,退诸侯,讨大夫[60],以达王事而已矣。'子曰:'我欲载之空言,不如见之于行事之深切著明也[61]。'夫《春秋》,上明三王[62]之道,下辨人事之纪,别嫌疑,明是非,定犹豫,善善恶恶,贤贤贱不肖,存亡国,继绝世[63],补敝起废,王道之大者也。《易》著天地阴阳四时五行,故长于变;《礼》经纪人伦,故长于行;《书》记先王之事,故长于政;《诗》记山川豀谷禽兽草木牝牡雌雄,故长于风;《乐》乐所以立,故长于和;《春秋》辩是非,故长于治人。是故《礼》以节人,《乐》以发和,《书》以道事,《诗》以达意,《易》以道化,《春秋》以道义[64]。拨乱世反之正,莫近于《春秋》。《春秋》文成数万,其指数千[65]。万物之散聚皆在《春秋》。《春秋》之中,弑君三十六,亡国五十二,诸侯奔走不得保其社稷者不可胜数。察其所以,皆失其本已[66]。故《易》曰:'失之豪厘,差以千里。'故曰:'臣弑君,子弑父,非一旦一夕之故也,其渐久矣。'故有国者不可以不知春秋,前有谗而弗见,后有贼而不知。为人臣者不可以不知《春秋》,守经事而不知其宜,遭变事而不知其权。为人君父而不通于《春秋》之义者,必蒙首恶之名。为人臣子而不通于《春秋》之义者,必陷篡弑之诛,死罪之名。其实皆以为善,为之不知其义[67],被之空言而不敢辞[68]。夫不通礼义之旨,至于君不君,臣不臣,父不父,子不子。夫君不君则犯[69],臣不臣则诛,父不父则无道,子不子则不孝。此四行者,天下之大过也。以天下之大过予之,则受而弗敢辞。故《春秋》者,礼义之大宗也。夫礼禁未然之前,法施已然之后;法之所为用者易见,而礼之所为禁者难知。"

壶遂曰:"孔子之时,上无明君,下不得任用,故作《春秋》,垂空文⑦以断礼义,当一王之法。今夫子上遇明天子,下得守职,万事既具,咸各序其宜,夫子所论,欲以何明?"

太史公曰:"唯唯,否否,不然。余闻之先人曰:'伏羲至纯厚,作易八卦。尧舜之盛,《尚书》载之⑦,礼乐作焉。汤武之隆,诗人歌之。《春秋》采善贬恶,推三代之德,褒周室,非独刺讥而已也。'汉兴以来,至明天子,获符瑞⑦,封禅⑦,改正朔⑦,易服色⑦,受命于穆清⑦,泽流罔极⑦,海外殊俗,重译款塞⑦,请来献见者,不可胜道。臣下百官力诵圣德,犹不能宣尽其意。且士贤能而不用,有国者之耻;主上明圣而德不布闻,有司之过也。且余尝掌其官,废明圣盛德不载,灭功臣世家贤大夫之业不述⑦,堕先人所言,罪莫大焉。余所谓述故事,整齐其世传,非所谓作⑧也,而君比之于《春秋》,谬矣。"

于是论次⑧其文。七年⑧而太史公遭李陵之祸,幽于缧绁⑧。乃喟然而叹曰:"是余之罪也夫!是余之罪也夫!身毁不用矣。"退而深惟曰:"夫诗书隐约者⑧,欲遂其志之思也。昔西伯拘羑里,演《周易》;孔子厄陈蔡,作《春秋》;屈原放逐,著《离骚》;左丘失明,厥有《国语》;孙子膑脚,而论兵法;不韦迁蜀,世传《吕览》;韩非囚秦,《说难》、《孤愤》;《诗》三百篇,大抵贤圣发愤之所为作也。此人皆意有所郁结,不得通其道也,故述往事,思来者。"于是卒述陶唐以来,至于麟止⑧,自黄帝始。

维我汉继五帝末流,接三代绝业⑧。周道废,秦拨去古文⑧,焚灭《诗》、《书》,故明堂石室金匮玉版⑧图籍散乱。于是汉兴,萧何次律令,韩信申军法,张苍为章程⑧,叔孙通定礼仪,则文学彬彬稍进,《诗》、《书》往往间出矣。自曹参荐盖公言黄老,而贾生、晁错明申、商,公孙弘以儒显,百年之间,天下遗文古事靡不毕集太史公。太史公仍父子相续纂其职。曰:"于戏!余维先人尝掌斯事,显于唐虞,至于周,复典之,故司马氏世主天官。至于余乎,钦念哉!钦念哉!"网罗天下放失旧闻,王迹所兴,原始察终,见盛观衰⑨,论考之行事,略推三代⑨,录秦汉,上记轩辕,下至于兹,著十二本纪⑨,既科条之矣。并时异世⑨,年差不明⑨,作十表⑨。礼乐损益,律历改易,兵权山川鬼神⑨,天人之际,承敝通变,作八书。二十八宿环北辰,三十辐共一毂⑨,运行无穷,辅拂股肱之臣配焉,忠信行道,以奉主上,作三十世家。扶义俶傥⑱,不令己失时,立功名于天下,作七十列传。凡百三十篇,五十二万六千五百字,为《太史公书》。序略,以拾遗补艺⑲,成一家之言,厥协六经异传,整齐百家杂语,藏之名山,副在京师⑩,俟后世圣人君子。

太史公曰:余述历黄帝以来至太初而讫⑩,百三十篇。

【注释】 ① 颛顼(zhuān xū):上古传说中的五帝之一,继黄帝为帝,号高阳氏。 ② 南正重:南正,传说中的上古职掌天文星象历法的天官。重为天官之名。《国语·楚语下》:"颛顼受之,乃命南正重司天以属神,命火正黎司地以属民。"韦昭注:"南,阳位。正,长也。司,主也。属,会也。所以会群神,使各有分序,不相干乱也。" ③ 北正黎:北正,传说中的上古职掌农事的地官。 ④ 重黎:《史记·楚世家》云:"高阳生称,称生卷章,卷章生重黎。"上文以重、黎为二人,此处为一人。梁玉绳《史记志疑》卷二十六认为,黎之后以地官兼天官,故号重黎氏。 ⑤ 程伯休甫:程,古国名,在今洛阳东,一说在今陕西咸阳东。伯,周代五等诸侯公、侯、伯、子、男之第三等。休甫,人名。 ⑥ 典:职掌。 ⑦ 惠襄之间:指周惠王、周襄王之间。惠王时有王子颓作乱,襄王时有王叔带作乱。史官职掌机要,故司马氏在惠、襄之间的王室之乱中去周适晋。 ⑧ 晋中军随会奔秦:随会,晋大夫。公元前 621 年晋襄公卒,随会入秦迎立公子雍。赵盾立晋灵公,发兵拒公子雍。随会奔秦避难,之后回到晋国做了中军统帅。司马贞《史记索隐》:"《左氏》随会自晋奔秦,后乃奔魏,自魏还晋,故《汉书》云会奔秦魏也。" ⑨ 司马氏入少梁:少梁,春秋时嬴姓诸侯国梁国,后被秦灭,改称少梁,位于今陕西韩城附近。 ⑩ 其在卫者,相中山:司马氏流入卫国的一支,后代中有人做了中山国的相,指司马喜。 ⑪ 在赵者:司马贞《史记索隐》:"何法盛《晋书》及《司马氏系本》名凯。" ⑫ 以传剑论显:裴骃《史记集解》引服虔曰:"世善传剑也。"苏林曰:"传手搏论而释之。"晋灼曰:"《史记》吴起赞曰'非信廉勇,不能传剑论兵书'也。" ⑬ 蒯聩(kuǎi kuì):司马氏分散时,赵国还没有建立,此处是说后代在赵国。《史记·刺客列传》载荆轲在赵国榆次与盖聂论剑。 ⑭ 在秦者名错:司马错,秦惠王将,公元前 316 年为秦灭蜀。司马错与张仪辩论的就是伐蜀的利弊,见于《史记·张仪列传》。 ⑮ 靳(jìn):《汉书》作"蕲",二字音近互转。 ⑯ 坑赵长平军:赵孝成时长平之战,秦将白起坑杀赵国士兵。 ⑰ 杜邮:地名,今陕西咸阳市东。 ⑱ 华池:地名,今陕西省韩城市西南十七里。 ⑲ 卬:司马贞《史记索隐》:"晋谯国司马无忌作《司马氏系本》,云蒯聩生昭豫,昭豫生宪,宪生卬。" ⑳ 武信君:武臣的封号。陈胜派他平定赵地,他又派司马卬攻取了朝歌。 ㉑ 王卬于殷:《索隐》汉书云项羽封卬为殷王。 ㉒ 五大夫:爵位名。战国时楚魏始设,秦汉因之,为二十级封爵制的第九级。 ㉓ 高门:地名,高门原的简称,又称马门原,在华池西三里。 ㉔ 谈为太史公:关于太史公是尊称还是官名一直有争论。《史记》全书称"太史公"凡一百五十二见,为司马谈、司马迁父子相共。"太史公"不是官名,此称"太史"为官名,"公"为敬称。 ㉕ 学天官于唐都:此处指司马谈向唐都学天文学。天官,天文星象之学。唐都,汉代学者,精通天文学,太初元年(前 104)曾与司马迁等人一同制定太初历。　㉖ 杨何:菑川人,字叔元,受《易》于田何,武帝时为中大夫。见《史记·儒林传》。　㉗ 黄子:汉初治道家的学者,《儒林传》称"黄生好黄老之术"。　㉘ 慇:忧伤。　㉙ 师悖:师法惑乱之言。　㉚ 龙门:山名,在今陕西韩城县东北五十里,横跨在黄河两岸。　㉛ 河山之阳:河之北,山之南。　㉜ 古文:先秦典籍用古体字书写,汉代通称之为古文,以区别于汉代用隶书书写的今文。　㉝ 禹穴:在今浙江绍兴东南会稽山上,传说夏禹南巡时曾在此大会诸侯。　㉞ 九疑:山名,今湖南宁远县境内,传说舜南巡,死后葬此。　㉟ 沅、湘:湖南境内的两条大江,注入洞庭湖。屈原放逐后,曾在两江上漫游。　㊱ 汶、泗:山东境内水名,孔子的出生地曲阜就在泗水中游的南岸。　㊲ 讲业:此处指研究学问。　㊳ 乡射邹、峄:在邹、峄参观乡射之礼。乡射,古代射箭饮酒的礼仪。乡射有二,一是州长春秋于州序(州的学校)以礼会民习射,一是乡大夫于三年大比贡士之后,与乡老、乡人习射。邹,古国名,今山东邹县,孟子的出生地。峄,山名,邹县南,秦始皇东巡,在此刻石颂功。　㊴ 鄱、薛、彭城:鄱,即汉番县。薛,齐孟尝君的封地。彭城,今江苏徐州。　㊵ 梁、楚:梁,即大梁,今河南开封,魏国后期都城。楚,泛指楚地。　㊶ 还报命:奉使还报。　㊷ 周南:即下文"河洛之间",实指洛阳。　㊸ 续吾祖矣:就可以继承我祖上的事业。　㊹ 接千岁之统:据《封禅书》载,周成王曾登封泰山,下距武帝其间九百余年,此云"千岁"是约指。　㊺ 此孝之大者:《孝经》云:"身体发肤,受之父母,不敢毁伤,孝之始也。立身行道,扬名于后世,以显父母,孝之终也。夫孝始于事亲,中于事君,终于立身。"　㊻ 王季之思虑,爱及公刘:王季、公刘,周部族先王,为周的兴盛做出了贡献。　㊼ 幽厉之后:周幽王、周厉王之后,指平王东迁后的东周之世。　㊽ 则:效法。　㊾ "自获麟"句:鲁哀公十四年(前481)获麟至武帝元丰元年(前110)只有371年,此处是概略说法,与上文"五百岁"呼应。按照五行学说,五百年是历史变化的一个小周期。　㊿ 小子:下对上的自称。　㊀ 绅(chōu):缀集。　㊁ 石室金匮:皆国家藏书之处。　㊂ 天历始改:谓始用夏正。此前汉代因袭秦之历法,以农历十月为一年之首月。汉武帝时开始改革历法,用夏之历法,即今天的夏历。　㊃ 明堂:帝王宣明政教的地方,凡朝会、祭祀、庆赏、选士、养老、教学等大典,都在此举行。此指改历于明堂,班之于诸侯。　㊄ 诸神受纪:裴骃《史记集解》引韦昭曰:"告于百神,与天下更始,著纪于是。"百神谓句芒、祝融之属。　㊅ 先人有言:前辈说过。此指司马谈。　㊆ 壶遂:司马迁推重的好友,曾为太中大夫。　㊇ 董生:董仲舒。　㊈ 是非二百四十二年之中:指《春秋》总结了242年的历史。是非,是则是之,非则非之,按照善善恶恶的观念进行褒贬评价。　㊉ 贬天子,退诸侯,讨大夫:贬、退、讨,都是批判、贬抑的意思。　㊋ "我欲载之空言"二句:语出《论语·卫灵公》,意为与其载述空洞的说教,不如切实地考察具体的事例以见其是非美恶。司马贞《史记索隐》:"空言谓褒贬是非也。空立此文,而乱臣贼子惧也。"又曰:"孔子言我徒欲立空言,设褒贬,则不如附见于当时所因之事。人臣有僭佞篡逆,因就此笔削以褒贬,深切著明而书之,以为将来之诫者也。"　㊌ 三王:指夏、商、周三代之君。　㊍ "存亡国"二句:语出《论语·尧曰》:"兴灭国,继绝世,举逸民。天下之民归心焉。"　㊎ "是故"六句:《礼》、《乐》、《诗》、《书》、《易》、《春秋》,即六经。　㊏ 文成数万,其指数千:文以万计,指以千计。指,条例。　㊐ 察其所以,皆失其本已:司马贞《史记索隐》:"弑君亡国及奔走者,皆是失仁义之道本耳。已者,语终之辞也。"　㊑ "其实"二句:张守节《史记正义》:"其心实善为之,不知其义理,则陷于罪咎。"　⑱"被之"句:指篡弑的乱臣贼子虽有文辞粉饰,却不敢推却责任。裴骃《史记集解》引张晏曰:"赵盾不知讨贼,而不敢辞其罪也。"　⑲君不君则犯:君主没有君主的样子则会被臣下所触犯。　⑳空文:谓不能用于当世的文章。　㉑《尚书》载之:指《尚书》的《尧典》等篇目歌颂尧舜之德。　㉒获符瑞:指汉武帝获麟及得鼎。　㉓封禅:封泰山禅梁父,在泰山上祭天,在梁父山上祭地,表示皇帝顺应天命。　㉔改正朔:改历象征改朝换代。夏以正月为正,商以十二月为正,周以十一月为正,秦以十月为正。汉武帝颁布太初历,改掉此前因袭的秦历,而以正月为正。　㉕易服色:改易服用器物的颜色。按照五德终始论,秦为水德,色尚黑。汉武帝封禅,按照土克水,汉为土德,色尚黄。易,更改,变换。　㉖穆清:深蓝清澄的太空,这里代指上天。　㉗泽流罔极:汉家盛德流布到无边的四极。罔极,无穷尽。　㉘重译款塞:遥远的外国也派使臣来交通汉朝。重译,辗转翻译。款塞,叩关服从。　㉙述:编述,将前人和他人的资料加以改造整理而成新的著作。　㉚作:创作,发前人之所未发。　㉛论次:接次序论述。　㉜七年:指上距太初元年为七年,即天汉三年,公元前98年。　㉝缧绁:捆绑犯人的绳索,代指监狱。　㉞夫诗书隐约者:司马贞《史记索隐》:"谓其意隐微而言约也。"　㉟"于是"二句:《史记》记述的时间自尧开始,至汉武帝获麟为止。陶唐,帝尧的号。麟止,至获麟而止,即汉武帝元狩元年(前122)。　㊱"维我汉"二句:指汉朝兴起,继承了快要断绝的五帝三代文化传统。末流,遗流。绝业,中断的事业。绝业与末流,互文见义。　㊲古文:即籀书,又称大篆,为先秦文字。秦始皇统一文字,废古文,行小篆。　㊳玉版:裴骃《史记集解》:"刻玉版以为文字。"　㊴章程:章,章法,指历法。程,程式,量度,指度量衡制度。　㊵"原始察终"二句:研究历史考虑事情的原委,总结盛衰变迁的经验。察,考虑。　㊶略推三代:大略地勾勒了三代的发展线索。　㊷本纪:《史记》中记载帝王事迹的文体,从五帝开始到汉武帝,共十二《本纪》。　㊸并时异世:指诸侯列国历史,同一时代,有不同国家。　㊹年差不明:司马贞《史记索隐》:"并时则年历差殊,亦略言,难以明辩,故作表也。"　㊺十表:《史记》中纪年的文体,分世表、年表、月表三种。　㊻兵权山川鬼神:司马贞《史记索隐》:"兵权,即《律书》也。迁没之后,亡,褚少孙以《律书》补之。今《律书》亦略言兵也。山川,即《河渠书》也;鬼神,《封禅书》也。故云山川鬼神也。"　㊼"二十八"二句:指《史记》中列传、世家、本纪等组成的层层环绕的结构。裴骃《史记集解》引《汉书音义》:"象黄帝以下三十世家,老子言车三十辐,运行无穷,以象王者如此也。"张守节《史记正义》引颜师古云:"此说非也。言众星共绕北辰,诸辐咸归车,群臣尊辅天子也。"　㊽扶义俶傥(tì tǎng):指立大节有作为的人臣。俶傥,卓越,杰出。司马贞《史记索隐》:"扶义俶傥之士能立功名于当代,不后于时者也。"　㊾拾遗补艺:拾取遗文以补六经之义。艺,指《六艺》。　㊿藏之名山,副在京师:指《史记》成书后,正本藏之书府,副本留在京师。藏之名山,将著书于书府,传之后人。《穆天子传》曰:"天子北征,至于群玉之山,河平无险,四彻中绳,先王所谓策府。"郭璞注:"古帝王藏策之府。"　㊿¹至太初而讫:到太初元年(前104)为止。讫,截止,终了。

【赏析】　在《太史公自序》中,司马迁首先讲述了司马氏祖先的历史,接着重点讲述其父司马谈的思想主张,并收录了司马谈的代表作《论六家要旨》。接着才开始讲述司马迁个人的经历,包括他早年游历全国,收集史料;其后继承父业,担任史官,修订历法,著书立说;再后遭遇李陵之祸,忍辱负重,发愤著书等。《自序》的最后,还谈到了《史记》的结构。本篇叙述条理有序,将司马氏的历史与司马迁创作《史记》的主旨一一道来。宋代楼昉曰:"家世源流,论着本末,备见于此篇。终自叙处,文字反复委折,有开阖变化之妙,尤宜玩味。"(《崇古文诀》)清代李景星曰:"《史记》一书,太史公司马迁所言也,篇末仍以史迁结。如一百三十篇,而终于《自序》是。盖《自序》非他,即史迁自作之列传也。无论一部《史记》,总括于此,即史迁一个人本末,亦备见于此。"(《史记评议》)而对于《史记》的价值,司马迁一直希望《史记》能够上继《春秋》,故《古文观止》评论曰:"史公生平学力,在《史记》一书,上接周孔,何等担荷!原本六经,何等识力!表章先人,何等渊源!然非发愤郁结,则虽有文章,可以无作。哀公获麟而《春秋》作,武帝获麟而《史记》作,《史记》岂真能继《春秋》者哉!"

班　彪

作者简介

班彪(3—54)，字叔皮，扶风安陵(今陕西咸阳东北)人。班氏在西汉是个显赫的家族，班彪的母家为匈奴休屠王太子金日䃅之后，姑母为汉成帝班婕妤，子班固、班超，女班昭，皆汉史留名。史称班彪自幼好古敏求，与其兄班嗣游学不辍，才名渐显。西汉末年，为避战乱至天水依附隗嚣，欲劝隗嚣归汉室，作《王命论》感化之，但未能如愿。后至河西，为大将军窦融从事，劝窦融支持光武帝。东汉初，举茂才，任徐县令，因病免官。其传见《汉书·叙传》及《后汉书·班彪传》，其中《后汉书·班彪传》载其"所著赋、论、书、记、奏事合九篇"。班彪学博才高，在司马迁《史记》出现之后，欲续成者多人，皆不理想，班彪乃"继采前史遗事，傍贯异闻，作后传数十篇"，这是后来班固撰写《汉书》的基础。

王　命　论

【题解】　本文是班彪依附天水隗嚣时所撰。当时，隗嚣有问鼎汉室的野心，与班彪有过一次交谈。班彪有感于隗嚣的图谋，撰写此文，告诫隗嚣当今时代与战国纷争乱世的不同，而刘汉乃天命所授，希望能够感化隗嚣，归顺汉室。本篇选自汉班固《汉书·叙传第七十》。

【原文】

昔在帝尧之禅，曰："咨！尔舜，天之历数在尔躬①。"舜亦以命禹。暨于稷②契③，咸佐唐虞，光济四海，奕世④载⑤德。至于汤武⑥，而有天下。虽其遭遇异时，禅代不同，至于应天顺人，其揆一焉。是故刘氏承尧之祚，氏族之世，著乎《春秋》⑦。唐据火德，而汉绍之。始起沛泽，则神母夜号，以彰赤帝之符⑧。由是言之，帝王之祚，必有明圣显懿之德，丰功厚利积累之业，然后精诚通于神明，流泽加于生民。故能为鬼神所福飨，天下所归往。未见运世无本、功德不纪⑨，而得崛起在此位者也！世俗见高祖兴于布衣，不达其故，以为适遭暴乱,得奋其剑。游说之士,至比天下于逐鹿,幸捷而得之。不知神器⑩有命,不可以智力求。悲夫,此世之所以多乱臣贼子者也。若然者,岂徒暗于天道哉?又不睹之于人事矣!

夫饿馑流隶⑪,饥寒道路,思有裋褐⑫之袭⑬,儋石⑭之蓄,所愿不过一金,终于转死沟壑,何则?贫穷亦有命也。况乎天子之贵,四海之富,神明之祚,可得而妄处哉?故虽遭罹厄会,窃其权柄,勇如信、布⑮,强如梁、籍⑯,成如王莽,然卒润镬伏质,亨醢分裂⑰;又况么么⑱,尚不及数子,而欲暗干天位者也?是故驽蹇之乘不骋千里之涂,燕雀之畴不奋六翮⑲之用,楶⑳棁㉑之材不荷栋梁之任,斗筲㉒之子不秉帝王之重。《易》曰:"鼎折足,覆公餗。"㉓不胜其任也。

当秦之末,豪杰共推陈婴㉔而王之,婴母止之曰:"自吾为子家妇,而世贫贱,猝㉕富贵不祥。不如以兵属人,事成,少受其利;不成,祸有所归。"婴从其言,而陈氏以宁。王陵㉖之母,亦见项氏之必亡,而刘氏之将兴也。是时,陵为汉将,而母获于楚。有汉使来,陵母见之,谓曰:"愿告吾子,汉王长者,必得天下,子谨事之,无有二心!"遂对汉使伏剑而死,以固勉陵。其后果定于汉,陵为宰相封侯。夫以匹妇㉗之明,犹能推事理之致,探祸福之机,全宗祀于无穷,垂策书㉘于《春秋》㉙,而况大丈夫之事乎!是故穷达有命,吉凶由人,婴母知废,陵母知兴。审此四者,帝王之分决矣。

盖在高祖,其兴也有五:一曰帝尧之苗裔,二曰体貌多奇异,三曰神武有征应,四曰宽明而仁恕,五曰知人善任使。加之以信诚好谋,达于听受,见善如不及,用人如由己,从谏如顺流,趣时如响赴。当食吐哺,纳子房之策㉚;拔足挥洗,揖郦生之说㉛。悟戍卒之言㉜,断怀土之情;高四皓之名,割肌肤之爱㉝。举韩信于行阵,收陈平于亡命。英雄陈力,群策毕举,此高祖之大略,所以成帝业也。若乃灵瑞符应,又可略闻矣:初,刘媪妊高祖,而梦与神遇,震电晦冥,有龙蛇之怪;及长而多灵,有异于众。是以王、武㉞感物而折券,吕公㉟睹形而进女;秦皇东游以压其气,吕后望云而知所处;始受命则白蛇分,西入关则五星聚。故淮阴、留侯㊱谓之天授,非人力也。

历古今之得失,验行事之成败,稽帝王之世运,考五者之所谓。取舍不厌㊲斯位,符瑞不同斯度,而苟昧㊳于权利,越次妄据,外不量力,内不知命,则必丧保家之主,失天年之寿,遇折足㊴之凶,伏斧钺之诛。英雄诚知觉悟,畏若㊵祸戒,超然远览,渊然深识,收陵、婴之明分,绝信、布之觊觎㊶,距逐鹿之瞽说㊷,审神器㊸之有授,毋贪不可冀,为二母之所笑,则福祚流于子孙,天禄㊹其永终矣。

【注释】 ①"咨!尔舜"三句:见《论语·尧曰》篇。天之历数,上天的大命。尔躬,你的身上。 ②稷:后稷,周的始祖。 ③契:商的始祖。 ④奕世:累世。 ⑤载:承。此言相因不绝。 ⑥汤武:商汤和周武王。 ⑦"是故"三句:《左传》昭公二十九年:"陶唐氏既衰,其后又刘累,学扰龙于豢龙氏,以事孔甲。"此为班氏所言之据。 ⑧赤帝之符:相传刘邦斩白蛇,有老妪哭,言其子乃化成为蛇的白帝子,因挡在路上被赤帝子即刘邦所斩。详见《史记·高祖本纪》和《汉书·高帝纪》。 ⑨不纪:不为人所记。 ⑩神器:指帝位。 ⑪饿馑流隶:因饥饿荒年而流亡他乡的微贱之民。馑,荒年。 ⑫裋(shù)褐:古代多为贫贱者所穿的粗服。 ⑬袭,重衣,即衣上加衣。 ⑭儋(dàn)石:即担石,形容米粟不多。儋,通"担"。 ⑮信、布:指韩信、黥布。皆秦汉之际名将。传见《史记·淮阴侯列传》、《季布栾布列传》及《汉书·韩彭英卢吴传》。 ⑯梁、籍:项梁、项籍。传见《史记·项羽本纪》及《汉书·项羽列传》。 ⑰"然卒润镬(huò)伏锧"二句:谓终于被烹醢或斩首。镬,大锅。醢(hǎi),古代的一种酷刑,把人杀死后剁成肉酱。 ⑱么(yāo)么:微小,亦谓微不足道之人。 ⑲六翮(hé):谓鸟类双翅中的正羽,用以指鸟的两翼。 ⑳桀(jié):柱头斗拱。 ㉑棁(zhuō):梁上短柱。 ㉒斗筲(shāo):斗与筲,皆量小的容器。此比喻才短识浅。斗容十升。筲,一种盛饭用的竹筐,容一斗二升。 ㉓"《易》曰"三句:见《易·鼎》九四爻辞。《易·繫辞下》:"《易》曰:'鼎折足,覆公餗,其形渥,凶。'言不胜其任也。"餗(sù):鼎中的食品。 ㉔陈婴:秦末东阳人,初任县令史,为人诚实谨慎。为反抗暴秦统治,东阳少年杀县令,欲立陈婴为王,被陈婴之母阻止。后率众投奔项梁,共立熊心为楚怀王,陈婴任上柱国,封五县;后投靠刘邦,封堂邑侯。 ㉕猝(cù):突然。 ㉖王陵:沛县人,汉高祖微时,对王陵兄事之。秦末农民战争中,聚众数千人据南阳,后归刘邦,从定天下,以功封安国侯,官至右丞相、太傅。刘邦起兵攻陷咸阳,王陵集合数千兵占据南阳,不愿跟随太祖。刘邦与项羽作战,王陵的母亲在项羽营中,为了王陵归顺汉王,伏剑自杀。项羽大怒,将王陵之母烹煮,王陵于是归顺刘邦。高祖六年(前201年),封王陵为安国侯。汉惠帝即位后,相国曹参去世,王陵继任为右丞相,陈平为左丞相。吕后元年(前187年),王陵为太傅。吕后八年(前180年)去世,谥武侯。传见《史记·陈丞相世家》、《汉书·张陈王周传》。 ㉗匹妇:谓普通妇女。 ㉘策书:指古代常用以记录史实的简册。 ㉙《春秋》:此处泛指书籍。 ㉚纳子房之策:指高祖听人建议欲立六国之后而被张良制止之事。子房,指张良,传见《史记·留侯世家》和《汉书·张陈王周传》。 ㉛揖郦生之说:《史记·郦生陆贾列传》载,郦食其入见,高祖方倨床使两女子洗足。郦生入,则长揖不拜,曰:"足下欲助秦攻诸侯乎?且欲率诸侯破秦也?"沛公骂曰:"竖儒!夫天下同苦秦久矣,故诸侯相率而攻秦,何谓助秦攻诸侯乎?"郦生曰:"必聚徒合义兵诛无道秦,不宜倨见长者。"于是沛公辍洗,起摄衣,延郦生上坐,谢之。郦生,指郦食(yì)其(jī)。　㉜悟戍卒之言:谓汉高帝纳娄敬建都关中之谏,而远离乡土沛县。戍卒,指娄敬,传见《史记·刘敬叔孙通列传》。　㉝"高四皓之名"二句:指汉高帝因太子招致四皓,终于不易立戚夫人之子刘如意之事。　㉞王、武:王媪、武负,史称高祖"常从王媪、武负贳酒,醉卧,武负、王媪见其上常有龙,怪之。高祖每酤留饮,酒雠数倍。及见怪,岁竟,此两家常折券弃责。"　㉟吕公:吕后之父。吕公善相人,见高祖后将女许配高祖,即吕后。详见《史记·高祖本纪》与《汉书·高帝纪》。　㊱淮阴、留侯:指淮阴侯韩信、留侯张良。　㊲厌:当。　㊳昧:贪。　㊴折足:即上文所引《易》曰:"鼎折足,覆公𫂶,其形渥,凶。"言不胜其任。　㊵若:犹"此"。　㊶觊(jì)觎(yú):非分的希望或企图。　㊷瞽(gǔ)说:胡说。　㊸神器:帝王的印玺,借指帝位、国家权力。　㊹天禄:天赐的福禄。《尚书·大禹谟》:"四海困穷,天禄永终。"后常指帝位。

【赏析】　《王命论》是古文名篇,既收入班固的《汉书·叙传》,又收入《昭明文选》。此篇论述天子的命数,而力言高祖刘邦得天命,大汉王朝可以延续。全篇通过历史的回顾,讲述了历代天子的受命渊源,他们应天顺人,从而四海归心。尤其是秦末农民战争以来,豪杰并起,纷纷割据为王,但最终得天下者却是刘邦。刘邦的兴起有五个征兆,且当时人即认为乃是"天授,非人力也"。虽然王莽之祸导致再次政权播迁,群雄并起,但天命不改,民心仍旧归汉,所以班彪劝说隗嚣归顺汉朝,而当时光武帝刘秀在群雄中已享有威望,很有可能收拾残局,成为下一任皇帝。班彪层层论述,反复言说,既有正面劝说,又有反面例证,从而达到了以古为鉴、借古讽今的目的。范晔作《后汉书》,曾评论"班彪以通儒上才,倾侧危乱之间,行不逾方,言不失正,仕不急进,贞不违人,敷文华以纬国典,守贱薄而无闷容。彼将以世运未弘,非所谓贱焉耻乎?何其守道恬淡之笃也"。这是对班彪在两汉之际历史境遇中的高洁操守和明智选择的概括。李兆洛《骈体文钞》评此篇为"安徐重固",言其议论稳固,语气从容。读者可从中体会到这些特点。

班　固

作者简介

　　班固(32—92),字孟坚,扶风安陵(今陕西咸阳东北)人。班彪之子,班超、班昭之兄。九岁能文,及长,博通群书。十六岁入洛阳太学。二十三岁,班彪死,班固回到家乡,继承父亲班彪未完成的修史大业,潜精研思,修撰史书。永平五年(62),有人上书汉明帝,告其私撰国史,被捕入狱。其弟班超向明帝陈述班固著述意图,同时郡守也将班固的书献上。明帝欣赏班固才能,召为校书郎、兰台令史,继续创作《汉书》。和帝永元初年(89),班固随窦宪出击匈奴,在燕然山刻石记功。窦宪失势,班固受牵连入狱,死于狱中。班固著述,《隋书·经籍志》著录有集十七卷,已佚。明代张溥《汉魏六朝百三家集》辑有《班兰台集》。班固是著名的文学家,辞赋代表作有《两都赋》、《幽通赋》、《答宾戏》等。其传见《后汉书》卷四十。《汉书》在班固去世后还有未竟的篇目,后由班昭、马续等共同完成。在文学史和史学史上,《汉书》是唯一能与《史记》并驾齐驱的史书,是古代史传文学的代表作,其中不乏精彩篇章。本书选取《汉书》中一些著名篇目供读者阅读欣赏。

晁　错　传

【题解】　晁错是汉代的政治家、思想家,司马迁的《史记》中有《袁盎晁错列传》,将袁盎与晁错合传。班固作《汉书》,则为晁错单独立传,而且加入了晁错的一些政论文,所以,对于晁错的传记,《汉书》中的记述更为详细和全面。本文节选《汉书·晁错传》记述其生平的部分。

【原文】

　　晁错,颍川①人也。学申、商刑名于轵张恢生所②,与雒阳③宋孟及刘带同师。以文学为太常掌故④。

　　错为人峭直刻深⑤。孝文时,天下亡治⑥《尚书》者,独闻齐有伏生⑦,故秦博士⑧,治《尚书》,年九十余,老不可征。乃诏太常⑨,使人受之。太常遣错受《尚书》伏生所,还,因上书称说⑩。诏以为太子舍人⑪，门大夫，迁博士。又上书⑫言："人主所以尊显功名扬于万世之后者，以知术数⑬也。故人主知所以临制臣下而治其众，则群臣畏服矣；知所以听言受事，则不欺蔽矣；知所以安利万民，则海内必从矣；知所以忠孝事上，则臣子之行备矣：此四者，臣窃为皇太子⑭急之。人臣之议或曰皇太子亡以知事为⑮也，臣之愚，诚以为不然。窃观上世之君，不能奉其宗庙而劫杀于其臣者，皆不知术数者也。皇太子所读书多矣，而未深知术数者，不问书说⑯也。夫多诵而不知其说，所谓劳苦而不为功。臣窃观皇太子材智高奇，驭射技艺过人绝远，然于术数未有所守者，以陛下为心⑰也。窃愿陛下幸择圣人之术可用今世者，以赐皇太子，因时使太子陈明于前。唯陛下裁察。"上善之，于是拜错为太子家令⑱。以其辩得幸太子，太子家号曰"智囊⑲"。

是时匈奴强，数寇边，上发兵以御之。错上书言兵事⑳。文帝嘉之，乃赐错玺书㉑宠答焉，曰："皇帝问太子家令：上书言兵体三章㉒，闻㉓之。书言'狂夫之言，而明主择焉'。今则不然。言者不狂，而择者不明，国之大患，故在于此㉔。使夫不明择于不狂，是以万听而万不当㉕也。"

错复言守边备塞、劝农力本，当世急务二事㉖。上从其言，募民徙塞下。错复言㉗。后诏有司举贤良文学士，错在选中。上亲策诏㉘之。时，贾谊已死，对策者百馀人，唯错为高第㉙，繇是迁中大夫㉚。错又言宜削诸侯事，及法令可更定者，书凡三十篇。孝文虽不尽听，然奇其材。当是时，太子善错计策，爰盎诸大功臣多不好错。

景帝即位，以错为内史㉛。错数请间言事，辄听，幸倾九卿㉜，法令多所更定。丞相申屠嘉心弗便㉝，力未有以伤。内史府居太上庙堧㉞中，门东出，不便，错乃穿门南出，凿庙堧垣㉟。丞相大怒，欲因此过为奏请诛错。错闻之，即请间为上言之。丞相奏事，因言错擅凿庙垣为门，请下廷尉诛。上曰："此非庙垣，乃堧中垣，不致于法。"丞相谢㊱。罢朝，因怒谓长史㊲曰："吾当先斩以闻㊳，乃先请，固误。"丞相遂发病死。错以此愈贵。

迁为御史大夫，请�439诸侯之罪过，削其支郡㊵。奏上，上令公卿、列侯、宗室杂议，莫敢难，独窦婴争之，繇此与错有隙。错所更令三十章，诸侯讙哗㊶。错父闻之，从颍川来，谓错曰："上初即位，公㊷为政用事，侵削诸侯，疏人骨肉㊸，口让㊹多怨，公何为也？"错曰："固也㊺。不如此，天子不尊，宗庙不安。"父曰："刘氏安矣，而晁氏危，吾去公归矣！"遂饮药死，曰："吾不忍见祸逮身。"

后十馀日，吴、楚七国㊻俱反，以诛错为名。上与错议出军事，错欲令上自将兵，而身居守。会窦婴言爰盎，诏召入见，上方与错调兵食㊼。上问盎曰："君尝为吴相，知吴臣田禄伯为人乎？今吴、楚反，于公意何如？"对曰："不足忧也，今破矣。"上曰："吴王即山铸钱，煮海为盐，诱天下豪桀，白头举事，此其计不百全，岂发乎？何以言其无能为也？"盎对曰："吴铜、盐之利则有之，安得豪桀而诱之！诚令吴得豪桀，亦且辅而为谊，不反矣。吴所诱，皆亡赖子弟，亡命铸钱奸人，故相诱以乱。"错曰："盎策之善。"上问曰："计安出？"盎对曰："愿屏㊽左右。"上屏人，独错在。盎曰："臣所言，人臣不得知。"乃屏错。错趋避东箱，甚恨。上卒问盎，对曰："吴、楚相遗书，言高皇帝王子弟各有分地，今贼臣晁错擅適诸侯，削夺之地，以故反名为西共诛错，复故地而罢。方今计，独有斩错，发使赦吴、楚七国，复其故地，则兵可毋血刃而俱罢。"于是上默然良久，曰："顾诚何如㊾，吾不爱一人谢天下。"盎曰："愚计出此，唯上孰计之。"乃拜盎为泰常，密装治行㊿。

后十馀日，丞相青翟、中尉嘉、廷尉欧㈤劾奏错曰："吴王反逆亡道，欲危宗庙，天下所当共诛。今御史大夫错议曰：'兵数百万，独属群臣，不可信，陛下不如自出临兵，使错居守。徐、僮㈥之旁吴所未下者可以予吴。'错不称陛下德信，欲疏群臣百姓，又欲以城邑予吴，亡臣子礼，大逆无道。错当要斩，父母妻子同产㈦无少长皆弃市。臣请论如法。"制曰："可。"错殊不知。乃使中尉召错，绐载行市㈧。错衣朝衣㈨，斩东市㈩。

错已死，谒者仆射㈠邓公为校尉㈡，击吴、楚为将。还，上书言军事，见上。上问曰："道㈢军所来，闻晁错死，吴、楚罢㈣不？"邓公曰："吴为反数十岁矣，发怒削地，以诛错为名，其意不在错也。且臣恐天下之士箝口㈤不敢复言矣。"上曰："何哉？"邓公曰："夫晁错患诸侯强大不可制，故请削之，以尊京师，万世之利也。计划始行，卒受大戮,内杜㉒忠臣之口,外为诸侯报仇,臣窃为陛下不取也。"于是景帝喟然长息,曰:"公言善。吾亦恨之!"乃拜邓公为城阳中尉㉓。

邓公,成固㉔人也,多奇计。建元㉕年中,上招贤良,公卿言邓先㉖。邓先时免,起家为九卿。一年,复谢病免归。其子章,以修黄、老言显诸公间。

赞曰:晁错锐于为国远虑,而不见身害。其父睹之,经于沟渎㉗,亡益救败,不如赵母指括㉘,以全其宗。悲夫!错虽不终,世哀其忠。故论其施行之语著于篇。

【注释】　① 颍川:郡名,治阳翟(今河南禹县)。　② "申、商"句:申、商,申不害、商鞅,皆战国时法家人物。刑名,法家循名责实、明赏罚的学说。轵(zhǐ),县名,在今河南济源县东南。生,先生。《汉旧仪》云:"博士称先生。"或简称为先,或简称为生。疑张恢也是秦代博士。所,汉人习俗语每称某所。　③ 雒(luò)阳:即洛阳。　④ "以文学"句:文学,言文章博学。太常掌故,汉官名,太常的属官。　⑤ 峭直刻深:严峻,刚直,苛刻。　⑥ 亡治:亡,通"无"。治,研究。　⑦ 伏生:即伏胜,字子贱,济南人。　⑧ 博士:学官名,秦与汉初,博士掌学术,备顾问,典守书籍。自汉武帝设五经博士置弟子员之后,博士专掌经学传授。　⑨ 太常:官名。掌宗庙礼仪,兼掌选试博士。　⑩ 因上书称说:《史记》作"因上便宜事,以《书》称说",文义较明。颜师古注曰:"称师法而说其义。"　⑪ 太子舍人:及下文"门大夫",皆太子的属官。　⑫ 书:即《言太子知术数疏》,以下引文即是。　⑬ 术数:治国之方略与统治之手段。　⑭ 皇太子:指当时的太子刘启。　⑮ 亡以知事为:没有必要懂得这些事。亡,通"无"。　⑯ 不问书说:不了解书中含义。　⑰ 以陛下为心:意谓担心皇上怀疑他急于为君。　⑱ 太子家令:太子的属官,主管庶务。　⑲ 智囊:足智多谋的人。　⑳ 上书言兵事:即《言兵事疏》,本书省略。　㉑ 玺书:诏书。　㉒ 言兵体三章:指《言兵事疏》所提的得地形、卒服习、器用利三点。　㉓ 闻:知道。　㉔ "言者不狂"四句:讲话的人并不狂妄,而采择的人却不明智,国家的大祸,其原因就在这里。　㉕ 当:适合。　㉖ 此指《守边劝农疏》,本书省略。　㉗ 复言:指《募民实塞疏》。本书省略。　㉘ 上亲策诏:汉文帝《策贤良文学诏》。本书省略。　㉙ 高第:名在前列。　㉚ 中大夫:官名。掌议论。　㉛ 内史:官名。掌治京师,相当于后来的京兆尹。　㉜ 幸倾九卿:意指宠信超过了九卿。　㉝ 申屠嘉心弗便:申屠嘉,文帝后元二年(前165)为丞相,至景帝二年(前155)死。弗便,不以为便,不满。　㉞ 庙壖(ruán):庙垣外的隙地。　㉟ 壖垣:壖以外的围墙。　㊱ 谢:认错。　㊲ 长史:官名。此指丞相所属的长史。　㊳ 先斩以闻:先斩后奏。闻,奏闻,报告。　㊴ 请:谓向皇帝请示。　㊵ 支郡:指诸侯王国之边郡。　㊶ 讙(huān)哗:喧哗,起哄。　㊷ 公:汉时常用的称呼。　㊸ 骨肉:喻至亲。当时诸侯王都是刘姓。　㊹ 让:责也。　㊺ 固:本来;诚然。　㊻ 吴楚七国:指吴、楚、济南、淄川、赵、胶东、胶西七个同姓诸侯王国。　㊼ 调兵食:调度军粮。　㊽ 屏(bǐng):屏退。　㊾ 顾诚何如:要考虑真实情况怎样。顾,念也。诚,实也。　㊿ 密装治行:秘密整装出发。

(51)“丞相”句:青翟,当作“青”,“翟”字衍。当时丞相为陶青,见《百官公卿表》。嘉,不知其姓。欧,张欧。 (52)徐、僮:皆为县名。在今江苏泗洪县南和安徽泗县东北。 (53)同产:同胞,兄弟姐妹。 (54)绐(dài)载行市:绐,欺骗。载,乘车。行市,巡行市中。 (55)衣朝衣:穿上朝服。 (56)东市:汉代在长安东市处死罪人,后因以东市指刑场。 (57)谒者仆射(yè):官名。掌管接待宾客和传达事务,属郎中令(后改名光禄勋)。 (58)校尉:职位低于将军的武官。 (59)道:由也。颜师古注曰:“道军所来,即是从军所来耳,无烦更说道路也。” (60)罢:指罢兵。 (61)箝(qián)口:闭口不讲话。 (62)杜:塞也。 (63)城阳中尉:城阳王国的中尉,负责王国的军事。 (64)成固:县名。今陕西城固县。 (65)建元:汉武帝年号(前140—前135)。 (66)邓先:犹邓先生。 (67)经于沟渎:谓死于荒野。 (68)赵母指括:赵括是战国时赵人,空谈兵法,赵王任以为将,赵母劝阻不成,乃请求不要因括罪而株连家族。赵括果然惨败于长平,赵母因有言在前,赵氏宗族得以获全。

【赏析】 晁错是极富智慧的人物,所以在汉文帝时就崭露头角,且得到太子即后来的汉景帝的信任,称之为智囊。《汉书·艺文志》记载,晁错有作品三十一篇,当是其思想与政论的合集。晁错虽然生活在汉代渐趋稳定的文帝、景帝时期,但新兴政权中所隐藏的各种积累的祸患也逐渐甚嚣尘上。汉文帝时,贾谊曾为长治久安而提出了解决各种问题的一系列对策,晁错是晚于贾谊的汉代另一杰出思想家。根据散见在《史记》、《汉书》各个篇目中的晁错资料可以看出,面对国家内部的各种隐患,晁错几乎都提出了中肯的改革办法,而其思想的主旨是加强中央集权,尤其是削除诸侯王。但是,这种主张正要实行就爆发了吴楚七国之乱,并以“清君侧、诛晁错”为名,要求景帝诛杀晁错。晁错成了一个悲剧。传中提到晁错之父去长安见他,预言晁错虽然有利于天子,却会导致家族败亡,愤而自杀,这段文字根据《史记》而来,这一细节让人从侧面看出晁错的忠心为国以及由此导致的自身悲剧。晁错一生的行事贯彻了法家思想,也符合“峭直刻深”的性格,而法家的人物,如先秦的商鞅、韩非,虽然可以确立社会的规范,对社会的长治久安有帮助,却往往造成自身的悲剧。在汉代,晁错就是一例。

景十三王传

【题解】 汉景帝共十四个儿子,除了汉武帝继承皇位之外,另外十三个儿子被封为王,所以《汉书》为这十三个诸侯王做了合传。《史记》则按照这十三人出自五位后妃而以母统系之,称之为《五宗世家》。这十三个诸侯王中,河间献王和中山靖王在后世影响较大,故本文选取《汉书·景十三王传》中的河间献王与中山靖王的部分。

【原文】

孝景皇帝十四男。王皇后生孝武皇帝。栗姬生临江闵王荣、河间献王德、临江哀王阏①。程姬生鲁共②王馀、江都易王非、胶西于王端。贾夫人③生赵敬肃王彭祖、中山靖王胜。唐姬生长沙定王发。王夫人④生广川惠王越、胶东康王寄、清河哀王乘、常山宪王舜。

河间献王德⑤以孝景前二年立，修学好古，实事求是。从民得善书，必为好写与之，留其真⑥，加金帛赐以招之。繇⑦是四方道术之人不远千里，或有先祖旧书，多奉以奏献王者，故得书多，与汉朝等。是时，淮南王安亦好书，所招致率多浮辩。献王所得书皆古文⑧先秦旧书，《周官》《尚书》《礼》《礼记》《孟子》《老子》之属，皆经传说记，七十子⑨之徒所论。其学举六艺⑩，立《毛氏诗》《左氏春秋》博士。修礼乐，被服⑪儒术，造次必于儒者⑫。山东诸儒多从而游。

武帝时，献王来朝，献雅乐，对三雍宫⑬及诏策所问三十馀事。其对推道术⑭而言，得事之中，文约指明⑮。

立二十六年薨。中尉常丽⑯以闻，曰⑰："王身端行治⑱，温仁恭俭，笃敬爱下，明知深察，惠于鳏寡。"大行令奏："谥法曰'聪明睿⑲知曰献'，宜谥曰献王。"

中山靖王胜以孝景前三年立。武帝初即位，大臣惩吴、楚七国行事⑳，议者多冤晁错之策㉑，皆以诸侯连城数十，泰强㉒，欲稍侵削，数奏暴㉓其过恶。诸侯王自以骨肉至亲，先帝所以广封连城，犬牙相错㉔者，为盘石宗㉕也。今或无罪，为臣下所侵辱㉖，有司吹毛求疵，笞服㉗其臣，使证其君，多自以侵冤。

建元三年，代王登、长沙王发、中山王胜、济川王明来朝，天子置酒，胜闻乐声而泣。问其故，胜对㉘曰：

臣闻悲者不可为累欷㉙，思者不可为叹息。故高渐离击筑易水之上，荆轲为之低而不食㉚；雍门子壹微吟，孟尝君为之於邑㉛。今臣心结日久，每闻幼眇㉜之声，不知涕泣之横集㉝也。

夫众煦漂山㉞，聚蚊成雷㉟，朋党执虎㊱，十夫桡椎㊲。是以文王拘于羑里㊳，孔子厄于陈、蔡㊴。此乃忿庶㊵之风成，增积之生害也。臣身远与寡㊶，莫为之先㊷，众口铄金㊸，积毁销骨㊹，丛轻折轴㊺，羽翮飞肉㊻，纷惊逢罗㊼，潸然㊽出涕。

臣闻白日晒光，幽隐皆照；明月曜㊾夜，蚊虻宵见。然云蒸列布，杳冥㊿昼昏；尘埃抪覆，昧(51)不见泰山。何则？物有蔽之也。今臣雍阏(52)不得闻，谗言之徒蜂生，道辽路远，曾莫为臣闻，臣窃自悲也。

臣闻社鼷(53)不灌，屋鼠不熏。何则？所托者然也。臣虽薄也，得蒙肺附(54)；位虽卑也，得为东藩，属(55)又称兄。今群臣非有葭莩(56)之亲，鸿毛之重，群居党议，朋友相为，使夫宗室摈却(57)，骨肉冰释(58)。斯伯奇(59)所以流离，比干(60)所以横分也。《诗》云："我心忧伤，惄焉如捣；假寐永叹，唯忧用老；心之忧矣，疢如疾首(61)。"臣之谓也。

具以吏所侵闻。于是上乃厚诸侯之礼，省(62)有司所奏诸侯事，加亲亲之恩焉。其后更用主父偃谋，令诸侯以私恩自裂地分其子弟，而汉为定制封号，辄别属汉郡。汉有厚恩，而诸侯地稍自分析(63)弱小云。

胜为人乐酒好内(64)，有子百二十馀人。常与赵王彭祖相非曰："兄为王，专代吏治事。王者当日听音乐，御声色。"赵王亦曰："中山王但奢淫，不佐天子拊循(65)百姓，何以称为藩臣！"四十三年薨。

赞曰：昔鲁哀公有言："寡人生于深宫之中，长于妇人之手，未尝知忧，未尝知惧。"(66)信哉斯言也！虽欲不危亡，不可得已。是故古人以宴安为鸩毒(67)，亡德(68)而富贵，谓之不幸。汉兴，至于孝平，诸侯王以百数，率多骄淫失道。何则？沉溺放恣之中，居势使然也。自凡人犹系于习俗，而况哀公之伦乎！夫唯大雅(69)，卓尔不群，河间献王近之矣。

【注释】 ① 阏(è)：《史记》作"阏于"。 ② 共：即"恭"。 ③ 贾夫人：即贾姬。 ④ 王夫人：王皇后之妹。 ⑤ 河间献王德：即刘德。 ⑥ 真：正，此指书的正本。 ⑦ 繇：通"由"。 ⑧ 古文：指秦小篆以前的文字。 ⑨ 七十子：指孔子弟子，参见《汉书·艺文志》。 ⑩ 六艺：谓六经。 ⑪ 被服：言常居处其中，信奉。 ⑫ 造次必于儒者：言其行义皆有法度。 ⑬ 三雍宫：辟雍、明堂、灵台，合称三雍，是帝王举行祭祀、典礼的场所。雍，和，言天地君臣人民皆和。《汉书·艺文志》有河间献王对上下三雍宫三篇。 ⑭ 道术：指儒术。 ⑮ 文约指明：文字简约而意旨明确。指，通"旨"。 ⑯ 中尉常丽：中尉，汉诸王国皆置中尉，掌武职。常丽为人名。 ⑰ 曰：王先谦《汉书补注》引李慈铭曰："'曰'字上当有'制'字。" ⑱ 身端行治：端，直。治，理。 ⑲ 睿：深，通。 ⑳ 行事：故事，行为。 ㉑ 多冤晁错之策：认为晁错的计策是对的，斩晁错为冤。 ㉒ 泰强：太强。泰，通"太"。 ㉓ 暴：揭露。 ㉔ 犬牙相错：言其地相互交错。 ㉕ 盘石宗：谓宗室封藩巩固如磐石。盘,通“盤”。 ㉖ 侵辱:凌辱。 ㉗ 笞(chī)服:拷打而使屈服。 ㉘ 胜对:指中山靖王刘胜的《闻乐对》。 ㉙ 累欷(xī):累,重。欷,歔欷。 ㉚“高渐离击筑”句:战国末年,燕太子丹送荆轲去刺秦王,饯于易水之上,高渐离击筑,荆轲感之,俯首而不食。 ㉛“雍门子壹微吟”二句:战国时雍门子善鼓琴,见孟尝君,谈起人生不长,孟尝君听后喟然叹息。见《说苑·善说》。於邑,同“呜咽”,短气貌。 ㉜ 幼眇:精微。 ㉝ 横集:纵横交集。 ㉞ 众喣(xǔ)漂山:言很多的吐沫能漂起山。喣,吐沫。 ㉟ 聚蚊成雷:言众蚊的飞声有如雷鸣。 ㊱ 朋党执虎:言市本无虎,然而三人言而成虎。比喻人多嘴杂可以移易真伪曲直。执,固执。 ㊲ 十夫桡椎(ráo zhuī):言十人可以使椎弯曲。㊳“文王”句:文王,周文王。牖里,即羑里,在今河南汤阴北。 ㊴ 陈、蔡:周代诸侯国名。陈都在今河南淮阳,蔡都在今河南上蔡。 ㊵ 烝(zhēng)庶:众庶。 ㊶ 身远与寡:身远,言已去京师远。与寡,言党羽少。 ㊷ 莫为之先:此指没有人为之播扬声誉。先,延誉。㊸ 众口铄金:众人的言论能够熔化金属。比喻舆论影响的强大,亦喻众口同声可混淆视听。 ㊹ 积毁销骨:谓众口不断毁谤,会致人于死地。 ㊺ 丛轻折轴:积载轻物超量,致使车轴折坏。 ㊻ 羽翮(hé)飞肉:展击翅膀,鸟可飞翔天空,喻集微力亦可举重。 ㊼ 纷惊逢罗:谓惊乱遇法网。罗,罗网,这里指法网。 ㊽ 潸(shān)然:泪流的样子。 ㊾ 曜(yào):照耀。 ㊿ 杳(yǎo)冥:幽暗。 (51) 昧:暗。 (52) 阏:止,壅塞。 (53) 鼷(xī):一种小老鼠,比喻君主左右的小人。 (54) 肺附:这里谓同宗,即宗室。 (55) 属:宗属。(56) 葭莩(jiā fú):芦苇里的薄膜,比喻疏远的亲戚。 (57) 擯(bìn)却:谓斥退。 (58) 冰释:谓消散。 (59) 伯奇:周尹吉甫之子,事后母至孝,而后母谮之于吉甫,吉甫欲杀之,伯奇乃逃于山林。 (60) 比干:商末忠臣,直谏纣王,纣王怒,杀而剖其心。 (61)“我心”六句:出自《诗经·小雅·小弁》。惄(nì),犹思伤痛。捣,舂。假寐,不脱衣帽打盹。永叹,长叹。唯,因。用,而。疢(chèn),病。疾首,头痛。 (62) 省:减。 (63) 分析:分裂。 (64) 好内:贪恋妻妾姬侍。 (65) 拊(fǔ)循:亦作“拊巡”,安抚,抚慰。 (66)“昔鲁哀公”五句:颜师古注曰:“鲁哀公与孔子之言,事见《孙卿子》。” (67) 宴安为鸩(zhèn)毒:宴安,逸乐。鸩毒,毒害。 (68) 亡德:没有德行。亡,通“无”。 (69) 大雅:谓超群不俗的大材。

【赏析】 皇子皇孙生来富贵,钟鸣鼎食,生计无忧,所以他们往往会纵欲享乐。在汉代,诸侯王们最常见的娱乐方式是声色犬马。而景帝诸子中,河间献王却是一位特殊人物,与其他诸侯王不同。他富有学行,访求古书,“修礼乐,被服儒术,造次必于儒者”,故使山东诸儒都从之游。他去世后,中尉常丽言“王身端行治,温仁恭俭,笃敬爱下,明知深察,惠于鳏寡”,这些语句是对其一生的总结。而文中出现了“修学好古,实事求是”一词,清代何焯曰:“河间献王德,实事求是四字是读书穷理之要。”(《义门读书记》卷十七)可见这个词语已成为追求真理的代名词。

传中的另外一位诸侯王中山靖王,除了是刘备的先祖而为人所知外,河北满城汉墓的发现,尤其是其中的金缕玉衣,也使他更为家喻户晓。而通过《景十三王传》更可以看出他享乐的一生。此传在后世最大的影响是中山靖王来朝时对汉武帝涕泣言对的一段，古文选本中常称之为《闻乐对》，如李兆洛《骈体文钞》将其列入"陈谢类"。此文语似连珠，以"臣闻"而起，辞藻绚丽，排比纵横，是古文名篇。此文亦以真挚抒情闻名，面对中央政府对诸侯王的严酷削黜，中山靖王发自肺腑地表达了悲哀与怨愤，故陈仁子《文选补遗》曰："使当汉世，上定其分，何至于吴楚七国之削而乱；下安其分，何至中山靖王之对而怨当时朝议。但知土地可削与不可削，恩宠可密与不可密，古制不复，大分不明，怨叛之迭兴也，宜哉。"

董仲舒传

【题解】　董仲舒是西汉重要的思想家与学者，司马迁曾向其学《春秋》，但《史记》中并无董仲舒的专门传记，只是在《儒林传》中简单地提到几句。班固作《汉书》，则对董仲舒单独立传，并长篇收录其重要篇章，从而将董仲舒的一生介绍给读者。本文选取《汉书·董仲舒传》中介绍其生平的部分。

【原文】

董仲舒，广川①人也。少治《春秋》②，孝景时为博士。下帷③讲诵，弟子传以久次④相授业，或莫见其面⑤。盖三年不窥园⑥，其精如此。进退容止⑦，非礼不行，学士皆师尊之。

武帝即位，举贤良文学之士前后百数，而仲舒以贤良对策焉⑧。

对既毕，天子以仲舒为江都相⑨，事易王⑩。易王，帝兄，素骄，好勇。仲舒以礼谊匡正，王敬重焉。久之，王⑪问仲舒曰："粤王勾践与大夫泄庸、种、蠡⑫谋伐吴，遂灭之。孔子称殷有三仁⑬，寡人亦以为粤有三仁⑭。桓公⑮决疑于管仲，寡人决疑于君。"仲舒对曰："臣愚不足以奉大对⑯。闻昔者鲁君问柳下惠⑰：'吾欲伐齐，何如？'柳下惠曰：'不可。'归而有忧色，曰：'吾闻伐国不问仁人，此言何为至于我哉！'徒⑱见问耳，且犹羞之，况设诈以伐吴乎？由此言之，粤本无一仁⑲。夫仁人者，正其谊不谋其利，明其道不计其功。是以仲尼之门，五尺之童羞称五伯⑳，为其先诈力而后仁谊也。苟为诈而已，故不足称于大君子之门也。五伯比于他诸侯为贤，其比三王，犹武夫㉑之与美玉也。"王曰："善。"

仲舒治国，以《春秋》灾异之变推阴阳所以错行㉒，故求雨，闭诸阳，纵诸阴，其止雨反是㉓；行之一国，未尝不得所欲。中废为中大夫㉔。先是辽东高庙、长陵高园殿灾㉕，仲舒居家推说其意，草稿未上，主父偃㉖候仲舒，私见，嫉之，窃其书而奏焉。上召视诸儒，仲舒弟子吕步舒不知其师书，以为大愚。于是下仲舒吏㉗，当死㉘，诏赦之，仲舒遂不敢复言灾异。

仲舒为人廉直。是时方外攘四夷，公孙弘㉙治《春秋》不如仲舒，而弘希世㉚用事，位至公卿。仲舒以弘为从谀，弘嫉之。胶西王㉛亦上兄也，尤纵恣，数害吏二千石。弘乃言于上曰："独董仲舒可使相胶西王。"胶西王闻仲舒大儒，善待之。仲舒恐久获罪，病免。凡相两国，辄事骄王，正身以率下，数上疏谏争，教令国中，所居而治㉜。及去位归居，终不问家产业，以修学著书为事。

仲舒在家，朝廷如有大议，使使者及廷尉㉝张汤就其家而问之㉞，其对皆有明法。自武帝初立，魏其、武安侯㉟为相而隆儒㊱矣。及仲舒对册，推明孔氏，抑黜百家。立学校之官，州郡举茂材㊲孝廉㊳，皆自仲舒发之。年老，以寿终于家，家徙茂陵㊴，子及孙皆以学至大官。

仲舒所著，皆明经术之意，及上疏㊵条教㊶，凡百二十三篇。而说《春秋》事得失，《闻举》、《玉杯》、《蕃露》、《清明》、《竹林》㊷之属，复数十篇，十余万言，皆传于后世。掇㊸其切当世施朝廷者著于篇。

赞曰：刘向㊹称："董仲舒有王佐之材㊺，虽伊、吕㊻亡㊼以加㊽，管、晏㊾之属，伯者㊿之佐，殆不及也。"至向子歆[51]以为："伊、吕乃圣人之耦[52]，王者不得则不兴。故颜渊[53]死，孔子曰'噫！天丧余[54]。'唯此一人为能当之[55]，自宰我、子赣、子游、子夏[56]不与焉。仲舒遭汉承秦灭学之后，《六经》离析，下帷发愤，潜心大业，令后学者有所统一，为群儒首。然考其师友渊源所渐[57]，犹未及乎游、夏，而曰管、晏弗及、伊、吕不加，过矣。"至向曾孙龚，笃论[58]君子也，以歆之言为然。

【注释】 ①广川：县名，在今河北枣强县东。 ②少治《春秋》：《史记·儒林传》载："汉兴至于五世之间，唯董仲舒名为明于《春秋》，其传公羊氏也。" ③下帷：放下室内悬挂的帷幕，指教书。 ④传以久次：传，通"转"，指转相授业。久次，谓年限长短之次序，即入学先后次序。 ⑤或莫见其面：颜师古注："言新学者但就其旧弟子受业，不必亲见仲舒。" ⑥三年不窥园：三年不观赏园景，指潜心研究。 ⑦容止：仪容举止。

⑧ 仲舒以贤良对策焉:自汉起由郡国推举贤良文学之士,皇帝就政事、经义等设问,由应试者对答,称为对策,为取士的一种形式。董仲舒对策大概在元光元年(前134)。 ⑨ 江都相:江都国的相。汉诸侯王国有江都国。 ⑩ 易王:江都易王刘非,景帝之子,传见《汉书·景十三王传》。 ⑪ 王:指江都王。《春秋繁露·对胶西王越大夫不得为仁篇》认为是胶西王。 ⑫ "粤王"句:粤王,即越王。泄庸、种、蠡,皆越王勾践之臣。泄庸,《汉书补注》引齐召南曰:"泄庸,师古无注,疑即《国语》所谓舌庸者,与苦成、文种、范蠡、皋如并称为大夫,称五大夫。"种,文种,也作文仲、大夫种。蠡,范蠡。文种和范蠡都是辅佐越王勾践打败吴国的重要大臣。 ⑬ 殷有三仁:见《论语·微子》:"微子去之,箕子为之奴,比干谏而死。孔子曰:'殷有三仁焉。'"谓商纣时有箕子、微子、王子比干三个贤臣。 ⑭ 粤有三仁:指越王勾践时之泄庸、文种、范蠡。《春秋繁露·对胶西王越大夫不得为仁篇》云:"今以越王之贤与蠡、种之能,此三人者,寡人亦以为越有三仁。"这是以勾践、范蠡、文种为越之三仁。 ⑮ 桓公:齐桓公。 ⑯ 大对:对答天子之询问或策问。 ⑰ 柳下惠:春秋时鲁国大夫展禽,柳下为其封邑,惠为其谥。 ⑱ 徒:但。 ⑲ 粤本无一仁:杨树达《汉书窥管》以为,此句语意未了,当据《春秋繁露》补"而安得三仁"五字。 ⑳ 五伯(bà):即五霸。春秋五霸,各说不一,一般是指齐桓公、晋文公、宋襄公、秦穆公、楚庄王。 ㉑ 武夫:即碱砆(wǔ fū),似玉之石。 ㉒ 错行:交替运行。 ㉓ 是:这。句中的求雨、止雨之法,详见《春秋繁露》。 ㉔ 中大夫:官名,掌议论,属郎中令(光禄勋)。 ㉕ "先是"句:辽东高庙,辽东郡的高帝庙。长陵高园,在长陵(在今西安市北)的高帝陵园。长陵为高祖陵墓。辽东高庙、长陵高园殿灾发生于建元六年(前135)。 ㉖ 主父偃:临淄人,为武帝所用,曾献"推恩令"计策削诸侯,传见《史记·平津主父列传》、《汉书·严朱吾丘主父徐严终王贾传》。 ㉗ 下仲舒吏:把董仲舒交付司法官吏审讯。 ㉘ 当死:判死罪。 ㉙ 公孙弘:薛人,习《春秋》公羊学,官至丞相,传见《史记·平津主父列传》、《汉书·公孙弘卜式儿宽传》。 ㉚ 希世:谓阿徇世俗。 ㉛ 胶西王:胶西王刘端,景帝之子,传见《汉书·景十三王传》。 ㉜ 所居而治:《汉书·循吏传序》云:"江都相董仲舒居官可纪。" ㉝ 廷尉:官名,秦始置,九卿之一,掌刑狱。汉初因之,秩中二千石。景帝时改称大理,武帝时复称廷尉。 ㉞ 张汤就其家而问之:张汤曾制以郊事问董仲舒,参考《春秋繁露·郊事对篇》。张汤,汉代酷吏,因治陈皇后巫蛊及淮南、衡山王谋反事,得武帝赏识,为太中大夫、廷尉、御史大夫,传见《汉书·张汤传》。 ㉟ 魏其、武安侯:魏其侯窦婴、武安侯田蚡,皆外戚,又先后为相,尊崇儒术,详见《汉书·窦田灌韩传》。 ㊱ 隆儒:尊崇儒家学说。隆,尊崇。 ㊲ 茂材:汉时开始与孝廉并为举士的科名。茂材即秀才,避光武帝讳而改。 ㊳ 孝廉,孝指孝子,廉指廉洁之士,因孝悌廉洁而被举荐的人称孝廉。 ㊴ 茂陵:汉武帝墓,后置县,在今陕西兴平县茂陵镇东北。 ㊵ 上疏:呈上皇帝的奏疏。 ㊶ 条教:指为江都、胶西相时治民的教令。 ㊷ 《闻举》、《玉杯》、《蕃露》、《清明》、《竹林》:皆是董仲舒所著书或篇名。 ㊸ 掇(duō):拾取。 ㊹ 刘向:原名更生,字子政,传见《汉书·楚元王传》。 ㊺ 王佐之材:辅佐帝王的才能。 ㊻ 伊、吕:伊尹和吕望,二人皆为古代辅弼重臣。伊尹辅佐商汤灭夏,吕望辅佐周武王灭商。 ㊼ 亡:同"无"。 ㊽ 加:超过,超越。 ㊾ 管、晏:管仲和晏婴,二人皆春秋时齐国名相,管仲辅佐齐桓公称霸诸侯,晏婴辅佐齐景公富国强兵。 ㊿ 伯(bà)者:即霸者,指齐桓公、晋文公之辈。 ㈤ 歆:刘歆,刘向少子,

字子骏,传见《汉书·楚元王传》。 ㊾耦:通"偶",对等,匹配。 ㊼颜渊:即颜回,孔子得意的弟子。 ㊴天丧余:语出《论语·先进》:颜渊死,子曰:"噫!天丧予!天丧予!"意为上天要让我灭亡。 ㊺当之:意谓配称王佐之材。 ㊻宰我、子赣、子游、子夏:皆孔子弟子。宰我,即宰予,字子我。子赣,即子贡,复姓端木,名赐。子游,姓言,名偃,字子游。子夏,即卜商。 ㊽渐:由来,开端。 ㊾笃论:确切实在的言论。笃,切实,确凿。

【赏析】 董仲舒是西汉传授《春秋》的重要学者。《春秋》一书相传为孔子所作,而三传中的《公羊传》和《穀梁传》在汉景帝时结束了口传的时代而著于竹帛,并有学官传授。董仲舒是研究公羊学的重要学者,而其思想因《天人三策》,即本传中"仲舒以贤良对策"的内容,而得到刚刚即位并向往儒家思想的年轻汉武帝的赏识。其后,汉武帝罢黜百家,独尊儒术,公羊学也随之成为西汉最重要的统治思想。所以传中言"仲舒对册,推明孔氏,抑黜百家。立学校之官,州郡举茂材孝廉,皆自仲舒发之",这是对董仲舒在政治与思想上的最大贡献的总结。而此传,班固除了记述董仲舒在政治与思想领域的贡献之外,又突出了董仲舒的学者个性。他目不窥园,"进退容止,非礼不行","为人廉直","去位归居,终不问家产业,以修学著书为事"等语句,都表现了董仲舒的纯儒特性。甚至他两度在诸侯王国为官,让以飞扬跋扈闻名的江都王和胶西王也礼敬之,这也从侧面反映了董仲舒的为人与治学成就以及在当时的被敬重与推尊。

苏 武 传

【题解】 司马迁《史记》中提到过苏武之父苏建,《汉书》则将李广、苏建合传,苏武的传就附在苏建的后面。《李广苏建传》是《汉书》中最著名的篇目之一,也是写作成就最高的篇目之一。苏武的形象是班固有意树立与弘扬的,苏武随之成为中国古代民族气节的代表人物。本文节选其中有关苏武的主要内容。

【原文】

武字子卿,少以父任①,兄弟并为郎②,稍迁至栘中厩监③。时汉连伐胡④,数通使相窥观,匈奴留汉使郭吉、路充国等,前后十馀辈。匈奴使来,汉亦留之以相当⑤。天汉元年,且鞮侯单于⑥初立,恐汉袭之,乃曰:"汉天子我丈人行⑦也。"尽归⑧汉使路充国等。武帝嘉其义,乃遣⑨武以中郎将⑩使持节⑪送匈奴使留在汉者,因厚赂单于,答其善意。武与副中郎将张胜⑫及假吏⑬常惠⑭等募士斥候⑮百余人俱。既至匈奴，置币遗单于。单于益骄，非汉所望也。

方欲发使送武等，会缑王⑯与长水虞常⑰等谋反匈奴中。缑王者，昆邪王⑱姊子也，与昆邪王俱降汉，后随浞野侯⑲没胡中。及卫律⑳所将降者，阴相与谋劫单于母阏氏㉑归汉。会武等至匈奴，虞常在汉时素与副㉒张胜相知，私候㉓胜曰："闻汉天子甚怨卫律，常能为汉伏弩射杀之。吾母与弟在汉，幸蒙其赏赐。"张胜许之，以货物㉔与常。后月余，单于出猎，独阏氏子弟在。虞常等七十馀人欲发，其一人夜亡，告之。单于子弟发兵与战。缑王等皆死，虞常生得㉕。

单于使卫律治其事。张胜闻之，恐前语发㉖，以状㉗语武。武曰："事如此，此必及我。见犯㉘乃死，重负国㉙。"欲自杀，胜、惠共止之。虞常果引张胜。单于怒，召诸贵人议，欲杀汉使者。左伊秩訾㉚曰："即㉛谋单于，何以复加？宜皆降之。"单于使卫律召武受辞㉜，武谓惠等："屈节辱命，虽生，何面目以归汉！"引佩刀自刺。卫律惊，自抱持武，驰召医。凿地为坎㉝，置煴火㉞，覆武其上，蹈其背以出血㉟。武气绝，半日复息㊱。惠等哭，舆㊲归营。单于壮其节，朝夕遣人候问武，而收系㊳张胜。

武益愈，单于使使晓㊴武。会论㊵虞常，欲因此时降武。剑斩虞常已，律曰："汉使张胜谋杀单于近臣㊶，当死，单于募降者赦罪。"举剑欲击之，胜请降。律谓武曰："副有罪，当相坐㊷。"武曰："本无谋，又非亲属，何谓相坐？"复举剑拟㊸之，武不动。律曰："苏君，律前负汉归匈奴，幸蒙大恩，赐号称王，拥众数万，马畜弥㊹山，富贵如此。苏君今日降，明日复然。空以身膏㊺草野，谁复知之！"武不应。律曰："君因我降，与君为兄弟，今不听吾计，后虽欲复见我，尚可得乎？"武骂律曰："女㊻为人臣子，不顾恩义，畔㊼主背亲，为降虏于蛮夷，何以女为见㊽？且单于信女，使决人死生，不平心持正，反欲斗两主㊾，观祸败。南越杀汉使者，屠为九郡㊿；宛王杀汉使者，头县北阙[51]；朝鲜杀汉使者，即时诛灭[52]。独匈奴未耳。若[53]知我不降明，欲令两国相攻，匈奴之祸从我始矣。"

律知武终不可胁，白单于。单于愈益欲降之，乃幽武置大窖[54]中，绝不饮食[55]。天雨雪[56]，武卧啮雪与旃毛[57]并咽之，数日不死。匈奴以为神，乃徙武北海㊽上无人处，使牧羝㊾，羝乳乃得归。别其官属常惠等，各置他所。

武既至海上，廪食㊿不至，掘野鼠去㉛草实而食之。杖汉节牧羊，卧起操持，节旄㉜尽落。积五六年，单于弟於靬王弋射㉝海上。武能网纺缴㉞，檠弓弩㉟，於靬王爱之，给其衣食。三岁馀，王病，赐武马畜服匿穹庐㊱。王死后，人众徙去。其冬，丁令㊲盗武牛羊，武复穷厄。

初，武与李陵俱为侍中，武使匈奴明年㊳，陵降，不敢求武。久之，单于使陵至海上，为武置酒设乐，因谓武曰："单于闻陵与子卿素厚，故使陵来说足下，虚心㊴欲相待。终不得归汉，空自苦亡人之地，信义安所见乎？前长君为奉车㊵，从至雍棫阳宫㊶，扶辇下除㊷，触柱折辕，劾㊸大不敬，伏剑自刎㊹，赐钱二百万以葬。孺卿从祠河东后土㊺，宦骑㊻与黄门驸马㊼争船，推堕驸马河中溺死，宦骑亡，诏使孺卿逐捕不得，惶恐饮药而死。来时，大夫人已不幸㊽，陵送葬至阳陵㊾。子卿妇年少，闻已更嫁矣。独有女弟㊿二人，两女一男，今复十余年，存亡不可知。人生如朝露，何久自苦如此！陵始降时，忽忽如狂㉛，自痛负汉，加以老母系保宫㉜，子卿不欲降，何以过陵？且陛下春秋㉝高，法令亡常，大臣亡罪夷灭者数十家，安危不可知，子卿尚复谁为乎？愿听陵计，勿复有云。"武曰："武父子亡功德，皆为陛下所成就㉞，位列将，爵通侯，兄弟亲近㉟，常愿肝脑涂地㊱。今得杀身自效，虽蒙斧钺汤镬㊲，诚甘乐之。臣事君，犹子事父也。子为父死亡所恨。愿勿复再言。"陵与武饮数日，复曰："子卿壹㊳听陵言。"武曰："自分㊴已死久矣！王必欲降武，请毕今日之欢，效㊵死于前！"陵见其至诚，喟然叹曰："嗟乎，义士！陵与卫律之罪上通于天。"因泣下沾衿㊶，与武决㊷去。

陵恶㊸自赐武，使其妻赐武牛羊数十头。后陵复至北海上，语武："区脱㊹捕得云中㊺生口，言太守以下吏民皆白服，曰上崩㊻。"武闻之，南乡号哭，欧血㊼，旦夕临㊽。

数月，昭帝即位。数年，匈奴与汉和亲。汉求武等，匈奴诡言㊾武死。后汉使复至匈奴，常惠请其守者与俱，得夜见汉使。具自陈道。教使者谓单于，言天子射上林⑩⓪中，得雁，足有系帛书⑩①，言武等在某泽⁽¹⁰²⁾中。使者大喜,如惠语以让⁽¹⁰³⁾单于。单于视左右而惊,谢汉使曰:"武等实在。"于是李陵置酒贺武曰:"今足下还归,扬名于匈奴,功显于汉室,虽古竹帛⁽¹⁰⁴⁾所载,丹青⁽¹⁰⁵⁾所画,何以过子卿!陵虽驽怯⁽¹⁰⁶⁾,令汉且贳⁽¹⁰⁷⁾陵罪,全其老母,使得奋大辱⁽¹⁰⁸⁾之积志⁽¹⁰⁹⁾,庶几乎曹柯之盟⁽¹¹⁰⁾,此陵宿昔⁽¹¹¹⁾之所不忘也。收族陵家,为世大戮⁽¹¹²⁾,陵尚复何顾乎?已矣⁽¹¹³⁾!令子卿知吾心耳。异域之人,壹别长绝!"陵起舞,歌曰:"径万里兮度沙幕⁽¹¹⁴⁾,为君将兮奋匈奴。路穷绝兮矢刃摧,士众灭兮名已隤⁽¹¹⁵⁾。老母已死,虽欲报恩将安归!"陵泣下数行,因与武决。单于召会⁽¹¹⁶⁾武官属,前以降及物故⁽¹¹⁷⁾,凡随武还者九人。

武以始元六年春至京师。诏武奉一太牢谒武帝园庙⁽¹¹⁸⁾,拜为典属国⁽¹¹⁹⁾,秩中二千石,赐钱二百万,公田二顷,宅一区。常惠、徐圣、赵终根皆拜为中郎⁽¹²⁰⁾,赐帛各二百匹。其馀六人⁽¹²¹⁾老归家,赐钱人十万,复⁽¹²²⁾终身。常惠后至右将军,封列侯,自有传。武留匈奴凡十九岁⁽¹²³⁾,始以强壮出,及还,须⁽¹²⁴⁾发尽白。

武来归明年⁽¹²⁵⁾,上官桀子安⁽¹²⁶⁾与桑弘羊⁽¹²⁷⁾及燕王⁽¹²⁸⁾、盖主⁽¹²⁹⁾谋反。武子男元⁽¹³⁰⁾与安有谋,坐死。

初桀、安与大将军霍光争权,数疏⁽¹³¹⁾光过失予燕王,令上书告之。又言苏武使匈奴二十年⁽¹³²⁾不降,还乃为典属国,大将军长史⁽¹³³⁾无功劳,为搜粟都尉⁽¹³⁴⁾,光颛⁽¹³⁵⁾权自恣。及燕王等反诛,穷治党与⁽¹³⁶⁾,武素与桀、弘羊有旧⁽¹³⁷⁾,数为燕王所讼⁽¹³⁸⁾,子又在谋中,廷尉⁽¹³⁹⁾奏请逮捕武。霍光寝其奏⁽¹⁴⁰⁾,免武官。

数年,昭帝崩,武以故二千石与计谋立宣帝⁽¹⁴¹⁾,赐爵关内侯,食邑三百户。久之,卫将军张安世荐武明习故事⁽¹⁴²⁾,奉使不辱命,先帝以为遗言。宣帝即时召武待诏⁽¹⁴³⁾宦者署⁽¹⁴⁴⁾,数进见,复为右曹⁽¹⁴⁵⁾典属国。以武著节⁽¹⁴⁶⁾老臣,命朝朔望⁽¹⁴⁷⁾,号称祭酒⁽¹⁴⁸⁾,甚优宠之。

武所得赏赐,尽以施予昆弟故人,家不馀财。皇后父平恩侯⁽¹⁴⁹⁾、帝舅平昌侯⁽¹⁵⁰⁾、乐昌侯⁽¹⁵¹⁾、车骑将军韩增⁽¹⁵²⁾、丞相魏相⁽¹⁵³⁾、御史大夫丙吉⁽¹⁵⁴⁾皆敬重武。武年老,子前坐事死,上闵之,问左右:"武在匈奴久,岂有子乎?"武因平恩侯自白:"前发匈奴时,胡妇适产一子通国,有声问⁽¹⁵⁵⁾来,愿因使者致金帛赎之。"上许焉。后通国随使者至,上以为郎。又以武弟子⁽¹⁵⁶⁾为右曹。武年八十余,神爵二年病卒。

赞曰:孔子称“志士仁人,有杀身以成仁,无求生以害仁(157)”,“使于四方,不辱君命(158)”,苏武有之矣。

【注释】 ① 少以父任:苏武的父亲苏建,杜陵(今陕西长安东北)人。以军功封平陵侯,卒官代郡太守。任,官职。汉代职官食禄至二千石,任满一定年限可以保举子弟为郎。 ② 郎:皇帝近侍之官。苏武有兄苏嘉,为官奉车都尉,弟苏贤为骑都尉,均以其父官职为郎。 ③ 迁至栘(yí)中厩监:升官到汉栘园中管理马厩的职官。迁,升官。汉宫有栘园,栘园中有马厩,故名栘中厩。监,官名。 ④ 连:屡次。 ⑤“匈奴留汉”四句:汉武帝元封元年(前110)、元封四年(前107),汉武帝与匈奴交战,分别派郭吉和路充国出使匈奴,均被扣留。此后汉使及匈奴使均有被相互扣留之事。 ⑥ 且鞮(jū dī)侯单于:乌维单于的兄弟,即位前为左右都督,天汉元年(前100)初立为单于。 ⑦ 丈人行(háng):长辈。丈人,古代对年长者的尊称。行,辈。 ⑧ 归:送回。 ⑨ 遣:一作“遗”。 ⑩ 中郎将:官名。统领皇帝的保卫,隶属光禄勋。 ⑪ 持节:使者所持之信物。 ⑫ 张胜:随苏武出使匈奴的属官。 ⑬ 假吏:古代临时委任的出使大臣的属吏。 ⑭ 常惠:太原人,武帝时与苏武出使匈奴,昭帝时始还,拜为光禄大夫,后代苏武为典属国。 ⑮ 斥候:道路上负责守卫的士兵。 ⑯ 缑(gōu)王:汉匈奴部落的一个亲王。 ⑰ 长水虞常:长水人虞常。长水又称浐水,在今陕西蓝田西北。 ⑱ 昆邪(hún yé)王:匈奴的亲王。 ⑲ 浞(zhuó)野侯:汉将赵破奴的封号。赵破奴,太原(今属山西)人,早年亡命匈奴,后为霍去病军司马。太初二年(前103),赵破奴率兵二万骑攻击匈奴,战败而降。后又逃回,因罪灭族。《史记》卷　　　、《汉书》卷五五有传。 ⑳ 卫律:本胡人之后,长于汉朝,与协律都尉李延年友善。后李延年兄弟淫乱宫中,依法族灭。卫律怕受诛连,降匈奴,被封为丁灵王。《汉书》卷九四有传。 ㉑ 阏氏(yān zhī):匈奴人对皇后的尊称。 ㉒ 副:副使。 ㉓ 候:拜访。 ㉔ 货物:财物。 ㉕ 生得:活捉。 ㉖ 发:泄露。 ㉗ 状:具体情况。 ㉘ 见犯:受到侮辱。 ㉙ 重负国:更加辜负国家。重,更加。负,辜负。 ㉚ 伊秩訾(zī):匈奴官名,有左右之分。 ㉛ 即:假如,如果。 ㉜ 受辞:听取供辞。 ㉝ 坎:地面低陷的地方。 ㉞ 煴(yūn)火:没有火焰的微火。 ㉟ 蹈:通“掐”,用手轻轻挤压。 ㊱ 息:出气,呼息。 ㊲ 舆:车子,这里指用车载。 ㊳ 收系:关入监牢。 ㊴ 晓:通知。 ㊵ 会论:共同议定。 ㊶ 近臣:此指卫律自己。 ㊷ 相坐:指一人犯罪,他人也受到株连。 ㊸ 拟:指向,指卫律作出刺杀苏武的样子。 ㊹ 弥:充满。 ㊺ 膏(gào):这里作动词,做肥料。 ㊻ 女:同“汝”。 ㊼ 畔:通“叛”,背叛。 ㊽ 何以女为见:我还要见你干什么?为,此处是表示疑问的语气助词。 ㊾ 反欲斗两主:反而想使大汉天子与匈奴单于之间发生争斗。两主,指汉朝天子及匈奴单于。 ㊿“南越”二句:《汉书·武帝纪》载:汉武帝元鼎五年(前112)夏,南越王相吕嘉反,杀死南越王、王后以及汉使者。此年秋,武帝派伏波将军路博德、楼船将军杨仆征伐南越。次年冬,平定越地,始设立九郡。屠,平定。九郡,指南海、苍梧、郁林、合浦、交趾、九真、日南、珠崖、儋耳九郡。 (51)“宛王”二句:汉武帝太初元年(前104),汉派使者入大宛求良马,宛王毋寡拒绝献马,令匈奴贵人郁成王截杀汉使。武帝大怒,命李广利伐大宛。太初三年(前102),大宛贵人杀毋寡,献马投降。太初四年(前101),李广利携毋寡人头及大宛良马归京都。事见《汉书·武帝纪》、《汉书·西域传》。县,通"悬"。北阙,宫城北边的城楼。　㊷ "朝鲜"二句:汉武帝元封二年(前109),遣使臣涉何前往朝鲜说降朝鲜王右渠,右渠杀涉何。武帝派杨仆、荀彘等讨伐朝鲜,右渠降。事见《汉书·武帝纪》。　㊳ 若:你。　㊴ 窖:用以装米粟或酒类的地穴。　㊵ 饮食(yìn sì):使吃喝。　㊶ 雨(yù)雪:下雪。　㊷ 啮(niè)雪与旃毛:吃下雪与毛毡。啮,咬。旃,同"毡",毛织物。　㊸ 北海:匈奴极北的地方,今贝加尔湖,在俄罗斯西伯利亚境内。　㊹ 羝(dī):雄性羊。　㊺ 廪(lǐn)食:官府供应的粮食。　㊻ 去:同"弆",储藏。　㊼ 节旄(máo):节用竹做成,柄长八尺,节上缀以牦牛尾以为饰物。　㊽ 於靬(wū jiān)王弋射:於靬王打猎。弋射,指用绳系箭而射,泛指涉猎。　㊾ 纺缴(zhuó):用生丝编织弋射的细绳。　㊿ 檠(qíng)弓弩:矫正弓弩。檠,此作动词,指矫正弓弩。　㊶ 服匿穹庐:盛酒酪的器物和帐篷。服匿,一种盛酒酪之器。　㊷ 丁令:即丁灵,匈奴部落之一。　㊸ 明年:第二年,即天汉二年(前99)。　㊹ 虚心:平心静气。　㊺ 长君为奉车:苏武的兄长为奉车都尉。长君,苏武兄长苏嘉。奉车,奉车都尉,武帝初置,掌帝王所乘车驾,并随车驾出行,秩二千石。　㊻ 棫(yù)阳宫:秦昭王时建,后为秦太后所居。　㊼ 扶辇下除:扶帝王车辇走下殿庭台阶。　㊽ 劾:揭发罪过。　㊾ 伏:通"服",用。　㊿ 孺卿从祠河东后土:苏武弟弟孺卿跟从汉武帝祭祀河东后土。孺卿,苏武弟苏贤之字。河东,今山西夏县北。后土,土地神。　㊶ 宦骑:帝王出行时骑马侍从的宦官。　㊷ 黄门驸马:职官名,属驸马都尉,掌帝王副车所用车驾。驸,通"副"。　㊸ 大夫人已不幸:苏武的母亲已经去世。大,一作"太"。不幸,指去世。　㊹ 阳陵:汉景帝陵,在长安东北弋阳山。　㊺ 女弟:妹妹。　㊻ 忽忽如狂:恍惚迷乱,神智不清。忽,同"惚",迷惑恍惚,失意的样子。　㊼ 保宫:汉代拘禁犯人的监狱,凡大臣及家属犯罪均囚禁保宫中。　㊽ 春秋:年龄。　㊾ 成就:提拔。　㊿ 亲近:指皇帝近侍之臣。　㊶ 肝脑涂地:形容惨死,此指为报帝王之恩而不惜生命。　㊷ 斧钺(yuè)汤镬(huò):指受死刑。钺,大斧。镬,原为鼎,后指锅。　㊸ 壹:一定,的确。　㊹ 分(fèn):料定。　㊺ 效:致。　㊻ 沾衿:即"沾襟"。衿,同"襟",衣服的前幅。　㊼ 决:诀别。　㊽ 恶(wù):羞恶。此句是说李陵羞于将匈奴赏赐的礼物给予苏武。　㊾ 区(ōu)脱:原指匈奴人在边境所作的用以侦察汉朝军事情况的土室,此指散居于汉与匈奴边境的匈奴部落。区,同"欧"。　㊿ 云中:云中郡俘虏的活口。云中,汉郡名,在今内蒙古托克托东北。　㊶ 曰上崩:说汉武帝驾崩了。上,指武帝。　㊷ 欧:同"呕"。　㊸ 临(lìn):哭,专用于哭奠死者。　㊹ 诡言:诈说,谎称。　㊺ 上林:上林苑。　㊻ 帛书:用丝帛写成书信。　㊼ 某泽:指北海的池沼大泽。　㊽ 让:责怪。　㊾ 竹帛:史籍。　㊿ 丹青:指史籍,古代丹册纪勋,青史纪事。　㊶ 驽怯:愚笨怯懦。驽,笨拙。怯,胆怯。　㊷ 贳(shì):赦免,宽恕。　㊸ 大辱:指李陵降匈奴之事。　㊹ 积志:蓄积的愿望。　㊺ 曹柯之盟:春秋时,鲁国大将曹沫与齐交战,三战皆败。齐桓公与鲁庄公盟于柯地时,曹沫用刀劫持齐桓公,迫使齐国将侵略的土地全部返还鲁国。事见《史记·刺客列传》。曹,指春秋时鲁国人曹沫(《左传》作曹刿)。柯,春秋时齐国城邑,今山东阳谷阿城镇。　㊻ 宿昔:意指早晚。宿通"夙",昔通"夕"。　㊼ 戮:耻辱。　㊽ 已矣:完了,算了。　㊾ 径万里兮度沙幕:经历万里,穿过沙漠。径,通过,穿过。沙幕,沙漠。　㊿ 隤(tuí):通"颓",丧失。　㊶ 会:集聚。　㊷ 物故:犹言人死。　㊸ 奉一太牢谒武帝园庙:呈一太牢谒见武帝之庙。奉,呈。太牢,以一牛、一羊、一豕为祭品的祠祀。　⑲ 典属国:掌管与四夷民族往来事务的官,秩二千石。　⑳ 常惠、徐圣、赵终根:此三人均是随苏武出使匈奴的侍从人员。　㉑ 其余六人:史籍不载与苏武同归汉六人的姓名。　㉒ 复:犹"除",指免除各种徭役赋税。　㉓ 武留匈奴凡十九岁:苏武自汉武帝天汉元年(前100)出使匈奴,至昭帝始元六年(前81)归汉,恰为十九年。　㉔ 须:胡须。　㉕ 明年:即昭帝元凤元年(前80)。　㉖ 上官桀子安:上官桀,字少叔,陇西上邽(今甘肃天水)人。武帝时封安阳侯,后与霍光同辅政昭帝。其子上官安,娶霍光女,生女为昭帝皇后。上官桀父子后为霍光所杀并被灭族。事见《汉书·昭帝纪》。　㉗ 桑弘羊:洛阳商人子,武帝时为大司农中丞、治粟都尉、御史大夫。昭帝时,不被重用,及上官桀父子谋反,被诛。事见《汉书·昭帝纪》。　㉘ 燕王:名旦,武帝之子,昭帝长兄。　㉙ 盖主:武帝长女,受封鄂邑(今湖北鄂城)长公主,为盖侯之妻,因此称"盖主"。　㉚ 元:苏武的儿子苏元。　㉛ 疏:条陈,记录。　㉜ 二十年:这是约数,苏武在匈奴为十九年。　㉝ 大将军长史:指杨敞,华阴(今属陕西)人,居大将军府,素为霍光所重。大将军,指霍光。《汉书》卷六八有传。　㉞ 搜粟都尉:汉职官,武帝时置,此指杨敞任搜粟都尉。　㉟ 颛(zhuān):通"专"。　㊱ 党与:犹言"党羽",指结党同谋的人。　㊲ 旧:指有旧交情。　㊳ 讼:申诉。　㊴ 廷尉:秦汉掌理刑狱的职官,有正、左、右监,秩皆千石。　㊵ 寝:搁置。　㊶ 武以故二千石与计谋立宣帝:苏武曾以中二千石官的身份参预策立宣帝的谋划。故,犹言"前"。苏武曾受中二千石官俸,后被免官,因此称"故"。与,参与。　㊷ 张安世荐武明习故事:张安世推荐苏武明习典章旧事。张安世,字子孺,张汤之子,昭帝时封富平侯,宣帝时以功拜大司马,《汉书》卷五九有传。故事,典章旧事。　㊸ 待诏:汉代徵士未有正官者,均待诏公车,其特异者待诏金马门,备顾问。　㊹ 宦者署:宦者所居官署,即金马门。　㊺ 右曹:上曹。曹,分职掌事的职官或官署。　㊻ 著节:著,显明。节,节操。　㊼ 朔望:农历初一、十五。　㊽ 祭酒:对有德的年长者的尊称,后成为职官之名。此加苏武祭酒之号,是表示敬重。　㊾ 平恩侯:宣帝许皇后的父亲许广汉。　㊿ 帝舅平昌侯:宣帝之舅王无故。　(51) 乐昌侯:王无故的弟弟王武。　(52) 韩增:字季君,昭帝时为前将军,同霍光谋立宣帝。后为大司马车骑将军,领尚书事。　(53) 魏相:字弱翁,济阴定陶(今山东定陶西北)人,宣帝时为丞相。传见《汉书·魏相丙吉传》。　(54) 丙吉:字少卿,鲁国人。宣帝时代魏相为丞相,封博阳侯。传见《汉书·魏相丙吉传》。　(55) 声问:音讯,消息。　(56) 武弟子:即苏武弟苏贤之子。　(57) "志士"三句:见《论语·卫灵公》。意思是,志士仁人,有勇于牺牲来成全仁德,没有贪生怕死而损害仁德。　(58) "使于四方"二句:《论语·子路》:"子曰:'行己有耻,使于四方,不辱君命,可谓士矣。'"意思是,自己做事,能保持羞耻之心,出使外国,能完成君主的使命。这种人可以成为士。

【赏析】　如同宋代人以范仲淹为精神楷模一样,汉代也曾经有意树立一些让人为之鼓舞从而师法效仿的光辉形象,苏武就是这样一位被塑造的楷模。所以,《汉书》的《苏武传》,是一篇凝聚了皇家意识形态的作品,是《汉书》"宣汉"主旨的表达,同时也体现了班固的种种匠心。苏武出使匈奴被扣押十九年,期间面临各种诱惑与困难,却始终临危不惧,并表现出正气凛然的民族气节和刚毅不屈的大无畏精神。文中的种种事件,都离不开这一主题。如单于逼苏武投降,苏武引佩刀自刺事,李陵劝降苏武以及与苏武分别的场面等,都是十分细腻的情节,班固将这些事件描绘得如在目前。而苏武爱国不辱使命的精神也就通过这些细节得到展现。刘师培曰:"大抵记事文之生死皆系于用笔。善用笔者,工于摹写神情,故笔姿活跃;不善用笔者,文章板滞,毫无生动之气,与抄书无异。夫文章之所以能生动,或由于笔姿天然超脱,或由于记事善于传神。如画蝴蝶然,工于画者既肖其形,复能传其栩栩欲活之神;不工于画者徒能得其形似而已。今欲研究前三史,宜看其文章之生动处皆在于描写之能传神也。"(《汉魏六朝专家文研究》)读者阅读《苏武传》,这种传神写照便在字里行间显现。

本文描述苏武事迹,对后代影响巨大,直至今日,在戏曲舞台敷演不衰,为人所敬仰。

严 助 传

【题解】 严助是汉武帝早期的重要朝臣,他在历史上的重大事迹是参与朝廷论议,出使南越,告喻淮南王,担任会稽太守等。其传记在《汉书》的《严朱吾丘主父徐严终王贾传》中,本篇节选此传的严助部分。关于严助的其他资料,《史记》、《汉书》的《淮南王衡山列传》中也有,读者可参看。

【原文】

严助,会稽吴①人,严夫子②子也,或言族家子③也。郡举贤良,对策百余人,武帝善助对,繇④是独擢助为中大夫⑤。后得朱买臣、吾丘寿王、司马相如、主父偃、徐乐、严安、东方朔、枚皋、胶仓、终军、严葱奇等⑥,并在左右。是时征伐四夷,开置边郡,军旅数发,内改制度,朝廷多事,娄举贤良文学之士。公孙弘⑦起徒步,数年至丞相,开东阁,延贤人与谋议,朝觐奏事,因言国家便宜。上令助等与大臣辩论,中外相应以义理之文⑧,大臣数诎。其尤亲幸者,东方朔、枚皋、严助、吾丘寿王、司马相如。相如常称疾避事。朔、皋不根持论⑨,上颇俳优⑩畜之。唯助与寿王见任用,而助最先进。

建元三年⑪,闽越⑫举兵围东瓯⑬,东瓯告急于汉。时武帝年未二十,以问太尉田蚡⑭。蚡以为越人相攻击,其常事,又数反覆,不足烦中国往救也,自秦时弃不属⑮。于是助诘蚡曰:"特患力不能救,德不能覆,诚能,何故弃之?且秦举⑯咸阳而弃之,何但越也!今小国以穷困来告急,天子不振⑰,尚安所愬,又何以子⑱万国乎?"上曰:"太尉不足与计。吾新即位,不欲出虎符发兵郡国。"乃遣助以节发兵会稽。会稽守欲距法⑲,不为发。助乃斩一司马⑳,谕意指㉑,遂发兵浮海救东瓯。未至,闽越引兵罢。

后三岁㉒,闽越复兴兵击南越㉓。南越守天子约,不敢擅发兵,而上书以闻。上多㉔其义,大为发兴㉕,遣两将军㉖将兵诛闽越。淮南王安㉗上书谏。是时,汉兵遂出,未逾领,适会闽越王弟馀善杀王以降。汉兵罢。上嘉淮南之意,美将卒之功,乃令严助谕意风指于南越。南越王㉘顿首曰:"天子乃幸兴兵诛闽越,死无以报!"即遣太子随助入侍。

助还,又谕淮南㉙。于是王谢曰:"虽汤伐桀,文王伐崇,诚不过此。臣安妄以愚意狂言,陛下不忍加诛,使使者临诏臣安以所不闻㉚,臣不胜厚幸!"助由是与淮南王相结而还。上大说。

助侍燕从容,上问助居乡里时,助对曰:"家贫,为友婿㉛富人所辱。"上问所欲,对愿为会稽太守。于是拜为会稽太守。数年,不闻问㉜。赐书曰:"制诏会稽太守:君厌承明㉝之庐,劳侍从之事,怀故土,出为郡吏。会稽东接于海,南近诸越,北枕㉞大江。间者,阔焉久不闻问,具有《春秋》对,毋以苏秦纵横㉟。"助恐,上书谢称:"《春秋》天王出居于郑,不能事母,故绝之。㊱臣事君,犹子事父母也,臣助当伏诛。陛下不忍加诛,愿奉三年计最㊲。"诏许,因留侍中。有奇异,辄使为文,及作赋颂数十篇。

后淮南王来朝,厚赂遗助,交私论议。及淮南王反,事与助相连,上薄其罪㊳,欲勿诛。廷尉张汤㊴争,以为助出入禁门,腹心之臣,而外与诸侯交私如此,不诛,后不可治。助竟弃市㊵。

【注释】　①会稽吴:会稽郡吴县,今江苏苏州。　②严夫子:即严忌,曾为梁孝王门客,有辞赋二十四篇,今存《哀时命》一篇。　③族家子:指严忌之族子。　④繇(yóu):同"由"。　⑤中大夫:官名,掌论议,属郎中令(光禄勋)。　⑥"后得朱买臣"句:朱买臣,字翁子,吴人。吾丘寿王,字子赣,赵人。主父偃,齐人。徐乐,燕人。严安,齐人。终军,字子云,济南人。皆见《汉书·严朱吾丘主父徐严终王贾传》。枚皋,字少孺,淮阴人,枚乘庶子,传见《汉书·贾邹枚路传》。胶仓,亦作聊苍,赵人,《汉书·艺文志》著录三篇,列入纵横家。严葱奇,《汉书·艺文志》作"庄匆奇",本姓庄,因避汉明帝讳改为严。 ⑦ 公孙弘:汉武帝时丞相,传见《史记·平津主父列传》与《汉书·公孙弘卜式兒宽传》。 ⑧ "中外"句:谓内臣与公卿彼此以义理之辞相诘难。中,谓内臣。 ⑨ 不根持论:谓论议随风,不能坚持正义,如树木无根。 ⑩ 俳优:古代演滑稽戏杂耍的艺人。 ⑪ 建元三年:公元前138年。 ⑫ 闽越:汉代东南小国名,见《汉书·西南夷两粤朝鲜传》。 ⑬ 东瓯:汉代东南小国名,在今浙江温州一带。 ⑭ 太尉田蚡:田蚡,长陵(今陕西省咸阳市)人,汉景帝王皇后同母异父弟,汉武帝即位初为丞相,传见《汉书·窦田灌韩传》。太尉,建元三年田蚡已非太尉,此乃仍其旧称。 ⑮ 不属:言不臣属。 ⑯ 举:总。 ⑰ 振:救。 ⑱ 子:作动词用,谓畜为子民。 ⑲ 距法:即拒法。汉朝规定,以虎符发兵。严助以节发兵,无虎符为验,故会稽守据法以拒之。 ⑳ 司马:会稽郡的司马。 ㉑ 谕意指:谓以天子意旨晓谕之。指,同"旨"。 ㉒ 后三岁:建元六年(前135)。 ㉓ 南越:汉代东南小国名,见《汉书·西南夷两粤朝鲜传》。 ㉔ 多:重。 ㉕ 兴:谓军兴。 ㉖ 两将军:指王恢、韩安国。王恢,燕人,边吏出身,后任大行令。韩安国,梁国成安县人,见《汉书·窦田灌韩传》。 ㉗ 淮南王安:刘安,汉高祖刘邦之孙,淮南厉王刘长之子,传见《史记·淮南衡山列传》、《汉书·淮南衡山济北王传》。 ㉘ 南越王:此指南越王赵佗之孙赵胡,为第二代南越王。 ㉙ 谕淮南:武帝谕淮南王之辞而由严助口头传达。 ㉚ 以所不闻:谓将前未闻者使今得闻。 ㉛ 友婿:同门之婿。 ㉜ 不闻问:谓不通信息。 ㉝ 承明:承明殿,在未央宫。 ㉞ 枕:临。 ㉟ 毋以苏秦纵横:不要用苏秦的纵横之学。因汉武帝罢黜百家,独尊儒术,故有此语。 ㊱ 《春秋》天王出居于郑:《春秋》僖公二十四年:"天王出居于郑。"《公羊传》曰:"王者无外,此其言出何? 不能乎母也。"王,周襄王。母,襄王与弟叔带之母惠后。因惠后宠爱叔带而欲立之,故襄王避难而出奔于郑。 ㊲ 计最:汉法,地方官吏每年或三年(远郡如此)呈报京师的考核文书。 ㊳ 薄其罪:以为其罪不大。 ㊴ 张汤:杜陵(今陕西西安东南)人,因治陈皇后巫蛊及淮南王谋反之事而得武帝赏识,见《汉书·张汤传》。 ㊵ 弃市:本指受刑罚的人皆在街头示众,民众共同鄙弃之,后以弃市专指死刑。

【赏析】 严助活跃在汉武帝即位初期。汉武帝是古代少有的享国长久之君,他十六岁即位,在位长达五十四年。即位早期,他喜欢辞赋,又不拘一格地招揽人才,很多有才能之士纷纷赴阙上书,或献谋略,或献辞赋,因此,武帝朝堂上集结了一大批人才。《汉书》的《严朱吾丘主父徐严终王贾传》中的严助、朱买臣、吾丘寿王、徐乐、严安、终军等,都是此时之人。此外,公孙弘担任丞相,东方朔、司马相如、枚皋等也在朝中,可谓济济多士。而当时讨论的中心问题就是经营四夷的问题,包括匈奴、西域、闽越、东越、西南夷等,这些人献计献策,大多与四夷问题有关联。严助是赞成用武力征服的人,所以清代何焯曰:"汉廷文士,严助首开用兵之端,卒以罪弃市。"(《义门读书记》卷十八)本传中有趣的地方是严助担任会稽太守之事,"承明之庐"在后世文学作品中常作为典故,衣锦还乡更是汉代人的梦想。项羽曾言:"富贵不归故乡,如衣绣夜行,谁知之者!"高祖在当了皇帝后,也曾回到故乡,在丰沛两地置酒高歌,极尽欢乐。汉武帝知道这种心理,所以让严助担任会稽太守,也有衣锦还乡之意。这一段可谓本篇的有趣之处。

朱买臣传

【题解】 朱买臣是《汉书·严朱吾丘主父徐严终王贾传》中的第二位人物,也是与此传中第一位人物严助有密切关系并互相牵连的人物。他在历史上留下了很多故事,尤其后世小说戏曲中常将"覆水难收"的成语与朱买臣休妻之事关联。此事不见本传,真伪不可考,但流传甚广。本篇节选《汉书·严朱吾丘主父徐严终王贾传》的朱买臣部分。

【原文】

朱买臣字翁子,吴①人也。家贫,好读书,不治产业,常艾②薪樵,卖以给食,担束薪,行且诵书。其妻亦负戴③相随,数④止买臣毋歌呕⑤道中。买臣愈益疾歌,妻羞之,求去。买臣笑曰:"我年五十当富贵,今已四十余矣。女苦日久,待我富贵报女功。"妻恚⑥怒曰:"如公等,终饿死沟中耳,何能富贵!"买臣不能留,即听去。其后,买臣独行歌道中,负薪墓间。故妻与夫家俱上冢,见买臣饥寒,呼饭饮之⑦。

后数岁,买臣随上计吏⑧为卒,将⑨重车⑩至长安,诣阙⑪上书,书久不报。待诏公车⑫,粮用乏,上计吏卒更乞匄⑬之。会邑子严助贵幸,荐买臣,召见,说《春秋》,言《楚词》,帝甚说之,拜买臣为中大夫⑭,与严助俱侍中。是时方筑朔方⑮,公孙弘⑯谏,以为罢敝中国。上使买臣难诎弘,语在《弘传》。后买臣坐事免,久之,召待诏。

是时,东越⑰数反覆,买臣因言:"故东越王居保泉山,一人守险,千人不得上。今闻东越王更徙处南行,去泉山⑱五百里,居大泽中⑲。今发兵浮海,直指泉山,陈舟列兵,席卷南行,可破灭也。"上拜买臣会稽太守。上谓买臣曰:"富贵不归故乡,如衣绣夜行⑳,今子何如?"买臣顿首辞谢。诏买臣到郡,治楼船,备粮食、水战具,须㉑诏书到,军与俱进。

初,买臣免,待诏,常从会稽守邸㉒者寄居饭食。拜为太守,买臣衣故衣,怀其印绶,步归郡邸。直上计时㉓,会稽吏方相与群饮,不视买臣。买臣入室中,守邸㉔与共食,食且饱,少见其绶,守邸怪之,前引其绶,视其印,会稽太守章也。守邸惊,出语上计掾吏。皆醉,大呼曰:"妄诞㉕耳!"守邸曰:"试来视之。"其故人素轻买臣者入内视之,还走,疾呼曰:"实然!"坐中惊骇,白㉖守丞㉗,相推排陈列中庭拜谒。买臣徐出户。有顷,长安厩吏乘驷马车来迎,买臣遂乘传去。会稽闻太守且至,发民除道,县吏并送迎,车百余乘。入吴界,见其故妻、妻夫治道。买臣驻车,呼令后车载其夫妻,到太守舍,置园中,给食之。居一月,妻自经㉘死,买臣乞㉙其夫钱,令葬。悉召见故人与饮食诸尝有恩者,皆报复㉚焉。

居岁余,买臣受诏将兵,与横海将军韩说㉛等俱击破东越,有功。征入为主爵都尉㉜,列于九卿㉝。

数年,坐法免官,复为丞相长史。张汤为御史大夫。始买臣与严助俱侍中,贵用事,汤尚为小吏,趋走买臣等前。后汤以廷尉治淮南狱,排陷严助,买臣怨汤。及买臣为长史,汤数行丞相事,知买臣素贵,故陵折之。买臣见汤,坐床上弗为礼。买臣深怨,常欲死之㉞。后遂告汤阴事,汤自杀,上亦诛买臣。

【注释】　①吴:地名,即今江苏苏州一带。　②艾(yì):同"刈",割,砍。　③戴:通"载"。　④数:屡次。　⑤呕:同"讴",唱。此指诵书。　⑥恚(huì):忿恨。　⑦饭饮之:犹言饮食之。　⑧上计吏:即计吏,官名,主管郡国的人事征召、登记。因其每年要把登记册送到京师,故称上计吏。　⑨将:扶。　⑩重车:辎重之车。　⑪诣阙:到朝廷。诣,到,前往。阙,宫殿,引申为朝廷。　⑫公车:汉代官署名,主管皇宫中司马门的管理。臣民上书或征召,都由公车接待。　⑬乞匄(gài):求乞。匄,同"丐"。　⑭中大夫:官名,汉武帝时称光禄大夫,掌顾问应对,属光禄勋。　⑮筑朔方:筑城以置朔方郡之意。朔方,郡名,其地在今内蒙古自治区境内,朔方筑于元朔三年(前126)。　⑯公孙弘:此时为御史大夫。　⑰东越:闽越的一支,详见《史记·东越列传》、《汉书·西南夷两粤朝鲜传》。　⑱泉山:后称清源山,在今福建泉州市。　⑲大泽中:指今台湾海峡。　⑳富贵不归故乡,如衣绣夜行:此项羽语,武帝引述之。　㉑须:待。　㉒会稽守邸:会稽守在京之公馆。　㉓上计时:地方官吏呈报考核文书之时。　㉔守邸:指守邸之人。　㉕诞:大言。　㉖白:告诉,禀告。　㉗守丞:辅助郡守及县令的主要官吏。　㉘自经:上吊。　㉙乞(qǐ):给予。　㉚报复:古代报恩、报仇都称报复,此指报答。　㉛韩说:韩王信曾孙、弓高侯韩颓当之孙、韩嫣之弟,以破东越之功,为按道侯,后搜查巫蛊,为卫太子所杀。　㉜主爵都尉:汉官名,掌有关封爵之事,武帝时改名右扶风,成为地方行政长官。右扶风又为行政区之名。　㉝九卿:汉以太常、光禄勋、卫尉、太仆、廷尉、大鸿胪、宗正、司农、少府为九卿。　㉞死之:舍命以害之。

【赏析】　《朱买臣传》是《汉书》中描写很成功的一篇,此传的大部分事件都对朱买臣性格中报复的一面做了展示。他早年贫贱,妻子离去,等他到了长安,由于严助推荐而见天子,成为会稽太守而衣锦还乡,却又羞辱其妻致其自杀。回到朝堂,又因为张汤治淮南王案而诛及严助,便构陷张汤,但汉武帝将他们都处死,可谓最终也是死于报复。《汉书》用冷峻的笔法,将这些事件展露无遗,看似精彩而绘声绘色,但读完后却感到悲哀。与《严助传》一样,朱买臣也是衣锦还乡之人,武帝拜买臣会稽太守时说:"富贵不归故乡,如衣绣夜行,今子何如?"可谓了解买臣之心理。但是,他的还乡却带有复仇性质,其性格的阴暗面在还乡中都表现了出来。关于朱买臣事在后世的影响,汪春泓先生指出:"明代嘉兴周绍濂撰《鸳渚志馀雪窗谈异》轶上《羞墓亭记》则完全贬斥、丑化买臣妻,尤其写出买臣妻在买臣出头之后,哀乞悔过,最后投河溺死,买臣埋葬尸骸,且名曰'羞墓',还引用明代方孝孺诗曰:'青青池边一故丘,千年埋骨不埋羞。丁宁嘱咐人间妇,自古糟糠合到头。'此完全违背《汉书》初衷,颠倒了基本的是否观念,极其不近人情。而这种对买臣故事的评价,却逐渐成为社会共识。元杂剧《朱太守风雪渔樵记》、明末清初传奇《烂柯山》(或名《烂柯记》)以及清代《马前泼水》,还有小说、笔记等,都挖空心思地把脏水泼向买臣妻(有时称之为'崔氏')身上。"(《〈汉书·朱买臣传〉笺注》)

东　方　朔　传

【题解】　东方朔是汉代的传奇人物,司马迁《史记》中有《滑稽列传》,专门为滑稽之人立传,但传世的《史记》中并无对东方朔的记载,而是汉元帝、成帝时的褚先生增补《史记》时补充了一些关于东方朔的内容。班固作《汉书》,则为东方朔单独立传,且收录了很多关于东方朔的故事。故本文节选《汉书·东方朔传》的内容,以便读者了解东方朔。

【原文】
　　东方朔字曼倩,平原厌次①人也。武帝初即位,征天下举方正贤良文学材力之士,待以不次之位②,四方士多上书言得失,自炫鬻③者以千数,其不足采者辄报闻罢④。朔初来,上书曰:"臣朔少失父母,长养兄嫂。年十三学书,三冬⑤文史足用⑥。十五学击剑。十六学《诗》《书》,诵二十二万言。十九学孙、吴⑦兵法,战阵之具⑧,钲鼓之教⑨,亦诵二十二万言。凡臣朔固已诵四十四万言。又常服子路⑩之言。臣朔年二十二,长九尺三寸,目若悬珠,齿若编贝,勇若孟贲⑪,捷若庆忌⑫,廉若鲍叔⑬,信若尾生⑭。若此,可以为天子大臣矣。臣朔昧死再拜以闻。"

朔文辞不逊,高自称誉,上伟之⑮,令待诏公车⑯,奉禄薄,未得省见⑰。

久之,朔绐骗朱儒⑱,曰:"上以若曹⑲无益于县官⑳,耕田力作固不及人,临众处官不能治民,从军击虏不任兵事,无益于国用,徒索㉑衣食,今欲尽杀若曹。"朱儒大恐,啼泣。朔教曰:"上即过,叩头请罪。"居有顷,闻上过,朱儒皆号泣顿首。上问:"何为?"对曰:"东方朔言上欲尽诛臣等。"上知朔多端㉒,召问朔:"何恐朱儒为?"对曰:"臣朔生亦言,死亦言。朱儒长三尺余,奉一囊粟,钱二百四十㉓。臣朔长九尺余,亦奉一囊粟,钱二百四十。朱儒饱欲死,臣朔饥欲死。臣言可用,幸异其礼;不可用,罢之,无令但索长安米。"上大笑,因使待诏金马门㉔,稍得亲近。

久之,伏日㉕,诏赐从官肉。大官丞㉖日晏㉗下来,朔独拔剑割肉,谓其同官曰:"伏日当蚤㉘归,请受赐。"即怀肉去。大官奏之。朔入,上曰:"昨赐肉,不待诏,以剑割肉而去之,何也?"朔免冠谢。上曰:"先生起,自责也!"朔再拜曰:"朔来!朔来!受赐不待诏,何无礼也!拔剑割肉,一何壮也!割之不多,又何廉也!归遗细君㉙,又何仁也!"上笑曰:"使先生自责,乃反自誉!"复赐酒一石,肉百斤,归遗细君。

初,帝姑馆陶公主㉚号窦太主,堂邑侯陈午尚之。午死,主寡居,年五十馀矣,近幸董偃。始偃与母以卖珠为事,偃年十三,随母出入主家。左右言其姣㉛好,主召见,曰:"吾为母养之㉜。"因留第中,教书计㉝相马御射,颇读传记。至年十八而冠,出则执辔,入则侍内。为人温柔爱人,以主故,诸公接之,名称城中,号曰董君。主因推令散财交士,令中府㉞曰:"董君所发,一日金满百斤,钱满百万,帛满千匹,乃白㉟之。"

当是时，董君见尊不名，称为“主人翁”，董君贵宠，天下莫不闻。郡国狗马蹴鞠剑客辐凑董氏。常从游戏北宫，驰逐平乐㊱，观鸡鞠之会，角狗马之足㊲，上大欢乐之。于是上为窦太主置酒宣室㊳，使谒者引内董君。

是时，朔陛戟㊴殿下，辟戟而前曰：“董偃有斩罪三，安得入乎？”上曰：“何谓也？”朔曰：“偃以人臣私侍公主，其罪一也。败男女之化，而乱婚姻之礼，伤王制，其罪二也。陛下富于春秋，方积思于《六经》，留神于王事，驰骛于唐、虞，折节于三代，偃不遵经劝学，反以靡丽为右㊵，奢侈为务，尽狗马之乐，极耳目之欲，行邪枉之道，径㊶淫辟之路，是乃国家之大贼，人主之大蜮㊷。偃为淫首，其罪三也。昔伯姬燔而诸侯惮㊸，奈何乎陛下？”上默然不应，良久曰：“吾业以设饮，后而自改。”朔曰：“不可。夫宣室者，先帝之正处也，非法度之政不得入焉。故淫乱之渐，其变为篡，是以竖貂为淫而易牙作患㊹，庆父㊺死而鲁国全，管、蔡诛而周室安㊻。”上曰：“善。”有诏止，更置酒北宫，引董君从东司马门㊼。东司马门更名东交门㊽。赐朔黄金三十斤。董君之宠由是日衰。

朔虽诙笑㊾，然时观察颜色，直言切谏，上常用之。自公卿在位，朔皆敖㊿弄，无所为屈。

是时朝廷多贤材，上复问朔：“方今公孙丞相、兒大夫、董仲舒、夏侯始昌、司马相如、吾丘寿王、主父偃、朱买臣、严助、汲黯、胶仓、终军、严安、徐乐、司马迁之伦(51)，皆辩知闳达，溢(52)于文辞，先生自视，何与比哉？”朔对曰：“臣观其臿(53)齿牙，树颊胲(54)，吐唇吻，擢项颐(55)，结股脚，连脽尻(56)，遗蛇(57)其迹，行步偊旅(58)，臣朔虽不肖，尚兼此数子者。”朔之进对澹辞(59)，皆此类也。

武帝既招英俊，程(60)其器能，用之如不及(61)。时方外事胡、越，内兴制度，国家多事，自公孙弘以下至司马迁，皆奉使方外(62)，或为郡国守相至公卿，而朔尝至太中大夫，后常为郎，与枚皋(63)、郭舍人(64)俱在左右，诙啁而已。久之，朔上书陈农战强国之计，因自讼独不得大官，欲求试用。其言专商鞅、韩非之语也，指意放荡，颇复诙谐，辞数万言，终不见用。朔因著论，设客难己，用位卑以自慰谕。又设非有先生之论。朔之文辞，此二篇最善。其余《封泰山》、《责和氏璧》及

《皇太子生禖》⑥⑤、《屏风》、《殿上柏柱》、《平乐观赋猎》,八言、七言上下⑥⑥,《从公孙弘借车》⑥⑦,凡刘向所录⑥⑧,朔书具是矣。世所传他事皆非也。

赞曰:刘向言少时数问长老贤人通于事及朔时⑥⑨者,皆曰朔口谐倡辩,不能持论,喜为庸人诵说,故令后世多传闻者。而扬雄亦以为朔言不纯师,行不纯德,其流风遗书蔑如⑦⑩也。然朔名过实者,以其诙达多端,不名一行,应谐似优,不穷似智,正谏似直,秽德似隐⑦⑪。非夷、齐而是柳下惠,戒其子以上容⑦⑫:"首阳为拙⑦⑬,柱下为工⑦⑭;饱食安步,以仕易农;依隐玩世⑦⑮,诡时不逢⑦⑯。"其滑稽之雄乎!朔之诙谐,逢占⑦⑰射覆,其事浮浅,行于众庶,童儿牧竖莫不眩耀。而后世好事者因取奇言怪语附着之朔,故详录焉⑦⑱。

【注释】 ① 平原厌次:为平原郡县名,在今山东惠民县东北。 ② 待以不次之位:谓越级提拔。不次,对于有才干的人不拘等级授予重要职位。次,顺序,等第。 ③ 自炫鬻(xuàn yù):谓卖弄炫耀自己的才能。 ④ 报闻罢:意谓经过请示皇帝而不任用。 ⑤ 三冬:谓三年。《汉书补注》王先谦曰:"三冬谓三年,犹言三春三秋耳。" ⑥ 文史足用:王先谦云:"文者,各书之体;史者,史籍所作世之通文字,讽诵在口者也;足用者,言足用以应试。" ⑦ 孙、吴:孙武和吴起。孙武,春秋时齐国人,著名军事家,有《孙子兵法》。吴起,战国时魏国人,著名军事家,有《吴起兵法》。 ⑧ 战阵之具:交战之道,打仗的方法。 ⑨ 钲(zhēng)鼓之教:言指挥军队进退之法。古代行军时敲钲表示停止,击鼓表示行动。此处以钲鼓代替军事。 ⑩ 子路之言:指子路言:"千乘之国,摄乎大国之间,加之以师旅,因之以饥馑;由也为之,比及三年,可使有勇,且知方也。"见《论语·先进篇》。子路,姓仲名由,一字季路,孔子弟子。 ⑪ 孟贲(bēn):战国时著名的勇士。 ⑫ 庆忌:春秋时吴王僚之子。传说庆忌非常敏捷,箭射不中,马追不及。 ⑬ 鲍叔:鲍叔牙,春秋时齐国大夫,与管仲分财,自取其少。 ⑭ 尾生:传说为古代之信士。他与女子约于桥下,待之不至,遇水抱柱而死。 ⑮ 伟之:颜师古注曰:"以为大奇也。" ⑯ 公车:汉代官署名。设公车令,掌管宫殿中司马门的警卫工作,并接待上书的臣民。 ⑰ 未得省见:未得召入见天子。 ⑱ 朔绐(dài)驺(zōu)朱儒:东方朔期骗为武帝驾车的侏儒。绐,欺骗。驺,主驾车马之吏。朱儒,同"侏儒",身材矮小的人,汉代常以之为供宫中取乐的俳优。 ⑲ 若曹:你们。 ⑳ 县官:指天子。 ㉑ 索:求也。 ㉒ 多端:点子多。 ㉓ 钱二百四十:为待诏一日之俸,每月俸钱为七千二百(陈直说)。 ㉔ 金马门:指未央宫门,因门旁有铜马,故名金马门。武帝使学士待诏于此,充任顾问。 ㉕ 伏日:三伏之日,即盛暑之时。 ㉖ 大(tài)官丞:少府属官,掌管宫廷膳食。大,同"太"。 ㉗ 晏:晚。 ㉘ 蚤:通"早"。 ㉙ 细君:东方朔妻子之名。颜师古注曰:"细君,朔妻之名。一说,细,小也,朔自比于诸侯,谓其妻曰小君。" ㉚ 馆陶公主:文帝之女,窦太后所生,武帝之姑,故称"窦太主"。汉制,皇帝的女儿称公主,皇帝的姐妹称长公主,皇帝的姑母称太主。 ㉛姣:美丽。 ㉜吾为母养之:意谓我替你把他抚养大。 ㉝计:计算。 ㉞中府:官名,掌金帛之藏。 ㉟白:报告。 ㊱平乐:观名,在上林苑中,或说在未央宫北。 ㊲角狗马之足:谓狗马赛跑。角,比赛。足,谓跑。 ㊳宣室:指未央宫中之宣室殿,是帝王所居的正室。 ㊴陛戟(jǐ):持戟于殿阶两侧。 ㊵右:谓尊之。 ㊶径:由。 ㊷蜮(yù):一种食禾苗的害虫,相传它能含沙射人。比喻阴险小人。 ㊸伯姬燔(fán)而诸侯惮:见《左传》鲁襄公三十年。伯姬即春秋时宋恭姬,宫中失火,她守礼等待傅姆,而被烧死。燔,烧。惮,敬惮。 ㊹"是以"句:所以竖貂和易牙就是这种变乱的典型人物。竖貂、易牙,皆齐桓公之内臣,竖貂自宫而为宦者,易牙烹其子以进桓公。管仲以为二人诈伪,劝齐桓公去之。管仲死,桓公又召用二人。桓公病,二人作乱,封锁宫门,不给以饮食。桓公饿死于寿宫,三月不葬,尸体腐烂生虫。 ㊺"庆父"句:庆父,春秋时鲁桓公之子,庄公之弟。庄公死,庆父杀庄公之子闵公而欲作乱,不克,奔莒(jǔ)。其后僖公求之于莒,莒遣庆父返,缢之于密。于是僖公乃定其位。 ㊻"管、蔡"句:管叔、蔡叔,皆周武王之弟。武王去世,成王年幼,周公旦摄政。二人不服,与武庚一起叛乱,被周公旦平定而诛逐,周才得安定。 ㊼东司马门:《汉书补注》引王念孙曰:"从东司马门下当有'入'字,而今本脱之。" ㊽东交门:《汉书补注》王先谦曰:"此纳朔正言更名以避谤非,取交会之义为美称也。" ㊾诙笑:谓嘲谑。 ㊿敖:通"傲",轻视。 ㉛"方今"句:公孙丞相,公孙弘。兒大夫,兒宽。详见《汉书·公孙弘卜式兒宽传》。董仲舒,详见《汉书·董仲舒传》。夏侯始昌,详见《汉书·眭两夏侯京翼李传》。司马相如,详见《汉书·司马相如传》。吾丘寿王、主父偃、朱买臣、严助、终军、严安、徐乐,详见《汉书·严朱吾丘主父徐严终王贾传》。司马迁,见《汉书·司马迁传》。 ㉜溢:言有余。 ㉝臿(chā):同"锸"。 ㉞胲(gǎi):颊上肉。 ㉟颐:下巴。 ㊱睢尻(shuí kāo):臀部。 ㊲遗蛇:即逶迤(wēi yí),弯弯曲曲的样子。 ㊳偊旅:同"伛偻",曲躬的样子。 ㊴澹辞:丰富的辞令。 ㊵程:计量。 ㊶如不及:谓恐失之。 ㊷方外:外国。 ㊸枚皋:枚乘之子,详见《汉书·贾邹枚路传》。 ㊹郭舍人:汉武帝的倡优,详见《史记·滑稽列传》。 ㊺《皇太子生禖(méi)》:东方朔作《禖祝》,见《汉书·武五子传》。禖,求子之祭祀。 ㊻八言、七言上下:颜师古注引晋灼曰:"八言、七言诗,各有上下篇。"《汉书补注》引沈钦韩曰:"《楚辞章句》有东方朔《七谏》,疑即'八言、七言';不然,不应遗于刘向也。又,《御览》三百五十有东方朔《对骠骑难》。" ㊼《从公孙弘借车》:陈直《汉书新证》曰:"《艺文类聚》卷九十六有公孙弘《答东方朔书》,文已不全,疑即答借车书者。" ㊽刘向所录:谓刘向《别录》所载。 ㊾朔时:与东方朔同时。 ㊿蔑如:谓浅薄不足称。 ㉛"然朔名过实者"七句:见扬雄《法言·渊骞篇》。 ㉜上容:容身避害之上策。 ㉝首阳为拙:伯夷、叔齐饿死于首阳山,为笨拙。 ㉞柱下为工:老子为周柱下吏,隐于朝,而终身无患,为工巧。 ㉟依隐玩世:依违朝隐,玩身于世。 ㊱诡及不逢:行与时诡而不逢祸害。《汉书补注》引周寿昌曰:"朔本集载其《诫子诗》全篇云:'明者处世,莫尚于中;优哉游哉,于道相从。首阳为拙,柳下为工;饱食安步,以仕代农;依隐玩世,诡时不逢。才尽身危,好名得华。有群累生,孤贵失和。遗余不匮,自尽无多。圣人之道,一龙一蛇;形现神藏,与物变化;随时之宜,无有常家。'赞止节录首阳以下六语。" ㊲逢占:预测。 ㊳"而后之好事者"二句:意谓本传所以详录东方朔之辞语,是因后世好事者往往取奇言怪语妄附于他之故。颜师古注曰："欲明传所不记,皆非其实也。而今之为《汉书》学者,犹更取他书杂说,假合东方朔之事以博异闻,良可叹矣。"杨树达曰:"《文选》四十七《东方朔画赞注》引《风俗通》云:东方朔是太白星精,黄帝时为风后,尧时为务成子,周时为老聃,在越为范蠡,齐为鸱夷子,言其变化无常也。按此盖即班氏所谓奇言怪语者也。"

【赏析】 本篇一开始东方朔的出场就显现出滑稽的基调。他上书言辞不逊,武帝非但不生气,反而觉得他有才能。接着,班固记述了在人才济济的武帝朝堂,待诏之士众多,而东方朔因侏儒之事得到武帝关注,并得以亲近。其后记述的赐肉一事,则进一步表现了东方朔的机智与幽默。这一连串的事件都讲述了东方朔的滑稽,武帝也因此常以俳优视之。其实东方朔并不是仅靠滑稽而得到皇帝笑声的俳优,而是一个有担当的为国之人,其后的传中内容,就开始表现他的善于讽谏与匡补时政,而这些才是东方朔被人喜爱与敬重的根源所在。此传的高妙之处在于,传中虽然时常穿插东方朔的各种滑稽言行,但也始终贯彻东方朔的公忠为国以及怀才不遇。可见,班固对东方朔的为人与思想是有深刻把握的。另外,传中插入董偃之事,且用较长篇幅介绍其始末,又最后归结到因东方朔的进谏而让武帝疏远董偃,遏制了不良风气,从而突出东方朔。这种安插笔法高妙,在浑然不觉中连带叙述了他人,又主次鲜明而不觉其繁。故明代孙铲曰:"凡宵人鄙事,不可立传,则每附于名士传中,备载其首尾,此史家法。"又葛鼎曰:"描写董偃之嬖幸,主之淫辟,帝之失道,不遗余力,正以见东方生之伉直耳,非以亵事秽史笔也。若《佞幸·董贤传》,则另又一种机杼矣。"(陈衍《史汉文学研究法》)

霍 光 传

【题解】 霍光是霍去病的同父异母弟,汉武帝朝以低调谨慎著称,武帝临终之时托孤,令其如周公辅成王一样辅佐年幼的昭帝。后来昭帝去世,群臣立昌邑王,不久霍光废昌邑王,迎立宣帝。《霍光金日磾传》是历来被称道的《汉书》名篇,记述了霍光在血雨腥风的几十年政治生活中的各种经历。本文节选其中有关霍光的主要内容。

【原文】

霍光字子孟,票骑将军去病①弟也。父中孺,河东平阳②人也,以县吏给事③平阳侯④家,与侍者卫少儿⑤私通而生去病。中孺吏毕归家,娶妇生光,因绝不相闻⑥。久之,少儿女弟⑦子夫⑧得幸于武帝,立为皇后,去病以皇后姊子贵幸。既壮大,乃自知父为霍中孺,未及求问。会为票骑将军击匈奴,道出河东,河东太守郊迎,负弩矢先驱⑨,至平阳传舍⑩,遣吏迎霍中孺。中孺趋入拜谒,将军迎拜,因跪曰:"去病不早自知为大人遗体⑪也。"中孺扶服叩头,曰:"老臣得托命将军,此天力也。"去病大为中孺买田宅、奴婢而去。还,复过⑫焉,乃将光西至长安,时年十馀岁,任⑬光为郎⑭,稍迁诸曹⑮、侍中⑯。去病死后,光为奉车都尉⑰、光禄大夫⑱,出则奉车,入侍左右,出入禁闼⑲二十馀年,小心谨慎,未尝有过,甚见亲信。

　　征和二年⑳,卫太子㉑为江充㉒所败,而燕王旦㉓、广陵王胥㉔皆多过失。是时,上年老,宠姬钩弋㉕赵婕妤㉖有男㉗,上心欲以为嗣,命大臣辅之。察群臣唯光任大重㉘,可属社稷。上乃使黄门画者㉙画周公负成王朝诸侯㉚以赐光。后元二年㉛春,上游五柞宫㉜,病笃㉝,光涕泣问曰:"如有不讳㉞,谁当嗣者?"上曰:"君未谕㉟前画意邪?立少子,君行周公之事㊱。"光顿首让曰:"臣不如金日磾㊲。"日磾亦曰:"臣外国人,不如光。"上以光为大司马大将军㊳,日磾为车骑将军㊴,及太仆㊵上官桀㊶为左将军㊷,搜粟都尉㊸桑弘羊㊹为御史大夫,皆拜卧内㊺床下,受遗诏辅少主。明日,武帝崩,太子袭尊号㊻,是为孝昭皇帝。帝年八岁,政事一决于光。

　　光为人沉静详审,长财七尺三寸,白皙,疏眉目,美须髯。每出入下殿门,止进有常处,郎仆射㊼窃识㊽视之,不失尺寸,其资性端正如此。初辅幼主,政自己出,天下想闻其风采。

　　光与左将军桀结婚相亲,光长女为桀子安妻。有女年与帝相配,桀因帝姊鄂邑盖主㊾内安女后宫为婕妤,数月立为皇后。父安为票骑将军,封桑乐侯。光时休沐㊿出,桀辄入代光决事。桀父子既尊盛,而德㉛长公主。

　　后桀党有谮㉜光者,上辄怒曰:"大将军忠臣,先帝所属以辅朕身,敢有毁者坐之。"自是桀等不敢复言,乃谋令长公主置酒请光,伏兵格杀之,因废帝,迎立燕王为天子。事发觉,光尽诛桀、安、弘羊、外人宗族。燕王、盖主皆自杀。光威震海内。昭帝既冠㉝,遂委任光,讫十三年㉞,百姓充实,四夷宾服。

元平元年㊺,昭帝崩,亡嗣。武帝六男独有广陵王胥在,群臣议所立,咸持㊻广陵王。王本以行失道,先帝所不用。光内不自安。郎有上书言:"周太王废太伯立王季㊼,文王舍伯邑考立武王㊽,唯在所宜,虽废长立少可也。广陵王不可以承宗庙。"言合光意。光以其书视丞相敞㊾等,擢郎为九江㊿太守,即日承皇太后㉛诏,迎昌邑王贺㉜。

贺者,武帝孙,昌邑哀王㉝子也。既至,即位,行淫乱。光忧懑,独以问所亲故吏大司农田延年㉞。光乃引㉟延年给事中㊱,阴与车骑将军张安世㊲图计,遂召丞相、御史、将军、列侯、中二千石㊳、大夫、博士会议未央宫㊴。光曰:"昌邑王行昏乱,恐危社稷,如何?"群臣皆惊鄂失色,莫敢发言,但唯唯而已。田延年前,离席按剑,曰:"先帝属将军以幼孤,寄将军以天下,以将军忠贤能安刘氏也。今群下鼎沸,社稷将倾,且汉之传谥常为孝者,以长有天下,令宗庙血食㊵也。如令汉家绝祀,将军虽死,何面目见先帝于地下乎?今日之议,不得旋踵㊶。群臣后应者,臣请剑斩之。"光谢曰:"九卿责光是也。天下匈匈㊷不安,光当受难㊸。"于是议者皆叩头,曰:"万姓之命在于将军,唯大将军令。"

光即与群臣俱见白太后,具陈昌邑王不可以承宗庙状。皇太后乃车驾幸未央承明殿,诏诸禁门毋内昌邑群臣。光使尽驱出昌邑群臣,置金马门㊹外。车骑将军安世将羽林骑收缚二百余人,皆送廷尉诏狱㊺。令故昭帝侍中中臣㊻侍守㊼王。光敕㊽左右:"谨宿卫,卒有物故㊾自裁㊿,令我负天下,有杀主名。"王尚未自知当废,谓左右:"我故群臣从官安得罪,而大将军尽系之乎?"顷之,太后被珠襦㉛,盛服坐武帐㉜中,侍御数百人皆持兵,期门武士㉝陛戟㉞,陈列殿下。群臣以次上殿,召昌邑王伏前听诏。光与群臣连名奏王,尚书令㉟读奏曰:"昌邑王典丧㊱,服斩缞㊲,亡悲哀之心,废礼谊。居道上㊳不素食㊴。禁闼㊵内敖戏㊶。击鼓歌吹作俳倡㊷。驾法驾㊸皮轩鸾旗,驱驰北宫、桂宫。游戏掖庭㊹中。与孝昭皇帝宫人蒙等淫乱。"太后曰:"止㊺!为人臣子当悖乱如是邪!"王离席伏㊻。尚书令复读曰:"荒淫迷惑,失帝王礼谊,宗庙重于君,陛下未见命㊼高庙,不可以承天序㊽,奉祖宗庙,子万姓㊾,当废。"皇太后诏曰:"可。"光令王起拜受诏,王曰:"闻天子有诤臣七人㊿,虽亡道不失天下。"光曰:"皇太后诏废,安得天子!"乃即持其手,解脱其玺组[101],奉上太后,扶王下殿,出金马门,群臣随送。王西面拜,曰:"愚戆[102]不任汉事。"起就乘舆副车[103]。大将军光送至昌邑邸[104],光谢曰:"王行自绝于天,臣等驽怯,不能杀身报德。臣宁负王,不敢负社稷。愿王自爱,臣长不复见左右。"光涕泣而去。太后诏归贺昌邑,赐汤沐邑二千户。昌邑群臣坐亡辅导之谊,陷王于恶,光悉诛杀二百馀人。出死,号呼市中曰:"当断不断,反受其乱[105]。"

光坐庭中,会丞相以下议定所立。近亲唯有卫太子孙号皇曾孙[106]在民间,咸称述焉。光遂复与丞相敞等上奏曰:"孝武皇帝曾孙病已,至今年十八,师受《诗》、《论语》、《孝经》,躬行节俭,慈仁爱人,可以嗣孝昭皇帝后,奉承祖宗庙,子万姓。"皇太后诏曰:"可。"光遣宗正刘德迎曾孙,已而光奉上皇帝玺绶,谒于高庙,是为孝宣皇帝。明年,下诏益封光万七千户,与故所食凡二万户。赏赐前后黄金七千斤,钱六千万,杂缯三万匹,奴婢百七十人,马二千匹,甲第[107]一区[108]。

光自后元秉持万机,及上即位,乃归政。上廉让[109]不受,诸事皆先关白[110]光,然后奏御天子。光每朝见,上虚己敛容,礼下之已甚。光秉政前后二十年,地节二年[111]春病笃,车驾自临问光病,上为之涕泣。光薨,上及皇太后亲临光丧,谥曰宣成侯。发三河[112]卒穿复土[113],起冢祠堂。置园邑三百家,长丞奉守如旧法[114]。

赞曰:霍光以结发[115]内侍,起于阶闼[116]之间,确然[117]秉志,谊形[118]于主。受襁褓之托[119],任汉室之寄,当庙堂,拥幼君[120],摧燕王,仆[121]上官,因权制敌,以成其忠。处废置之际[122],临大节而不可夺,遂匡国家,安社稷。拥昭立宣,光为师保[123],虽周公、阿衡[124],何以加此!然光不学亡术,暗于大理,阴[125]妻邪谋,立女为后,湛溺淫溢之欲,以增颠覆之祸,死财三年,宗族诛夷,哀哉!昔霍叔[126]封于晋,晋即河东,光岂其苗裔乎!

【注释】 ①去病:霍去病,传见《史记·卫将军骠骑列传》、《汉书·卫青霍去病传》。 ②河东平阳:县名,在今山西临汾西南。 ③给事:言当差。 ④平阳侯:指平阳侯曹参之曾孙曹时。 ⑤卫少儿:卫青的同母姐。 ⑥绝不相闻:指霍中孺与卫少儿断绝关系而不过问。 ⑦女弟:妹妹。 ⑧子夫:即汉武帝的卫皇后。 ⑨先驱:开道。

⑩ 传舍:驿站的客房,犹今之招待所。 ⑪ 遗体:言自身为父母所亲生。 ⑫ 过:探望。 ⑬ 任:保举。 ⑭ 郎:官名,光禄勋所属的议郎、中郎、侍郎、郎中等,统称为郎。 ⑮ 诸曹:即左右曹,在内廷做秘书工作。 ⑯ 侍中:是列侯以下至郎中的加官,侍卫皇帝,切问近对。 ⑰ 奉车都尉:掌管皇帝乘舆的官员。 ⑱ 光禄大夫:官名,掌论议。奉车都尉与光禄大夫,都是光禄勋的属官。 ⑲ 禁闼(tà):宫廷门户,亦指宫廷、朝廷。 ⑳ 征和二年:公元前91年。征和是汉武帝年号,公元前92年到公元前89年。 ㉑ 卫太子:即武帝之子刘据,卫皇后所生,谥戾,故又称戾太子。 ㉒ 江充:武帝之臣,曾陷害卫太子,传见《汉书·蒯伍江息夫传》。 ㉓ 燕王旦:武帝第三子。 ㉔ 广陵王胥:武帝第四子。 ㉕ 钩弋(yì):宫名,在长安城南。 ㉖ 赵婕妤:昭帝刘弗陵的生母。《汉书·外戚传上·孝武钩弋赵倢伃》:"拳夫人进为倢伃,居钩弋宫。" ㉗ 男:指刘弗陵。 ㉘ 任大重:可以做大事、负责任。 ㉙ 黄门画者:宫中的画工。 ㉚ 周公负成王朝诸侯:周武王去世,成王即位,年幼。周公恐天下有变,代成王主持朝政七年,而后归政。 ㉛ 后元二年:公元前87年。后元为汉武帝年号,公元前88年到公元前87年。 ㉜ 五柞宫:在今陕西周至县东南。 ㉝ 病笃:病重。 ㉞ 不讳:无法忌讳之事,指死。此指武帝死。 ㉟ 谕:理解、明白。 ㊱ 行周公之事:意思是说代少主摄政,以后才归政。 ㊲ 金日磾(mì dī):本匈奴人,归汉后受到武帝重用。 ㊳ 大司马大将军:大将军为汉代最高军衔,大司马是加衔。霍光任此职衔,为中朝官之首,掌握军政大权。 ㊴ 车骑将军:仅次于大将军、骠骑将军的军衔。 ㊵ 太仆:官名,掌皇帝的乘舆。 ㊶ 上官桀:字少叔,陇西上邽人。 ㊷ 左将军:次于车骑将军的军衔。 ㊸ 搜粟都尉:官名,掌军粮。 ㊹ 桑弘羊:洛阳商人之子,十三岁为侍中,武帝时的理财大臣。 ㊺ 卧内:卧室。 ㊻ 袭尊号:言继承帝位。 ㊼ 郎仆射:郎官的首领。 ㊽ 识(zhì):记住。 ㊾ 鄂邑盖主:武帝的长女,封为鄂邑长公主。因嫁给盖侯为妻,故又称盖主。她是昭帝之姐,曾抚养昭帝成人。 ㊿ 休沐:休假沐浴,即例假。 (51) 德:感恩。 (52) 谮:诬陷。 (53) 冠:古时男子二十岁加冠。昭帝行冠时(元凤四年,公元前77年)年十八,霍光仍未归政。 (54) 讫十三年:指昭帝在位的十三年。 (55) 元平元年:汉昭帝年号,公元前74年。 (56) 咸持:都持议,都主张。 (57) 废太伯立王季:言周太王废其长子太伯,而立其少子。 (58) 舍伯邑考立武王:言周文王舍其长子伯邑考,而立其次子武王。 (59) 敞:杨敞。 (60) 九江:郡名,治寿春(今安徽寿县)。 (61) 皇太后:昭帝之上官皇后。昌邑王即帝位后,尊其为皇太后。 (62) 昌邑王贺:刘贺。 (63) 昌邑哀王:刘髆,武帝第五子。 (64) 田延年:字子宾,阳陵人。原在霍光幕府中任事,故称"故吏"。 (65) 引:荐举。 (66) 给事中:加官名,掌朝中顾问应对。 (67) 张安世:字子孺,杜陵人。参与霍光废昌邑王贺事。 (68) 中二千石:月俸一百八十斛,是汉代高级官员。 (69) 未央宫:萧何主持所修,在西安市长安故城内西南隅。 (70) 血食:杀牲以祭祀,故有此称。 (71) 不得旋踵:不能退缩。 (72) 匈匈:同"汹汹",骚扰不安的样子。 (73) 光当受难:言光当受群臣责难。 (74) 金马门:未央宫正门。门外有铜马,故名金马门。 (75) 诏狱:专门处治皇帝特旨案犯之处。 (76) 中臣:疑为"中官"之讹。中官,宦者之统称。 (77) 侍守:名侍而实守,犹今言软禁以防发生意外事故。 (78) 敕:告诫。 (79) 物故:死亡。 (80) 自裁:自杀。 (81) 襦(yú):短袄。 (82) 武帐:具有兵器和卫士的帷帐。 (83) 期门武士:皇帝的一种侍卫武士,武帝时所建。 (84) 陛戟:执戟列于殿阶下。 (85) 尚书令:官名。尚书的长官。

⑧⑥ 典丧：主持丧礼。　⑧⑦ 斩缞（cuī）：用粗糙的生麻布粗制的孝服，其左右和下边都不缝。　⑧⑧ 居道上：在来京途中。　⑧⑨ 素食：菜食无肉。　⑨⑩ 禁闼（tà）：宫廷门户。　⑨⑪ 敖戏：嬉戏。　⑨⑫ 俳（pāi）倡：杂戏歌舞。　⑨⑬ 法驾：皇帝祭祀天地社稷等大典时才使用的乘舆仪仗。　⑨⑭ 掖庭：后宫，嫔妃宫女之住处。　⑨⑮ 止：命令停止读奏。　⑨⑯ 伏：拜伏于地。　⑨⑰ 见命：受命。　⑨⑱ 天序：上天的安排，即天命。　⑨⑲ 子万姓：以万姓为子民。即统治百姓之意。　⑩⑩ "闻天子有诤臣七人"二句：见《孝经·谏诤》。诤臣，直言敢谏之臣。　⑩⑪ 玺组：即玺绶。　⑩⑫ 戆（gàng）：鲁莽。　⑩⑬ 乘舆副车：皇帝出行时的侍从车，又称"属车"。　⑩⑭ 昌邸邸：昌邑王在京的住处。　⑩⑮ 当断不断，反受其乱：当时的俗语。意思是，未曾先下手除霍光，反为霍光所害。　⑩⑯ 皇曾孙：武帝的曾孙刘病已，后改名询，即汉宣帝。　⑩⑰ 甲等：上等住宅。　⑩⑱ 一区：一所。　⑩⑲ 廉让：清廉逊让。　⑪⑩ 关白：请示，报告。　⑪⑪ 地节二年：汉宣帝年号，公元前68年。　⑪⑫ 三河：汉时指河内（治怀县）、河东（治安邑）、河南（治洛阳）三郡。　⑪⑬ 穿复土：掘地累土，指营建。　⑪⑭ 长丞奉守如旧法：言大将军幕府的长史、丞掾（yuàn）等属僚，按霍光生前的规格奉守陵园。　⑪⑮ 结发：古时男子二十岁结发加冠。这里指霍光年轻时。　⑪⑯ 阶闼：指宫廷。阶，殿前阶级。闼，宫中小门。　⑪⑰ 确然：确定地。　⑪⑱ 形：显露。　⑪⑲ 襁褓之托：言托孤。这里指霍光受武帝托孤（昭帝）之重任。　⑫⑩ 幼君：指昭帝。　⑫⑪ 仆：击败。　⑫⑫ 废置之际：指废昌邑王刘贺，立宣帝刘询之时。　⑫⑬ 师保：古代称教导辅弼君主之官为师或保。　⑫⑭ 阿衡：指伊尹。　⑫⑮ 阴：隐瞒。　⑫⑯ 霍叔：名叔处，武王之弟，封于霍，故称霍叔。

【赏析】　作为《汉书》的名篇，《霍光传》将一位在汉武帝、昭帝、宣帝朝久经风雨而屹立不倒，稳坐政坛的政治家霍光塑造得非常成功。霍光为人的最大特点是小心谨慎，所以班固将他与另外一位以小心谨慎著称的金日䃅同传。传中叙述了从汉武帝、昭帝，到昌邑王、宣帝四朝的政治更迭，其中，每一次政治的接班，霍光都起了很大作用，自昭帝时开始，霍光便一直操纵与掌控朝政。文中重点节选了霍光挫败上官桀反叛案和废昌邑王事，尤其是废昌邑王事，叙事栩栩如生。此传的最大特色是冷峻的叙事手法，班固只叙述事件的过程，而不掺杂个人的好恶与判断，但事件背后的真相却在文字中若隐若现，只要细细寻绎，总能找到蛛丝马迹。比如昌邑王群臣的话"当断不断，反受其乱"，以及太后听到诏书时的惊异之情，其实就是侧面说明废掉昌邑王的真正原因并非昌邑王荒淫无道，而是昌邑王群臣想让昌邑王铲除霍光，而霍光则先发制人。此外，一些细节描绘也相当精彩，看似闲笔，实则复原了当时的情境。刘师培曰："就《汉书》而论，如记霍光废昌邑王一事，前叙太后所著之衣服，继叙宣读诏书，而将太后之言插于其中，当时之情态，即栩栩如生。"故插入太后的一段，向来为文章家所激赏。

　　本文铺叙曲折起伏，人物性格突出，形象生动传神，为《汉书》中名篇，历来为人称道。

扬 雄 传

【题解】 扬雄是汉代伟大的文学家,他的辞赋成就仅次于司马相如。另外,扬雄的成就是多方面的,他还是重要的学者,有《法言》、《太玄》、《方言》等学术著作。《汉书》的《扬雄传》是了解扬雄的重要文本。本文节选《汉书·扬雄传》的主要内容。

【原文】

扬雄字子云,蜀郡成都①人也。其先出自有周伯侨者,以支庶初食采于晋之扬②,因氏焉,不知伯侨周何别③也。扬在河、汾④之间,周衰而扬氏或称侯,号曰扬侯。会晋六卿⑤争权,韩、魏、赵兴而范中行、知伯弊。当是时,逼⑥扬侯,扬侯逃于楚巫山⑦,因家焉。楚汉之兴也,扬氏溯江上,处巴江州⑧。而扬季官至庐江⑨太守。汉元鼎⑩间避仇复溯江上,处岷山之阳⑪曰郫⑫,有田一廛⑬,有宅一区,世世以农桑为业。自季至雄,五世而传一子,故雄亡⑭它扬于蜀。

雄少而好学,不为章句,训诂通⑮而已,博览无所不见。为人简易佚荡⑯,口吃不能剧谈⑰,默而好深湛之思,清静亡为⑱,少耆欲⑲,不汲汲⑳于富贵,不戚戚于贫贱,不修廉隅㉑以徼名㉒当世。家产不过十金,乏无儋石㉓之储,晏如㉔也。自有下度:非圣哲之书不好也;非其意,虽富贵不事也。顾㉕尝好辞赋。

先是时,蜀有司马相如,作赋甚弘丽温雅,雄心壮之,每作赋,常拟之以为式。又怪屈原文过相如,至不容,作《离骚》,自投江而死,悲其文,读之未尝不流涕也。以为君子得时则大行㉖,不得时则龙蛇㉗,遇不遇命也,何必湛身㉘哉!乃作书,往往摭㉙《离骚》文而反之,自岷山投诸江流以吊屈原,名曰《反离骚》㉚;又旁㉛《离骚》作重一篇,名曰《广骚》;又旁《惜诵》以下至《怀沙》㉜一卷,名曰《畔牢愁》㉝。《畔牢愁》、《广骚》文多,不载,独载《反离骚》。

孝成帝时,客有荐雄文似相如者,上方郊祠甘泉泰畤、汾阴后土㉞,以求继嗣,召雄待诏承明㉟之庭。正月,从上甘泉,还奏《甘泉赋》以风。

甘泉本因秦离宫㊱,既奢泰,而武帝复增通天、高光、迎风。宫外近则洪崖、旁皇、储胥、弩陆㊲，远则石关、封峦、枝鹊、露寒、棠梨、师得㊳，游观屈奇瑰玮，非木摩而不雕，墙涂而不画，周宣所考㊴，盘庚所迁㊵，夏卑宫室，唐、虞棌㊶椽三等之制也。且其为已久矣，非成帝所造，欲谏则非时，欲默则不能已，故遂推而隆之，乃上比于帝㊷室紫宫，若曰此非人力之所为，党㊸鬼神可也。又是时赵昭仪㊹方大幸，每上甘泉，常法从㊺，在属车间豹尾㊻中。故雄聊盛言车骑之众，参丽之驾㊼，非所以感动天地，逆釐三神㊽。又言“屏玉女，却虙妃”，以微戒齐肃之事。赋成，奏之，天子异焉。

其三月，将祭后土，上乃帅群臣横大河，凑汾阴㊾。既祭，行游介山㊿，回安邑(51)，顾龙门(52)，览盐池(53)，登历观(54)，陟西岳以望八荒(55)，迹殷、周之虚，眇然以思唐、虞之风(56)。雄以为，临川羡鱼不如归而结网(57)，还，上《河东赋》以劝。

其十二月羽猎(58)，雄从。以为昔在二帝、三王(59)，宫馆、台榭、沼池、苑囿、林麓、薮泽(60)，财足以奉郊庙、御(61)宾客、充庖厨而已，不夺百姓膏腴谷土桑柘之地。女有馀布，男有馀粟，国家殷富，上下交足，故甘露零其庭，醴泉流其唐(62)，凤皇巢其树，黄龙游其沼，麒麟臻其囿，神爵栖其林。昔者禹任益虞(63)而上下(64)和，草木茂，成汤好田而天下用足。文王囿百里，民以为尚小；齐宣王囿四十里，民以为大：裕民之与夺民也。武帝广开上林，南至宜春、鼎胡、御宿、昆吾(65)，旁南山(66)而西，至长杨、五柞(67)，北绕黄山(68)，濒渭而东，周袤(69)数百里，穿昆明池(70)象滇河(71)，营建章、凤阙、神明、馺娑(72)，渐台、泰液象海水周流方丈、瀛洲、蓬莱(73)。游观侈靡，穷妙极丽。虽颇割其三垂(74)以赡(75)齐民(76)，然至羽猎、田车、戎马、器械、储偫、禁御所营(77)，尚泰奢丽夸诩(78)，非尧、舜、成汤、文王三驱之意(79)也。又恐后世复修前好，不折中以泉台(80)，故聊因《校猎赋》以风(81)。

明年(82)，上将大夸胡人以多禽兽，秋，命右扶风(83)发民入南山，西自褒、斜(84)，东至弘农(85)，南驱汉中(86)，张罗罔罴罘(87)，捕熊罴、豪猪(88)、虎豹、狖玃(89)、狐兔、麋鹿，载以槛车，输长杨(90)射熊馆。以罔为周阹，纵禽兽其中，令胡人手搏之，自取其获(91)，上亲临观焉。是时，农民不得收敛。雄从至射熊馆，还，上《长杨赋》，聊因笔墨之成文章，故借翰林以为主人，子墨为客卿以风。

哀帝时，丁、傅⑨²、董贤⑨³用事，诸附离⑨⁴之者或起家至二千石⑤。时，雄方草《太玄》⑯，有以自守，泊如⑰也。或嘲雄以玄尚白⑱，而雄解之⑨⁹，号曰《解嘲》。

雄以为赋者，将以风之也，必推类而言，极丽靡之辞，闳侈巨衍⑩，竞于使人不能加也，既乃归之于正，然览者已过⑩¹矣。往时武帝好神仙，相如上《大人赋》，欲以风，帝反缥缥⑩²有陵云之志。由是言之，赋劝而不止，明矣。又颇似俳优淳于髡、优孟⑩³之徒，非法度所存，贤人君子诗赋之正也，于是辍⑩⁴不复为。《玄》文多，故不著，观之者难知，学之者难成。客有难《玄》大深，众人之不好也，雄解之，号曰《解难》。

雄见诸子各以其知舛驰⑩⁵，大氐诋訾圣人⑩⁶，即⑩⁷为怪迂。析辩诡辞，以挠⑩⁸世事，虽小辩，终破大道而或众，使溺于所闻而不自知其非也。及太史公记六国，历楚、汉，讫麟止，不与圣人同，是非颇谬于经。故人时有问雄者，常用法应之，撰以为十三卷，象《论语》，号曰《法言》⑩⁹。

赞曰：雄之自序⑪云尔。初，雄年四十馀⑪²，自蜀来至游京师，大司马车骑将军王音⑪²奇其文雅，召以为门下史，荐雄待诏⑪³，岁馀，奏《羽猎赋》，除为郎，给事黄门，与王莽、刘歆并。哀帝之初，又与董贤同官。当成、哀、平间，莽、贤皆为三公，权倾人主，所荐莫不拔擢，而雄三世不徙官。及莽篡位，谈说之士用符命称功德获封爵者甚众，雄⑪⁴复不侯，以耆老久次转为大夫，恬⑪⁵于势利乃如是。实好古而乐道，其意欲求文章成名于后世，以为经莫大于《易》，故作《太玄》；传莫大于《论语》，作《法言》；史篇莫善于《仓颉》，作《训纂》⑪⁶；箴莫善于《虞箴》⑪⁷，作《州箴》⑪⁸；赋莫深于《离骚》，反而广之；辞莫丽于相如，作四赋：皆斟酌其本，相与放依而驰骋云。用心于内，不求于外，于时人皆曶⑪⁹之；唯刘歆及范逡⑫⁰敬焉，而桓谭⑫¹以为绝伦。

王莽时，刘歆、甄丰⑫²皆为上公，莽既以符命自立，即位之后，欲绝其原以神前事，而丰子寻⑫³、歆子棻⑫⁴复献之。莽诛丰父子，投棻四裔，辞所连及，便收不请⑫⁵。时，雄校书天禄阁⑫⁶上，治狱使者来，欲收雄，雄恐不能自免，乃从阁上自投下，几死。莽闻之曰："雄素不与事，何故在此⑫⁷？"间⑫⁸请问其故，乃刘棻尝从雄学作奇字⑫⁹，雄不知情⑬⁰。有诏勿问。然京师为之语曰："惟寂寞，自投阁；爱清静，作符命⑬¹。"

雄以病免，复召为大夫。家素贫，耆酒，人希至其门。时有好事者载酒肴从游学，而巨鹿⑬²侯芭常从雄居，受其《太玄》、《法言》焉。刘歆亦尝观之，谓雄曰："空自苦！今学者有禄利，然向不能明《易》，又如《玄》何？吾恐后人用覆⑬³酱瓿⑬⁴也。"雄笑而不应。年七十一，天凤五年⑬⁵卒，侯芭为起坟，丧之三年。

时大司空王邑、纳言严尤闻雄死，谓桓谭曰："子常称扬雄书，岂能传于后世乎？"谭曰："必传。顾⑬⁶君与谭不及见也。凡人贱近而贵远，亲见扬子云禄位容貌不能动人，故轻其书。昔老聃著虚无之言两篇⑬⁷，薄仁义，非礼学，然后世好之者尚以为过于《五经》，自汉文、景之君及司马迁皆有是言。今扬子之书文义至深，而论不诡⑬⁸于圣人，若使遭遇时君，更阅贤知，为所称善，则必度越诸子矣。"诸儒或讥以为雄非圣人而作经，犹春秋吴楚之君僭号称王，盖诛绝之罪也。自雄之没至今⑬⁹四十馀年，其《法言》大行，而《玄》终不显，然篇籍具存。

【注释】　①蜀郡成都：今四川成都。　②扬：约在山西洪洞东南。　③何别：哪个支系。　④河、汾：黄河、汾水。　⑤晋六卿：春秋时，晋国的范、中行、知、赵、韩、魏六个世卿。　⑥偪：同"逼"。　⑦巫山：山名，在四川巫山县东。　⑧巴江州：巴郡的江州，在今重庆市江北。　⑨庐江：郡名，治舒县，在今安徽庐江西南。　⑩元鼎：汉武帝年号，公元前116年到公元前111年。　⑪岷山之阳：岷山的南面。岷山，山名，在今四川、甘肃交界线上。阳，山南曰阳。　⑫郫(pí)：县名，在今四川成都西北。　⑬廛(chán)：古代一夫之田，即百亩。　⑭亡：通"无"。　⑮训诂通：理解字句含义。训诂，对字句做解释。　⑯佚(dié)荡：舒缓；悠闲自在。　⑰剧谈：畅谈。　⑱亡为：无为。　⑲耆(shì)欲：即嗜欲，爱好。　⑳汲汲：急切追求的样子。　㉑廉隅：本谓棱角，古时比喻品行端方，有志气。　㉒徼名：谋求名声。徼，要。　㉓甔(dān)石：此指少量米粟。甔，计量谷物的单位，可容一石之瓦器。　㉔晏如：安宁，恬适。　㉕顾：但。　㉖行：谓行道。　㉗龙蛇：《易·系辞下》有"龙蛇之蛰，以存身也"句，言龙蛇以屈求伸。　㉘湛身：沉身，谓投水而死。湛，通"沉"。　㉙摭(zhí)：拾取，摘取。　㉚《反离骚》：《汉书补注》引王念孙曰："'离'字涉上下交而衍，曰《反骚》。"　㉛旁(bàng)：同"傍"，靠，依。　㉜《惜诵》以下至《怀沙》：皆屈原《楚辞·九章》之篇名。　㉝《畔牢愁》：颜师古注引李奇曰："畔，离也。牢，聊也。与君相离，愁而无聊也。"杨树达认为亦《离骚》之义。　㉞甘泉泰畤(zhì)、汾阴后土：汉代皇帝郊祠天地之处。　㉟承明：殿名，在未央宫。　㊱秦离宫：指甘泉宫本是秦之林光宫。离宫，正宫之外供帝王出巡时居住的宫室。　㊲驽跖(qū)：

圈围禽兽,用弩射捕,故曰弩阹。阹,因山谷为牛马圈谓之"阹"。 ㊳"远则石关"句:颜师古注曰:"棠梨宫在甘泉苑垣外,师得宫在栎阳界,其余皆甘泉苑垣内之宫观也。" ㊴周宣所考:周宣王所建。周宣,周宣王。考,建成。 ㊵盘庚所迁:盘庚迁都时所携(之宝物)。盘庚,商王盘庚。迁,谓都于亳。 ㊶棌(cǎi):栎树。 ㊷帝:谓天。 ㊸党:通"傥",或者,偶或。 ㊹赵昭仪:赵飞燕之妹赵合德,汉成帝的宠妃。 ㊺法从:跟随皇帝车驾。 ㊻豹尾:天子属车上的饰物,悬于最后一车。 ㊼参丽之驾:大驾的从官,中道、右道并驱称参驾,但分左右道者曰丽驾。 ㊽逆釐(lí)三神:迎接天神、地祇、山岳三神而受福。逆釐,迎福,受福。逆,迎。釐,同"厘",福。 ㊾凑汾阴:聚集于汾阴。凑,聚集。汾阴,在今山西万荣县西南。 ㊿介山:在汾阴东北。 (51)回安邑:绕过安邑县。回,谓绕过。安邑,县名,在今山西夏县西北。 (52)龙门:山名,在陕西韩城与山西河津间,跨黄河两岸。 (53)盐池:在今山西夏县南。 (54)历观:历山上之观。历山,在今山西永济县东南。 (55)"陟西岳"句:登上华山眺望远方。陟,升。西岳,华山。八荒,八方荒远的地方。 (56)唐、虞之风:颜师古注曰:"殷都河内,周在岐丰,尧都平阳,舜都蒲阪,皆可想见,故云迹殷周之墟,思唐虞之风也。" (57)"临川羡鱼"句:与其羡慕,不如动手去干。临川羡鱼,语出《淮南子·说林训》,多用来比喻只有愿望而没有措施,对事情毫无好处。颜师古注曰:"言成帝追观先代遗迹,思欲齐其德号,故雄劝令自兴至治,以拟帝皇之风。" (58)羽猎:帝王狩猎。士卒负羽箭随从,因名羽猎。 (59)二帝、三王:二帝,尧、舜。三王,夏、殷、周。 (60)薮(sǒu)泽:生长着很多草的湖泽。 (61)御:侍。 (62)唐:即"塘"。 (63)益虞:禹之臣,主山泽之官。 (64)上下:指山泽。 (65)"宜春"句:宜春,苑名,在今陕西长安县南。鼎湖,宫名,在今陕西兰田县。御宿,苑名,在今陕西长安县。昆吾,亭名,在今兰田县。 (66)南山:今秦岭。 (67)长杨、五柞(zuò):皆宫名,故址皆在今陕西周至县东南。 (68)黄山:宫名,在今陕西兴平西南。 (69)袤:长。 (70)昆明池:在今西安市西南。 (71)滇河:即滇池。 (72)"营建章"句:建章,宫名。神明,台名。馺(sà)娑,宫名。 (73)"渐台"句:渐台,台名,在太液池中。太液,池名。方丈、瀛洲、蓬莱,传说中的海中三神山。 (74)三垂:指上林苑的三边。 (75)赡:给。 (76)齐民:平民。 (77)"田车"句:田,同"畋",打猎。储偫(zhì),积储,存备。禁御,古代帝王的禁苑。营,围守。 (78)尚泰奢丽夸诩:尚,犹。泰,过。诩,大言。 (79)三驱之意:有二说。一说古代射猎的三等,一为笾豆,二为宾客,三为充君之庖(师古说)。一说三面驱逐,缺其一面,使猎物有可去之道,而不忍一网打尽,所谓仁心而不合围(宋祁说)。 (80)"又恐后世"二句:春秋时鲁庄公筑泉台,至文公毁之,《公羊传》文公十六年讥云:"先祖为之,已毁之,不如勿居而已矣。"扬雄此意是,宫观乃先帝所为,成帝不可再修,居之是可以的。 (81)因《校猎赋》以风:时在永始四年(前13)。风,同"讽",讽谏。 (82)明年:元延二年(前11)。 (83)右扶风:汉武帝太初元年(前104)更名主爵都尉为右扶风,其地在今陕西长安县西,为拱卫首都长安的三辅之一。 (84)褒、斜:秦岭中二谷名。 (85)弘农:郡名,治弘农,在今河南灵宝北。 (86)汉中:郡名,治西城,在今陕西安康西。 (87)罴罘(pí fú):捕兽的网。 (88)豪猪:啮齿类哺乳动物,也称箭猪、毫彘。 (89)狖玃(yòu jué):狖,长尾猿。玃,大猴。 (90)长杨:宫名,在今陕西周至县。长杨宫中有射熊馆。 (91)获:打猎所获。 (92)丁、傅:哀帝时的外戚。丁,哀帝母丁姬,即丁太后。傅,哀帝祖母傅太后,即汉元帝傅昭仪,生定陶王。 (93)董贤:哀帝宠臣,传见《汉书·佞幸传》。 (94) 附离:附着,依附。 (95) 二千石:汉代郡守等高官的俸禄。 (96)《太玄》:《太玄经》,扬雄摹仿《易经》和《老子》而作的一部哲学著作。 (97) 泊如:恬淡无欲的样子。 (98)"或嘲"句:玄,黑色。白,白色。颜师古注曰:"言雄作之不成,其色犹白,故无禄位也。" (99) 解之:对嘲笑进行辩解。 (100)"极丽靡"二句:谓专为广大之言。 (101) 览者已过:言览者但觉浮华而无益于讽谏。 (102) 缥缥:同"飘飘"。 (103) 淳于髡、优孟:皆滑稽人物。详见《史记·滑稽列传》。 (104) 辍:止也。 (105) 舛驰:异道而驰,相背。 (106) 大氐(dǐ)诋訾(dǐ zī)圣人:大氐,大概。诋訾,诋毁。圣人,指周公、孔子。 (107) 即:犹"或"。 (108) 挠:扰乱。 (109)《法言》:今存,通行本有二,一为晋李轨注,十三卷;一为宋司马光注,十卷。 (110) 雄之《自序》:上文所言是班固所引扬雄的《自序》。 (111) 四十馀:此误,当为三十馀。扬雄生于甘露元年(前53),卒于天凤五年(18)。下文云王音荐雄,而王音死于永始二年(前15),则知扬雄始游京师尚不足四十岁。 (112) 王音:汉元帝王皇后的堂兄弟,曾接替王凤辅政,见《汉书·元后传》。 (113) 荐雄待诏:推荐扬雄为待诏,时在永始元年(前16)。 (114) 雄:《汉书补注》引宋祁曰:"'雄'字上当有'唯'字。" (115) 恬:安。 (116)《训纂》:扬雄所作的字书,《汉书·艺文志》有著录。 (117)《虞箴》:据说周武王的太史辛甲命百官各为箴,虞人因以田猎为箴,后称《虞箴》,见《左传》襄公四年。 (118)《州箴》:扬雄所作宣扬儒家道德规范的著作。 (119) 曶(hū):通"忽",忽视,轻视。 (120) 范逡:扶风人,见《后汉书·杜林传》。 (121) 桓谭:汉代思想家,著有《新论》。 (122) 甄丰:汉平帝时以定策功拜少傅,封广阳侯。 (123) 丰子寻:甄丰之子甄寻,封茂德侯。 (124) 歆子棻(fēn):刘歆之子刘棻,王莽时为侍中,封隆威侯,尝从扬雄学作奇字。 (125) 不请:不须奏请。 (126) 天禄阁:在未央宫大殿北。 (127) 何故在此:言何故与献符命事有牵连。 (128) 间:秘密。 (129) 奇字:颜师古注曰:"古文之异者。" (130) 情:指献符命事的内情。 (131)"惟寂寞"四句:颜师古注曰:"以雄《解嘲》之言讥之也。今流俗本云:'惟寂惟寞,自投于阁;爰清爰静,作符命。'妄增之。"《汉书补注》引沈钦韩曰:"此指《剧秦美新》之文,班不为之讳,而注不能举。" (132) 巨鹿:郡名,治巨鹿,在今河北平乡西南。 (133) 覆:盖。 (134) 酱瓿(bù):民间盛酱的陶器,圆口,深腹,圈足。 (135) 天凤五年:公元18年。天凤为王莽的第二个年号。 (136) 顾:但。 (137) 老聃著虚无之言两篇:指《道德经》。 (138) 诡:违。 (139) 今:指班固生活的汉明帝永平年间。

【赏析】 《汉书·扬雄传》依据扬雄的自序而来,"雄之自序云尔"之前的大段文字,都是其自序生平。文中讲述了扬雄的先世,再按照时间顺序记述了扬雄在各个时期的作品。早期的扬雄主要创作辞赋,他著名的四篇辞赋都是劝说讽谏汉成帝的,但没有发挥应有的效果。所以,到了中年,扬雄突然觉悟到,辞赋是小道,是壮夫不为的雕虫小技,而作为学者,要有自己的学术著作传世。从此后,扬雄转向创作学术著作,但他耗费了大量精力而创作的学术著作《太玄》、《法言》二书,为当时人所不解,扬雄为此解释二书。扬雄自序后面的文字,才是班固的赞语,插入了与之同时的刘歆、桓谭等人讨论扬雄之书必能传世的原因,但说那些话时是东汉初年,两千年后,扬雄的著作仍然传世,可谓实现了万古不朽,这也反映了他的学术成就。但扬雄这个人在后世其实是毁誉参半的,后人对于他投靠王莽的经历多有批评,尤其是他还有一篇文章叫《剧秦美新》,是专门歌颂王莽的,这是后人称他为"莽大夫"的原因。无论如何,这篇《扬雄传》是汉代著名的学者传记,通过扬雄的一生,我们可以了解这位伟大的文学家与学者的经历。

卫皇后传

【题解】 《史记》中有《外戚传》,为后妃立传,《汉书》因之。其中,卫皇后的传也见《史记·外戚传》,但传之内容甚为简略,《汉书》的内容更为丰富。本文及以下《李夫人传》、《班婕妤传》分别节选自《汉书·外戚传》。

【原文】

孝武卫皇后①字子夫,生微②也。其家号曰卫氏③,出平阳侯邑④。子夫为平阳主讴者⑤。武帝即位,数年无子。平阳主求良家女十余人,饰置家⑥。帝祓⑦霸上,还过平阳主。主见所侍美人⑧,帝不说⑨。既饮,讴者进,帝独说子夫。帝起更衣⑩,子夫侍尚衣轩⑪中,得幸。还坐驩⑫甚,赐平阳主金千斤。主因奏子夫送入宫。子夫上车,主拊⑬其背曰:"行矣!强饭勉之。即贵,愿无相忘!"入宫岁余,不复幸。武帝择宫人不中用者斥出之,子夫得见,涕泣请出。上怜之,复幸,遂有身,尊宠。召其兄卫长君、弟青⑭侍中。而子夫生三女,元朔元年⑮生男据,遂立为皇后。

先是卫长君死,乃以青为将军,击匈奴有功,封长平侯。青三子在襁褓中⑯,皆为列侯⑰。及皇后姊子霍去病⑱亦以军功为冠军侯,至大司马票骑将军⑲。青为大司马大将军⑳。卫氏支属㉑侯者五人。青还,尚平阳主。

皇后立七年,而男立为太子㉒。后色衰,赵之王夫人、中山李夫人有宠㉓,皆蚤卒。后有尹婕妤、钩弋夫人更幸㉔。卫后立三十八年,遭巫蛊事起㉕,江充㉖为奸,太子惧不能自明,遂与皇后共诛充,发兵,兵败,太子亡走㉗。诏遣宗正刘长乐、执金吾刘敢㉘奉策收皇后玺绶,自杀。黄门㉙苏文、姚定汉舆置公车令空舍㉚,盛以小棺,瘗㉛之城南桐柏㉜。卫氏悉灭。宣帝立,乃改葬卫后,追谥曰思后,置园邑三百家,长丞周卫奉守焉。

【注释】　①卫皇后:汉武帝第二位皇后。　②生微:出身微贱。　③其家号曰卫氏:她家自称卫氏。《卫青传》云,父郑季为吏,给事平阳侯家,与侯妾卫媪通,生青,故冒卫氏。　④平阳侯邑:平阳侯所食县之称。　⑤平阳主讴者:平阳公主府中的歌女。平阳公主,景帝王皇后女。讴者,唱歌的人。　⑥饰置家:加以修饰打扮,养在家里。　⑦袚(fú):古代迷信习俗,为除灾去邪而举行的一种仪式。　⑧主见所侍(zhì)美人:平阳主使储备的美人见武帝。侍,储备。　⑨说:通"悦"。　⑩更衣:谓入厕。　⑪尚衣轩:皇帝整理与更换衣服之处。　⑫驩(huān):同"欢"。　⑬拊(fǔ):拍。　⑭青:卫青,后为大将军,传见《史记·卫将军骠骑列传》、《汉书·卫青霍去病传》。　⑮元朔元年:公元前128年。　⑯在襁褓中:表示还是婴儿。襁褓,包婴儿的被等。　⑰列侯:汉代封国二等,大者为王国,小者为侯国,侯国之主称列侯。　⑱霍去病:卫皇后姐卫少儿之子,传见《史记·卫将军骠骑列传》、《汉书·卫青霍去病传》。　⑲票骑将军:特给霍去病的官号,官阶同大将军。　⑳大将军:汉武帝废太尉后设置的将军称号,职同太尉。　㉑支属:各系亲属。　㉒男立为太子:指元狩元年(前122)立太子。　㉓赵之王夫人、中山李夫人有宠:王夫人生齐王。李夫人,李延年之妹,生昌邑王。　㉔"后有"句:尹婕妤,不详。钩弋夫人,即赵婕妤,生昭帝。更,更替。　㉕巫蛊事起:即征和二年(前91)的巫蛊之祸,牵连皇后、太子,太子起兵抵挡而自杀。　㉖江充:字次倩,赵国邯郸(今河北邯郸)人,传见《汉书·蒯伍江息夫传》。　㉗太子亡走:太子逃亡,详见《汉书·武五子传》。　㉘宗正刘长乐、执金吾刘敢:宗正为处理宗族事务之官,执金吾为秦汉时率禁兵保卫京城和宫城的官员,故遣宗正与执金吾处理卫皇后事。　㉙黄门:宦者,太监。㉚舆置公车令空舍:放在公车令的空房子里。公车令,秦汉设公车司马令,掌宫门警卫、接待、传达之事。　㉛瘗(yì):埋葬。　㉜桐柏:亭名。

【赏析】　后族盛衰无常的案例在史书记载中屡见不鲜,他们往往盛极一时,又最后遭到灭族之灾,能保全者少之又少。卫氏家族就是一个典型的例子。卫皇后是汉武帝的第二位皇后,她以色进,其家族也光耀门楣,纷纷仕进,后因卫青破匈奴立功且自己生子而被立为皇后。通过班固此传,读者可以了解卫氏宗亲的情况,并看到卫青死后,武帝年老而昏庸,致使太子、皇后皆不保,卫氏家族遭到致命打击的情形。卫皇后命运悲惨,令人同情。传记描述简略,然已将人物荣枯起伏的人生历程清晰勾勒,从中可见宫中女子,即使贵为皇后,仍不免诛灭身亡的结局,发人深思。

李夫人传

【题解】　见《卫皇后传》。

【原文】

孝武李夫人,本以倡①进。初②,夫人兄延年③性知音④,善歌舞,武帝爱之。每为新声变曲⑤,闻者莫不感动。延年侍上起舞,歌曰:"北方有佳人,绝世而独立,一顾倾人城,再顾倾人国。宁不知倾城与倾国,佳人难再得!"⑥上叹息曰:"善!世岂有此人乎?"平阳主⑦因言延年有女弟,上乃召见之,实妙丽善舞。由是得幸,生一男,是为昌邑哀王⑧。李夫人少而蚤⑨卒,上怜闵焉,图画其形于甘泉宫。及卫思后⑩废后四年,武帝崩,大将军霍光缘上雅意⑪,以李夫人配食⑫,追上尊号曰孝武皇后。

初,李夫人病笃⑬,上自临候⑭之,夫人蒙被谢曰:"妾久寝病,形貌毁坏,不可以见帝。愿以王及兄弟为托。"上曰:"夫人病甚,殆将不起⑮,一见我属托王及兄弟,岂不快哉?"夫人曰:"妇人貌不修饰,不见君父⑯。妾不敢以燕媠⑰见帝。"上曰:"夫人弟⑱一见我,将加赐千金,而予兄弟尊官。"夫人曰:"尊官在帝,不在一见。"上复言欲必见之,夫人遂转乡⑲歔欷而不复言。于是上不说而起。夫人姊妹让⑳之曰:"贵人独不可一见上属托兄弟邪?何为恨上㉑如此?"夫人曰:"所以不欲见帝者,乃欲以深托兄弟也。我以容貌之好,得从微贱爱幸于上㉒。夫以色事人者,色衰而爱弛,爱弛则恩绝。上所以挛挛㉓顾念我者,乃以平生容貌也。今见我毁坏,颜色非故,必畏恶㉔吐弃我,意尚肯复追思闵录其兄弟哉!"及夫人卒,上以后礼葬焉。其后,上以夫人兄李广利㉕为贰师将军,封海西侯,延年为协律都尉㉖。

上思念李夫人不已㉗,方士齐人少翁言能致其神㉘。乃夜张灯烛,设帷帐,陈酒肉,而令上居他帐,遥望见好女如李夫人之貌,还幄坐而步㉙。又不得就视,上愈益相思悲感,为作诗曰:"是邪,非邪?立而望之,偏何姗姗㉚其来迟!"令乐府诸音家弦歌之㉛。上又自为作赋,以伤悼夫人,其辞曰:

美连娟㉜以修嫮㉝兮,命樔㉞绝而不长,饰新官㉟以延贮兮,泯㊱不归乎故乡。惨郁郁其芜秽兮,隐处幽而怀伤,释舆马于山椒㊲兮,奄修㊳夜之不阳㊴。秋气憯以凄泪㊵兮,桂枝㊶落而销亡,神茕茕㊷以遥思兮,精浮游而出畺㊸。托沈阴㊹以圹久㊺兮,惜蕃华之未央㊻,念穷极之不还兮,惟⁴⁷幼眇⁴⁸之相羊⁴⁹。函荾⁵⁰荴⁵¹以俟风兮,芳杂袭以弥章,的⁵²容与⁵³以猗靡⁵⁴兮,缥飘姚⁵⁵虖⁵⁶愈庄⁵⁷。燕淫衍而抚楹兮,连流视而娥扬⁵⁸,既激感而心逐⁵⁹兮,包红颜而弗明⁶⁰。欢接狎以离别兮,宵⁶¹寤梦之芒芒⁶²,忽迁化而不反兮,魄放逸以飞扬。何灵魂之纷纷兮,哀裴回以踌躇⁶³,势路日以远兮,遂荒忽而辞去。超兮西征,屑⁶⁴兮不见。浸淫敞荒⁶⁵,寂兮无音,思⁶⁶若流波⁶⁷,怛⁶⁸兮在心。

乱⁶⁹曰:"佳侠⁷⁰函光,陨朱荣兮,嫉妒闟茸⁷¹,将安⁷²程⁷³兮!方时隆盛,年夭伤兮,弟⁷⁴子⁷⁵增欷,洿沫⁷⁶怅兮。悲愁于邑⁷⁷,喧⁷⁸不可止兮。向不虚应⁷⁹,亦云已兮,嫶妍⁸⁰太息,叹稚子⁸¹兮,懰栗⁸²不言,倚所恃兮。仁者不誓,岂约亲兮⁸³?既往不来,申以信兮⁸⁴。去彼昭昭,就冥冥兮,既下⁸⁵新宫⁸⁶,不复故庭⁸⁷兮。呜呼哀哉,想魂灵兮!

其后李延年弟季坐奸乱后宫,广利降匈奴,家族灭矣。

【注释】 ① 倡:乐人。 ② 初:当初的时候。 ③ 延年:李延年,传见《汉书·佞幸传》。 ④ 知音:通晓音乐。 ⑤ 每为新声变曲:经常演唱新歌,弹奏经过创新的曲子。 ⑥ "北方有佳人"六句:颜师古注曰:"非不吝惜城与国也,但以佳人难得。爱悦之深,不觉倾覆。"绝世而独立,世上没有第二个,即举世无双。倾,倾覆。宁不知,岂不知。 ⑦ 平阳主:汉景帝王皇后的长女平阳公主。 ⑧ 昌邑哀王:刘髆(bó),传见《汉书·武五子传》。 ⑨ 蚤:同"早"。 ⑩ 卫思后:卫皇后,因巫蛊事被废自杀。 ⑪ 缘上雅意:按照武帝本意。缘,因。雅意,素来的意愿,本意。《汉书补注》王先谦曰:"缘上雅意者,缘上以后礼葬夫人之意。" ⑫ 配食:袝(fù)祭,配享。 ⑬ 病笃:病得很严重。 ⑭ 临候:来当面问候。 ⑮ 殆将不起:快要起不来了,言将死。 ⑯ "妇人貌不修饰"二句:《汉书补注》引周寿昌曰:《礼记》"妇人不饰不敢见舅姑",李夫人语本此。 ⑰ 燕婼(duò):谓不严饰,仪容不整。婼,同"惰"。 ⑱ 弟:通"第",但,只要。 ⑲ 转乡:转面而向里。乡,同"向"。 ⑳ 让:责备。 ㉑ 恨上:谓不从武帝之意。恨,同"很",违。 ㉒ 得从微贱爱幸于上:能够从出身微贱而变为受到皇帝的宠爱。微贱,指李夫人原本为倡。 ㉓ 挛挛(liàn liàn):爱恋不忘。挛,通"恋"。 ㉔ "必畏恶"二句:《汉书补注》引王念孙曰:"'畏恶'上有'有'字;今本脱之,则文义不明。《御览·皇亲部二》引此,正作'有吐弃我意',《汉纪》同。"照此,此二句当读为:"必畏恶,有吐弃我意,尚肯复追思闵录其兄弟哉!"闵录其兄弟,想念怜惜录用她的兄弟。闵,怜惜。录,录用。 ㉕ 李广利:李夫人兄,曾为贰师将军征大宛。征和三年(前90),李广利出征匈奴前,与丞相刘屈氂(máo)密谋推立李夫人之子昌邑王为太子。后事发,李广利投降匈奴。详见《汉书·张骞李广利传》。 ㉖ 协律都尉:主管音乐的官。 ㉗ 不已:不停止。 ㉘ 致其神:招来神仙。致,招来,引来。 ㉙ 幄坐而步:在帐幕里端坐,接着又步行。 ㉚ 姗姗(shān shān):形容女子行走时缓慢从容。 ㉛ 令乐府诸音家弦歌之:《拾遗记》云,武帝思怀李夫人不可复得,时穿昆明之池,泛翔禽之舟,帝自造歌曲,使女伶歌之。时日已西倾,凉风激水,女伶歌声甚遒,因赋落叶哀蝉之曲,曰:"罗袂(mèi)兮无声,玉墀(chí)兮尘生。虚房冷而寂寞,落叶依于重扃。望彼美之女兮,安得感余心之未宁。"　㉜连娟:纤弱。　㉝嫮(hù):美好。　㉞樛(jiǎo):断绝。　㉟新官:待神之处,或说设帷帐。　㊱泯:灭。　㊲山椒:山陵,或说山顶。　㊳修:长。　㊴阳:明。　㊵凄泪(lì):凄厉,寒凉。　㊶桂枝:桂枝芳香,以喻夫人。　㊷茕茕:孤独状。　㊸畺(jiāng):同"疆",指精魂游离而出葬。　㊹沈阴:指地下。沈,通"沉"。　㊺旷(kuàng)久:旷久,长久。　㊻未央:犹未半,言年岁未半。　㊼惟:思。　㊽幼妙:窈窕。　㊾相羊:即"徜徉",徘徊之意。　㊿菱(suī):一种香菜。　51敷(fū):敷布,散开。　52的:明。　53容与:安逸自得的样子。　54猗(yǐ)靡:婉顺的样子。　55飘姚:即飘摇。　56虖(hū):通"乎"。　57愈庄:越加端庄。颜师古注引孟康曰:"言夫人之颜色的然盛美,虽在风中缥姚,愈益端严也。"　58"燕淫衍而抚楹兮"二句:此是回忆平生欢宴之时。娥扬,扬起娥眉。　59心逐:追思。　60包红颜而弗明:有二说:一说在坟墓之中不可见,一说即上诗所云"是邪,非邪"。　61宵:夜。　62芒芒:渺茫,模糊不清。　63跢跦:驻足。　64屑:顾惜。　65芜(huǎng):古"恍"字,同"恍"。　66思:"恩"之误。　67流波:言恩宠不绝。　68怛(dá):悼。　69乱:理,总结。　70佳侠:美女。　71闒茸(tà róng):猥贱,众贱之称。　72安:何。　73程:品级,等次。言那些善于嫉妒的微贱之人,叫他们去效法谁呢!　74弟:指夫人弟兄。　75子:指昌邑王。　76涔沫:言涕泪满脸。　77于邑:亦作"於邑"(wū yì),忧郁,哽咽。　78喧:哀哭。　79响不虚应:言响在空虚中无声应之。　80憔(qiáo)妍:忧伤愁损。　81稚子:幼子,指昌邑王。　82㦗栗(liú lì):哀怆之意。　83"仁者不誓"二句:仁者不为盟誓,难道与亲人有约言吗?　84"既往不来"二句:死者已逝,生者以此心为信。　85下:地下。　86新宫:指新坟。　87故庭:谓平生所居之宫庭。

【赏析】　李夫人同样以色进,并连带其兄弟李延年、李广利也飞黄腾达。她富有智慧,在临终之时不令武帝见其面,在武帝心中留下了最美好的形象。武帝对她感伤追念不已,并作诗篇。后人所了解的李夫人,便因此传所载的《佳人歌》及武帝《李夫人歌》而与文学关联甚广。李夫人为汉武帝宠妃,因病而卒,较之卫皇后,她是幸运的。而传记中所记叙的汉武帝对她的无限思念,描述细腻,真切感人,留下了美好的传说。后代小说,戏曲以此为题材,多有敷演,为人所欢迎。

班婕妤传

【题解】　见《卫皇后传》。

【原文】

孝成班婕妤①，帝初即位选入后宫。始为少使，蛾而大幸，为婕妤，居增成舍②，再就馆③，有男，数月失之。成帝游于后庭，尝欲与婕妤同辇载，婕妤辞曰："观古图画，贤圣之君皆有名臣在侧，三代末主乃有嬖女④，今欲同辇，得无近似之乎？"上善其言而止。太后闻之，喜曰："古有樊姬⑤，今有班婕妤。"婕妤诵《诗》及《窈窕》、《德象》、《女师》之篇⑥。每进见上疏，依则⑦古礼。

自鸿嘉⑧后，上稍隆于内宠。婕妤进侍者李平，平得幸，立为婕妤。上曰："始卫皇后亦从微起。"乃赐平姓曰卫，所谓卫婕妤也。其后赵飞燕姊弟亦从自微贱兴⑨，逾越礼制，浸盛于前。班婕妤及许皇后皆失宠，稀复进见。鸿嘉三年⑩，赵飞燕谮⑪告许皇后⑫、班婕妤挟媚道⑬，祝诅后宫，詈⑭及主上。许皇后坐废。孝问班婕妤，婕妤对曰："妾闻'死生有命，富贵在天⑮'。修正尚未蒙福，为邪欲以何望？使鬼神有知，不受不臣⑯之诉；如其无知，诉之何益？故不为也。"上善其对，怜悯之，赐黄金百斤。

赵氏姊弟骄妒，婕妤恐久见危，求共养⑰太后长信宫，上许焉。婕妤退处东宫，作赋自伤悼。至成帝崩，婕妤充奉园陵，薨，因葬园中。

【注释】　①班婕妤：班况之女，班彪之姑，班固之祖姑。　②增成舍：后宫八区之一。据《三辅黄图》，武帝时后宫八区为昭阳、飞翔、增成、合欢、兰林、披香、凤皇、鸳鸯等殿。　③再就馆：外舍产子。就馆，临产时移住侧室分娩，引申指生子。　④嬖(bì)女：受宠爱的姬妾。　⑤樊姬：春秋时楚庄王夫人。相传楚庄王好打猎，樊姬为之不食禽兽之肉。　⑥"婕妤诵《诗》"句：《诗》，即《诗经》。《窈窕》、《德象》、《女师》，皆古代箴戒之书。　⑦则：法。　⑧鸿嘉：汉成帝年号，公元前20年至公元前17年。　⑨"其后"句：姊弟，姊妹。"从自"二字，疑衍一字。　⑩鸿嘉三年：公元前18年。　⑪谮(zèn)：说别人的坏话，诬陷，中伤。　⑫许皇后：汉宣帝第一位皇后，生元帝。本始三年(公元前71年)，霍光的夫人派女医淳于衍将其毒死，谥恭哀皇后。　⑬媚道：指巫蛊邪术。　⑭詈(lì)：骂，责骂。　⑮死生有命，富贵在天：《论语·颜渊》中子夏对司马牛之言。　⑯不臣：指祝诅君主，是为不臣。　⑰共养：即"供养"。

【赏析】　班婕妤品行端正，洁身自好，宠辱不惊，是古代高洁女性的代表，又富有才学，是杰出的女诗人。本传中收录了她的《自悼赋》，而系于她名下的《团扇》诗,至今还流传。梁代钟嵘的《诗品》将其诗作列入"上品",可见评价之高。另外,班婕妤是班固的祖姑,所以班固作《汉书》,是建立在对班婕妤了解最多的基础上的。班氏家族是两汉之际的重要家族,其中很多人物都对古代文学史影响很大,除了班彪、班固,还有班婕妤以及班昭这两位女性。通过本文,我们可以更多地了解班婕妤的高尚品格。

　　班婕妤的事迹在后代流传甚广,历代诗文、小说、戏曲中以此为题材的作品代不乏见,影响颇远。

刘　向

　　刘向(约前77—前6),原名刘更生,字子政,楚国彭城(今江苏徐州)人,传见《汉书·楚元王传》。刘向是刘邦的弟弟楚元王刘交之后,历经汉宣帝、元帝、成帝朝。宣帝时,为谏大夫。元帝时,任宗正。后因屡次上书称引灾异,弹劾宦官外戚专权,反对宦官弘恭、石显而下狱,被免为庶人。成帝即位后,得进用,任光禄大夫,改名刘向,官至中垒校尉,故又世称刘中垒。曾奉命领校秘书,所撰《别录》,为我国目录学之祖。治《春秋穀梁传》。据《汉书·艺文志》记载,刘向有辞赋三十三篇,今仅存《九叹》一篇。刘向编纂的图书很多,有《新序》、《说苑》、《列女传》、《战国策》、《楚辞》等。原有集,已佚,明人辑为《刘中垒集》(见张溥《汉魏六朝百三家集》)。

　　作为汉代宗室,刘向深忧汉成帝时外戚王氏专政,成帝又宠幸赵飞燕姐妹,为讽谏成帝而作《列女传》。《汉书·楚元王传》载:"向睹俗弥奢淫,而赵、卫之属起微贱,逾礼制。向以为王教由内及外,自近者始。故采取诗书所载贤妃贞妇,兴国显家可法则,及孽嬖乱亡者,序次为《列女传》,凡八篇,以戒天子。"全书共一百多个故事,其中有后人的增补。本书除选录《〈战国策〉序》一篇名文外,选取《列女传》中流传最广的几个故事供读者阅读欣赏。

《战国策》序

【题解】　此文是刘向关于校订《战国策》一书的说明。文章简要交代本书校勘经过,并对周至秦的历史兴衰变迁提出自己的看法,以达到以史为鉴的目的。本文选自刘向校订《战国策》卷首。

【原文】

　　护左都水使者光禄大夫臣向①言:所校中《战国策》书②,中书馀卷,错乱相糅莒③。又有国别者八篇,少不足。臣向因国别者,略以时次④之,分别不以序者以相补,除复重,得三十三篇。本字多误脱为半字,以"赵"为"肖",以"齐"为"立",如此字者多。中书本号,或曰《国策》,或曰《国事》,或曰《短长》,或曰《事语》,或曰《长书》,或曰《修书》。臣向以为,战国时游士辅所用之国,为之策谋,宜为《战国策》。其事继春秋以后,讫楚、汉之起,二百四十五年间⑤之事,皆定以杀青⑥,书可缮写⑦。

叙曰:周室自文、武始兴,崇道德,隆礼义,设辟雍泮宫⑧庠序⑨之教,陈礼乐弦歌⑩移风之化。叙人伦,正夫妇,天下莫不晓然论孝悌⑪之义,惇笃⑫之行。故仁义之道,满乎天下,卒致之刑错四十馀年。远方慕义,莫不宾服,《雅》、《颂》歌咏,以思⑬其德。下及康、昭之后,虽有衰德,其纲纪尚明。

及春秋时,已四五百载矣,然其余业遗烈⑭,流而未灭。五伯⑮之起,尊事周室。五伯之后,时君虽无德,人臣辅其君者,若郑之子产⑯,晋之叔向⑰,齐之晏婴⑱,挟君辅政,以并立于中国,犹以义相支持,歌说以相感,聘觐⑲以相交,期会以相一,盟誓以相救。天子之命,犹有所行;会享之国,犹有所耻。小国得有所依,百姓得有所息。故孔子曰:"能以礼让为国乎?何有?"周之流化⑳,岂不大哉!

及春秋之后,众贤辅国者既没,而礼义衰矣。孔子虽论《诗》、《书》,定《礼》、《乐》,王道粲然㉑分明,以匹夫无势,化之者七十二人而已,皆天下之俊也,时君莫尚㉒之。是以王道遂用不兴。故曰:"非威不立,非势不行。"仲尼既没之后,田氏取齐,六卿分晋㉓,道德大废,上下失序。至秦孝公,捐礼让而贵战争,弃仁义而用诈谲,苟以取强而已矣。夫篡盗之人,列为侯王;诈谲之国,兴立为强。是以传相放效,后生师之,遂相吞灭,并大兼小,暴师经岁,流血满野;父子不相亲,兄弟不相安,夫妇离散,莫保其命,湣然㉔道德绝矣。晚世益甚,万乘之国七,千乘之国五㉕,敌侔㉖争权,盖为战国。贪饕㉗无耻,竞进无厌;国异政教,各自制断;上无天子,下无方伯;力功争强,胜者为右;兵革不休,诈伪并起。当此之时,虽有道德,不得施谋;有设之强,负阻而恃固;连与交质,重约结誓,以守其国。故孟子、孙卿㉘儒术之士,弃捐于世,而游说权谋之徒,见贵于俗。是以苏秦、张仪、公孙衍、陈轸、代、厉之属,生从横短长之说㉙,左右倾侧。苏秦为从,张仪为横;横则秦帝,从则楚王;所在国重,所去国轻。然当此之时,秦国最雄,诸侯方弱,苏秦结之,时六国为一,以傧背秦。秦人恐惧,不敢窥兵于关中,天下不交兵者二十有九年。然秦国势便形利,权谋之士,咸先驰之。苏秦初欲横,秦弗用,故东合从。及苏秦死后,张仪连横,诸侯听之,西向事秦。是故始皇因四塞之固,据崤、函之阻,跨陇、蜀之饶,听众人之策,乘六世之烈,以蚕食六国,兼诸侯,并有天下。杖于谋诈之弊,终于信笃之诚,无道德之教、仁义之化,以缀天下之心。任刑罚以为治,信小术以为道。遂燔烧诗书,坑杀儒士,上小尧、舜,下邈三王。二世愈甚,惠不下施,情不上达;君臣相疑,骨肉相疏;化道浅薄,纲纪坏败;民不见义,而悬于不宁。抚天下十四岁,天下大溃,诈伪之弊也。其比王德,岂不远哉?孔子曰:"道之以政,齐之以刑,民免而无耻;道之以德,齐之以礼,有耻且格㉚。"夫使天下有所耻,故化可致也。苟以诈伪偷活取容,自上为之,何以率下?秦之败也,不亦宜乎!

战国之时,君德浅薄,为之谋策者,不得不因势而为资㉛,据时而为故。其谋扶急持倾,为一切之权,虽不可以临国教㉜,化兵革,救急之势也。皆高才秀士,度㉝时君之所能行,出奇策异智,专危为安,运亡为存;亦可喜,皆可观。护左都水使者、光禄大夫臣向所校《战国策》书录。

【注释】 ① 护左都水使者光禄大夫:刘向的官职名。《汉书·楚元王传》载:"成帝即位,更生复进用,更名向,以故九卿召拜为中郎,使领护三辅都水,迁光禄大夫。" ② 中《战国策》书:《汉书·楚元王传》载:"上方精于诗书,观古文,诏向领校中五经秘书。"《汉书·艺文志》载:"成帝时使谒者陈农求遗书于天下,诏光禄大夫刘向校经传诸子诗赋。每一书已,向辄条其篇目,撮其旨意,录而奏之。"颜师古云:"中者天子之书也,言中以别于外耳。" ③ 糅(róu)莒(jǔ):混杂,混乱。 ④ 次:编排。 ⑤ 二百四十五年间:《春秋》记事止于鲁哀公十四年,至秦二世三年楚汉之起,为二百八十五年。此处作"二百四十五年",刘向误记。 ⑥ 杀青:古时书写采用竹简,为防止虫蛀,需用火烤干竹简中的水分。这道工序称为"杀青"。后泛指写定著作。 ⑦ 缮写:誊写,编录。 ⑧ 辟雍泮(pàn)宫:泛指古代天子诸侯设置的大学。《后汉书·崔骃传》载:"临雍泮以恢儒,疏轩冕以崇贤。"李贤注曰:"天子辟雍,诸侯泮宫。辟雍者,环之以水,圆而如辟也。泮,半也。诸侯半天子之宫,皆所以立学垂教也。" ⑨ 庠序:泛指古代地方上的学校。商代称为"庠",周代称为"序"。 ⑩ 弦歌:本指伴随用琴瑟伴奏歌唱,后泛指礼义教化。 ⑪ 孝悌:孝敬父母,关爱兄长。 ⑫ 惇笃:敦厚谦和,笃实诚信。 ⑬ 思:纪念,歌颂。 ⑭ 遗烈:前人遗留的业绩,风范。 ⑮ 五伯:春秋时代的五位霸主,说法不一,一般认为是齐桓公、晋文公、宋襄公、秦穆公和楚庄王五位诸侯。 ⑯ 子产:春秋时郑国大夫公孙侨的字。他从郑简公二十三年起执掌郑国多年,有政绩,深受百姓爱戴和后人称颂。　⑰ 叔向:春秋时晋国大夫羊舌肸的字。他历仕三世,为一代贤臣。　⑱ 晏婴:即晏子,春秋时齐国大夫,字平仲。晏婴以外交才能和政治远见闻名,与子产、叔向为同时代人。　⑲ 聘觐(jìn):即朝聘,古代诸侯亲自或派使臣按期朝见天子。《礼记·王制》:"诸侯之于天子也,比年一小聘,三年一大聘,五年一朝。"春秋时期,政在霸主,诸侯朝见霸主亦为朝聘。觐,朝见君主。　⑳ 流化:流传,散布的教化。　㉑ 粲然:清楚明白。　㉒ 尚:通"上",尊崇,重视。　㉓ "田氏取齐"二句:指春秋末期齐国田氏取代吕氏成为诸侯和春秋末期晋国范氏、中行氏、知氏、韩氏、赵氏、魏氏六卿分化瓦解晋国公室以致晋国分裂为韩、赵、魏三国这两件事。它们都是诸侯国内部公卿势力发展壮大以致威胁诸侯自身的典例,被认为是秩序失常的表现。　㉔ 滑然:混乱而无秩序的状态。　㉕ "万乘之国七"二句:古时四马一车为一乘。万乘之国指可以动员上万辆兵车的国家,泛指大国。同理,千乘之国泛指中等规模的国家。　㉖ 敌侔(móu):力量相当,势均力敌。侔,相当,相等。　㉗ 贪饕(tāo):贪得无厌,不知满足。饕,即饕餮,传说中的一种凶恶贪食的野兽,古代铜器上面常用它的头部形状做装饰;亦比喻凶恶贪婪的人。　㉘ 孙卿:即荀子。此处为避汉宣帝刘询的讳而改称孙卿,"荀"、"孙"二字古音相近,可通用。《汉书·艺文志》颜师古注曰:"本名荀卿,避宣帝讳,故曰孙。"　㉙ 从横短长之说:即纵横术,指以辩才陈述利害、游说君主的方法。　㉚ "道之以政"六句:出自《论语·为政》。意为用政治来治理人民,用刑罚来威慑人民,人们就只求免于犯罪,而不会有廉耻之心;用道德来治理人民,用礼教来感化人民,人们不但会有廉耻之心,而且会使民心归顺。　㉛ 资:供给,帮助。　㉜ 国教:国家的教化。　㉝ 度:考量,权衡。

【赏析】　这是一篇刘向进献整理后的《战国策》的序言。《汉书·艺文志》载"汉兴,改秦之败,大收篇籍,广开献书之路。迄孝武世,书缺简脱,礼坏乐崩,圣上喟然而称曰:'朕甚闵焉!'于是建藏书之策,置写书之官,下及诸子传说,皆充秘府。至成帝时,以书颇散亡,使谒者陈农求遗书于天下。诏光禄大夫刘向校经传诸子诗赋,步兵校尉任宏校兵书,太史令尹咸校数术,侍医李柱国校方技。每一书已,向辄条其篇目,撮其指意,录而奏之。会向卒,哀帝复使向子侍中奉车都尉歆卒父业。"《战国策》便是这次整理的典籍之一。刘向将零散的战国策士之文汇集为一书,并命名为《战国策》。此篇序言,将此事的来龙去脉一一道明。曾国藩《经史百家杂钞》分析此篇结构为:第一二段"言周以礼让为国",第三段"言仲尼之道不行",第四段"言六国争强",第五段"言秦以诈力并天下而终致败",第六段"言战国之士因时而画策"。通过本篇,人们对何为战国,战国与策士的特点等一系列问题都有了了解。清代方苞曰:"是篇述春秋所以变为战国,特具深识,字句亦非苟然。"姚鼐《古文辞类纂》评曰:"此文固不若《过秦论》之雄骏,然冲溶浑厚,无意为文,而自能尽意。若庄子所谓木鸡者,此境亦贾生所无也。"可见,这篇本是无意为文的序言,但行文纡徐平实,记述清晰晓畅,同样值得后世为文者所师法。

邹孟轲母

【题解】 孟子之母是古代有名的贤母,孟母三迁的故事更是家喻户晓。早在西汉韩婴的《韩诗外传》中,就用孟母的故事来解释诗义。刘向的《列女传》对孟母的故事记述最详。其后,东汉班昭曾作《孟母颂》,西晋左芬也作《孟母赞》。宋代以来,童蒙教科书《三字经》里说:"昔孟母,择邻处。"将这个故事更加发扬光大。本文选取《列女传·母仪传》中孟母的故事。

【原文】

邹①孟轲之母②也,号孟母。其舍近墓,孟子之少也,嬉游为墓间之事,踊跃筑埋。孟母曰:"此非吾所以居处子也。"乃去,舍市傍,其嬉戏为贾人衒卖③之事。孟母又曰:"此非吾所以居处子也。"复徙舍学宫之傍。其嬉游乃设俎豆④,揖让进退。孟母曰:"真可以居吾子矣。"遂居之。及孟子长,学六艺,卒成大儒之名。君子谓孟母善以渐化。《诗》云:"彼姝者子,何以予之⑤?"此之谓也。

孟子之少也,既学而归,孟母方绩⑥,问曰:"学何所至矣?"孟子曰:"自若⑦也。"孟母以刀断其织。孟子惧而问其故,孟母曰:"子之废学,若吾断斯织也。夫君子学以立名,问则广知,是以居则安宁,动则远害。今而废之,是不免于厮役⑧,而无以⑨离于祸患也。何以异于织绩而食⑩,中道废而不为,宁能衣其夫子而长不乏粮食哉?女则废其所食,男则堕于修德,不为窃盗,则为虏役⑪矣。"孟子惧,旦夕勤学不息,师事子思⑫,遂成天下之名儒。君子谓孟母知为人母之道矣。《诗》云:"彼姝者子,何以告之⑬?"此之谓也。

孟子既娶,将入私室,其妇袒⑭而在内,孟子不悦,遂去不入。妇辞孟母而求去,曰:"妾⑮闻夫妇之道,私室不与⑯焉。今者妾窃堕在室,而夫子见妾,勃然不悦,是客妾⑰也。妇人之义,盖不客宿,请归父母。"于是孟母召孟子而谓之曰:"夫礼:'将入门,问孰存⑱?'所以致敬也。'将上堂,声必扬。'所以戒人也。'将入户⑲,视必下。'恐见人过⑳也。今子不察于礼,而责礼于人,不亦远乎?"孟子谢,遂留其妇。君子谓孟母知礼而明于姑母㉑之道。

孟子处齐而有忧色。孟母见之曰:"子若有忧色,何也?"孟子曰:"不敏㉒。"异日闲居,拥楹㉓而叹。孟母见之曰:"乡㉔见子有忧色,曰不也。今拥楹而叹,何也?"孟子对曰:"轲闻之:君子称身㉕而就位,不为苟得而受赏,不贪荣禄。诸侯不听,则不达其上;听而不用,则不践其朝。今道不用于齐,愿行而母老,是以忧也。"孟母曰:"夫妇人之礼,精五饭㉖,幂㉗酒浆,养舅姑,缝衣裳而已矣。故有闺内之修㉘,而无境外㉙之志㉚。《易》曰:'在中馈,无攸遂㉛。'《诗》曰:'无非无仪,惟酒食是议㉜。'以言妇人无擅制之义,而有三从之道也。故年少则从乎父母,出嫁则从乎夫,夫死则从乎子,礼也。今子成人也,而我老矣。子行乎子义,吾行乎吾礼。"君子谓孟母知妇道。《诗》云:"载色载笑,匪怒伊教㉝。"此之谓也。

颂曰:孟子之母,教化列分。处子择艺,使从大伦㉞。子学不进,断机示焉。子遂成德,为当世冠。

【注释】 ①邹:春秋战国时国名,本作"邾",也称邾娄。传为颛顼后裔所建立,曹姓,在今山东济宁、邹县、滕州、金乡、费县一带。先后都邾(今山东曲阜东南)和绎(今山东邹县东南),战国时为楚所灭。 ②孟轲之母:仉氏,一说李氏。 ③衒卖:沿街叫卖。 ④俎豆:祭祀用的器具。 ⑤"彼姝(shū)者子"二句:见《诗经·鄘风·干旄》。姝,顺从的样子。子,此指贤者。 ⑥绩:一作"织",缉线,把麻搓成绳或线,也泛指纺织。 ⑦自若:《太平御览·资产部六》引注云:"言未能博。" ⑧厮役:做劳役供使唤的人。 ⑨无以:无法。 ⑩食(sì):供养。 ⑪房役:受人使唤的奴婢。 ⑫师事子思:拜子思为师。子思,战国初年著名学者,孔子之孙,名伋。《史记》以为孟子师事子思之门人。 ⑬"彼姝者子"二句:见《诗经·鄘风·干旄》。告,告诉,建议。 ⑭袒(tǎn):脱去上衣,露出身体的一部分。 ⑮妾:女子表示谦卑的自称。 ⑯不与:不及,不包括在内。 ⑰客妾:以我为客人。客字此处为使动用法。 ⑱孰存:谁在。 ⑲户:门。 ⑳过:过失,隐私。 ㉑姑母:《太平御览》引作"姑妇"。 ㉒敏:清人王照圆曰:"据下文,'敏'当作'也',或作'敢',字形之误耳。" ㉓楹:柱子。 ㉔乡(xiàng):同"向",过去,以前。 ㉕称身:称量自己的才能。 ㉖五饭:古时饭用五谷即稷、黍、麦、菽、稻做成,故称"五饭"。 ㉗幂(mì):指用罩巾覆盖。 ㉘修:整治。 ㉙境外:此指闺外。 ㉚志:志向。 ㉛在中馈,无攸遂:今本作"无攸遂,在中馈"。见《周易·家人》。中馈,指家中饮食之事,代之妇女的家务劳动。馈,食。攸,所。遂,借为"队",即古"坠"字。坠,失。 ㉜"无非无仪"二句:见《诗经·小雅·斯干》。非,违,指违背公婆丈夫之命。仪,邪,指不合礼法的言行。议,考虑。 ㉝"载色载笑"二句:见《诗经·鲁颂·泮水》。载,语助词。色,和颜悦色。匪,非。伊,是。 ㉞大伦:意谓伦常大道,指封建宗法社会中人与人关系的根本准则。《孟子·公孙丑下》:"内则父子,外则君臣,人之大伦也。"

【赏析】 孟母是古代的贤良妇人，孟母三迁的故事，在童蒙故事里家喻户晓。《列女传》对此的记述很全面，里面除了提到孟母三迁之外，还有孟母以刀断织来劝孟子学习、孟子娶妻后孟母讲述礼法、孟子周游列国时得到孟母的理解等。这些故事都表现了孟母不同于普通妇女的深明大义。她全身心地培养孟子成为一代大儒，且这种培养是贯穿她一生的。文中的许多事件都证明她无时无刻不在言传身教、身体力行地教导孟子。

传记描述细腻生动，情节感人，栩栩如生地塑造了一个教子有方的母亲形象，令人钦敬。

赵将括母

【题解】 赵括是古代有名的纸上谈兵的将领，与三国的马谡一样，最终战败而死。但赵括却被当时的人误认为是有才能的将领而授予重任。其实他的母亲最了解他，也最有先见之明，所以赵母是古代有名的充满智慧的母亲。《史记·廉颇蔺相如列传》是专门记述战国时期赵国著名将相的列传，里面也有赵括的记载，但《列女传·仁智传》的记载更加集中，所以本文选取之。

【原文】
赵①将马服君②赵奢之妻，赵括之母也。秦攻赵，孝成王③使括代廉颇④为将。将行，括母上书言于王曰："括不可使将。"王曰："何以？"曰："始妾事其父，父时为将，身所奉饭者⑤以十数，所友者以百数。大王及宗室所赐币者⑥，尽以与军吏士大夫⑦。受命之日，不问家事。今括一旦为将，东向⑧而朝军吏⑨，吏无敢仰视之者。王所赐金帛，归尽藏之。乃⑩日视便利田宅⑪可买者。王以为若其父乎？父子不同，执心各异。愿勿遣。"王曰："母⑫置⑬之，吾计已决矣。"括母曰："王终遣之，即有不称⑭，妾得无⑮随⑯乎？"王曰："不也。"括既行，代廉颇三十余日，赵兵果败，括死军覆⑰。王以括母先言，故卒不加诛。君子谓括母为仁智。《诗》曰："老夫灌灌，小子蹻蹻。匪我言耄，尔用忧谑⑱。"此之谓也。

颂曰：孝成用括，代颇距⑲秦。括母献书，知其覆军。愿止不得，请罪止身。括死长平，妻子得存。

【注释】 ① 赵：战国时国名，是晋国贵族韩、赵、魏三家分晋后而出现的新兴国家。公元前403年,周王室承认其为诸侯,建都晋阳(今山西太原东南),后迁邯郸(今河北邯郸)。公元前222年为秦所灭。　②马服君:战国时赵国名将赵奢的封号。　③孝成王:战国时赵国国君,名丹,公元前265年至公元前245年在位。　④廉颇:赵国大将。　⑤身所奉饭者:指靠赵奢供养的人。　⑥币者:财物。者,疑是"帛"之误。　⑦士大夫:指军中幕僚。　⑧东向:古时帝王坐北向南,公侯坐西向东。古代东向为居尊位。　⑨朝军吏:接受军吏的拜见。　⑩乃:而且。　⑪便利田宅:便宜合适的田地房屋。　⑫母:对赵括母亲的敬称。　⑬置:搁置。　⑭称:称职。　⑮得无:能不。　⑯随:跟着受牵连。　⑰括死军覆:孝成王四年(前262)长平(今山西高平西北)之战,赵括一反廉颇屯兵坚守的战略,率大军盲目出击。秦将白起诈败,派奇兵袭击赵军后路。赵军被围困达四十余日,最后赵括被射死,赵军四十多万人也被坑杀。　⑱"老夫灌灌"四句:见《诗经·大雅·板》。老夫,老人。灌灌,诚恳的样子。蹻(jiǎo)蹻,骄纵的样子。耄(mào),昏乱糊涂。忧谑(xuè),戏谑调笑。　⑲距:通"拒",抵抗,抵御。

【赏析】　刘向的《列女传》是称颂各类妇人的,其内容包括"母仪传"、"贤明传"、"仁智传"、"贞顺传"、"节义传"、"辩通传"、"孽嬖传"等,除了"孽嬖传"外,其他传记名称都体现了女性的重要美德。赵括之母便是贤能智慧的代表,她的传在"仁智传"中。知子莫如母,赵括在外人眼中是高谈阔论、通晓军事的有才能之士,且出身将领世家,完全可以担任大将而出兵打仗。但赵括之母却清楚地明白,赵括是空有理论没有实战经验的人,只会高谈阔论,实际用兵却不行。所以在打仗前夕,赵括之母就有先见之明,告诫国君勿用赵括。这是从爱国与爱子两个方面出发的,但是无论赵括之母怎样劝谏,国君都不听从,不得已之下,赵括之母只能请求倘若赵括打仗失败,不要怪罪其母。最终,在关系到赵国存亡的长平之战时,赵括取代老成持重的廉颇担任主帅,导致秦兵坑杀赵国四十万士卒的惨烈悲剧。此事在《史记》中也有记载,但《列女传》的记载是从赵括之母的角度来写的。我们阅读这篇文章,可以体会赵括之母的知子、爱国与智慧。

息君夫人

【题解】　息夫人是古代著名的悲情女子,可以称得上是红颜祸水了,她的夫君因她而死,且国家灭亡,她不得不嫁给了楚王。但长期的抑郁使得她不想说话,可见其内心的悲愤。对于这个故事,《左传》等典籍有零星记录,但《列女传》的记述更为全面,所以本文选取《列女传·贞顺传》中息夫人的故事。

【原文】

夫人者,息①君之夫人也。楚伐息,破之,虏其君,使守门。将妻其夫人而纳之于宫。楚王出游,夫人遂出见息君,谓之曰:"人生要一死而已,何至自苦?妾无须臾②而忘君也,终不以身更贰醮③。生离于地上,岂如死归于地下哉?"乃作诗曰:"榖则异室,死则同穴。谓予不信,有如皦日④。"息君止之,夫人不听,遂自杀。息君亦自杀,同日俱死。楚王贤其夫人守节有义,乃以诸侯之礼合而葬之。君子谓夫人说⑤于行善,故序之于《诗》。夫义动君子,利动小人,息君夫人不为利动矣。《诗》云:"德音莫违,及尔同死⑥。"此之谓也。

颂曰:楚虏息君,纳其适妃⑦。夫人持固,弥久不衰。作诗"同穴",思故忘新⑧。遂死不顾,列于贞贤。

【注释】 ①息:国名,西周所封诸侯国,姬姓,在今河南息县西南。公元前680年为楚所灭。 ②须臾:片刻。 ③更贰醮(jiào):再改嫁。 ④"榖则异室"四句:见《诗经·王风·大车》。榖,生,活着。异室,不能同居一室,指息君守门,夫人纳于楚宫。同穴,合葬。穴,墓穴。信,真实。皦(jiǎo)日,白日,灿烂光辉的太阳。 ⑤说:通"悦",高兴。 ⑥德音莫违,及尔同死:见《诗经·邶风·谷风》。德音,美德,名誉。 ⑦适(dí)妃:正妃子。适,同"嫡"。 ⑧忘新:忘掉新人,即忘掉楚王。

【赏析】 息夫人是春秋时期有名的美女,她的故事在《左传》等典籍中也有记载。相传息夫人是陈庄公之女,因嫁给息国国君,又称息妫(妫为陈国之姓)。归宁探亲时,借道蔡国,却被姐夫蔡侯纠缠戏弄。息侯闻知后与楚国设计报仇。楚文王借机俘获蔡侯,又知息夫人美貌,亲征息国而霸息夫人。面对国破家亡,息夫人在楚王面前三年不言,其内心之痛苦可想而知。而刘向《列女传》里的息夫人故事,与《左传》的记述差异很大,《列女传》里的息夫人与息君同死,是贞烈之人。不管怎样,息夫人在后人的心目中是个可悲的人物,虽然貌美,却因为美貌带给亲人乃至国家巨大的灾难,其人生是悲剧性的,也终生不得快乐。她的故事得到了后人的很多题咏,如唐代宋之问有《息夫人》诗:"可怜楚灭息,肠断息夫人。乃为泉下骨,不作楚王嫔。楚王宠莫盛,息君情更深。情深怨生别,一期俱杀身。"王维也有《息夫人》诗:"莫以今时宠,难忘旧日恩。看花满眼泪,不共楚王言。"李白的《望夫石》则称息夫人为楚妃:"仿佛古容仪,含愁带曙辉。露如今日泪,苔似昔年衣。有恨同湘女,无言类楚妃。寂然芳霭内,犹若待夫归。"通过这些题咏,我们可以看到后人眼中可怜的息夫人形象。

齐杞梁妻

【题解】 齐国杞梁之妻是古代民间故事中孟姜女的原型。这个故事同样家喻户晓,但有一个历史演变过程。刘向《列女传》相比先前《左传》中的记录就更加丰富一些,这是带有后人的推测与添加情节的因素的。本文选取《列女传·贞顺传》中"齐杞梁妻"的故事供读者阅读欣赏。

【原文】

齐杞梁殖①之妻也。庄公②袭莒,殖战而死。庄公归,遇其妻,使使者吊之于路。杞梁妻曰:"今③殖有罪,君何辱命④焉?若令殖免于罪,则贱妾有先人之弊庐⑤在,下妾不得与⑥郊吊⑦。"于是庄公乃还车,诣⑧其室,成礼然后去。

杞梁之妻无子,内外⑨皆无五属⑩之亲。既无所归,乃就⑪其夫之尸于城下而哭之,内诚⑫动人,道路过者莫不为之挥涕,十日⑬而城为之崩。既葬,曰:"吾何归矣?夫妇人必有所倚者也。父在则倚父,夫在则倚夫,子在则倚子。今吾上则无父,中则无夫,下则无子。内无所依以见⑭吾诚,外无所倚以立吾节,吾岂能更二哉?亦死而已。"遂赴淄水⑮而死。君子谓杞梁之妻贞而知礼。《诗》云:"我心伤悲,聊与子同归⑯。"此之谓也。

颂曰:杞梁战死,其妻收丧⑰。齐庄道吊,避不敢当。哭夫于城,城为之崩。自以无亲,赴淄而薨⑱。

【注释】 ① 杞梁殖:春秋时齐国大夫,名殖,字梁。 ② 庄公:即齐庄公,春秋时齐国国君,公元前553年至公元前548年在位。 ③ 今:疑是"令"之误。 ④ 辱命:辱赐恩命。此指庄公使使者吊之于路一事。 ⑤ 弊庐:破旧房屋。 ⑥ 与:同意,接受。 ⑦ 郊吊:在郊外吊唁。按照礼仪规定,只有贱者才受郊吊,杞梁为大夫,故其妻拒受郊吊。 ⑧ 诣(yì):到,前往。 ⑨ 内外:即婆家和娘家。古时妇女以婆家为内,娘家为外。 ⑩ 五属:同族中关系最近的亲属,即五服内的亲属。古时丧服制度,根据血缘关系的亲疏,有斩衰、齐衰、大功、小功、缌麻五种名称,统称五服。 ⑪ 就:靠着。 ⑫ 内诚:内心的真诚。 ⑬ 十日:一作"七日"。 ⑭ 见(xiàn):表现,表露。 ⑮ 淄水:即淄河,流经山东东北部,注入渤海。 ⑯ 我心悲伤,聊与子同归:见《诗经·桧风·素冠》。聊,聊且,姑且。同归,即同死,同归地下。 ⑰ 收丧:办理丧事。 ⑱ 薨(hōng):死。按礼的规定,诸侯和有爵位的重臣死才称为薨。此处称薨,是出于作者对传主的推崇。

【赏析】 杞梁妻的故事是民间传说中孟姜女哭长城的故事原型,但故事最早并非发生在秦始皇时期,也非哭长城。这里的孟姜指的是齐国大夫杞梁之妻。《左传》襄公二十三年记载,公元前550年,齐庄公伐卫国和晋国,一度夺取了卫国都城朝歌。次年庄公回师,没有返回都城临淄便突袭莒国。在袭莒之战中,将领杞梁、华周战死。后来齐、莒讲和罢战,齐人载杞梁尸回临淄。杞梁妻哭迎丈夫的灵柩于郊外,庄公派人吊唁。《左传》原文作:"齐侯归,遇杞梁之妻于郊,使吊之,辞曰:'殖之有罪,何辱命焉?若免于罪,犹有先人之敝庐在,下妾不得与郊吊。'齐侯吊诸其室。"后来,这个故事不断踵事增华,在历史长河中不断添加情节,比如《礼记·檀弓下》:"齐庄公袭莒于夺,杞梁死焉。其妻迎其柩于路,而哭之哀。庄公使人吊之,对曰:君之臣不免于罪,则将肆诸市朝而妻妾执;君之臣免于罪,则有先人之敝庐在,君无所辱命。"《孟子·告子下》:"华周、杞梁之妻善哭其夫而变国俗。"孙奭疏曰:"或云齐庄公袭莒,逐而死,其妻孟姜向城而哭,城为之崩。""崩城"情节的增加,最早也见于刘向的另一子书《说苑·善说篇》中:"昔华周、杞梁战而死,其妻悲之,向城而哭,隅为之崩,城为之阤。"到《列女传》中,杞梁妻则变为投水而死。不管怎样,杞梁妻或孟姜女的故事,是古代悲惨的民间故事,反映了战争导致的生灵涂炭,而杞梁妻或孟姜女是忠于爱情并愿意为爱情而献身的伟大女性,其精神值得万古颂扬。

后代有关孟姜女的故事,在小说、戏曲及诗文中大量敷演,流传深广,为人所喜闻乐见。

鲁秋洁妇

【题解】 秋胡戏妻的故事在古代流传很广。秋胡相传是春秋时人,他宦游五年,竟然忘记新婚妻子的容貌。他在回乡时调戏路边女子,哪知道正是他的妻子。这个故事充满趣味,同时又是一个悲剧。刘向《列女传》是对秋胡戏妻最早的记载。本文选取刘向《列女传·节义传》中秋胡戏妻的故事,让读者了解这一民间故事的原貌。

【原文】

洁妇者,鲁秋胡子妻也。既纳之五日,去而宦于陈,五年乃归。未至家,见路旁妇人采桑,秋胡子悦之,下车谓曰:"若曝采桑①,吾行道远,愿托②桑荫下餐,下赍③休焉。"妇人采桑不辍④,秋胡子谓曰:"力田不如逢丰年,力桑不如见国卿。吾有金,愿以与夫人。"妇人曰:"嘻!夫采桑力作,纺绩织纴⑤,以供衣食,奉二亲,养夫子。吾不愿金,所愿卿无有外意,妾亦无淫泆之志,收子之赍与笥⑥金。"秋胡子遂去,至家,奉金遗母⑦,使人唤妇至,乃向采桑者也,秋胡子惭。妇曰:"子束发⑧辞亲往仕,五年乃还,当所⑨悦驰骤,扬尘疾至。今也,乃悦路旁妇人,下子之装,以金予之,是忘母也。忘母不孝,好色淫泆,是污行也,污行不义。夫事亲不孝,则事君不忠;处家不义,则治官不理⑩。孝义并亡,必不遂⑪矣。妾不忍见,子改娶矣,妾亦不嫁。"遂去而东走,投河而死。君子曰:洁妇精于善。夫不孝莫大于不爱其亲而爱其人⑫,秋胡子有之矣。君子曰:见善如不及,见不善如探汤⑬。秋胡子妇之谓也。《诗》云:"惟是褊心,是以为刺⑭。"此之谓也。

颂曰:秋胡西仕,五年乃归。遇妻不识,心有淫思。妻执无二,归而相知。耻夫无义,遂东赴河。

【注释】 ① 若曝(pù)采桑:你在骄阳下采桑叶。若,你。曝,晒着。 ② 托:靠着。 ③ 赍(jī):携带(的行装)。 ④ 辍(chuò):停止。 ⑤ 纴(rèn):绕线,泛指纺织。 ⑥ 笥(sì):盛衣物或饭食的方形器具,用苇苇或竹子制成。 ⑦ 奉金遗(wèi)母:把金钱给母亲。奉,捧。遗,送给。 ⑧ 束发:捆系头发。古时男孩成童,必须束发为髻,因以为成童的代称。 ⑨ 所:王筠曰:"所,当作'忻'。忻,同"欣"。 ⑩ 理:治理。 ⑪ 遂:通,达,有所成就。 ⑫ 其人:他人,别人。 ⑬ 探汤:伸入热水中拿取东西,用以喻小心戒惧。 ⑭ 惟是褊(biǎn)心,是以为刺:见《诗经·魏风·葛屦》。惟,因为。《毛诗》作"维",二字同。褊心,心地狭窄。褊,狭小。

【赏析】 秋胡的故事最早来自《列女传》,但刘向记录的时候,可能就已经是广为人知之事了。所以,汉乐府中即有《秋胡行》的古题。按题意,是写鲁国男子秋胡戏妻的故事,夸奖秋胡妻坚贞的情操,而秋胡也成为好色而负心的男子的代名词。到汉魏之际,曹操喜欢以乐府旧题写时事,曾以《秋胡行》的乐府旧题来写游仙,表达一种人生失落的情绪,当然其内容已不是秋胡的故事了。六朝时,《秋胡行》的乐府作品仍很多,如傅玄、谢惠连、颜延之等都有此题之作。旧题葛洪的《西京杂记》,是专门记述汉代之事的小说,其中也有秋胡的故事。唐有《秋胡变文》,可见这个故事除了诗歌中不断吟唱外,已经扩展至新兴的说唱类文学中了。到元代时,石君宝将秋胡的故事改编为元杂剧,则正式成为戏曲中的常见题材。清代以来,京剧中的《桑园会》、《马蹄金》等,讲述的也是这个故事。由这些可见,秋胡的故事在中国文学艺术中的影响之大。当然，后人的改编基本都是遵循秋胡调戏妻子、妻子坚贞不屈的原貌来的，故事情节虽然有增加，但主题不变。而这些颂扬和批评的内容，通过最早的《列女传》的记载，读者也不难有所了解。

齐钟离春

【题解】 无盐女是古代著名丑女，在托名晏子的《晏子春秋》中，曾提到钟无盐向齐宣王自荐成为王后的故事。刘向《列女传》的记载则更为详细。无盐女虽然丑陋，但心灵美好，品行贤德，又有才干，所以，国君没有以貌取人，而是让她做了王后，辅助自己治理国家。这个故事未必属实，但富有趣味。本文选取《列女传·辩通传》中无盐女的故事供读者赏鉴。

【原文】

钟离春①者，齐无盐②邑之女，宣王③之正后也。其为人极丑无双，臼头④深目，长指大节⑤，印鼻结喉⑥，肥项少发，折腰出胸⑦，皮肤若漆，行年四十⑧，无所容入，炫嫁不售⑨，流弃莫执。于是乃拂拭短褐⑩，自诣⑪宣王，谓谒者⑫曰："妾，齐之不售女也。闻君王之圣德，愿备后宫之扫除⑬，顿首司马门⑭外，唯⑮王幸许之。"谒者以闻⑯，宣王方置酒于渐台，左右闻之，莫不掩口大笑，曰："此天下强颜⑰女子也，岂不异哉？"于是宣王乃召见之，谓曰："昔者先王为寡人娶妃匹⑱，皆已备有列位矣。今夫人不容于乡里布衣⑲，而欲干万乘之主⑳，亦有何奇能哉？"钟离春对曰："无有。特窃㉑慕大王之美义耳。"王曰："虽然，何善？"良久曰："窃尝善隐㉒。"宣王曰："隐固寡人之所愿也，试一行之。"言未卒，忽然不见㉓。宣王大惊，立发《隐书》而读之㉔，退而推之，又未能得。明日，又更召而问之，不以隐对，但扬目衔齿，举手拊㉕膝，曰："殆㉖哉！殆哉！"如此者四。宣王曰："愿遂闻命。"钟离春对曰："今大王之君国㉗也，西有衡㉘秦之患，南有强楚之仇，外有二国之难，内聚奸臣，众人不附。春秋㉙四十，壮男不立，不务众子而务众妇。尊所好，忽所恃。一旦山陵崩弛㉚，社稷不定，此一殆也。渐台五重，黄金白玉，琅玕笼疏，翡翠珠玑，幕络连饰㉛，万民罢㉜极，此二殆也。贤者匿于山林，谄谀强于左右，邪伪立于本朝，谏者不得通入，此三殆也。饮酒沈湎㉝，以夜继昼，女乐俳优^㉞,纵横大笑。外不修诸侯之礼,内不秉国家之治,此四殆也。故曰'殆哉!殆哉!'"于是宣王喟然^㉟而叹,曰:"痛乎!无盐君之言,乃今一闻。"于是拆渐台,罢女乐,退谄谀,去雕琢,选兵马,实府库,四辟^㊱公门^㊲,招进直言,延及侧陋^㊳。卜择吉日,立太子,进慈母,拜无盐君为后。而齐国大安者,丑女之力也。君子谓钟离春正而有辞。《诗》云:"既见君子,我心则喜^㊴。"此之谓也。

　　颂曰:无盐之女,干说齐宣。分别四殆,称国乱烦。宣王从之,四辟公门。遂立太子,拜无盐君。

【注释】 ① 钟离春:姓钟离,名春。刘向《新序·杂事二》言:"号曰无盐女。" ② 无盐:战国齐邑,在今山东东平东。 ③ 宣王:即齐宣王,战国时齐国国君。公元前319年至公元前301年在位。 ④ 白头:头像春白。 ⑤ 节:骨节。 ⑥ 卬鼻结喉:卬鼻,露鼻孔。卬,通"仰"。结喉,咽喉臃肿。喉,咽喉。 ⑦ 折腰出胸:折腰,驼背。出胸,即凸胸,胸骨突出。 ⑧ 行年四十:行年,经历过的年岁。四十,或作"三十"。 ⑨ 炫(xuàn)嫁不售:自我夸耀,以致嫁不出去。售,此指出嫁。 ⑩ 褐(hè):用兽毛或粗麻织成的短衣。 ⑪ 诣(yì):到……去。 ⑫ 谒(yè)者:官名,始置于春秋战国时,秦汉因之。掌宾赞受事,即为天子传达。 ⑬ 愿备后宫之扫除:即愿意打扫后宫。这是愿意充当君王妃嫔的委婉说法。 ⑭ 司马门:宫殿的外门。 ⑮ 唯:句首语气词。表示希望。 ⑯ 以闻:将这件事上报。闻,报告上级。 ⑰ 强(qiǎng)颜:厚颜,不知羞耻。 ⑱ 妃(pèi)匹:配偶。妃,通"配"。 ⑲ 布衣:普通百姓。 ⑳ 千万乘(shèng)之主:求于君主。干,求。万乘之主,拥有兵车万辆的大国君主。万乘,兵车万辆。 ㉑ 窃:私下。 ㉒ 隐:隐语,谜语,即用暗比手法,不直述本意而借他辞暗示的语言。 ㉓ 忽然不见:事理难明。或曰,忽焉隐其亡国之意而退,故云不见。 ㉔ "立发"句:立即打开《隐书》来研读。立发,立即打开。《隐书》,解释隐语的著作。《汉书·艺文志》"诗赋略"杂赋类著录有《隐书》十八篇。颜师古注引刘向《别录》曰:"《隐书》者,疑其言以相问,对者以虑思之,可以无不谕。"谕,比喻。 ㉕ 拊(fǔ):拍。 ㉖ 殆:危险。 ㉗ 君国:为国君,即统治国家。 ㉘ 衡:通"横",专横,放纵。 ㉙ 春秋:年龄。 ㉚ 山陵崩弛:君王死去的委婉说法。 ㉛ "琅玕(láng gān)笼疏"三句:琅(láng)玕(gān),美石。笼疏,窗上棂木。玑(jī),不圆的珠。幕络,即莫难,珠名。 ㉜ 罢(pí):通"疲"。 ㉝ 沈(chén)湎:沉溺于酒。 ㉞ 俳(pái)优:古时以乐舞谐戏为业的艺人。 ㉟ 喟(kuì)然:叹息的样子。 ㊱ 辟:开。 ㊲ 公门:君王宫殿的外门、中门。 ㊳ 侧陋:指地位卑微的贤能人士。 ㊴ "既见君子"二句:见《诗经·小雅·菁菁者莪》。

【赏析】 正如西施、郑旦成为古代美女的代名词一样,丑女也有一些著名的人物,如嫫母、东施、无盐、孟光等。但是,人不可貌相,丑陋之人,未必有丑恶之心。古代著名的几个丑女,反倒心地纯朴,见识卓越,可以做成一番大事。比如上古时期的嫫母就辅佐黄帝治理后宫乃至天下;东汉的孟光辅佐丈夫梁鸿,二人志同道合,相敬如宾;还有民间传说中的诸葛亮之妻也是丑女,却极富智谋。相反,越是美人,越是柔弱无能,空有其表,甚至给家庭和国家招致祸患,所以早在《左传》中就有红颜祸水的观念了。而在西方文学传统中,这种观念也是自古有之的,比如《荷马史诗》中有因美女海伦而招致常年战争的描述,《巴黎圣母院》中讲述了最丑的人反倒是心灵最美的人的道理。所以,无盐女的故事可以给现代人一些启示:我们在观察他人的时候,不可以貌取人,而要看重内心。当然,无盐女的丑陋,也是人们刻意添加的,正如宋玉笔下的东家之子与《陌上桑》里的罗敷一样,越是美丽,后人幻想得越美丽;越是丑陋,后人则将所有丑陋的想象加之于她身上。这是文学的表现手法,也是本文的特色,文中"其为人极丑无双"之后的描写,便是极力刻画其丑,读者可从中体味之。

赵 晔

作者简介

赵晔,字长君。会稽山阴(今浙江绍兴)人,东汉学者。早年为县吏,奉檄迎督邮,耻于斯役,弃官去犍为郡资中(今四川资阳)拜经学大师杜抚为师学习韩诗。一去二十年,音讯全无。杜抚去世,赵晔营葬之而归乡。州官辟召不就,潜心著述。著作有《诗细历神渊》《吴越春秋》等。《吴越春秋》原书十二卷,今存十卷。本书节选《吴越春秋》中几个著名的故事供读者阅读欣赏。

干 将 莫 邪

【题解】 干将莫邪铸剑的故事是古代有名的民间故事。早在《墨子》、《荀子》、《吕氏春秋》、《战国策》中,就有干将莫邪铸造宝剑的记述。《吴越春秋》中对这个故事的来龙去脉记述较多,但流传最广的版本是东晋干宝《搜神记》中的干将莫邪故事。本文节选《吴越春秋·阖闾内传》中干将莫邪铸剑的故事。

【原文】

城郭以①成,仓库以具,阖闾复使子胥屈盖馀、烛佣②习术——战骑射御之巧,未有所用,请干将铸作名剑二枚。干将者,吴人也,与欧冶子③同师,俱能为剑也。越前来献三枚,阖闾得而宝之,以故使剑匠作为二枚:一曰干将,二曰莫耶。莫耶,干将之妻也。

干将作剑,采五山④之铁精,六合⑤之金英。候天伺地,阴阳⑥同光⑦,百神临观,天气下降,而金铁之精不销⑧沦⑨流。于是干将不知其由。莫耶曰:"子以善为剑闻于王,王使子作剑,三月不成,其有意乎?"干将曰:"吾不知其理也。"莫耶曰:"夫神物之化,须人而成之,今夫子作剑,得无⑩得其人而后成乎?"干将曰:"昔吾师作冶,金铁之类不销,夫妻俱入冶炉中,然后成物。至今后世,即山作冶,麻绖⑪菅服⑫,然后敢铸金于山。今吾作剑,不变化者,其若斯耶?"莫耶曰："师知烁⑬身以成物,吾何难哉!"于是干将妻乃断发剪爪,投于炉中,使童女童男三百人鼓橐⑭装炭,金铁乃濡⑮。遂以成剑,阳曰干将,阴曰莫耶,阳作龟文,阴作漫理。

干将匿其阳,出其阴而献之,阖闾甚重之。既得宝剑,适会鲁使季孙⑯聘于吴,阖闾使掌剑大夫以莫耶献之。季孙拔剑视之,锷⑰中缺者大如黍米。叹曰："美哉!剑也。虽上国⑱之师何能加⑲之?夫剑之成也,吴霸;有缺,则亡矣。我虽好之,其可受乎?"不受而去。

阖闾既宝莫耶,复命于国中作金钩。令曰："能为善钩者,赏之百金⑳。"吴作钩者甚众,而有人贪王之重赏也,杀其二子,以血衅㉑金,遂成二钩,献于阖闾,诣宫门而求赏。王曰："为钩者众,而子独求赏,何以异于众夫人㉒之钩乎?"作钩者曰："吾之作钩也,贪王之赏而杀二子,衅成二钩。"王乃举众钩以示之："何者是也?"王钩甚多,形体相类,不知其所在。于是钩师向钩而呼二子之名："吴鸿、扈稽,我在于此,王不知汝之神也。"声未绝于口,两钩俱飞,着父之胸。吴王大惊,曰："嗟乎!寡人诚负于子。"乃赏百金,遂服而不离身。

【注释】　①以:通"已",下句同。　②屈盖馀、烛佣:屈,使动用法,使……屈服,即制服。盖馀、烛佣,《左传·昭公二十七年》作"掩馀"、"烛庸"。或曰吴王僚母弟,或曰吴王寿梦子。　③欧冶子:又作区冶,越人,善冶剑。　④五山:所指不一,一说渤海之东岱与、员峤、方壶、瀛洲、蓬莱称五山;一说华山、首山、太室、泰山、东莱也称五山;一说五山指五岳。此处为夸饰之词,非确指。　⑤六合:天地四方。　⑥阴阳:古代思想家认为万事万物的构成,必有一对正反矛盾的基本因素,即阴阳。凡天地、日月、昼夜、男女乃至腑脏、气血皆分属阴阳。此阴阳指日月,古代日称为太阳,月称为太阴。　⑦光:照耀。　⑧销:熔化。　⑨沦:《尔雅·释水》:"小波为沦。"此指金属熔化后形成沦漪。　⑩得无:恐怕,是否,莫非。　⑪麻絰(dié):古代丧期系在腰间或头上的麻带。　⑫菅(jiān)服:茅草衣。这里用作动词。　⑬烁(shuò):通"铄",熔化。　⑭橐(tuó):用牛皮制成的两头相通的袋状鼓风设备,类似风箱。　⑮濡(rú):湿润、柔软,指熔化。　⑯季孙:春秋后期鲁国掌握政权的贵族三桓之一,鲁桓公少子季友的后裔。从季文子起,季氏世代掌握鲁国权力。此文之季孙指季平子。　⑰锷(è):刀剑之刃。　⑱上国:上游之国。春秋时吴、楚等国称中原各诸侯国为上国。《左传·昭公二十七年》:"使延州来季子聘于上国"疏引服虔曰:"上国,中国也。盖以吴辟在东南,地势卑下,中国在其上流,故谓中国为上国也。"　⑲加:上。　⑳金:货币单位,先秦以黄金二十两或二十四两为一镒,一镒又称一金。　㉑衅(xìn):同"衅",涂抹。　㉒夫(fú)人:《左传·襄公八年》:"夫人愁痛"注:"夫人,犹人人也。"

【赏析】　本文记述的干将莫邪故事,重点讲述的是二人铸剑的过程,铸剑成功之后,吴王拿去报仇之用,这与后来干宝《搜神记》记载的干将被杀,莫邪抚养孩子,孩子长大报仇的情节很不相同,显然干宝的故事是后来增加的。《吴越春秋》记述的干将莫邪故事,侧重两个方面。第一方面,这个故事说明干将莫邪铸剑的艰难。在先秦时代,铸造宝剑的难度是很大的,很多古书都记载为了铸造宝剑需要鲜血,为此很多人付出了生命的代价。在本文中,铸造宝剑凝聚了干将莫邪的智慧和劳动。第二方面,宝剑在先秦时代是国力的象征,吴王得到的宝剑,在外交场合发挥了重要作用。正如青铜器铸造过程艰难,铸造成功之后,往往成为殷商时代权力的象征一样,春秋时代,随着冶铁技术的出现,铸剑技术随之兴起,宝剑也成为权力的一种体现。通过考古我们发现,吴越的著名宝剑历经两千多年,仍然光芒四射,可想而知,干将莫邪刚刚铸造出来时是何等辉光。总之,通过《吴越春秋》的记述,我们可以了解干将莫邪这一民间故事在古代不同阶段的发展。

勾　践　入　吴

【题解】　勾践入吴即勾践战败后,与夫人入吴国担当吴王奴仆的事情。在这期间,勾践卧薪尝胆,积聚力量,等待吴王释放他回国。最终,吴王没有听从伍子胥的劝说,放勾践回国。回国之后,勾践反攻,从而灭掉吴国。本文节选勾践入吴的部分内容。

【原文】

越王勾践①五年五月,与大夫种、范蠡将入臣于吴②,群臣皆送至浙江③之上。临水祖道④,军阵固陵⑤。大夫文种前为祝,其词曰:"皇天⑥佑助,前沉后扬⑦。祸为德根⑧,忧为福堂⑨。威人者灭,服从者昌。王虽牵致⑩,其后无殃。君臣生离,感动上皇。众夫哀悲,莫不感伤。臣请荐脯,行酒⑪二觞。"

越王曰:"孤虽入于北国,为吴穷虏,有诸大夫怀德抱术,各守一分,以保社稷,孤何忧焉?"遂别于浙江之上。群臣垂泣,莫不感哀。越王仰天叹曰:"死者,人之所畏。若孤之闻死,其于心胸中曾无怵惕⑫?"遂登船径去,终不返顾。

于是入吴,见夫差,稽首再拜⑬称臣,曰:"东海贱臣勾践,上愧皇天,下负后土⑭;不裁功力⑮,污辱王之军士,抵罪⑯边境。大王赦其深辜,裁加役臣,使执箕帚。诚蒙厚恩,得保须臾之命,不胜⑰仰感俯愧。臣勾践叩头顿首。"吴王夫差曰:"寡人于子亦过矣。子不念先君之仇乎⑱?"越王曰:"臣死则死矣,惟大王原之。"伍胥在旁,目若熛⑲火,声如雷霆,乃进曰:"夫飞鸟在青云之上,尚欲缴⑳微矢以射之,岂况近卧于华池㉑,集于庭庑乎?今越王放于南山之中,游于不可存之地㉒,幸来涉我壤土,入吾樏梱㉓,此乃厨宰之成事食也,岂可失之乎?"吴王曰:"吾闻:'诛降杀服,祸及三世。'吾非爱越而不杀也,畏皇天之咎,教而赦之。"太宰嚭谏曰:"子胥明于一时之计,不通安国之道。愿大王遂㉔其所执,无拘群小㉕之口。"夫差遂不诛越王,令驾车养马,秘于石室㉖之中。

　　三月,吴王召越王入见。越王伏于前,范蠡立于后。吴王谓范蠡曰:"寡人闻:'贞妇不嫁破亡之家,仁贤不官绝灭之国。'今越王无道,国已将亡,社稷坏崩,身死世绝,为天下笑。而子及主俱为奴仆,来归于吴,岂不鄙乎?吾欲赦子之罪,子能改心自新、弃越归吴乎?"范蠡对曰:"臣闻:'亡国之臣不敢语政,败军之将不敢语勇。'臣在越,不忠不信,今越王不奉大王命号,用兵与大王相持,至今获罪,君臣俱降。蒙大王鸿恩,得君臣相保。愿得入备㉗扫除,出给趋走㉘,臣之愿也。"此时越王伏地流涕,自谓遂失范蠡矣。吴王知范蠡不可得为臣,谓曰:"子既不移其志,吾复置子于石室之中。"范蠡曰:"臣请如命。"吴王起,入宫中。越王、范蠡趋入石室。

　　越王服犊鼻㉙,著樵头㉚。夫人衣无缘之裳㉛,施左关之襦㉜。夫斫剉养马㉝,妻给水、除粪、洒扫。三年不愠怒,面无恨色。吴王登远台,望见越王及夫人、范蠡坐于马粪之旁,君臣之礼存,夫妇之仪具。王顾谓太宰嚭曰:"彼越王者,一节之人;范蠡,一介㉞之士。虽在穷厄之地,不失君臣之礼。寡人伤之。"太宰嚭曰:"愿大王以圣人之心,哀穷孤之士。"吴王曰:"为子赦之。"

　　于是遂赦越王归国,送于蛇门㉟之外,群臣祖道。吴王曰:"寡人赦君,使其返国,必念终始。王其勉之。"越王稽首曰:"今大王哀臣孤穷,使得生全还国,与种、蠡之徒,愿死于轂下㊱。上天苍苍,臣不敢负。"吴王曰:"於乎!吾闻:'君子一言不再㊲。'今已行矣,王勉之。"越王再拜跪伏。吴王乃引越王登车,范蠡执御,遂去。至三津㊳之上,仰天而叹,泪下沾襟,曰:"嗟乎! 孤之屯㊴厄,谁念复生渡此津也!"谓范蠡曰:"今三月甲辰,时加日昳㊵,孤蒙上天之命㊶,还归故乡,得无后患乎?"范蠡曰:"大王勿疑,直眂㊷道行。越将有福,吴当有忧。"至浙江之上,望见大越,山川重秀,天地再清。王与夫人叹曰:"吾已绝望,永辞万民。岂料再还,重复乡国!"言竟,掩面涕泣阑干㊸。此时万姓咸欢,群臣毕贺。

【注释】 ①勾践:春秋时越王,公元前496年至公元前465年在位。据《左传》及《史记·越王勾践世家》,勾践五年五月前本文所略去的主要事件有:勾践元年(前496),吴王阖闾兴师伐越,越王勾践败吴于樵李,阖闾伤足而死。勾践三年(前494)春伐吴,吴王夫差败越于夫椒,吴军入越,越王勾践以余兵五千保栖于会稽山,使大夫文种通过吴国太宰嚭向吴求和,表示勾践夫妻愿为吴王奴婢。三月,吴王与越和。此文即承其后,写勾践离越入吴为臣仆之事。 ②"与大夫种"句:大夫种,春秋末年越国大夫,姓文,名种,楚国人,曾辅助勾践灭吴,后来被勾践赐剑自杀。范蠡,春秋末楚国人,后为越国大夫,越为吴所败时曾赴吴为仆三年,回越后帮助勾践灭掉吴国。后游齐国,改称陶朱公,以经商致富。参见《国语·越语下》、《史记·货殖列传》。臣,奴仆,这里用作动词。 ③浙江:古浙水,又名之江,以其多曲折,故称浙江。上游为新安江与兰溪二水,东北合流而渐次称为桐江、富春江、钱塘江。 ④祖道:古人于出行前祭祀路神称祖道,后因称饯为祖道。 ⑤固陵:范蠡教兵之城,在今浙江萧山县西。 ⑥皇天:许慎《五经异义》引《尚书》说:"天有五号:尊而君之,则曰皇天;元气广大,则称昊天;仁覆闵下,则称苍天。" ⑦前沉后扬:先弱后强,先败后胜。前沉,指兵败夫椒,栖于会稽。后扬,是祝愿日后兴旺强盛。 ⑧祸为德根:即福祸相生之理。德,福。 ⑨福堂:福德聚集的地方。 ⑩牵致:受制约,遭控制。牵,牵制,受制约。致,被招引,到。 ⑪行酒:巡行酌酒劝饮。 ⑫怵惕(chù tì):惊惧,忧惧。 ⑬稽首再拜:古时的一种跪拜礼,叩头至地,是九拜中最恭敬的。 ⑭后土:指土神或地神。后,帝王。 ⑮不裁功力:不自量力。裁,裁断,度量。 ⑯抵罪:得罪,犯罪。 ⑰胜:尽。 ⑱先君之仇:据《史记·吴太伯世家》,阖闾败于越而战死时曾对夫差说:"尔而忘勾践杀汝父乎?"现在夫差不杀勾践,忘了父仇,所以实是犯了错误。 ⑲熛(biāo):进出的火星。 ⑳缴(zhuó):拴在箭上的生丝线,依靠它可把射中的鸟收回。 ㉑华池:《吴地记》:"华池在长洲县大云乡安里里。" ㉒"今越王"二句:南山之中、不可存之地,指会稽山南部的勾嵊山一带。存,《尔雅·释诂》:"存,察也。" ㉓梐梱(bì kǔn):也作"梐枑",用木条交叉制成的栅栏,置于官署前以截人马,又叫行马。 ㉔遂:办成,成功。 ㉕群小:指国君身边的众多小人。 ㉖石室:相传研石山下有石室,为吴王囚范蠡之地,在今苏州灵岩山。 ㉗备:备用。 ㉘给趋走:供驱使而奔跑效劳,指当奴仆。给,供。趋走,奔跑。 ㉙犊鼻:牛鼻,此指类似牛鼻的短裤或围裙。 ㉚著(zhuó)樵头:戴着头巾。著,穿戴。樵头,即幪头,一种头巾,用来包发,以便戴帽。 ㉛衣(yì)无缘之裳:穿着没有边饰的下衣。衣,穿。缘,古时衣服的边饰。裳,下衣。 ㉜施左关之襦:穿着向左开阖的上衣。施,著,穿着。左关,等于说"左衽",指衣襟向左开阖。这是古代少数民族的服装样式,区别于中原服装的胸襟向右开阖。 ㉝斫(zhuó)剉(cuò):铡斩草料。斫,斩,指铡断草料。剉,通"莝",斩细的草料,这里用作动词,指铡断草料。 ㉞介:高洁有节操。 ㉟蛇门:吴国国都南面靠东侧的城门。《吴郡志》卷三:"东面娄、匠二门,西面阊、胥二门,南面盘、蛇二门,北面齐、平二门。" ㊱榖(gǔ)下:尊称,与"阁下"、"麾下"之类相似。 ㊲不再:指不说第二次,不再反悔。 ㊳三津:即三江口的渡口。三江,一说松江、钱塘江、浦阳江。 ㊴屯(zhūn):艰难。 ㊵昳(dié):日昃,即午后日偏斜。 ㊶上天之命:天道,支配人类命运的天神意志。 ㊷直眂(shì):目光注视前方。此指不要瞻前顾后而徘徊不前。眂,古"视"字。 ㊸阑干:纵横貌。

【赏析】 本文重点描绘的是勾践的形象。勾践是一个隐忍之人,在患难的环境中,他不屈不挠,意志坚强,忍辱负重,等待时机,且与大臣同心同德,共同面对吴王的囚禁,争取早日返国。在被囚禁的过程中,其大臣也发挥了很重要的作用,与勾践共同渡过难关。但是,只有范蠡深刻了解勾践的性格,认为他是可以共患难但不可共享乐之人,选择了最终离去。而大夫种等,却在勾践回国并灭掉吴国后被杀害。虽然勾践的这种性格,通过本文我们很难直接看出来,而是通过大臣之口才知道,但本文中,勾践的强烈个性仍是让人感叹。所以在后世,吴越争霸的纷纷扰扰,具体细节都成了过眼云烟,而被后人记住的最重要信息就是勾践忍辱负重与夫差骄傲亡国了。勾践返回越国后,向吴王进献西施等美女,贿赂吴国重臣,表面上继续交好,实际上却暗度陈仓,偷天换日,厉兵秣马,准备大战,并最终取得了灭吴的胜利。而所有的这一切,其实在勾践的性格中,我们都可以找到答案。

范　蠡

【题解】 范蠡是吴越争霸中的传奇人物,与伍子胥的雄才大略、英勇复仇,但最终含恨而死,让人可歌可泣不同,范蠡身上更多表现出才智双全,又能明哲保身,并最终全身而退的印迹。对于范蠡的记载,在战国诸子及《史记》中有不少,但《吴越春秋》的记载比较详细,所以本文节选其范蠡归去的部分。

【原文】
(越王)还于吴,置酒文台,群臣为乐。乃命乐作伐吴之曲。乐师曰:"臣闻即事①作操②,功成作乐。君王崇德,诲化有道之国,诛无义之人,复仇还耻,威加诸侯,受霸王之功。功可象③于图画,德可刻于金石④,声可托于弦管⑤,名可留于竹帛⑥。臣请引琴而鼓之。"遂作《章畅》⑦,辞曰:"屯乎!今欲伐吴,可未耶?"大夫种、蠡曰:"吴杀忠臣伍子胥,今不伐吴人何须⑧?"

大夫种进祝酒,其辞曰:"皇天佑助,我王受福。良臣集谋,我王之德。宗庙辅政,鬼神承⑨翼⑩。君不忘臣,臣尽其力。上天苍苍,不可掩塞。觞酒二升,万福无极。"于是,越王默然无言。

大夫种曰:"我王贤仁,怀道抱德。灭仇破吴,不忘返国。赏无所吝,群邪杜塞。君臣同和,福佑千亿。觞酒二升,万岁难极⑪。"台上群臣大悦而笑,越王面无喜色。范蠡知勾践爱壤土,不惜群臣之死,以其谋成国定,必复不须功而返国也⑫,故面有忧色而不悦也。

范蠡从吴欲去,恐勾践未返,失人臣之义,乃从入越。行谓文种曰:"子来⑬去矣!越王必将诛子。"种不然言。蠡复为书遗种曰:"吾闻天有四时,春生冬伐。人有盛衰,泰⑭终必否⑮。知进退存亡,而不失其正,惟贤人乎?蠡虽不才,明知进退。高鸟已散,良弓将藏;狡兔已尽,良犬就烹。夫越王为人,长颈鸟喙⑯,鹰视狼步;可与共患难,而不可共处乐;可与履危,不可与安。子若不去,将害于子,明矣。"文种不信其言越王阴谋,范蠡议欲去徼幸⑰。

二十四年九月丁未,范蠡辞于王,曰:"臣闻主忧臣劳,主辱臣死,义一也。今臣事大王,前则无灭未萌之端⑱,后则无救已倾之祸。虽然,臣终欲成君霸国,故不辞一死一生。臣窃自惟⑲,乃使于吴,王之惭辱,蠡所以不死者,诚恐谗于太宰嚭、成伍子胥之事。故不敢前死,且须臾⑳而生。夫耻辱之心不可以大,流汗㉑之愧不可以忍。幸赖宗庙之神灵、大王之威德,以败为成,斯汤、武㉒克夏、商而成王业者。定功雪耻,臣所以当席㉓日久。臣请从斯辞矣。"越王恻然,泣下沾衣,言曰:"国之士大夫是子,国之人民是子,使孤寄身托号以俟命㉔矣。今子云去,欲将逝矣。是天之弃越而丧孤也,亦无所恃者矣。孤窃有言,公位乎,分国共之。去乎,妻子受戮。"范蠡曰:"臣闻:'君子俟时,计不数谋㉕,死不被疑,内不自欺。'臣既逝矣,妻子何法乎?王其勉之,臣从此辞。"乃乘扁舟㉖,出三江㉗之口,入五湖㉘之中,人莫知其所适㉙。

范蠡既去，越王愀然㉚变色，召大夫种曰："蠡可追乎？"种曰："不及也。"王曰："奈何？"种曰："蠡去时，阴画六㉛，阳画三㉜，日前之神㉝，莫能制者。玄武㉞、天空威行㉟，孰敢止者？度㊱天关㊲，涉㊳天梁㊴，后入天一㊵。前翳㊶神光㊷。言之者死，视之者狂。臣愿大王勿复追也。蠡终不还矣。"越王乃收其妻子，封百里之地："有敢侵之者，上天所殃㊸。"于是，越王乃使良工铸金象范蠡之形，置之坐侧，朝夕论政。

【注释】　①即事：作事。　②操：琴曲名。《后汉书·曹褒传》"歌诗曲操"注引刘向《别录》："君子因雅琴之适，故从容致思焉。其道闭塞，悲愁而作者，名其曲曰操，言遇灾害不失其操也。"　③象：图。此处作动词，表示绘画。　④金石：钟鼎碑碣之类。　⑤托于弦管：寄寓于丝竹乐器里，指体现在谱写的乐章中。弦，琴瑟之类的弦乐器。管，笛箫之类的管乐器。　⑥竹帛：竹简和白绢。古代无纸时，用竹帛作为书写材料，所以竹帛即指书籍、史册。　⑦《章畅》：乐曲名。章，彰明。指表白越王的功劳。畅，琴曲名。《风俗通·声音琴》："其道行，和乐作者，名其曲曰畅。"　⑧何须：等待什么。这两句是文种、范蠡的诙谐调笑之语，他们不等乐师唱下去就接着唱了这两句。　⑨承：通"丞"，辅佐。　⑩翼：辅佐。　⑪万岁难极：指万岁仍不能尽越王之寿。难，不能。　⑫"必复须功"句：此句当作"必复须功而不返国也。"须，求。　⑬来：语助词，加强语势。　⑭泰：通达。　⑮否（pǐ）：闭塞，不通达，穷厄。　⑯喙（huì）：鸟的嘴巴。　⑰徼幸：同"侥幸"，求利不止而意外获得成功或免于不幸。　⑱端：开头，苗头，也指祸端。　⑲惟：思。　⑳须臾：苟延。　㉑流汗：指当奴仆服劳役。　㉒汤、武：商汤和周武王。　㉓在席：在位当权。　㉔寄身托号以俟（sì）命：指将君位让给范蠡而自己为臣。俟命，待命。　㉕数（shuò）：多次谋划。指犹豫不定，不能当机立断。　㉖扁（piān）舟：小船。　㉗三江：松江、钱塘江、浦阳江。　㉘五湖：一说贡湖、游湖、胥湖、梅梁湖、金鼎湖。一说胥湖、蠡湖、洮湖、滆湖、太湖。亦有五湖即为太湖的说法。　㉙适：去向。　㉚愀（qiǎo）：忧惧的样子。　㉛阴画六：指八卦中的坤卦。　㉜阳画三：指八卦中的乾卦。《易·乾》"元亨利贞"疏："乾卦本以象天，天乃积诸阳气而成天，故此卦六爻，皆阳画成卦也。"坤属阴，象征地。乾属阳，象征天。范蠡画阴阳之划，是为了求得天地的佑助。　㉝日前之神：日游神，一种凶神，人宜避忌。范蠡出游，文种以游神保佑来附会；此神莫能制者，喻指范蠡之去不能制止。　㉞玄武：北方太阴之神，一说谓龟蛇。北方之神主水，范蠡乘舟入湖，故文种以水神保佑来附会。水神威行，喻指范蠡出游无人能阻止。　㉟天空：神名。《黄帝金匮玉衡经》："天空下贱，主侍帝庭。"天空神虽下贱，也侍奉于帝庭，所以其行也无人敢阻止。　㊱度：越过。　㊲天关：指角宿，此喻指范蠡经过的关口。　㊳涉：趟水过河，此文指过桥。　㊴天梁：斗宿五、六两星，此喻指范蠡经过的桥梁。　㊵天一：星名，占术中用作神名。《史记·天官书》："中宫……皆曰紫宫。前列直斗口三星，隋北端兑，若见若不，曰阴德，或曰天一。"此文当以"天一"来喻指范蠡的归处。　㊶翳（yì）：遮蔽。　㊷神光：神异的灵光。一说神光是神名。　㊸"有敢侵之者"二句：这两句是誓告之词，意为有胆敢侵害他们的人，会成为上天所残害的对象。

【赏析】　作为历史人物，古代对范蠡的评价并不是太高，因为他见机行事，巧妙脱身，并非忠烈之臣。但他明哲保身的智慧，又时常得到人们的赞扬。功成名就后，他不留恋功名，激流勇退，转换角色，弃官从商，体现了儒道互补的人生哲学。而关于范蠡的去处，可谓众说纷纭，在战国诸子中，有很多他的零星记录。《史记·货殖列传》说他："乃乘扁舟，浮于江湖，变名易姓，适齐，为鸱夷子皮；之陶，为朱公。朱公以为陶天下之中，诸侯四通，货物所交易也。乃治产积居，与时逐，而不责于人。故善治生者，能择人而任时。十九年之中，三致千金，再分散与贫交疏昆弟，此所谓富好行其德也。后年衰老而听子孙。子孙修业而息之，遂至万富。故言富者，皆称陶朱公。"范蠡真可谓变色龙，随机应变，随时改头换面。总之，通过《吴越春秋》对范蠡的记载，我们对范蠡的人生有了基本了解，尤其是他的归隐，是他洞察了勾践的性格之后选择的保全自己的道路。

陈　　音

【题解】　范蠡向越王引荐了一些贤人，其中包括善射者陈音。而越王与陈音的对话，都围绕射道而展开。本文节选自《吴越春秋·勾践阴谋外传第九》，为二人对话的一部分。

【原文】
范蠡复进善射者陈音。音，楚人也。越王请音而问曰："孤闻子善射，道何所生？"

音曰："臣，楚之鄙人①，尝步②于射术，未能悉知其道。"

越王曰："然。愿子一二其辞。"

音曰："臣闻弩③生于弓，弓生于弹④，弹起古之孝子。"

越王曰："孝子弹者奈何⑤？"

音曰："古者人民朴质⑥。饥食鸟兽，渴饮雾露，死则裹以白茅⑦，投于中野。孝子不忍见父母为禽兽所食，故作弹以守之，绝鸟兽之害。故古人歌曰：'断竹属木⑧，飞土⑨逐肉⑩。'遂令死者不犯鸟、狐之残也。于是神农、黄帝弦木为弧⑪，剡⑫木为矢⑬，弧矢之利，以威四方。黄帝之后，楚有弧父⑭。弧父者，生于楚之荆山⑮，生不见父母。为儿之时，习用弓矢，所射无脱。以其道传于羿⑯，羿传逢蒙⑰，逢蒙传于楚琴氏。琴氏以为弓矢不足以威天下。当是之时，诸侯相伐，兵刃交错，弓矢之威不能制服。琴氏乃横弓着⑱臂⑲，施机设郭⑳，加之以力，然后诸侯可服。琴氏传大魏，大魏传楚三侯——所谓句亶、鄂、章，人号麇侯、翼侯、魏侯也㉑。自楚之三侯，传至灵王㉒，自称之楚累世㉓，盖以桃弓棘矢而备邻国也。自灵王之后，射道分流，百家能人用，莫得其正。臣前人受之于楚，五世于臣矣。臣虽不明其道，惟王试之。"

越王曰："愿闻正射之道。"

音曰："臣闻正射之道，道众而微。古之圣人，射弩未发而前名其所中。臣未能如古之圣人。请悉其要。夫射之道：身若戴板，头若激卵㉔。左足纵，右足横；左手若附㉕枝，右手若抱儿。举弩望敌，翕㉖心咽烟㉗。与气俱发，得其和平；神定思去，去止分离；右手发机，左手不知㉘。一身异教，岂况㉙雄雌㉚？此正射持弩之道也。"

越王曰："善。尽子之道，愿子悉以教吾国人。"音曰："道出于天，事在于人。人之所习，无有不神。"于是乃使陈音教士习射于北郊之外。三月，军士皆能用弓弩之巧。

陈音死，越王伤之，葬于国西山上，号其葬所曰陈音山㉛。

【注释】　①鄙人：郊野之人。　②步：行走，引申指研究。　③弩：一种利用机械力量发射弓箭的弓。《说文》："弩，弓有臂者。"　④弹：弹弓，发射弹丸的弓。　⑤弹者奈何："弹"字前当有一"作"字。　⑥朴质：质朴。　⑦白茅：即"茅"，多年生草本植物，其地下茎白软有节，味甜可食或入药。　⑧属(zhǔ)木：又作"续竹"。属，连接。　⑨飞土：指将泥制的弹丸射出。　⑩逐肉：驱逐禽兽，猎手们追赶被击伤的鸟兽之类的猎物。　⑪"于是"句：《世本·作篇》："挥(黄帝之臣)作弓。夷牟作矢。"《周易·系辞下》"神农氏没，黄帝、尧、舜氏作……弦木为弧，剡木为矢，弧矢之利，以威天下。"神农，传说中的远古人物，相传他创制耒耜，教民农业生产；又曾尝百草，发明药材，教人治病。黄帝，传说中原各族的共同祖先，姓公孙，居轩辕之丘，故号轩辕氏。又居姬水，因改姓姬。国于有熊，故亦称有熊氏。传说他曾打败姜姓部落首领炎帝以及九黎族首领蚩尤，从而被各部落推为部落联盟首领。因有土德之瑞，故号黄帝。弦，弓弦，此文作动词用，指绷上弓弦。弧，木弓。　⑫剡(yǎn)：削。　⑬矢：木制的箭。　⑭父(fǔ)：通"甫"，古代男子名字下加的美称。　⑮荆山：楚国山名，在今湖北南漳县西。　⑯羿(yì)：夏代东夷族有穷氏(位于今山东省德州市南)的部落首领，射箭能手。　⑰逢(páng)蒙：又作"蜂门"、"逢蒙"。相传他学射于弈,亦善射。《汉书·艺文志》兵技巧家著录《逢门射法》二篇。　⑱ 着:附着。　⑲ 臂:弩的柄。　⑳ 施机设郭:机即弩机,弩上发箭的装置,装在弩的木臂后。郭是弩机的组成部分,在弩牙之后,上有望山作为瞄准器。　㉑ "所谓句亶"二句:相传熊渠有三子,长子康为句亶王,次子红为鄂王,少子执疵为越章王。《史记·楚世家》载,周夷王时王室衰微,熊渠强大而立三子为王。到周厉王时,厉王暴虐,熊渠怕他伐楚,就去掉了这些王号,所以此文称为侯。句亶,即今湖北江陵。章,《史记·楚世家》作"越章",并说句亶、鄂、越章"皆在江上楚蛮之地",则"越章"当为"豫章",在今汉水之东、汉口之北一带。　㉒ 灵王:即楚灵王熊围,即位后改名为虔,公元前540年到公元前529年在位。会诸侯伐吴:据春秋鲁昭公四年(公元前538年)秋七月,楚灵王联合蔡侯、陈侯、许男、顿子、胡子、沈子及淮夷伐吴。　㉓ 累世:历代。　㉔ 激卭:疑当作"激印",形近而误。激印,即"激昂",激动昂扬的样子。　㉕ 附:依附,指握着。　㉖ 翕(xī):聚。　㉗ 咽烟:吞气,指不呼气,屏气。咽,通"嚥",吞。烟,积聚的气体。　㉘ 左手不知:形容握弩的左手十分稳定。　㉙ 岂况:何况。　㉚ 雄雌:雄性与雌性,指不是同一身。　㉛ 陈音山:在山阴县西南。

【赏析】　这是《吴越春秋》里记载善于射箭的陈音对越王说的一段善射之道。原文除了上文所选,还有越王问"弩之状何法焉"及"愿闻望敌仪表、投分飞矢之道"的内容。陈音的谈话,对射道的各个方面都有精彩的描述,而文中提到的上古《弹歌》对后世影响很大,倘若追述的时代为真,则可认为是最早的远古民歌。当时是唱是诵,已无从考证,但后人还是将词记录了下来。这首歌谣反映了原始社会狩猎的生活。由于生产能力水平低下,先民们刀耕火种,狩猎的手段也很落后,但随着社会的不断发展,生产工具也有了改进。尤其是弓弹出现以后,可以射鸟兽,生产力得到了提高。《弹歌》用精练的语言概括了弹的生产制作过程及其用途,表现了先民的智慧及用弹来猎取食物的喜悦心情。"断竹,续竹",就是先将竹竿截断,然后用弦将截断的竹竿连接两头制成弹弓,这是"弹"的制作过程。有了"弹",狩猎活动就开始了,"飞土,逐肉"是一颗颗弹丸从弹弓中射出并击中猎物,人们欢乐地追逐着,满载而归。这首民歌简短、质朴,诗句整齐,有和谐的韵律,是原始时代狩猎生活的真实反映。

袁 康 吴 平

作者简介

关于《越绝书》的作者问题,可谓众说纷纭。《隋书·经籍志》认为是子贡,显然是依托。此书末尾序外传记有隐语:"以去为姓,得衣乃成,厥名有米,复之以庚。"这个隐语里面暗藏了"袁康"两个字。又有"禹来东征,死葬其疆",表明作者是会稽人。又云:"文词属定,自于邦贤。以口为姓,承之以天。楚相屈原,与之同名。"这几句里又隐藏了"同郡吴平"的意思。所以,《四库全书总目提要》判定该书作者为汉代的袁康和吴平,但这二人的生平已无从考证。《越绝书》,又名《越绝记》,共十五卷,杂记春秋战国时期吴越两国的史实,上溯夏禹,下迄两汉,旁及诸侯列国,被誉为"地方志鼻祖"。《越绝书》保存有吴越地区东汉以前的许多史料,特别注重伍子胥、子贡、范蠡、文种、计然(计倪)等人的外交军事活动。这些史料可以和《左传》、《国语》及《史记》互相印证,补充其不足。

范 伯

【题解】 本文选自《越绝书》卷七《越绝外传记》,述吴越相争时越国大臣范蠡及大夫种、石买之事。大夫种向越王勾践推荐范蠡,而大夫石买排斥之。石买死,范蠡与大夫种得重用,辅助越王灭了吴国。

【原文】

昔者,范蠡其始居楚,曰范伯。自谓衰贱,未尝世禄,故自菲薄。饮食则甘天下之无味,居则安天下之贱位。复被发佯狂,不与于世。谓大夫种曰:"三王①则三皇②之苗裔也,五伯③乃五帝④之末世也。天运历纪⑤,千岁一至。黄帝之元⑥,执辰破巳⑦。霸王之气,见于地户⑧。子胥以是挟弓干吴王。"于是要大夫种入吴。此时冯同相与共戒之:"伍子胥在,自与不能关其辞。"蠡曰:"吴越二邦,同气共俗,地户之位,非吴则越。"乃入越。越王常与言尽日。

大夫石买,居国有权,辩口,进曰:"衒⑨女不贞,衒士不信。客历诸侯,渡河津,无因自致,殆非真贤。夫和氏之璧⑩,求者不争贾;骐骥之才,不难阻险之路。□□□之邦,历诸侯无所售,道听之徒,唯大王察之。"于是范蠡退而不言,游于楚越之间。大夫种进曰:"昔者市偷⑪自衒⑫于晋,晋用之而胜楚,伊尹负鼎⑬入殷,遂佐汤取天下。有智之士,不在远近,取也,谓之帝王,求备者亡。《易》曰:'有高世之才⑭,必有负俗之累;有至智之明者,必破⑮庶众之议。'成大功者不拘于俗,论大道者不合于众。唯大王察之。"于是石买益疏。其后使将兵于外,遂为军士所杀。是时勾践失众,栖于会稽之山,更用种、蠡之策,得以存。故虞舜曰:"以学乃时而行,此犹良药也。"王曰:"石买知往而不知来,其使寡人弃贤。"后遂师二人,竟以禽⑯吴。

子贡曰:"荐一言,得及身;任一贤,得显名。"伤贤丧邦,蔽能有殃;负德忘恩,其反形伤。坏人之善毋后世,败人之成天诛行。故冤子胥僇死⑰,由重谮子胥于吴,吴虚重之,无罪而诛。《传》曰:"宁失千金,毋失一人之心。"是之谓也。

【注释】 ① 三王:夏禹、殷汤、周文王。 ② 三皇:伏羲、神农、黄帝。 ③ 五伯:齐桓公、晋文公、秦穆公、宋襄公、楚庄公。 ④ 五帝:少昊、颛顼、帝喾、尧、舜。 ⑤ 纪:一千五百年为一纪。《史记·天官书》:"夫天运,三十岁一小变,百年中变,五百载大变;三大变一纪,三纪而大备。此其大数也。" ⑥ 元:始。 ⑦ 执辰破巳:辰、巳:地支中的第五、第六位,此借指土地。相传黄帝有土德之瑞,故号黄帝。《淮南子·天文训》:"中央土地,其帝黄帝,其佐后土,执绳而制四方。" ⑧ 地户:地的门户。古代传说天有门,地有户。《吴越春秋·阖庐内传》:"立蛇门者,以象地户也。" ⑨ 衒:通"炫",自我矜夸。 ⑩ 和氏之璧:古代著名的宝玉,因春秋时楚人和氏所得,故称之和氏璧。 ⑪ 市偷:市中的窃贼。 ⑫ 自衒:自荐求进。 ⑬ 鼎:古代的烹饪器。伊尹出身微贱,原先是汤妻陪嫁的奴隶。《墨子·尚贤下》:"昔伊尹为莘氏女师仆,使为庖人。" ⑭ 有高世之才:钱培名《越绝书札记》曰:"依下句例,句末当有'者'字。" ⑮ 破:钱培名《越绝书札记》曰:"'破'疑当作'被'。" ⑯ 禽:通"擒"。 ⑰ 僇(lù)死:羞辱死者。伍子胥破楚,而楚平王已死,子胥乃鞭尸以泄愤恨。

【赏析】 这是《越绝书》中关于范蠡、大夫种的故事之一。此二人的事迹,在古代流传非常多,尤其是在战国秦汉的子书当中,各自记录着不同的故事。司马迁作《史记》,也整合了一些他认为较为可信的内容,散见于《吴太伯世家》、《越王勾践世家》、《货殖列传》等篇目中。至于专门讲述吴越争霸的《吴越春秋》与《越绝书》,则记录他们的事迹更为详细。此篇即《越绝书》中对范蠡、大夫种的记录，由于古代的故事多是口传，故每一个故事都有不同。此篇所提到范蠡追随越王勾践的起因，便与其他典籍有所不同，但结局是一样的，即范蠡都辅佐越王勾践最终灭掉了吴国。

宝　　剑

【题解】　本文节选自《越绝书》卷十一《越王外传记》。由于春秋时期冶铁技术的发达，中国由夏商周的青铜时代跃入铁器时代。而关于冶铁，尤其是铸剑的故事，也在那个时候开始流传，尤其是围绕吴越争霸而产生了很多铸剑的故事。

【原文】

昔者，越王勾践有宝剑五，闻于天下。客有能相剑者，名薛烛。王召而问之，曰："吾有宝剑五，请以示之。"薛烛对曰："愚理不足以言，大王请，不得已。"乃召掌者，王使取毫曹①。薛烛对曰："毫曹，非宝剑也。夫宝剑，五色并见，莫能相胜。毫曹已擅名矣，非宝剑也。"王曰："取巨阙。"薛烛曰："非宝剑也。宝剑者，金锡和铜而不离。今巨阙已离矣，非宝剑也。"王曰："然巨阙初成之时，吾坐于露坛②之上，宫人有四驾白鹿而过者，车奔鹿惊，吾引剑而指之，四驾上飞扬，不知其绝也。穿铜釜，绝铁砺，胥③中决如粱米④，故曰巨阙。"王取纯钧，薛烛闻之，忽如败。有顷，惧如悟，下阶而深惟，简衣⑤而坐望之。手振拂扬，其华捽⑥如芙蓉始出。观其鈒⑦，烂如列星之行；观其光，浑浑⑧如水之溢于塘⑨；观其断，岩岩如琐石；观其才，焕焕如冰释。"此所谓纯钧耶？"王曰："是也。客有直之者，有市之乡二、骏马千匹，千户之都二，可乎？"薛烛对曰："不可。当造此剑之时，赤堇之山，破而出锡；若耶之溪，涸而出铜⑩；雨师扫洒，雷公击橐⑪；蛟龙捧炉，天帝装炭；太一⑫下观，天精⑬下之。欧冶乃因天之精神，悉其伎巧，造为大刑⑭三、小刑二：一曰湛卢，二曰纯钧，三曰胜邪⑮，四曰鱼肠，五曰巨阙。吴王阖庐之时，得其胜邪、鱼肠、湛卢。阖庐无道，子女死，杀生以送之，湛卢之剑去之如水。行秦过楚，楚王⑯卧而寤，得吴王湛卢之剑，将首魁⑰漂⑱而存焉。秦王闻而求⑲，不得，兴师击楚，曰：'与我湛卢之剑，还师去汝。'楚王不与。时阖庐又以鱼肠之剑刺吴王僚,使披肠夷之甲[20]三事[21]。阖庐使专诸为奏炙鱼者,引剑而刺之,遂弑王僚。此其小试于敌邦,未见其大用于天下也。今赤堇之山已合,若耶溪深而不测。群神不下,欧冶子即死。虽复倾城量金,珠玉竭[22]河,犹不能得此一物,有市之乡二、骏马千匹、千户之都二,何足言哉?"

楚王召风胡子而问之曰:"寡人闻吴有干将、越有欧冶子,此二人甲世[23]而生,天下未尝有。精诚上通天,下为烈士[24]。寡人愿赍[25]邦之重宝,皆以奉子,因吴王请此二人作铁剑,可乎?"风胡子曰:"善。"于是乃令风胡子之吴,见欧冶子、干将,使之作铁剑。欧冶子、干将凿茨山,泄其溪,取铁英,作为铁剑三枚:一曰龙渊,二曰泰阿,三曰工布[26]。毕成[27],风胡子奏之楚王。楚王见此三剑之精神,大悦风胡子,问之曰:"此三剑何物所象?其名为何?"风胡子对曰:"一曰龙渊,二曰泰阿,三曰工布。"楚王曰:"何谓龙渊、泰阿、工布?"风胡子对曰:"欲知龙渊,观其状,如登高山、临深渊;欲知泰阿,观其鈲,巍巍翼翼,如流水之波;欲知工布,鈲从文起,至脊而止,如珠不可衽,文若流水不绝。"

晋郑王闻而求之,不得,兴师围楚之城,三年不解。仓谷粟索,库无兵革。左右群臣贤士,莫能禁止。于是楚王闻之,引泰阿之剑,登城而麾之。三军破败,士卒迷惑,流血千里,猛兽欧瞻[28],江水折扬,晋郑之头毕白[29]。楚王于是大悦,曰:"此剑威耶?寡人力耶?"风胡子对曰:"剑之威也,因大王之神。"楚王曰:"夫剑,铁耳,固能有精神若此乎?"风胡子对曰:"时各有使然。轩辕、神农、赫胥[30]之时,以石为兵,断树木为宫室,死而龙臧[31]。夫神圣主使然。至黄帝之时,以玉为兵,以伐树木为宫室,凿地[32]。夫玉,亦神物也,又遇圣主使然,死而龙臧。禹穴之时[33],以铜为兵,以凿伊阙[34]、通龙门[35],决[36]江导河,东注于东海。天下通平,治为宫室,岂非圣主之力哉?当此之时,作铁兵,威服三军。天下闻之,莫敢不服。此亦铁兵之神,大王有圣德。"楚王曰:"寡人闻命矣。"

【注释】 ①毫曹:"毫曹"与下文的"巨阙"、"纯钧"均为古宝剑之名。 ②露坛:在平地上用土、石筑起的高台,供检阅军队和祭祀之用。 ③胥:皆。 ④粢(zī)米:泛指谷物。 ⑤简衣:指整饰衣服,表示态度变得严肃起来。简,查检,此指整理。

⑥ 捽(zuó)：冲突，此指抖动、晃动。　⑦ 釽(pī)：同"铍"，指古代良剑以冶炼之精而现出的文采。　⑧ 浑浑：水流奔涌的样子。　⑨ 溏：当作"塘"。　⑩ "赤堇之山"四句：《战国策》曰："涸若耶而取铜，破堇山而取锡。"相传若耶溪在会稽县南二十五里，旁即赤堇山，一名铸浦山，为古代欧冶子铸剑之处。　⑪ 橐(tuó)：古代冶炼时用来鼓风吹火的装置，犹今之风箱。　⑫ 太一：神名。《史记·封禅书》："天神贵者太一。"司马贞《史记索隐》引宋均曰："天一、太一，北极神之别名。"　⑬ 天精：即下文"天之精神"，指天地万物的精气。　⑭ 刑：通"形"。张宗祥《校注》："言成大小形五剑也。"钱培名《札记》曰："'刑'疑当作'剑'。"　⑮ 胜邪：钱培名《札记》曰："《吴都赋注》作'莫邪'，《吴郡志》作'镆邪'。"　⑯ 楚王：《吴越春秋》作"楚昭王"。　⑰ 首魁：第一，最好的。　⑱ 漂：张宗祥《校注》曰："'漂'疑'标'字之讹。标，表识也。"　⑲ 秦王闻而求：钱培名《札记》曰："'求'下《吴郡志》有'之'字。"　⑳ 肠夷之甲：即"旸夷"、"晹夷"，铠甲之名。　㉑ 事：通"倳(zì)"，插入，刺杀。　㉒ 竭：满。　㉓ 甲世：称甲于世，世上第一。　㉔ 烈士：指有志于建功立业的人。　㉕ 赍(jī)：付与，送与。　㉖ 工布：布，一作"市"。　㉗ 毕成：毕，一作"剑"。　㉘ 欧瞻：奔走惊视。　㉙ 晋郑之头毕白：钱培名《札记》："'之'下《御览》、《事类赋注》有'军'字。"　㉚ 赫胥：上古帝王，或指炎帝。《庄子·马蹄》："夫赫胥氏之时，居民不知所为，行不知所之，含哺而熙，鼓腹而游。"　㉛ 龙臧：安葬于田垄中。龙，通"垄"，田垄。臧，通"藏"，此指安葬。　㉜ 凿地：句不可解。其前后数句似应为："至黄帝之时，以玉为兵，以伐树木为宫室，死而凿地龙臧。夫玉，亦神物也，又遇圣主使然。"　㉝ 禹穴之时：指禹治理天下时。传说禹死后葬于会稽，山上有孔穴，民间称禹入此穴，故称禹穴。　㉞ 伊阙：地名，在今河南洛阳市南。《水经注·伊水》："伊水又北入伊阙。昔大禹疏以通水，两山相对，望之若阙，伊水历其间北流，故谓之伊阙矣。"　㉟ 龙门：地名，也在今洛阳市南。《汉书·沟洫志》："昔大禹治水，山陵当路者毁之，故凿龙门，辟伊阙。"　㊱ 决：除去壅塞或打开决口，以导引水流。

【赏析】　这是围绕吴越争霸而产生的众多铸剑故事中的一个。张宗祥《越绝书校注》曰："此节叙用石用玉用铜至于用铁，用铁而又讲求冶铸之术，他书所无，乃知干将、莫邪、欧冶、风胡，吴越时研求铸铁大有人在。"除了这些流传千古的铸剑家，在吴越两国的铸剑故事里，也出现了很多古代最有名的宝剑。苏州著名的景点虎丘，相传就是吴王阖闾之墓，里面有剑池，池畔山石叠嶂，飞泉流瀑，池内流水不断，幽深莫测。传说剑池不是天然造化之物，而是靠人工斧凿而成，剑池水中有吴王阖闾的许多宝剑，剑池下面埋葬着吴王阖闾。本篇记述欧冶子、干将二人为越王铸了五口宝剑，又为楚王铸了三口宝剑，都锋利无比。而考古发现过越国的宝剑若干，经历几千年，仍旧光亮如新，剑气逼人，证明《越绝书》上所记炼剑之事是真实的。篇中所谓"以石为兵"、"以玉为兵"、"以铜为兵"、"以铁为兵"的记载，也大体上反映了今天考古学上的旧石器、新石器、铜器和铁器时代。所以，这些都增添了远古与现实的联系。读者在阅读本篇文字后，还可以增加很多亲切感。

荀 悦

作者简介

荀悦(148—209),字仲豫,颍川颍阴(今河南许昌)人。东汉史学家、政论家、思想家。荀淑之孙,荀俭之子。荀悦十二岁便能讲解《春秋》。汉灵帝时期宦官专权,荀悦隐居不出。献帝时,应曹操之召,任黄门侍郎,累迁至秘书监、侍中。侍讲于献帝左右,日夕谈论,深为献帝嘉许。后奉汉献帝命以编年体缩减《汉书》内容而作《汉纪》。荀悦另著有《申鉴》、《崇德》等。时人称荀悦《汉纪》"辞约事详,论辨多美"。宋代王铚《两汉纪后序》亦称荀悦:"于朝廷纪纲,礼乐刑政,治乱成败,忠邪是非之际,指陈论著,每致意焉。故其词纵横放肆,反复辩达,明白条畅,既启告当代,而垂训无穷。"

论封建诸侯

【题解】 荀悦奉汉献帝之命作编年体《汉纪》三十篇,于史事可与《汉书》相互印证。由于内容是缩略《汉书》并编年,所以本书没有选择《汉纪》的具体与《汉书》重合之处,而是选择带有荀悦议论的地方,类似于《史记》的"太史公曰"。这些才是体现荀悦思想的所在。本文节选自《汉征·前汉孝惠皇后纪》,题目为编者所拟。

【原文】

荀悦曰:诸侯之制①,所由来尚②矣。《易》曰:"先王建万国,亲诸侯。"孔子作《春秋》③为后世法,讥世卿不改世侯④。昔者圣王之有天下,非所以自为,所以为民也,不得专其权利,与天下同之,唯义而已,无所私焉。封建诸侯,各世其位,欲使亲民如子,爱国如家。于是为置贤卿大夫,考绩黜陟⑤,使有分土而无分民,而王者总其一统,以御其政。故有暴礼于其国者,则民叛于下,王诛加于上。是以计利虑害,劝赏畏威,各兢其力,而无乱心。及至天子失道,诸侯正之;王室微弱,则大国辅之;虽无道,不得虐⑥于天下。贤人君子,有所周流,上下左右,皆相夹辅,凡此所以辅相天地之宜,以左右民者也。故民主两利,上下俱便,是则先王之所以能永有其世也。然古之建国,或小或大,监前之弊,变而通之。夏、殷之时,盖不过百里,故诸侯微而天子强,桀、纣得肆⑦其虐,纣脯邢侯而醢九侯⑧,以文王之上德,不免于羑里⑨。周承其弊,故大国方五百里,所以崇宠诸侯而自抑损也。至其末流,诸侯强大,更相侵伐,周室卑微⑩,祸乱用作。秦承其弊,不能正其制以求其中⑪,而遂废诸侯,改为郡县⑫,以一威权,以专天下。其意主以自为,非以为民,深浅之虑,德量之殊,岂不远哉!故秦得擅其海内之势,无所拘忌,肆行奢淫,暴虐天下,然十四年而灭亡。故人主失道,则天下遍被其害;百姓一乱,则鱼烂土崩,莫之匡救。贤人君子复无息肩⑬,众庶无所迁徙,此民主俱害,上下两危。汉兴,承周、秦之弊,故兼而用之。六王、七国之难作者,诚失之于强大,非诸侯治国之咎。其后遂皆郡县治民,而绝诸侯之权矣,当时之制,未必百王之法⑭也。

【注释】　① 诸侯之制:帝王为治理国家而实行的分封诸侯国的管理制度。② 尚:古,久远。　③ 孔子作《春秋》:相传孔子据鲁史修订而成《春秋》,所记起于鲁隐公元年,止于鲁哀公十四年,凡二百四十二年。叙事简略,每字之中寄寓褒贬。　④ 世卿不改世侯:指西周的世卿世禄与分土封侯的制度。世卿,世代承袭为卿大夫。侯:周代有公、侯、伯、子、男五种爵位,侯为第二等。　⑤ 黜(chù)陟(zhì):指人才的进退、官吏的升降。⑥ 虐:残暴。此处为使动用法,使天下受虐。　⑦ 肆:放纵,任意行事。　⑧ 脯(fǔ)邢侯而醢(hǎi)九侯:《史记·殷本纪》:"以西伯昌、九侯、鄂侯为三公。九侯有好女,入之纣。九侯女不憙淫,纣怒,杀之,而醢九侯。鄂侯争之强,辨之疾,并脯鄂侯。"脯(fǔ),肉干,此处用作动词,是古代的一种酷刑。醢(hǎi),古代的一种酷刑,把人杀死后剁成肉酱。邢侯:又作"邘(yú)侯"、"鄂侯"。　⑨ 羑(yǒu)里:在今河南汤阴县北。《史记·殷本纪》:"西伯昌闻之,窃叹。崇侯虎知之,以告纣,纣囚西伯羑里。"　⑩ 卑微:衰微。　⑪ 中:合适,恰当。　⑫ 郡县:郡和县的并称。郡县之名,初见于周。秦始皇统一中国,分国内为三十六郡,为郡县政治之始。汉初封建制与郡县制并行,其后郡县遂成常制。《史记·秦始皇本纪》:"今陛下兴义兵,诛残贼,平定天下,海内为郡县。"　⑬ 息肩:让肩头得到休息,即卸去负担、栖止休息,或休养生息。　⑭ 法:效仿,规范。

【赏析】　诸侯王问题是汉代政治上的最重要问题之一。汉兴之际,继承亡秦教训,想通过封建诸侯巩固刘姓政权,不仅刘姓子弟被分封,众多在楚汉战争中立有战功的人也纷纷封王封侯。高帝、吕后时,异姓王被陆续铲除,但同姓诸侯王仍旧是困扰王朝的大问题。贾谊、晁错等汉初思想家都有针对诸侯问题的一系列建议。景帝时，终于爆发了同姓诸侯的吴楚七国之乱。其后，景帝分封自己的几个儿子为诸侯，以加强与帝室的关系。直到武帝时，采纳主父偃的建议，实行推恩令，广建诸侯而少其力，诸侯力量得到了极大的削弱，且将因为各种情况而被取消的诸侯国变为郡县。至此，诸侯王问题才渐趋解决。此段为荀悦论诸侯问题，明代何孟春评论《汉纪》曰："其论政体，无贾谊之经制而近于醇，无刘向之愤激而长于讽。"本文详细追溯了诸侯制度的历代变迁，并客观评述了诸侯制度的利弊，在纵观历史的前提下考察汉代的诸侯问题，进而认为汉代的吴楚七国之乱的原因在于诸侯过于强大，而不是诸侯制度本身。由于诸侯问题复杂，是各个朝代都面临的大问题，所以，荀悦之论也是一家之言。可以说，各个时期的人们都在寻求所谓的"百王之法"，但多数实行的都是"当时之制"，没有一种万世皆可的好办法，荀悦的观点，有其出发点，也是有一定道理的。

论 三 游

【题解】 此篇是荀悦《汉纪》中记述汉武帝建元二年，因初置茂陵邑，而徙郡国豪杰于茂陵，当时著名的游侠河内郭解亦在徙中，故引出郭解之事，详见《史记·游侠传》。叙述完此事之后，荀悦做了一番评论。本篇节选自《汉纪·前汉孝武皇帝纪》，题目为编者所拟。

【原文】

荀悦曰：世有三游，德之贼①也。一曰游侠，二曰游说，三曰游行。立气势，作威福，结私交，以立强于世者，谓之游侠；饰辨辞，设诈谋，驰逐于天下，以要②时势者，谓之游说；色③取仁以合时，好连党类，立虚誉以为权利者，谓之游行。此三游者，乱之所由生也，伤道害德，败法惑世，失先王之所慎也。国有四民④，各修其业，不由四民之业者，谓之奸民。奸民不生，王道乃成。凡此三游之作，生于季世⑤，周、秦之末尤甚焉。上不明，下不正，制度不立，纲纪废弛。以毁誉为荣辱，不核其真；以爱憎为利害，不论其实；以喜怒为赏罚，不察其理。上下相冒⑥，万事乖错⑦。是以言论者计薄厚而吐辞，选举者度亲疏而举笔。善恶谬于众声，功罪乱于王法。然则利不可以义求，害不可以道避也。是以君子犯礼，小人犯法，奔走驰骋，越职僭度。饰华废实,竞趋时利。简父兄之尊而崇宾客之礼,薄骨肉之恩而笃朋友之爱;忘修身之道而求众人之誉,割衣食之业以供飨宴之好。苞苴⑧盈于门庭,聘问⑨交于道路,书记⑩繁于公文,私务众于官事。于是流俗⑪成矣,而正道坏矣。游侠之本,生于武毅不挠,久要不忘平生之言⑫,见危授命,以救时难而济同类。以正行之者,谓之武毅;其失之甚者,至于为盗贼也。游说之本,生于使乎四方,不辱君命,出境有可以安社稷、利国家,则专对解结,辞之绎⑬矣,民之慕矣。以正行之者,谓之辨智;其失之甚者,主于为诈给⑭徒众矣。游行之本,生于道德仁义,泛爱容众,以文会友,和而不同,进德⑮及时,乐行其道,以立功业于世。以正行之者,谓之君子;其失之甚者,至于因事害私,为奸轨⑯矣。其相去殊远,岂不哀哉!故大道之行,则三游废矣。是以圣王在上,经⑰国序⑱民,正其制度。善恶要于功罪,而不淫于毁誉。听其言而责其事,举其名而指其实。故实不应其声者谓之虚,情不覆其貌者谓之伪;毁誉失其真者谓之诬,言事失其类者谓之罔。虚伪之行不得设,诬罔之辞不得行;有罪恶者无侥幸,无罪过者不忧惧;请谒无所行,货赂无所用:民志定矣。民志既定,于是先之以德义,示之以好恶,奉业劝功⑲,以用本务。不求无益之物,不畜难得之货。绝靡丽之饰,遏利欲之巧,则淫流之民定矣,而贪秽之俗清矣。息华文,去浮辞,禁伪辨,绝淫智,放⑳百家之纷乱,一圣人之至道,则虚诞之术绝,而道德有所定矣。尊天地而不渎,敬鬼神而远之。除小忌,去淫祀,绝奇怪,正人事,则妖伪之言塞,而性命之理得矣。然后百姓上下皆反㉑其本,人人亲其亲,尊其尊㉒,修其身,守其业。于是养之以仁惠,文之以礼乐,则风俗定而大化㉓成矣。

【注释】 ① 贼:对……有危害的人。 ② 要(yāo):求取,有所依仗而强求。 ③ 色:脸上表现出的神气、样子。此处指表面上追求仁义,实质上却并非如此。 ④ 四民:旧称士、农、工、商为四民。 ⑤ 季世:末世。古时用伯、仲、叔、季为兄弟排序,季为最末。 ⑥ 冒:遮盖、覆盖。此处引申为欺骗。 ⑦ 乖错:混乱,错乱。 ⑧ 苞(bāo)苴(jū):苞,馈赠的礼物。苴,包裹。 ⑨ 聘问:古代诸侯之间遣使互相通问叫聘,小规模的聘叫问,通称聘问。此处指"三游"之间的相互往来,结党联盟。 ⑩ 书记:书信。 ⑪ 流俗:社会上流行的风俗习惯,多含贬义。 ⑫ "久要(yāo)"句:意为即使被要挟很久也不忘记自己平常所立下的誓言,即不会因为被要挟而违背自己做人的原则。要,要挟。平生,平素,往常。 ⑬ 绎:连绵不绝。此处形容言辞之盛。 ⑭ 绐(dài):哄骗,欺骗。 ⑮ 进德:增进道德。 ⑯ 奸轨:即奸宄,违法作乱的人。 ⑰ 经:治理,管理。 ⑱ 序:排列次第,此处引申为管理。 ⑲ 奉业劝功:安于职守,努力建功立业。 ⑳ 放:驱逐,放逐。 ㉑ 反:通"返"。 ㉒ 亲其亲,尊其尊:前一个"亲"为动词,尊敬,关爱;后一个"亲"为名词,亲属。"尊"字用法相同。 ㉓ 大化:广远深入的教化。

【赏析】 在历代导致国家动乱不安,又破坏法治道德的行为中,荀悦总结了所谓的"三游",即"游侠"、"游说"、"游行",一针见血地指出这"三游"的祸患,且认为这些祸患多在一个式微王朝的末世发生;在太平盛世,百姓安居乐业,天子垂拱以治天下,这种问题则较少。在中国传统社会中,士、农、工、商是传统的"四民",也就是大多数人所从事的行业。在《国语》、《管子》、《史记》等文献中,都记录了春秋时代齐国管仲的改革,将百姓分为士、农、工、商四民,这在当时是非常成功的改革,齐国从此更加富强。著名的"李约瑟难题",就是探讨中国士、农、工、商的社会结构所造成的各种利弊。由于汉代是春秋战国到秦之后的新王朝,而春秋战国以来,"三游"成为社会风气,严重地破坏了政治法律和道德的秩序,所以,汉兴以来,各地游侠常常为所欲为,甚至凌驾于法治之上。为此,汉武帝采取了迁徙各地豪族于其新修的陵墓——茂陵的举措,以分解豪族在地方的势力。作为传统的史官,荀悦看到了"三游"的危害,并希望国家回归礼法,百姓安于本业,从而移风易俗,以达到长治久安的目的。